JANA VOOSEN

Für immer die Deine

ROMAN

WILHELM HEYNE VERLAG
MÜNCHEN

Sollte diese Publikation Links auf Webseiten Dritter enthalten, so übernehmen wir für deren Inhalte keine Haftung, da wir uns diese nicht zu eigen machen, sondern lediglich auf deren Stand zum Zeitpunkt der Erstveröffentlichung verweisen.

Verlagsgruppe Random House FSC® N001967

Originalausgabe 08/2019
Copyright © 2019 by Jana Voosen
Copyright © 2019 dieser Ausgabe by Wilhelm Heyne Verlag, München,
in der Verlagsgruppe Random House GmbH,
Neumarkter Straße 28, 81673 München
Printed in Germany
Redaktion: Tamara Rapp
Umschlaggestaltung: Eisele Grafik Design, München
unter Verwendung von Trevillion Images / CollaborationJS;
Alamy Stock Foto / The Natural History Museum
Satz: GGP Media GmbH, Pößneck
Druck und Bindung: GGP Media GmbH, Pößneck
ISBN 978-3-453-42311-4

www.heyne.de

1.

Gemeinde Jork im Alten Land, im Februar 2019

Die Trauergemeinde war überschaubar.

Klara Hansen saß neben ihrem Mann in der dritten Reihe und ließ den Blick über die etwa zwanzig Personen in der Friedhofskapelle schweifen. Es roch so intensiv nach den Lilien, die den weißen Sarg schmückten, dass es einem den Atem raubte. Die ersten Töne von *Der Mond ist aufgegangen* erklangen, scheppernd und ein wenig verzerrt. Die Stereoanlage hatte ihre besten Zeiten hinter sich. Wie wir alle, dachte Klara. Ganz vorne saßen Ilses Kinder Bernd und Heidi, blass, verweint und weißhaarig. Über die Hälfte der Anwesenden war weißhaarig. Sogar Ilses Enkel Martin hatte schon graue Schläfen. Wie alt sie alle sind, wie vom Leben gezeichnet, mit ihren gebeugten Schultern, der faltigen Haut und den morschen Knochen. Und wir sind die Ältesten, stellte sie fest, und wieder einmal überraschte sie diese Erkenntnis. Sie griff nach Fritz' Hand und drückte sie. Kurz sah sie hinunter auf ihre beiden Hände, ineinander verschlungen, von Altersflecken übersät, knochig, die Haut so dünn wie Pergament, dann hinauf in Fritz' Gesicht. Aus seinem Augenwinkel kullerte, unnatürlich vergrößert durch die dicken Brillengläser, eine Träne und verschwand in seinem weißen Bart. Mit einer verlegenen Geste wischte er sie weg.

Wann war das bloß passiert? Wann waren sie so alt geworden? Wann waren die Hochzeiten, Taufen und Konfirmationen, die sie früher gefeiert hatten, abgelöst worden von den Beerdigungen, an denen sie nun fast wöchentlich teilnahmen?

Dem kleinen blonden Mädchen auf Martins Schoß, Ilses Urenkelin – wie hieß sie doch gleich? Emma? Oder Anna? –, wurde das Stillsitzen zu langweilig. Vielleicht ertrug es auch die bedrückte Stimmung nicht mehr. Es entwand sich dem Griff seines Vaters, trat in den Gang zwischen den ebenfalls mit Lilien geschmückten Stuhlreihen hinaus und begann zu tanzen. Hüpfte auf und nieder und drehte sich im Kreis, den getragenen Takt der Musik missachtend, die Arme erhoben.

»Ella«, flüsterte Martin. Richtig, so hieß die Kleine! »Hör auf. Komm her, das macht man nicht.«

Klara hingegen wäre am liebsten aufgestanden, um mitzutanzen. Nicht dass ihr klappriger Körper zu derlei noch in der Lage gewesen wäre. Aber sie fühlte sich Ella verbundener als jedem anderen im Raum. Tief in ihrem Inneren, unter der arthritischen, faltigen Hülle, war sie doch noch genauso lebendig wie sie.

Der Pastor gab sich alle Mühe, den Anwesenden Ilses Leben nahezubringen, doch natürlich konnte er nicht einmal annähernd ausdrücken, was Klaras Freundin ausgemacht hatte. Er hatte sie nicht von Kindesbeinen an gekannt, Höhen und Tiefen mit ihr durchlaufen, war wohl nicht einmal halb so alt wie sie. Siebenundneunzig Jahre war Ilse gewesen. Genauso alt wie Klara.

Die Trauerfeier war vorbei. Unter der leiernden Musikbegleitung aus dem CD-Spieler – Klara nahm sich vor, der Kirche eine neue Anlage zu spenden – erhob sich die kleine Versammlung, um Ilse das letzte Geleit zu geben. Zu dem Grab, in dem sie beigesetzt werden würde. Neben ihrem Mann Hans, den sie vor fast zwanzig Jahren dort beerdigt hatten. Bei dem Gedanken, dass sie fast einen halben Kilometer bis dorthin würde laufen müssen, bis ans andere Ende des Friedhofs, biss Klara sich auf die Unterlippe. Dann griff sie nach Fritz' Hand und stemmte sich hoch. Sehr vorsichtig trat sie mit dem linken Fuß auf, konnte aber dennoch einen leisen Schmerzenslaut nicht unterdrücken. Wie immer, wenn sie eine Weile gesessen, gestanden oder gelegen hatte, durchzuckte ein scharfer Schmerz ihr Knie, sobald sie es belastete.

»Geht's?«, erkundigte sich Fritz und bot ihr seinen Arm an.

»Ja doch. Natürlich geht es.« Dennoch nahm sie die Stütze dankbar an. »Pass du lieber auf, wo du hintrittst. Der Boden ist sehr uneben.«

»Das sehe ich selber«, behauptete er, dabei stimmte das gar nicht. Trotz der dicken Brille erkannte er nicht mehr viel. Manchmal, wenn sie morgens in den Spiegel sah, war sie froh darüber. Sicher fiel es ihm so leichter, sich das Bild von ihr als die junge, hübsche Frau zu bewahren, die sie einmal gewesen war.

Gemeinsam traten sie aus der Kapelle hinaus in das Sonnenlicht dieses kalten, klaren Wintertages, folgten der kleinen Gruppe im Schneckentempo.

»Die Lahme und der Blinde geben der Tauben das letzte Geleit«, murmelte Klara kopfschüttelnd, und obwohl heute, da sie ihre älteste und beste Freundin zu Grabe trugen, ein trauriger Tag war, kicherten sie beide leise in sich hinein.

Kaum waren sie nach dem Beerdigungskaffee wieder zu Hause, in dem alten Gutshof, der seit Generationen im Besitz von Klaras Familie war, trat sie an das antike Telefontischchen in der Eingangshalle. Sie ließ sich auf der danebenstehenden Sitzbank nieder, griff nach dem in dunkelbraunes Leder gebundenen Adressbuch und schlug es auf. Kopfschüttelnd sah Fritz auf sie hinunter.

»Klara, das ist doch wirklich makaber, findest du nicht auch?«

»Ganz und gar nicht.« Sie blätterte durch die Seiten, bis sie bei dem Buchstaben W angekommen war. Da war sie. Ilse Winter, mitsamt ihrer Adresse und den beiden Telefonnummern, von denen die untere zu dem Handy gehörte, das Martin ihr zum neunzigsten Geburtstag geschenkt hatte. Ein etwas sinnloses Geschenk für eine Frau, die selbst dann nur noch die Hälfte verstand, wenn man in den Hörer schrie. Ilse hatte sich trotzdem darüber gefreut und immer dafür gesorgt, dass sich das Gerät voll aufgeladen und eingeschaltet in ihrer Handtasche befand. Da es beim Klingeln zusätzlich vibrierte, hatte es durchaus passieren können, dass sie den einen oder anderen Anruf mitbekam.

Die Adressen direkt über und unter der von Ilse waren bereits mit kräftigen Kugelschreiberstrichen übermalt worden, genau wie noch ein paar andere auf der Seite. Klara hatte es sich zur Gewohnheit gemacht, nach jeder Beerdigung als Erstes ihr Adressbuch zu aktualisieren. Makaber hin oder her, sie zog damit einen Schlussstrich. Im wahrsten Sinne des Wortes.

Entschlossen setzte sie die Spitze des Stiftes auf den Anfangsbuchstaben von Ilses Namen und hielt dann plötzlich inne. Eine Träne lief ihre Nase herunter und fiel auf das Papier, verwischte die Tinte.

»Ach, Ilse«, flüsterte Klara. Die Freundin von früher erschien vor ihrem inneren Auge. Das sanfte Mädchen mit den dunklen Haaren, das mit Klaras Bruder verlobt gewesen war. Obwohl es ein ganzes Leben her war, fast sechsundsiebzig Jahre, versetzte ihr der Gedanke an Willi einen Stich. Viel zu früh war er gestorben, auf einem Schlachtfeld irgendwo in Russland.

»Das kleine Mädchen, das getanzt hat«, sagte Fritz plötzlich, während er seinen dunklen Mantel an die Garderobe hängte und in dessen Tasche herumnestelte, »sie hat mich irgendwie an dich erinnert.«

»Mich auch.« Klara lächelte unter Tränen, gab sich einen Ruck und machte Ilses Namen mit einigen raschen Strichen unkenntlich. Mach's gut, meine Liebe, dachte sie dabei, und grüß Willi von mir.

Fritz hatte endlich gefunden, wonach er suchte. Er zog seine abgeschabte Brieftasche hervor, öffnete sie und holte ein Bild heraus.

»Schau mal, was mir gestern in die Hände gefallen ist!« Er reichte ihr die verblichene Schwarz-Weiß-Fotografie. Darauf saßen nebeneinander drei Kinder auf einem Baumstumpf. Die beiden Mädchen, das eine mit wildem Lockenkopf, das andere mit streng geflochtenen Zöpfen, schauten Hand in Hand in die Kamera. Der kleine Junge im Matrosenanzug sah schüchtern zu Boden.

»Guck bloß, wie klein wir sind. Das muss in den Zwanzigern gewesen sein.« Klara schüttelte ungläubig den Kopf, drehte dann das Foto um und las die altdeutsche Schrift auf der Rückseite. »Klara Landahl mit Ilse und Fritz, 1928.«

2.

Gemeinde Jork im Alten Land, 21. Mai 1928

Ein süßer, blumiger Duft lag in der Luft und umhüllte das Alte Land wie eine Wolke. Die weiten Apfelplantagen standen in voller Blüte. Inmitten der Pracht aus Weiß und Rosa lag, wie eine Insel im Meer, der Gutshof des Obstbauern Jakob Landahl. Die gewundene Auffahrt führte durch einen gepflegten Garten zum reetgedeckten Haupthaus. Mit seinem weiß gestrichenen Fachwerk aus Eichenholz, dem mit traditionellen Ornamenten geschmückten Eingangsportal und den reich verzierten Giebeln war es nicht das größte, aber eines der schönsten Gutshäuser in der Umgebung. Jakob Landahl hatte den Hof von seinem Vater übernommen und lebte hier mit seiner Frau Elisabeth und ihren drei Kindern Luise, Wilhelm und dem Nesthäkchen Klarissa, das alle nur Klara nannten. Außerdem gab es zwei Dienstmädchen – Esther und Heidrun – sowie die Köchin Hannah. Die zur Erntezeit angestellten Saisonarbeiter wurden in einem der früheren Kuhställe untergebracht. Jakob Landahl war sehr stolz auf die zu diesem Zweck umgebauten Unterkünfte, in denen es sogar fließendes Wasser gab, und die Erntehelfer dankten es ihm mit Fleiß und Treue.

Undeutlich drang die Stimme des Radiosprechers durch das

geöffnete Küchenfenster, dessen geblümte Vorhänge sich im lauen Wind bewegten. Eigentlich lief das uralte Radio, in dessen Lautsprechern es immer unangenehm zu knacken begann, wenn jemand den Lautstärkeregler einen Millimeter zu weit nach rechts drehte, den ganzen Tag in der Küche des Gutshofs. Esther und Heidrun summten die Melodien des Musikprogramms mit, während sie Kartoffeln für das Mittagessen schälten oder den Abwasch erledigten.

Heute, am 21. Mai 1928, hatten sich die Erwachsenen um das Gerät versammelt; man war gespannt gewesen auf die Ergebnisse der vierten Reichstagswahl der Republik. Elisabeth Landahl legte ihrem Mann die Hand auf den Unterarm. Er hatte diesem Tag mit großer Sorge entgegengesehen. Doch Gott sei Dank verkündete der Sprecher soeben einen eindeutigen Sieg der Linken. Auf hundertdreiundfünfzig Sitze verbesserten sich die Sozialdemokraten, während die Nationalsozialisten auf zwölf Mandate zurückgefallen waren.

Jakob atmete hörbar aus. Vielleicht hatte er doch zu sehr schwarzgesehen. Schließlich war die Wirtschaft der Weimarer Republik stabil, die Arbeitslosenzahlen sanken, und die propagandistischen Reden von Adolf Hitler fielen bei den Deutschen offensichtlich nicht auf fruchtbaren Boden. Jakob legte den Arm um seine Frau, die er um Haupteslänge überragte. Sie lächelte zu ihm auf, und er lächelte zurück.

»Bis heute Abend.« Er drückte Elisabeth einen Kuss auf die roten, im Nacken zu einem Dutt zusammengefassten Locken. Sie sah ihm nach, wie er aus der Küche ging, nur ein kaum wahrnehmbares Humpeln deutete auf die Holzprothese hin, die seinen linken Unterschenkel ersetzte.

Die sechsjährige Klara hatte in diesem Moment ganz andere Sorgen als das politische Weltgeschehen. Mit Fritz, dem Sohn des Pfarrers, und ihrer Freundin Ilse wollte sie Mutter-Vater-Kind spielen. Sie hatte alle Vorkehrungen getroffen, ihr Puppenporzellan in der Küche blank geschrubbt und dann nach draußen in die Laube geschleppt, die sich ganz hinten im Garten befand, verborgen unter hochgewachsenen Lindenbäumen. Gegen den Widerstand ihrer Mutter hatte sie ihr blau-weißes Matrosenkleid angezogen, dazu weiße Schuhe und Strümpfe. Davon ließ sie sich auch nicht abbringen, als ihre Mutter meinte: »Das hübsche Kleid ist doch viel zu schade. Zieh lieber deinen Spielkittel an.«

Mit einem Blick auf das Kleidungsstück aus unempfindlichem rot kariertem Flanell hatte Klara den Kopf geschüttelt. »Aber ich bin die Mutter. Da kann ich doch nicht den alten Spielkittel anziehen. Dann sucht der Fritz sich vielleicht eine andere Frau.«

Gegen dieses Argument war Elisabeth machtlos gewesen.

Und nun, da Klara in ihrem schönen Kleid bei den anderen stand, fiel es plötzlich Ilse ein, dass *sie* die Mutter spielen wollte. Schweigend musterten die beiden Mädchen einander, keins bereit, auch nur einen Zentimeter von seiner Meinung abzuweichen. Fritz, der auf einem Baumstumpf zwischen ihnen saß und den Streit verfolgt hatte, meldete sich zu Wort.

»Ihr könnt doch beide meine Frau sein«, schlug er vor. Zwei Mädchenköpfe, einer mit dunkelbraunen Zöpfen, der andere rot gelockt, wandten sich ihm zu.

»Auf gar keinen Fall«, sagte Ilse empört.

»Nein, jeder Mann darf nur eine Frau haben und jede Frau nur einen Mann«, ergänzte Klara.

»Ich dachte ja nur«, murmelte Fritz und zog den Kopf ein.

»Ich hab eine Idee«, verkündete Ilse und klatschte in die Hände. »Fritz soll wählen, wer seine Frau werden soll.« Sie lächelte ihrem Freund zu, der bei dieser Aufforderung blass wurde. Die beiden Freundinnen sahen gespannt auf ihn hinunter.

»Na los«, drängelte Ilse. Fritz öffnete den Mund, schloss ihn wieder und sah gequält zwischen den beiden Mädchen hin und her. In seinem Kopf arbeitete es. Wie sollte er sich bloß zwischen den beiden entscheiden, ohne eine von ihnen zu kränken? Die Sekunden dehnten sich, und Fritz wäre am liebsten im Erdboden versunken – als ihm unerwartet Klara zu Hilfe kam. Sie ließ sich ins Gras plumpsen und zuckte mit einem ergebenen Seufzer die Schultern.

»Na schön«, sagte sie, »dann bin ich eben das Kind. Von mir aus!«

»Und ich bin die Mutter.« Ilse lächelte glücklich, ging zu Fritz und schlang die Arme um ihn. Über ihre Schulter hinweg schaute dieser Klara dankbar an, die so tat, als bemerkte sie seinen Blick nicht. Stattdessen begann sie, Grashalme und Gänseblümchen auszurupfen. Ilse ging bereits ganz in ihrer Rolle auf und drückte Fritz einen Kuss auf die Wange. »Hallo, mein lieber Mann, war die Arbeit sehr anstrengend? Warte, ich werde dir ein schönes Abendbrot kochen.« Damit drückte sie ihn auf den Baumstumpf zurück, wo Fritz es sich gemütlich machte. Die Erleichterung war ihm anzumerken. Er beobachtete Ilse, die geschäftig in der Laube hin und her lief und den Tisch mit Klaras Puppengeschirr deckte. Dann sah sie auf die noch immer am Boden sitzende Klara hinunter.

»Steh sofort auf, Klara! Du machst ja dein schönes Kleid

schmutzig. Wenn du auf dem Boden herumtoben willst, hättest du eben was anderes anziehen müssen.«

Der Blick, den Klara ihr zuwarf, war so finster, dass Fritz eilig von seinem Baumstamm hüpfte und zwischen die beiden Mädchen trat.

»Komm, ich helfe dir.« Er hielt Klara seine Hand hin und zog sie hoch. Dabei flüsterte er so leise, dass Ilse es nicht mitbekam: »Wenn ich groß bin, dann wirst *du* meine Frau. Versprochen.«

3.

Hamburg, Zeitgeist-Verlag, April 2019

Die Redaktionssitzung war bereits in vollem Gange, als Marie die Tür zum Konferenzraum erreichte. Dennoch blieb sie einen Moment stehen, um sich zu sammeln und ihren Atem unter Kontrolle zu bekommen. Souveränität war das Zauberwort, das dem zu Wutausbrüchen neigenden Chefredakteur den Wind aus den Segeln nahm. Sie fuhr sich mit beiden Händen durch das kurz geschnittene Haar, ein zum Scheitern verurteilter Versuch, ihre dunkelbraunen, in alle Richtung wuchernden Locken zu bändigen und sich wenigstens einen Hauch von Seriosität zu verleihen. Sie rückte die silberne Nickelbrille auf ihrem Nasenrücken zurecht. Die Gläser waren aus Fensterglas. Marie hatte sie sich angeschafft, kurz nachdem sie den Job beim *Zeitgeist* angetreten hatte. Sie war fest angestellte Journalistin, doch immer wieder hielt man sie für die Volontärin. Und tatsächlich wirkte sie trotz ihrer vierunddreißig Jahre mit den weit auseinanderstehenden grünen Augen, der Stupsnase und den unzähligen Sommersprossen wie eine Studentin.

Marie atmete noch einmal tief ein, drückte dann entschlossen die Türklinke hinunter und betrat den Raum. Der typische Geruch von verbrauchter Luft, Kaffee und altem Teppichboden schlug ihr entgegen, während sich fünfzehn Augenpaare auf sie richteten. Frank, der Chefredakteur, stand am Ende des langen Konferenztisches und hob bei ihrem Anblick die Brauen in Richtung seines lichter werdenden Haaransatzes.

»Verzeihung«, sagte sie schnell, um ihn gar nicht erst zu Wort kommen zu lassen, »Recherche.« Auf der Suche nach einem freien Platz ließ sie den Blick schweifen und traf den von Jost. Er grinste und klopfte mit der Hand auf den Stuhl neben sich, doch Marie ignorierte die Aufforderung. Sie ließ sich auf dem Platz direkt neben Frank nieder und sah ihm fest in die Augen. »Das Interview hat länger gedauert als erwartet.«

»Schön, dass du es trotzdem einrichten konntest«, sagte Frank mit von Ironie triefender Stimme, aber Marie spürte, dass die Sache damit erledigt und sie glimpflich davongekommen war. Innerlich atmete sie auf. »Ich war gerade dabei, unser Special für den Herbst zu besprechen.« Gespannt hob Marie den Kopf. Die Sonderausgaben des *Zeitgeist* waren stets eine gute Möglichkeit, um ordentlich zu punkten und in Journalistenkreisen auf sich aufmerksam zu machen. Frank lächelte ob ihres kaum verhohlenen Eifers. »Und dieses Mal, Leute, haben wir wirklich was Besonderes vor. Wer kann mir denn sagen, welches Jubiläum wir im Herbst diesen Jahres begehen?«

Ein unterdrücktes Stöhnen ging durch die Anwesenden. Der fünfundfünfzigjährige Chefredakteur war als Seiteneinsteiger zum Journalismus gekommen, nachdem er seine ersten Berufsjahre als Gymnasiallehrer für Politik und Geschichte verbracht hatte. Hin und wieder ging seine schulmeisterliche Vergangenheit mit ihm durch, und es bereitete ihm ein geradezu diebisches Vergnügen, seine Mitarbeiter, egal ob Praktikanten, Volontäre oder alteingesessene Journalisten und Redakteure, auf die Probe zu stellen.

»Den 80. Todestag von Siegmund Freud?«, schlug Gregor vor.

»Oder den 200. Geburtstag von Clara Schumann?«

»Nicht schlecht, nicht schlecht«, sagte Frank, während er gleichzeitig den Kopf schüttelte. »Vielleicht muss ich mich deutlicher ausdrücken: Welches Jubiläum begehen wir, das es wert ist, dafür eine Spezialausgabe mit einhundertfünfzig Seiten und broschiertem Umschlag herauszubringen?«

»Bill Kaulitz wird dreißig«, versuchte einer der Volontäre einen Scherz und zog den Kopf ein, als ihn Franks eisiger Blick traf. Bevor er seine unberechenbare Wut auf den Neuling richten konnte, meldete sich Marie zu Wort.

»Am 1. September 2019 jährt sich der Beginn des Zweiten Weltkriegs zum achtzigsten Mal.«

»So ist es. Danke, Marie. Nun gibt es zum Thema Zweiter Weltkrieg und Nationalsozialismus natürlich schon so viel Material, dass es einem zu den Ohren rauskommt, richtig?« Die zögernde Zustimmung unter den Anwesenden ignorierend, fuhr er fort. »Nicht richtig! Ich brauche wohl niemandem der hier Anwesenden zu erklären, dass die Themen Rechtsextremismus und Faschismus kein Phänomen der Vergangenheit sind. Sondern erschreckend aktuell. Außerdem sind wir der *Zeitgeist*. Wir bringen keine alten Kamellen! Wir bringen Geschichten, die noch keiner gehört hat. Wir suchen die Zeitzeugen von damals und lassen sie zu Wort kommen.«

»Die Zeitzeugen? Aber sind die nicht mittlerweile …?«

»Tot?«, vollendete Frank den Satz. »Genau das ist der springende Punkt. Die meisten von ihnen *sind* tot. Zumindest diejenigen, die an den Krieg mehr als eine blasse Kindheitserinnerung haben. Die ihn als junge Erwachsene miterlebt haben.

Diese Herren und Damen wären heute Ende neunzig. Die meisten aus der Generation sind damit, wie Gregor sehr richtig geschlussfolgert hat, tot. Aber nicht alle. Und diese wenigen wollen wir finden. Ihre Geschichten hören und aufschreiben und für die Welt konservieren. Denn in fünf oder zehn Jahren ist es damit vorbei. Endgültig. Die Zeitzeugen sterben aus, und dann wird nie wieder ein Journalist aus erster Hand etwas über diese Zeit erfahren. Sicher, wir können googeln und Bücher lesen und Dokumentationen ansehen, aber eins können diese Medien eben nicht: Unsere Fragen beantworten. Es ist ein Wettlauf mit der Zeit. Die Geschichten, die wir jetzt nicht ausgraben, werden für immer verloren sein.«

4.

Gemeinde Jork im Alten Land, Februar 1937

»Ach, hier steckst du, ich hab dich schon überall gesucht«, rief Klara erleichtert. Fritz saß auf einer Holzbank auf der Rückseite des Pfarrhauses, wo er mit seinen Eltern lebte. Das Fachwerkhaus neben der Jorker Kirche war nicht groß und wirkte im Vergleich zu Elisabeth Landahls perfekt geführtem Haushalt manchmal ein klein wenig verwahrlost, aber Klara liebte die Gemütlichkeit und Wärme im Haus von Pfarrer Hansen und seiner Frau.

Fritz hockte zusammengekauert, die langen Arme um seine angewinkelten Beine geschlungen, und starrte über die kahlen Apfelbäume, deren Äste sich unter der Last des Schnees krümmten, hinweg in die Ferne. Ein Lächeln huschte über sein schmales Gesicht, als er die Freundin erblickte, die durch den tiefen Schnee auf ihn zustapfte, mit geröteten Wangen und leuchtenden Augen. Ihre roten Locken quollen unter einer weißen Pudelmütze hervor.

»Was machst du denn hier draußen, ist dir nicht kalt?«, erkundigte sie sich und zog ihren dunkelgrünen Wintermantel fester um sich. »Du hast ja ganz blaue Lippen. Willst du etwa hier festfrieren?« Sie ließ sich neben ihm auf der Bank nieder, hob die Füße an und schlug sie gegeneinander, dass der Schnee nur so von ihren braunen Schnürstiefeln spritzte. Dann fiel ihr die melancholische Stimmung auf, in die sie offenbar geplatzt war. »Was ist mit dir?« Sie griff nach seiner klammen, rot gefrorenen Hand und schob sie gemeinsam mit ihrer in die Tasche ihres Mantels.

»Nichts«, wehrte er ab, doch sie schüttelte den Kopf.

»Nichts, nichts, das sagst du immer. Mit dir stimmt doch was nicht. Entweder rückst du jetzt gleich mit der Sprache raus, oder ich bohre so lange nach, bis du es dann schließlich doch tust. Aber dann sollten wir nach drinnen gehen.«

»Es ist nichts.« Über den vorwurfsvollen Blick aus ihren hellgrünen Augen musste er trotz allem lachen. »Na schön. Es ist wegen der HJ. Mein Vater will nicht, dass ich hingehe.«

»Na und? Sei doch froh. Oder hast du Lust, im Gleichschritt durch die Gegend zu marschieren und Heil Hitler zu brüllen?«

»Das nicht, es ist ... Alfred hat es mir heute erzählt. Angeblich vergeben sie Universitätsstipendien nur noch an Leute, die bei der Hitlerjugend waren. Du weißt doch, dass ich Arzt werden will. Aber meine Eltern haben nicht genug Geld und deshalb ...«

»Das ist bestimmt nur ein Gerücht«, versuchte Klara ihn zu trösten. Ihre warmen Finger schlangen sich in der gefütterten Höhle der Manteltasche um seine. »Hitlerjugend ist doch doof, allein diese Klamotten! Hast du dir Ilse mal angeguckt in ihrer schrecklichen Klettweste? Wer hat die Dinger bloß entworfen? Ehrlich, der Schnitt ist ja schon unvorteilhaft genug, aber dann noch diese Farbe ... Sieht aus wie Erbrochenes, findest du nicht?«

»Na ja.«

»Ich bin froh, dass ich nicht zu dem Verein gehöre. Lagerfeuer hin oder her. Das mit deinem Studium kriegen wir schon irgendwie hin.« Aufmunternd lächelte sie ihn an. »Komm, wir gehen ein bisschen Schlittschuh laufen. Das bringt dich auf andere Gedanken.«

Sie beide hatten zu Weihnachten Schlittschuhe geschenkt bekommen und fast den gesamten Winter auf dem großen, zugefrorenen Ententeich hinter dem Hof von Klaras Eltern ihre Pirouetten gedreht.

»Ist gut«, stimmte Fritz zu.

»Aber nicht auf dem langweiligen Ententeich. Es ist kalt genug, da können wir auf der Elbe laufen«, bestimmte Klara.

»Das geht doch nicht«, erhob Fritz Einspruch, während sie ihn schon hinter sich herzog. »Es ist nicht erlaubt. Was ist, wenn wir einbrechen?«

Sie wandte sich um und blitzte ihn herausfordernd an. »Das Leben ist viel lustiger, wenn man ab und zu ein Risiko eingeht.«

»Ja. Oder viel kürzer.«

»Feigling!«, grinste Klara.

Zehn Minuten später schnallten sie sich die Kufen unter ihre Schuhe und traten auf die zugefrorene Oberfläche der Elbe, die unter einer Schicht Neuschnee lag. Die Luft war schneidend kalt, der Himmel stahlblau.

»Siehst du, kein Problem!« Klara streckte Fritz die Hand hin, und gemeinsam glitten sie hinaus aufs Eis. Der Wind pfiff ihnen ins Gesicht, Klaras lange kupferfarbene Haare flatterten, und der aufwirbelnde Schnee zu ihren Füßen stob nach allen Seiten.

»Und jetzt ein Kreisel«, rief Klara und bremste so abrupt, dass Fritz gegen sie taumelte. Sie umschlang ihn mit den Armen, um ihn am Fallen zu hindern. Obwohl seine Nase sich vor lauter Kälte schon ganz taub anfühlte, konnte er Klaras Geruch wahrnehmen, diese Mischung aus Vanille, Sandelholz und Seife. Er wusste, dass sie seit Langem schon heimlich das Parfüm ihrer Mutter benutzte. »Also los.« Sie streckte ihm die gekreuzten Arme entgegen, ergriff seine Hände und begann, sich mit ihm zu drehen, wie sie es schon so oft auf dem Ententeich getan hatten. Schneller und immer schneller wirbelten sie um die gemeinsame Achse.

»Stopp, Klara, nicht so schnell!«

Sie lachte und warf den Kopf zurück. Dann knirschte es laut unter ihren Füßen.

Klara stieß einen Schrei aus, als die Eisdecke mit einem lauten Krachen zerbarst. Im nächsten Moment schlug das eiskalte Wasser über ihnen zusammen.

Klaras dicker Wintermantel und das Kleid darunter fühlten sich bleischwer an. Etwas schien ihr die Lungen zusammenzupressen, sie riss erschrocken die Augen auf und sah als Erstes ihr eigenes Haar, das wie fremdartige rote Algen im Wasser schwamm. Über ihr brachen die Strahlen der Wintersonne durch die Wasseroberfläche. Eine Hand schloss sich fest um ihren Arm und zerrte sie nach oben. Zeitgleich mit Fritz tauchte sie aus dem Wasser und rang keuchend um Atem. Die eiskalte Luft brannte wie Feuer in ihren Lungen, und sie begann zu husten. Zum Glück hatten sie sich wieder näher in Richtung Ufer bewegt, sodass Fritz, der im letzten Jahr in die Länge geschossen war und sie mittlerweile um Haupteslänge überragte, im Wasser stehen konnte. Besorgt strich er ihr die nassen Haare aus dem Gesicht.

»Geht's dir gut? Geht's dir gut?«, fragte er immer wieder und schlang die Arme um sie. »Klara, geht es dir gut?«

»Ich hasse es, wenn du recht hast«, erwiderte sie hustend, und er grinste.

Während Klara noch immer nach Luft rang, begann Fritz, mit der Faust eine Schneise in das sie umgebende Eis zu schlagen und zog sie mit sich in Richtung Ufer.

»Haben wir ein Glück, dass uns das nicht weiter draußen passiert ist. Komm, wir müssen schleunigst aus den Sachen raus, sonst bekommst du noch eine Lungenentzündung.«

Ach ja, und was ist mit dir?, verkniff sie sich zu sagen, als er ihr aus dem Wasser half. Seine Lippen waren bereits dunkelblau, und er schlotterte am ganzen Körper.

»Los, zu euch nach Hause!« Fritz eilte voran, doch Klara hielt ihn am Arm zurück.

»Auf keinen Fall, bist du wahnsinnig?« Auch wenn sie sich nichts sehnlicher wünschte, als so schnell wie möglich die nassen Kleider loszuwerden und in eine heiße Badewanne zu steigen, so war sie doch nicht scharf darauf, irgendjemandem zu Hause ihren Tauchgang in der Elbe erklären zu müssen. Was seine jüngste Tochter betraf, hatte Jakob Landahl einen ausgeprägten Beschützerinstinkt, und vermutlich würde er Fritz vorwerfen, nicht genug auf sein Mädchen aufgepasst zu haben. Es würde rein gar nichts bringen, ihm zu erklären, dass es Klaras Idee gewesen war. »Kannst du dir vorstellen, was mein Vater sagt, wenn er uns so sieht?«

Auch Fritz wurde bei diesem Gedanken sichtbar mulmig zumute. »Aber immer noch besser, als zu erfrieren, oder?«, fragte er zögernd.

»Da bin ich mir nicht so sicher. Komm, wir gehen in unsere Scheune«, bestimmte Klara und lief voran. »Die ist auch näher.« Mit brennenden Lungen legten sie die gut dreihundert

Meter zu den Landahl-Obstfeldern zurück, an deren Rand die Scheune lag. Fritz machte sich an dem metallenen Riegel zu schaffen, während Klara bibbernd danebenstand.

»Also, eins steht fest«, brachte sie mühsam hervor, während ihre Zähne vor Kälte aufeinanderschlugen, »d-d-d-dich nenne ich lieber nicht n-n-noch mal Feigling.«

Fritz rang sich ein Grinsen ab und stieß dann die Holztür auf.

»Bitte sehr, mein Fräulein«, sagte er mit einer einladenden Handbewegung und betrat hinter ihr die geräumige Scheune. Der Geruch von Rost, Gummi und feuchtem Holz schlug ihnen entgegen. Im hinteren Teil stapelten sich ausrangierte und reparaturbedürftige Arbeitsgeräte, auf der linken Seite befand sich ein großer Vorrat an Feuerholz, fein säuberlich übereinandergeschichtet. Auch hier war es natürlich nicht eben warm, aber zumindest waren sie vor dem pfeifenden Wind geschützt. »Wir müssen aus den Sachen raus. Guck mal da hinten, ich glaube, da sind ein paar Decken.« Damit schälte Fritz sich auch schon aus seiner klatschnassen Winterjacke und lief hastig zur Rückseite der Scheune.

Klara ließ ihren kiloschweren Mantel zu Boden fallen und öffnete die Knöpfe ihres Kleides. In Unterwäsche und Strumpfhaltern schlang sie sich die Arme um den Oberkörper.

»Fritz, ich erfriere«, rief sie, woraufhin dieser mit einem Deckenberg auf dem Arm herbeieilte, bei ihrem Anblick allerdings wie angewurzelt stehen blieb. »Was ist denn?« fragte sie.

Er brauchte einen Moment, um sich von dem Schreck zu erholen. Die weiße Wäsche, durch das Wasser so gut wie durchsichtig geworden, verhüllte kaum etwas von Klaras Körper. Der dünne Stoff klebte an ihrer Silhouette und gab den

Blick frei auf ihre festen Brüste, deren Brustwarzen sich durch die Kälte aufgerichtet hatten, ihre schlanke Taille und die Rundung ihrer Hüften. Fritz schluckte schwer, ging dann rasch auf sie zu und breitete eine der Decken wie einen Sichtschutz vor ihr aus.

»Du musst den Rest auch noch ausziehen. Ich schau auch nicht hin«, versprach er und richtete den Blick auf seine Füße.

»Du hast mich doch schon tausendmal nackt gesehen«, sagte Klara und wand sich blitzschnell aus ihren restlichen Kleidern.

Ohne auf ihren Kommentar einzugehen, wickelte er sie in die grobe Decke, bemüht, ihren schneeweißen, nackten Körper dabei zu ignorieren. Dann legte er eine weitere Decke um ihre Schultern und eine dritte zusammengefaltet auf den grauen Steinfußboden, damit sie sich setzen konnte.

»Ist ja gut, danke«, lachte sie, während sie sich daraufplumpsen ließ, »nun sieh zu, dass du auch endlich aus den nassen Sachen rauskommst.« Erwartungsvoll sah sie ihn von unten herauf an, und für einen Moment fragte er sich, ob sie tatsächlich so unschuldig war, wie sie tat. Er schnappte sich die letzten zwei noch verbliebenen Decken und verdrückte sich damit in eine Ecke des Schuppens, um sich ihren Blicken zu entziehen.

Als er sich eine Minute später, nackt unter seiner Decke, neben sie setzte, bibberte Klara vor sich hin.

»Mir ist kalt«, jammerte sie kläglich.

»Du musst deine Beine aneinanderreiben und dich ein bisschen bewegen«, erklärte er und hauchte in seine eisigen Hände.

Sie versuchte, seinen Anweisungen zu folgen, doch die schnellsten Bewegungen führten ihre Kiefer aus, die in hohem Tempo aufeinanderschlugen.

Besorgt musterte Fritz sie, dem es nicht anders ging. »Ich fürchte, wir werden beide krank. Es tut mir wirklich leid. So was Blödes.«

»Wieso tut es dir leid? Es war doch meine Idee!«

»Aber ich hätte sie dir ausreden müssen«, gab er zurück, und sie lachte leise.

»Jetzt fängst du auch schon an wie mein Vater. Du weißt genau, dass ich mache, was ich will, und mir von niemandem was sagen lasse. Nicht mal von dir«, fügte sie nach einer kurzen Pause hinzu.

»Tja, das ist wohl so.« Er zog eine Grimasse.

Klaras Blick fiel auf den Berg nasser Kleidungsstücke vor ihnen, und das Lachen blieb ihr im Halse stecken.

»Wie kriegen wir die Sachen bloß wieder trocken?« Sie sah zu den aufgestapelten Holzscheiten hinüber. »Ob wir ein Feuer machen können?«

»Hier drin? Klar, wenn du unbedingt die Scheune über unseren Köpfen abfackeln willst, nur zu!«

»Wenigstens wäre uns dann warm«, sagte Klara mit schiefem Grinsen. »Und wir können doch nicht die nassen Kleider wieder anziehen.«

»Was soll ich denn tun? *Ich* wollte ja nicht in die Scheune«, sagte er ungeduldig.

»Nein, du wolltest patschnass bei mir zu Hause reinspazieren. Tolle Idee«, gab sie zurück.

»Und du glaubst, dein Vater sieht uns lieber beide nackt und in Decken eingewickelt?«

Klara betrachtete das schmale Jungengesicht mit den sensiblen bernsteinfarbigen Augen und den bebenden Lippen. Die braunen Locken klebten nass an seiner Stirn.

»Vielleicht hast du recht«, sagte sie und legte den Kopf schief. »Ich sollte wohl doch ab und zu mal auf dich hören.«

»Ich erinnere dich das nächste Mal dran.«

»Komm, wir wärmen uns gegenseitig.« Sie schlüpfte zu Fritz unter die Decke und kuschelte sich in seine Arme. Er spürte die glatte, kalte Haut ihres Oberschenkels und ihrer Hüfte an seiner. Sie schlang die Arme um seinen Oberkörper und rieb mit ihrer Handfläche über seinen Rücken.

»Was machst du denn da?«, fragte er, und seine eigene Stimme kam ihm auf einmal seltsam fremd vor. Die Spitze ihrer linken Brust streifte seinen Oberkörper. Mit der anderen Hand bemühte sie sich, ihm Brust und Bauch zu wärmen, als er sich plötzlich mit einem Ruck abwandte. Aber sie hatte schon gespürt, was er um jeden Preis vor ihr zu verheimlichen suchte.

»Fritz ...«

Schweigend saß er neben ihr, das Gesicht zur Seite gedreht und die Lippen aufeinandergepresst.

Einen Augenblick war sie ratlos, dann senkte sie den Kopf und küsste mit kalten Lippen seine Schulter. Er wandte sich ihr zögernd wieder zu, und sie sahen einander an. Minutenlang saßen sie so da, nackt unter ihrer Decke und unfähig, sich zu rühren.

Wie schön sie ist, schoss es Fritz durch den Kopf.

Er sieht so anders aus, dieser Ausdruck in seinen Augen, ich erkenne ihn kaum wieder, dachte Klara.

Dann endlich fasste Fritz sich ein Herz, beugte sich zu ihr hinüber und drückte seine Lippen auf ihre.

Natürlich hatten sie sich schon oft geküsst, auch auf die Lippen, kindliche, schmatzende Küsse – aber diesmal war es anders.

Verwundert registrierte Klara, dass Fritz seinen Mund auf ihrem ließ und seine Augen schloss. Sie tat es ihm nach und öffnete schließlich die Lippen, ohne genau zu wissen, warum. Sie spürte seinen Arm, der sich um ihre Taille legte und sie zu sich heranzog. Und plötzlich geschah alles wie von selbst. Ihre Arme schlangen sich um seinen jungenhaften Körper, als er sie zu Boden drückte und sich über sie beugte.

»Es tut mir leid«, murmelte Fritz hinterher, als sie Arm in Arm nebeneinanderlagen.

»Wirklich? Mir nicht«, gab Klara zurück und streichelte seine unbehaarte Brust.

»Na ja, mir eigentlich auch nicht.« Er lächelte und bedeckte ihr Gesicht mit Küssen. Seine Hand glitt über Klaras Körper, und er konnte ihre Gänsehaut spüren.

»Dir ist immer noch kalt«, stellte er besorgt fest.

»Ach was«, sie machte eine wegwerfende Handbewegung. »Na ja, ein bisschen«, gab sie dann zu.

»Komm, wir gehen nach Hause.«

»Und wenn mein Vater dich umbringt?«

»Dann sterbe ich als glücklicher Mann.« Fritz küsste sie erneut, und sie sah ihn an. Obwohl sie nur gescherzt hatten, schossen ihr die Tränen in die Augen.

»Du darfst nicht sterben. Das könnte ich nicht aushalten.«

Er legte ihr die Hand an die Wange. »Schon gut.«

»Versprich's mir.«

»Ich werde mir die größte Mühe geben, nicht zu sterben.«

»Nicht vor mir. Das könnte ich nicht aushalten«, wiederholte sie, und eine Träne kullerte ihr die Wange hinunter. Er küsste sie weg.

»Meinst du denn, *ich* könnte es ohne *dich* aushalten?«, fragte er und schüttelte den Kopf.

»Dann sterben wir einfach zusammen«, sagte sie, und ihre Finger verschränkten sich mit den seinen. »Hand in Hand.«

»Ja. Hand in Hand.«

»Das ist gut«, flüsterte sie. »Dann lass uns jetzt nach Hause gehen.«

5.

Hamburg, Zeitgeist-Verlag, April 2019

Während Marie ihren Schreibtisch aufräumte – sie brachte es nicht über sich, die Redaktion übers Wochenende zu verlassen, ohne wenigstens ein Mindestmaß an Ordnung zu schaffen –, sah sie Jost am anderen Ende des Großraumbüros mit einem der anderen Fotografen zusammenstehen. Er bemerkte ihren Blick und hob die Hand, sie nickte ihm zu, griff nach Tasche und Mantel und ging in Richtung der Aufzüge davon. Sie zählte das Aufleuchten der Ziffern mit, welche die Fahrt des Lifts in den zwölften Stock anzeigten – vier, fünf, sechs –, als er ihr von hinten die Hand auf die Schulter legte.

»Du hast es aber eilig.«

Sie wandte sich um und schaute in seine braunen Augen, die von nach oben gebogenen Lachfältchen umkränzt waren. »Wer, ich? Nein, gar nicht.« Sie lächelte und trat in den Aufzug, dessen Türen sich in diesem Moment vor ihr öffneten. »Also, hab ein angenehmes Wochenende.«

»Das hoffe ich doch«, sagte er und betrat schnell hinter ihr die Kabine. »Hast du denn was Schönes vor?«

Marie drückte den Knopf für die Tiefgarage. Mit einem leichten Ruck setzte der Fahrstuhl sich in Bewegung.

»Tja, morgen Abend …« Sie kramte in ihrer Tasche nach

dem Autoschlüssel. »Verdammt, wo ist denn das blöde Ding schon wieder? Ach, da.« Sie wandte sich Jost zu. »Wo waren wir?«

Er grinste. »Bei deiner Wochenendplanung.«

»Richtig. Morgen Abend werde ich mit dir ins Kino gehen und dich danach in meinem Schlafzimmer begrüßen.«

»Das klingt nach einem verdammt guten Plan.« Die Türen des Aufzugs öffneten sich mit einem leisen Pling, und der Geruch von Abgasen, Gummi und Feuchtigkeit schlug ihnen entgegen. Marie betrat die Tiefgarage und betätigte den Türöffner ihres VW-Polos. Ein paar Meter entfernt leuchteten seine Scheinwerfer auf. Sie warf einen Blick zurück und sah Jost im Neonlicht der Fahrstuhlkabine stehen. Wie fast alle in der Redaktion trug er Jeans, Turnschuhe und T-Shirt und wirkte trotz seiner fast fünfzig Jahre geradezu unverschämt jugendlich.

»Willst du nicht aussteigen?«, fragte Marie.

»Bin mit dem Fahrrad da.« Er lächelte schelmisch und drückte auf die Knopfleiste. »In meinem Alter muss man sich fit halten. Also, bis morgen.«

Nachdem sie die fünf Stockwerke zu ihrer Zwei-Zimmer-Dachgeschosswohnung in Hamburg-Uhlenhorst erklommen hatte, beschloss Marie, dass sie ihr Fitnessprogramm damit für heute erfüllt hatte. Statt sich ihre Sporttasche zu greifen und zum Pilates zu hetzen, wie sie es für gewöhnlich am Freitagabend zu tun pflegte, machte sie es sich mit einem Glas Rotwein und Ente süß-sauer vom chinesischen Lieferservice auf der Couch gemütlich. Kurz war sie versucht, sich einfach vom Fernsehprogramm berieseln zu lassen, zog sich dann aber doch ihren Laptop heran. Die Redaktionssitzung hatte sie in einen Zustand freudiger Erregung versetzt. Sie war nun schon seit zwei Jahren beim *Zeitgeist*, hatte aber das Gefühl, dass Frank sie noch immer nicht für voll nahm. Das war für sie, die in ihrem vorherigen Job bei der Zeitschrift *Sonja* eine Titelgeschichte nach der anderen geschrieben hatte, eine ziemliche Umstellung. Und zwar keine angenehme. Andererseits ließ sich natürlich ein Frauenjournal nicht mit einem Magazin wie dem *Zeitgeist* vergleichen. Sie hatte ohnehin Glück gehabt, dass Frank ihr trotzdem eine Chance gegeben hatte. Allzu leicht landete man in dieser Branche in einer Schublade und kam dann nie wieder heraus.

Simon hatte sie damals gewarnt: Willst du ein großer Fisch im kleinen Teich sein – oder ein kleiner Fisch im großen Teich? Die Antwort war einfach: Marie wollte ein großer Fisch im großen Teich werden. Die Sonderausgabe war ihre Chance, und sie würde sie zu nutzen wissen. Der *Zeitgeist* würde in den kommenden Wochen einen Aufruf starten, auf den sich die Zeitzeugen von damals melden sollten. Doch wie viele knapp Hundertjährige würden aktiv diesem Aufruf folgen, um von einer Zeit zu erzählen, die viele von ihnen sicherlich am liebsten vergessen würden? Marie begann, ziellos im Internet herumzusurfen, und verließ sich dabei auf ihren journalistischen Instinkt, der sie ganz sicher irgendwohin führen würde. Während sie gerade einen Artikel des Statistischen Bundesamts über die Altersstruktur der deutschen Bevölkerung überflog, klingelte ihr Handy und kündigte den Anruf ihres Ex-Ehemannes an – jedenfalls würde er das bald sein. Wie immer begann ihr Herz schneller zu schlagen, und wie immer ärgerte sie sich über sich selbst. Ja, sie waren acht Jahre zusammen gewesen, aber nun schon so lange kein Paar mehr. Fast zwei Jahre. Sie atmete tief durch und drückte die Annahmetaste.

»Hallo Simon!« Marie schob den Laptop beiseite und griff nach ihrem Weinglas. »Wie geht's?«

»Ganz gut. Viel Arbeit. Ich weiß nicht, was dieses Jahr los ist. Die Station platzt aus allen Nähten. Lauter Kinder mit schwerer Bronchitis und sogar Lungenentzündung.«

»Oje, das klingt hart.«

»Na ja, das ganz normale Los eines Kinderarztes. Ich hab aber nicht angerufen, um dir was vorzujammern. Wie geht es dir denn?«

»Alles bestens, danke.« Sie erzählte von der heutigen Redaktionssitzung und der damit für sie verbundenen Chance.

»Klingt, als wäre das genau das Richtige für dich. Du solltest dich mal mit Oma Liesel unterhalten.«

Vor Maries innerem Auge erschien die winzige, alte Dame mit der lila Dauerwelle, die auf ihrer Hochzeit vor fünf Jahren beinahe noch mehr Freudentränen vergossen hatte als sie selbst. Das war jedoch nicht der einzige Grund, wieso Marie heute, nach ihrer Trennung von Simon, nicht besonders erpicht auf ein Wiedersehen mit Liesel war.

»Na ja …«, sagte sie, um Zeit zu schinden, als Simon sie auch schon unterbrach.

»Lass dich nicht davon täuschen, dass sie dir mittags nicht mehr sagen kann, was sie zum Frühstück hatte. Ihr Langzeitgedächtnis ist vollkommen intakt.«

»Mag sein.«

»Sie weiß, dass es nicht deine Schuld war«, sagte Simon nach einer kurzen Pause. »Also, falls du denkst, sie ist dir irgendwie böse oder so.«

»Gut zu wissen.« Marie lachte ein bisschen gezwungen. »Trotzdem …« Wollte sie sich zu ihrer Ex-Schwiegergroßmutter auf das geblümte Sofa setzen, Filterkaffee trinken und Fragen wie »Warst du in der Hitlerjugend?«, »Kanntest du Juden?« oder »Wusstet ihr von den Konzentrationslagern?« stellen? Es würde vermutlich schon schwer genug werden, *irgendjemandem* diese Fragen zu stellen, ohne dass gleich die Schotten runtergingen. Gut, in ihrer Funktion als Journalistin traute sich Marie diese Aufgabe durchaus zu. Doch für Liesel war sie eben kein professionelles Gegenüber. Sondern die Frau, die ihrem Enkel das Herz gebrochen hatte. Und dabei war es, egal, was Simon auch erzählte, vollkommen gleichgültig, dass der zuerst *ihr* das Herz gebrochen hatte. Blut war dicker als Wasser, und Marie wollte sich nicht in einer Situation wiederfinden, in der sie sich dafür rechtfertigen musste, Simon wegen seines Seitensprungs verlassen zu haben. Selbst wenn es nur ein einziges Mal gewesen war. Und angeblich nichts bedeutet hatte.

»Du kannst es dir ja überlegen«, sagte er jetzt. »Ganz wie du willst, es war ja nur ein Angebot.«

»Danke.«

»Sag mal, was ich noch fragen wollte, kann ich morgen das Auto haben?«

Sie überlegte kurz und ließ den Blick durch ihr Wohnzimmer schweifen. Obwohl sie schon seit eineinhalb Jahren hier lebte, war die Einrichtung noch immer nicht komplett. Von der Decke baumelte eine nackte Glühbirne, die auf einen Lampenschirm wartete; und auch das ein oder andere Bild an den Wänden oder vielleicht eine schöne Bodenvase hätten dem Gesamteindruck der Wohnung gutgetan. »Eigentlich wollte ich morgen zu IKEA fahren.«

»Kein Problem.«

»Nein, nein«, sie schüttelte unwillkürlich den Kopf, obwohl er das nicht sehen konnte, »natürlich kannst du es haben. Ist ja auch dein Auto.«

»Stimmt, es ist unser Auto«, erwiderte er, und sie zog eine Grimasse, die er zum Glück ebenfalls nicht sah. Ja, es war ihr gemeinsames Auto. Sie hatten es zusammen gekauft. Nur eins der Dinge, die sie bei der Scheidung mühsam würden auseinanderdividieren müssen. »Ich sag dir was: Ich komme morgen Vormittag bei dir vorbei, und wir fahren gemeinsam zu Ikea. Dann schlepp ich dir die Einkäufe nach oben und nehme anschließend den Wagen mit. Einverstanden?«

Sie musste lächeln. »Ist lieb von dir, aber so dringend ist es gar nicht. Das Auto steht direkt vor meiner Tür, du kannst es dir jederzeit abholen.«

Sie beendeten das Gespräch, und einen Moment lang starrte Marie gedankenverloren vor sich hin. Sie wusste immer noch, warum sie Simon damals geheiratet hatte. Weil er eben so ein verdammt netter Kerl war, immer hilfsbereit und sofort zur Stelle, wenn man ihn brauchte. Aber sie wollte nicht mit ihm durch ein Möbelhaus schlendern und sich möglicherweise schlussendlich noch die Wohnzimmerlampe von ihm anbringen lassen. Es war vorbei, und solche Dinge würde sie fortan allein auf die Reihe kriegen. Sie bezweifelte, dass Jost ebenso selbstverständlich seine Hilfe anbieten würde, doch sie legte auch gar keinen Wert darauf. Sie war vierunddreißig Jahre alt, und es war an der Zeit, auf eigenen Füßen zu stehen.

Marie ging zu dem überquellenden Bücherregal hinüber. Aus den zahlreichen Geschichtsbüchern, die sich im Laufe ihres Studiums angesammelt hatten, zog sie einen dicken Wälzer zum Thema Zweiter Weltkrieg hervor und machte es sich damit auf der Couch gemütlich. Recherche war das A und O in ihrem Beruf. Die richtigen Fragen konnte nur stellen, wer wusste, wovon er sprach. Marie blätterte zurück in das Jahr 1939.

6.

Gemeinde Jork im Alten Land, März 1939

Es war ein erstaunlich lauer Tag für Anfang März, und Klara und Fritz hatten die Chance für ein Treffen in der Scheune genutzt. Beide waren froh über das Ende des langen und kalten Winters. Im Dezember waren sie von den Schneemassen geradezu überrollt worden, welche sie zunächst, als die ersten Flocken fielen und Wiesen und Felder mit einer pudrigen, weißen Schicht überzogen, begeistert aufgenommen hatten. Gemeinsam waren sie durch die Apfelplantagen gelaufen, hatten wie kleine Kinder herumgetollt, Schneemänner gebaut und sich gegenseitig das Gesicht mit Schnee eingerieben. Zudem hatte Fritz ihnen aus Holz, Tauen und Leim einen Schlitten zusammengezimmert, der jedoch nach wenigen Tagen bei einer besonders rasanten Rodelfahrt ächzend unter den beiden zusammenbrach. Doch schon nach wenigen Tagen der Begeisterung machte das Wetter keinen Spaß mehr. Es hörte und hörte nicht auf zu schneien. Keinen Hund jage man bei diesem Wetter vor die Tür, schimpfte die Köchin Hannah, während sie die Vorratskammer nach Zutaten für das Mittagessen der Familie durchstöberte. Einkaufen war so gut wie unmöglich, denn man versank sofort bis zur Taille im Weiß. Den heimlichen Treffen von Klara und Fritz wurde so ein ziemlich abruptes Ende gesetzt, und sie vermissten einander schmerzlich.

Als Ende Januar der ständige Schneefall endlich aufhörte und die Sonne ihre wärmenden Strahlen schickte, saß Klara stundenlang in ihrem Lieblingssessel in der Bibliothek und starrte hinaus, als könnte sie durch bloße Willenskraft den Schnee draußen zum schnelleren Schmelzen überreden.

Und irgendwann *war* er geschmolzen. Die ersten Krokusse, Narzissen und Leberblümchen reckten scheu ihre Köpfe aus der Erde, der Frühlingssonne entgegen.

Zur Feier des Tages hatte Klara eine Flasche Rotwein aus dem Keller ihres Vaters stibitzt, und nun lagen sie und Fritz nebeneinander im Heu, jeder einen Becher Wein in der Hand, und genossen die Nähe des anderen.

Als sich die Flasche dem Ende zuneigte, schlug Fritz Klaras dunkelblaues Kleid nach oben und begann mit routinierter Zärtlichkeit, ihre Strümpfe zu lösen. Und dann sprach er dummerweise das Thema an, das Klara liebend gerne noch ein wenig vertagt hätte: den alljährlichen Tanzabend des ortsansässigen Schützenvereins.

»Es tut mir leid«, sagte sie, »aber ich kann nicht mit dir zum Schützenfest gehen.« Fritz' tastende Finger hielten inne, und er sah Klara irritiert an. »Es ist nämlich so ... ich bin schon verabredet.« Sie wich seinem Blick aus und wünschte, sie hätte vorher mit ihm darüber gesprochen.

»Was? Mit wem denn?«

»Mit Heinrich.« Sie wollte nach seiner Hand greifen, doch er entzog sich ihr.

»Mit dem?«, fragte er lang gezogen. »Lernen die nun auch Tanzen bei dem Verein? Was willst du denn von dem?«

»Ich will gar nichts von ihm«, setzte sie zu einer Erklärung an, doch er unterbrach sie gleich wieder.

»Na klar. Groß, blond und blauäugig, das ist ein Arier, wie ihn sich jede Frau nur wünschen kann.«

»Nun rede doch nicht so einen Quatsch!«

»Warum bist du überhaupt hier, wenn du jetzt mit dem Hitlerjungen gehst?« Fritz sprang auf.

Klara schaute zu ihm hoch und wurde ein bisschen ungeduldig. »Ich gehe nicht mit ihm. Lass mich doch mal erklären.« Sie griff nach seiner Hand und zog ihn zu sich herunter. »Was denkst du denn von mir?« Sie konnte die Verunsicherung in seinen hellbraunen Augen erkennen. »Das ist doch nur zur Tarnung. Damit keiner Verdacht schöpft.«

»Wäre das so schlimm?« Er sah sie ernst an. »Wir sind doch alt genug.«

»Eben.«

»Das versteh ich nicht.«

»In den Augen meines Vaters bist du immer noch der kleine Junge von damals. Er denkt, du bist so eine Art … zweiter Bruder für mich. Oder glaubst du, er würde uns sonst den ganzen Tag miteinander herumziehen lassen? Wenn du nun am Samstag mit einem Blumenbouquet bei uns auftauchst, um mich zum Tanzen abzuholen, dann ist es damit vorbei. Er wird uns nie wieder aus den Augen lassen.«

»Das weißt du doch gar nicht«, protestierte Fritz schwach, aber Klara wusste, dass sie gewonnen hatte.

Sie schlang den Arm um seinen Nacken und küsste seinen Hals. »Und das wäre doch wirklich zu schade, findest du nicht?«

»Allerdings, sehr schade.«

Klara hob ihm das Gesicht entgegen und schloss die Augen.

»Ich will aber nicht, dass du mit Heinrich gehst.«

Klara öffnete die Augen wieder und seufzte. »Es ist nur zur Tarnung!«

»Trotzdem. Der weiß das ja nicht.«

»Das ist doch vollkommen egal.«

Fritz schüttelte den Kopf. »Es ist alles andere als egal. Wieso kannst du denn nicht mit Willi hingehen?«

»Mit meinem Bruder?« Klara machte ein so empörtes Gesicht, dass Fritz beinahe gelacht hätte. »Außerdem geht er mit Annemarie. Er redet seit Tagen von nichts anderem mehr.« Sie rollte mit den Augen. »Annemarie hier, Annemarie da.«

»Und dagegen hat dein Vater nichts?«, hakte Fritz ein.

»Natürlich nicht. Willi ist ein Junge. Das ist was ganz anderes.«

»So ist es wohl.« Mit unzufriedener Miene spielte Fritz mit einem Strohhalm. »Trotzdem. Mir gefällt das nicht. Was ist, wenn er versucht, dich zu küssen?«

»Dann werde ich mich schon zu wehren wissen.« Sie sah den Zweifel in seinem Gesicht. »Wirklich. Ich will nur von einem geküsst werden. Aber der sitzt jetzt schon seit einer Viertelstunde neben mir und diskutiert lieber.« Sie schlug ihren Rock nach oben und entblößte den halb geöffneten Strumpfhalter. »Also, wo waren wir?«

»Und mit wem soll *ich* dann zum Tanz gehen?«

»Ist doch egal. Mit irgendjemandem. Hast du es denn immer noch nicht verstanden?« Sie rückte näher an ihn heran, legte eine Hand in seinen Nacken. »Ich habe vor, ein oder zwei Pflichttänze mit Heinrich zu bestreiten, und danach tanze ich den ganzen Abend mit dir.«

»Da wird Heinrich aber wütend sein.« Fritz grinste.

»Heinrich ist mir egal. Und wir fragen Ilse, ob sie mit dir hingeht. Einverstanden?« Natürlich hatte Klara ihrer besten Freundin längst erzählt, dass sie mit dem gemeinsamen Freund aus Kindertagen eine leidenschaftliche Liebesbeziehung begonnen hatte. Die brave Ilse hatte erschrocken die Hand vor den Mund geschlagen, doch ihre dunklen Augen hatten geleuchtet, und sie wollte bis ins letzte Detail erfahren, was sich zwischen Fritz und Klara an jenem ersten Nachmittag in der Scheune abgespielt hatte.

»Einverstanden.«

Klara seufzte übertrieben erleichtert. »Bin ich froh, dass wir das geklärt haben. Küsst du mich jetzt endlich?«

»Na gut. Wenn es sein muss.« Fritz grinste. Klara sah ihm in die Augen.

»Ich liebe dich, Fritz.«

»Ich weiß«, sagte er und zog sie an sich.

Sie liebten einander, als plötzlich hinter ihnen laut und vernehmlich das große Scheunentor knarrte. Vor Schreck wie gelähmt, starrten sie einander an. Fritz sah so entsetzt aus, als hätte soeben sein letztes Stündlein geschlagen, und fast wäre Klara über diesen Anblick in lautes Lachen ausgebrochen – wenn nicht die Möglichkeit bestanden hätte, dass die schweren Schritte, die sich ihr von hinten näherten und die Strohhalme auf dem Boden zum Knacken brachten, ihrem Vater gehörten. Dann, das wusste sie, hätte die Todesahnung in Fritz' Augen durchaus ihre Berechtigung gehabt.

»Was, zum Teufel …«, ertönte die Stimme ihres Bruders, und vor Erleichterung stieß sie heftig die Luft aus. Dann drehte sie mit einer langsamen Bewegung den Kopf nach hinten und gab sich Mühe, einen verschreckten, schuldbewussten Gesichtsausdruck zur Schau zu stellen.

»Willi«, quiekte sie mit ihrer höchsten und kindlichsten Stimme und riss weit die Augen auf. In dieser Situation, mit geschürzten Röcken rittlings auf Fritz sitzend, konnte ihr jedoch auch der unschuldigste Augenaufschlag nichts mehr nützen.

»Steh sofort auf«, donnerte Willi, und vor lauter Schreck – so hatte er sie noch nie angebrüllt, so wütend noch nie angesehen – gehorchte sie auf der Stelle. Mit einer ruckartigen Bewegung löste sie sich von Fritz, ohne darüber nachzudenken, dass sie ihn damit den Blicken ihres Bruders aussetzte.

Fritz rollte sich Schutz suchend auf die Seite und nestelte an seinen Hosenknöpfen herum, während Klara sich bemühte, ihre Röcke zu ordnen und trotz allem einen möglichst keuschen Eindruck zu machen.

Willi stürzte vor, packte Fritz, mit dem er seit seiner Kindheit befreundet war, am Kragen und riss ihn hoch. Er überragte Fritz um einen halben Kopf, war erheblich breiter als dieser und hätte ihn, wenn er gewollt hätte, wahrscheinlich mit wenigen Schlägen niederstrecken können. Und als sie die Wut in den Augen ihres Bruders sah, seine geballte Faust, mit der er ausholte, befürchtete Klara genau das.

»Tu ihm nichts!«

Zwei Augenpaare wandten sich ihr zu. Fritz, den Willi noch immer am Kragen hielt, guckte ziemlich hilflos. Willi ließ langsam seine Faust sinken, atmete einmal tief durch und neigte sich dann ganz nah zu Fritz.

»Wie kannst du das tun? Das ist meine Schwester«, zischte er mühsam beherrscht. Er stieß ihn mit einer so heftigen Bewegung von sich, dass Fritz nach hinten stolperte, das Gleichgewicht verlor und ins Heu fiel.

»Ich, ich …«, stammelte er, während Klara ihrem Bruder, der sich wortlos umgedreht hatte und schweren Schrittes aus der Scheune stapfte, hinterherlief.

»Willi! Willi, jetzt warte doch!« Sie rannte neben ihm her und versuchte mit seinem Tempo mitzuhalten, bis er abrupt stehen blieb und sich zu ihr umwandte. Seine Augen funkelten vor Wut, als er sie grob am Arm fasste. »Aua, lass mich los, du tust mir weh.«

»Wie lange geht das schon so mit euch beiden?«

»Willi, mein Arm!«

»Wie lange?« Der Griff seiner Finger verstärkte sich, mühelos umschlossen sie ihren Oberarm und zeichneten unter dem Ärmel sicher schon rote Male auf die Haut. Klara schnappte nach Luft. Gegen ihren Willen schossen ihr die Tränen in die Augen, als er sie nun auch noch grob schüttelte und wiederholte: »Klara! Wie lange?«

Trotzig blickte sie ihm in die Augen. »Na schön! Es geht dich zwar nichts an, aber wenn du es unbedingt wissen willst: ungefähr zwei Jahre.«

»Zwei Jahre?« Vor Verblüffung lockerte er seinen Griff etwas.

»Es ist einfach passiert.« Flehend sah sie ihn an. »Bitte verrat uns nicht.«

Willi schüttelte ungläubig den Kopf. »Aber du bist doch erst siebzehn.«

Klara hätte beinahe gelacht. Willi war nur ein gutes Jahr älter als sie selbst und tat gerade so, als wäre sie noch ein Baby.

»Ich bin *schon* siebzehn«, stellte sie klar. »Tu doch nicht so, als hättest du mit siebzehn nicht …« Sie stockte kurz und überlegte fieberhaft, wie die Freundin ihres Bruders im letzten Jahr geheißen hatte, »… nicht mit Erika das Gleiche gemacht.«

Mit dem Finger deutete Willi in Richtung Scheune, in deren Tor nun Fritz aufgetaucht war und sich nicht zu rühren wagte. »Das da habe ich mit siebzehn bestimmt nicht getan. Ganz sicher nicht!«

»Aber du hättest gerne!«, rutschte es Klara heraus, ehe sie darüber nachdenken konnte. Sie biss sich auf die Unterlippe. Willi zu verärgern war in dieser Situation sicher nicht das Klügste. Finster starrte er sie an. Dann ganz allmählich verzogen sich seine zusammengepressten Lippen zu einem Grinsen, und schließlich lachte er in sich hinein.

»Der Punkt geht an dich, Schwesterherz. Ich hätte es tatsächlich gerne getan.«

»Eben.« Sie lächelte erleichtert.

»Aber trotzdem …« Willis Blick fiel wieder auf Fritz und verfinsterte sich. Fast schien es, als wollte er erneut auf ihn losgehen. Klara legte ihm eine Hand auf die geballte Faust.

»Ich liebe ihn, Willi«, sagte sie. »Und wenn Papa es erfährt …«

»Tja, dann wird vermutlich nicht mehr viel von ihm übrig bleiben, was du lieben kannst.«

»Eben.« Sie nickte ernst. »Deshalb musst du den Mund halten. Bitte.«

»Das wäre ja, als würde ich die Sache gutheißen!«

»Du musst sie nicht gutheißen. Du musst nur nicht darüber reden. Versprochen?«

Willi musterte sie noch einmal aus zusammengekniffenen Augen, ehe sein Gesichtsausdruck weicher wurde. »Na schön. Versprochen.«

Klara war so erleichtert, dass ihr fast die Knie einknickten.

»Aber eins musst du mir noch erklären, Schwesterchen. Warum gehst du mit Heinrich zum Tanzfest am Samstag?« Er sprach selber weiter, bevor sie ihm antworten konnte. »Ach, ich versteh schon. Zur Tarnung. Ganz schön geschickt, das muss ich zugeben. Und das müsst ihr wohl sein, wenn ich zwei Jahre lang nichts bemerkt habe. Wenn ich jetzt so darüber nachdenke, wart ihr beiden tatsächlich dauernd wie vom Erdboden verschluckt.« Voller Ungläubigkeit über seine eigene Blindheit schüttelte er den Kopf. »Na ja. Ich geh dann mal wieder.« Er sah zu Fritz und hob die Hand. Sein Freund grüßte etwas unsicher zurück. »Nur eins noch, Klara: Mach mich nicht vorzeitig zum Onkel, kapiert? Dafür bin ich eindeutig zu jung.« Er drehte sich um und marschierte in Richtung der Felder davon. Klara starrte ihm hinterher.

Sie und Fritz hatten des Öfteren Kondome benutzt, aber mindestens ebenso oft nicht. Verhütungsmittel waren teuer und außerdem schwer zu bekommen. Klara hatte manchmal schon versucht, ihren Zyklus auszurechnen, wusste allerdings noch immer nicht wirklich, wie Knaus-Ogino funktionierte. Mehr darüber herauszufinden war praktisch nicht möglich, ohne Misstrauen zu erregen. Einmal hatte Klara ihre ältere Schwester zu dem Thema befragt, doch nicht nur hatte die zwanzigjährige Luise keinen blassen Schimmer gehabt, sie hatte Klara obendrein scharf zurechtgewiesen. Bisher hatten sie und Fritz einfach Glück gehabt, das wurde Klara jetzt, nach Willis letzter Bemerkung, mit einem Schlag klar.

Sie fuhr zusammen, als Fritz ihr eine Hand auf die Schulter legte.

»Meinst du, er wird es deinen Eltern sagen?«

Sie schüttelte den Kopf. »Ich glaub nicht.«

»Das klingt nicht gerade ermutigend. Obwohl«, meinte er dann mit Galgenhumor, »*ein* Gutes hätte es wenigstens.« Fragend sah sie ihn an. »Wir könnten zusammen zum Schützenfest gehen.«

»Ja.« Sie zog eine Grimasse. »Falls du dann noch gehen kannst.«

7.

Aber Willi hielt sein Versprechen, und so stand Klara am frühen Samstagabend in ihrem Zimmer vor dem Wandspiegel und betrachtete sich kritisch. Unschlüssig legte sie sich ihre Stola aus weißer Spitze um die Schultern – nur um sie gleich wieder herunterzuziehen. Ob sie wohl trotz der kühlen Temperaturen darauf würde verzichten können? Ohne das Tuch kam ihr selbst geschneidertes Kleid einfach viel besser zur Geltung. Den ganzen Winter hatte sie daran gearbeitet und war mit dem Ergebnis zufrieden. Der türkisfarbene Samt betonte ihre helle Haut und brachte ihre Augen zum Strahlen. Sie hatte so viele unsichtbare Abnäher eingearbeitet, dass es aussah, als flösse der Stoff regelrecht an ihrem Oberkörper entlang. Der Rock schwang weich und weit um ihre Beine und reichte bis zu den Spitzen der hochhackigen Schuhe, die sie sich von ihrer Mutter geliehen hatte. Ihre roten Haare fielen ihr in weichen Wellen auf die Schultern und schimmerten wie flüssiges Feuer. Fritz würde Augen machen.

»Na, Schwesterchen, bewunderst du dich?«

Klara zuckte zusammen, als ihr Bruder wie aus dem Boden gewachsen plötzlich hinter ihr stand und sie im Spiegel angrinste.

»Willi, du sollst mich nicht immer so erschrecken«, sagte sie und schlug freundschaftlich nach ihm, »das kostet mich jedes Mal fünf Stunden meiner kostbaren Lebenszeit.«

Er wich ihr geschickt aus. »Entschuldige, wenn meine grazilen Schritte mich nicht laut genug angekündigt haben.«

»Grazil?«, fragte sie lachend. »Ja, grazil wie ein Elefant vielleicht.«

»Sag ich doch. Du warst wohl ganz woanders mit deinen Gedanken, was? Ich frage mich nur, wo?« Seine Augen blitzten vor Übermut. »Doch nicht etwa … bei Fritz? In der Scheune?«

»Pssst. Bist du verrückt?« Ängstlich sah Klara zur Tür.

»Keine Sorge!« Er zwinkerte ihr verschwörerisch zu. »Aber ja, Klara, du siehst toll aus«, sagte er dann so laut, dass das ganze Haus ihn hören konnte, »deinem Heinrich werden bestimmt die Augen aus dem Kopf fallen.«

»Warum schreist du denn so?«, fragte Luise, die soeben an Klaras geöffneter Zimmertür vorbeikam und nun ebenfalls eintrat. Sie war groß und blond wie Willi und ihr Vater. Mit ihrem schlichten fliederfarbenen Kleid und den hochgesteckten Haaren wirkte sie sehr elegant und sehr erwachsen. Es war Klara ein Rätsel, warum die Männer bei ihrer älteren Schwester nicht Schlange standen, aber deren spröde, manchmal fast abweisend wirkende Art verhinderte das wohl. Luise würde einfach mit ihren Freundinnen zum Tanzfest gehen, und das schien ihr noch nicht einmal etwas auszumachen.

»Weil Heinrich Fiedler sich so überaus glücklich schätzen kann, dass er Klara heute Abend begleiten darf«, trompetete Willi weiter. »Die beiden werden ein Traumpaar abgeben, meinst du nicht auch, Ise?«

»Ich bin nicht taub«, sagte diese abwehrend. »Klara, leihst du mir deine weiße Haarschleife?«

»Natürlich.« Mit hochrotem Kopf kramte sie das Gewünschte aus ihrer Kommode und reichte es der Schwester.

»Danke.« Ihr Blick wanderte an Klaras Kleid hinab. »Der Ausschnitt ist ganz schön gewagt!«

»Findest du?« Ein wenig verunsichert sah Klara an sich herunter. Sicher, im Vergleich mit Luises züchtigem Stehkragen war jeder Ausschnitt tief.

»Dem Herrn Jungenschaftsführer wird's gefallen«, prophezeite Willi. Klara warf ihm einen warnenden Blick zu und griff nach ihrer Stola.

In diesem Moment begannen die Kirchenglocken zu läuten, und noch ehe der sechste Schlag verklungen war, klingelte es unten an der Haustür.

»Natürlich pünktlich wie ein Uhrwerk. Mist, wo hab ich eigentlich die Blumen für Annemarie?« Endlich trollte Willi sich.

»Besser so?«, erkundigte sich Klara bei ihrer Schwester und fasste die Stola vor der Brust mit einer Brosche zusammen. Luise betrachtete sie kritisch, ließ sich Zeit mit ihrem Urteil und nickte schließlich.

»Dann bis später.«

Es schellte zum zweiten Mal, Klara atmete tief durch und trat aus ihrem Zimmer. Langsam stieg sie über die geschwungene Treppe nach unten. Heinrich wartete gemeinsam mit ihren Eltern in der Eingangshalle auf sie. Das kurz geschnittene hellblonde Haar hatte er zurückgekämmt und wirkte in seinem gut sitzenden schwarzen Anzug noch größer und breitschultriger als sonst. Er blickte sie mit einem so bewundernden Lächeln an, dass es Klara unbehaglich zumute wurde.

»Du siehst ja umwerfend aus«, platzte Heinrich heraus und warf gleich darauf ihrem Vater einen unsicheren Blick zu, »wenn ich das so sagen darf?«

»Sie dürfen«, sagte Jakob, »und Sie haben vollkommen recht damit.«

»Danke.« Klara lächelte verlegen.

Heinrich half ihr in den Mantel und versicherte gleichzeitig ihren Eltern, dass er sie pünktlich und wohlbehalten um zwölf Uhr wieder nach Hause bringen würde. Als die Tür sich hinter ihnen geschlossen hatte, betrachtete Heinrich sie hingerissen.

»Du bist das schönste Mädchen des Abends. Ich bin sehr glücklich, dass ich der Mann an deiner Seite sein darf.« Er fasste ihre Oberarme und trat einen Schritt auf sie zu. Klara konnte sich nur mit Mühe davon abhalten, vor ihm zurückzuweichen. Das lief alles überhaupt nicht gut. Sie hatte keine Ahnung gehabt, dass er sie so mochte. In der Schule wirkte er immer so abgeklärt und unemotional, deshalb hatte sie ihn ja ausgewählt. Und was hatte er nun vor? Wollte er sie etwa küssen? Jetzt schon? Das war ein Problem, von dem sie gedacht hatte, sich ihm, wenn überhaupt, frühestens am Ende des Abends stellen zu müssen. Sie sah zu ihm auf – er war mehr als einen ganzen Kopf größer als sie – und betete um ein Wunder. In diesem Moment wurde die Tür hinter ihnen aufgestoßen, und Willi stand breit grinsend im Rahmen.

»Na, ihr beiden Turteltäubchen, ich hoffe, ich störe nicht!«

Heinrich schüttelte den Kopf und trat einen Schritt zurück.

»Hab sie gefunden.« Willi schwenkte das Blumenarmband für Annemarie wie eine Trophäe. »Dann wollen wir mal! Ihr habt doch nichts dagegen, wenn ich gleich mitkomme?«

»Aber nein. Gar nicht.« Heinrichs Antwort klang gezwungen, doch Klara war noch nie in ihrem Leben so froh gewesen, ihren Bruder zu sehen. Dankbar lächelte sie ihn an.

Zu Fuß machten sie sich auf den Weg zur großen Festhalle des Schützenvereins, die nur eine knappe Viertelstunde entfernt lag. Leider trennten sich schon nach wenigen Minuten ihre Wege, weil Willi seine Begleitung zu Hause abholen wollte. Er würde sie dann wieder später auf dem Ball treffen.

Ein wenig beklommen schritt Klara neben Heinrich her. Die Dämmerung brach über ihnen herein und tauchte alles in ein unwirkliches Licht. Zu ihrer Linken erstreckten sich, so weit das Auge reichte, die Obstplantagen, deren Bäume sich zu dieser Jahreszeit noch nackt und kahl aneinanderreihten.

Plötzlich spürte Klara, wie Heinrich nach ihrer Hand tastete. Sie zog sie rasch weg und verschränkte beide Arme vor der Brust.

»Es ist noch ziemlich kühl, nicht wahr?«, sagte sie laut.

»Ja, das stimmt. Willst du meine Jacke haben?«

Klara schüttelte den Kopf. »Nein, ist schon gut. Vielen Dank!« Fast wünschte sie, er wäre ein bisschen weniger nett. Sie würde ihn heute Abend enttäuschen müssen – offensichtlich versprach er sich viel von ihrer Verabredung. Es wäre viel leichter gewesen, wenn er sich unhöflich und mürrisch gegeben hätte.

»Ich freue mich schon so sehr auf die Apfelblüte«, sagte Klara, um die peinliche Stille zwischen ihnen zu überbrücken. »Ich liebe es, wenn der Frühling kommt und mit ihm die Farben und das Leben zurückkehren. Du nicht?«

»Doch«, antwortete er. »Vielleicht machen wir mal ein Picknick zusammen, wenn es wärmer ist.«

»Vielleicht«, sagte Klara und beschloss, von nun an lieber den Mund zu halten. Sie passierten den Kirchhof und das Pfarrhaus. Kurz blickte sie zu dem Fenster hinauf, hinter dem

Fritz wohnte, als könnte sie von dort Hilfe erwarten. Aber natürlich war es dunkel in seinem Zimmer. Er holte vermutlich gerade Ilse ab.

»Du siehst wirklich ganz verfroren aus«, meinte Heinrich und legte ihr einen Arm um die Schulter. »Komm, ich wärme dich.«

»Nicht nötig.« Sie entwand sich ihm, indem sie ihre Schritte beschleunigte, und deutete auf die nur noch etwa hundert Meter entfernte, mit Wimpeln und Lichtern geschmückte Festhalle. »Schau, wir sind gleich da.«

Er schloss zu ihr auf und musterte sie prüfend von der Seite.

»Dir ist aber schon klar, dass wir uns beim Tanzen berühren werden, oder?«

»Was? Ach so.« Sie lachte verlegen. »Natürlich.«

»Dann ist es ja gut«, sagte er, und es klang fast wie eine Drohung. Er stapfte vorneweg, und sie folgte ihm mit einem unguten Gefühl in der Magengegend.

8.

Schützenhalle Jork im Alten Land, März 1939

In der Schützenhalle herrschte bereits reges Treiben, als Klara mit Heinrich eintrat. Die Band auf der provisorisch errichteten Bühne spielte zum Tanz auf, doch bis auf ein paar Übereifrige, die schon ungeniert die Tanzfläche stürmten, standen die Gäste noch in Grüppchen beisammen, begrüßten einander freudig und ließen ihre Gläser aneinanderklirren. Die Luft war erfüllt von der Erwartung einer rauschenden Festnacht, und Klaras Unbehagen wich einem Gefühl der Vorfreude. Sie liebte es, zu tanzen und zu feiern. Ihr Blick wanderte hoffnungsvoll über die Anwesenden, doch konnte sie weder Fritz noch Ilse entdecken.

Heinrich half ihr aus dem Mantel und umschloss dann ihre Hand so fest mit seiner, dass sie sich ihm nicht entwinden konnte. Als sie es versuchte, verstärkte er seinen Griff, sodass sie nur mit Mühe einen Schmerzenslaut unterdrücken konnte. Sie war zu verblüfft, um aufzubegehren. Er zog sie in Richtung eines langen Tisches, an dem seine Freunde von der Hitlerjugend saßen. Sie wurden mit lautstarkem »Heil Hitler« begrüßt.

»Guten Abend«, sagte Klara, während Heinrich ihr den Stuhl zurechtrückte. Der Blick, den er ihr daraufhin zuwarf, war so missbilligend, dass sie sich korrigierte: »Ich meine, Heil Hitler.«

Heinrich nickte und ging los, um ihnen etwas zu trinken zu holen. Klara rieb ihre schmerzende Hand, auf der sich rot die Abdrücke von Heinrichs Fingern abzeichneten. Sie starrte auf die grün-weiße Papiertischdecke und ärgerte sich über sich selbst. Wieso ließ sie sich von Heinrich einschüchtern? Sicher, sie hatte ihm Hoffnungen gemacht, indem sie seine Einladung zum Schützenfest angenommen hatte, und da er nicht ahnen konnte, dass sie ihn lediglich als Tarnung benutzte, tat er ihr leid. Doch deshalb durfte er sie noch lange nicht durch die Halle schleifen wie einen Hund und ihr vorschreiben, wie sie seine Freunde zu begrüßen hatte.

Als er zurück an den Tisch kam, blickte sie ihm angriffslustig entgegen. Er stellte ein Glas vor ihr ab.

»Alkoholfreier Apfelpunsch. Ist das in Ordnung? Sonst hole ich dir gerne etwas anderes. Entschuldige, ich hätte dich fragen sollen, was du willst.« Er wirkte zerknirscht, offensichtlich tat es ihm leid, so grob zu ihr gewesen zu sein. Klaras kämpferische Stimmung verflog.

»Das ist prima. Vielen Dank.« Sie lächelte ihm zu und gab ihm damit zu verstehen, dass sie ihm sein Verhalten nicht übel nahm. Offenbar erleichtert setzte er sich neben sie und begann eine Unterhaltung mit den anderen Anwesenden. Verwundert registrierte sie, wie Heinrich in Gesellschaft seiner Kameraden aufblühte und eine Anekdote nach der anderen zum Besten gab. Alle hingen wie gebannt an seinen Lippen, doch Klara konnte ihre Begeisterung nicht teilen. Sie redeten über nichts anderes als den HJ-Dienst, und da Klara nicht Mitglied war, langweilte sie das Thema. Außerdem fühlte sie sich plötzlich unbehaglich in ihrem leuchtend türkisfarbenen Kleid und den wild gelockten Haaren. Im Vergleich mit den deutschen Mädeln, die sich um den Tisch scharten, Kleider in gedeckten Farben und die Haare ordentlich geflochten trugen, musste sie herausstechen wie ein Paradiesvogel. Sie schielte an sich herunter und musste Luise recht geben. Ihr Ausschnitt war tatsächlich gewagt. Sie rückte die Stola zurecht.

Suchend sah sie sich um und fing Willis Blick auf, der ihr von der anderen Seite des Saals zuwinkte, um sich dann gleich wieder seiner Annemarie zuzuwenden. Wo Fritz und Ilse nur blieben? Klara hatte die Hoffnung, sich vielleicht in nicht allzu ferner Zukunft von ihrem Tisch lösen und zu den beiden stoßen zu können, auch wenn eine innere Stimme ihr sagte, dass Heinrich das vermutlich gar nicht gefallen würde.

Das Dorforchester stimmte einen flotten Walzer an, und Klara wippte mit dem Fuß. Wie gerne hätte sie jetzt mit Fritz das Tanzbein geschwungen. Das Ganze war eine dumme Idee gewesen. Gerade überlegte sie, wie sie den Abend möglichst reibungslos überstehen konnte, als ihr Gegenüber, ein dralles Mädchen mit blonden Zöpfen, sie ansprach.

»Ich bin die Heidi«, stellte es sich vor; Klara fand, dass dieser Name ausnehmend gut zu ihr passte.

»Ich bin Klara«, gab sie zurück und blickte in die gutmütigen blauen Augen der anderen. Wimpern und Augenbrauen waren so hell, dass sie fast weiß wirkten.

»Bist du auch beim BDM?«

»Nein.«

Mit einem Schlag wurde es still am Tisch, und alle Köpfe wandten sich Klara zu. Sie wünschte sich plötzlich weit fort.

»Warum denn nicht?«, erkundigte sich Heidi, woraufhin Klara unbestimmt mit den Schultern zuckte.

»Meine Eltern …«, begann sie, ohne wirklich zu wissen, was

sie eigentlich sagen wollte, als sie schon ein dürrer Junge mit exaktem Seitenscheitel unterbrach.

»Haben sie was gegen die Hitlerjugend?«, fragte er mit hoher Stimme und musterte sie lauernd.

»Natürlich nicht«, ging Heinrich dazwischen, noch ehe Klara antworten konnte. »Klara hatte einfach bisher andere Interessen, nicht wahr?« Der Einfachheit halber nickte sie.

»Aber wir haben so viel Spaß zusammen, du solltest einfach mal mitkommen«, lud Heidi sie freundlich lächelnd ein, und Klara lächelte höflich zurück.

»Ja, vielleicht mache ich das.«

»Ganz bestimmt sogar wirst du das tun«, sagte Heinrich. »Es ist zwar noch nicht offiziell, aber angeblich wird schon sehr bald die Mitgliedschaft für alle deutschen Jugendlichen zur Pflicht.«

»Was?« Nur mühsam verbarg Klara ihr Entsetzen über diese Ankündigung.

»Von der Jugend hängt die Zukunft unseres Volkes ab«, erklärte Heinrich, und es klang, als zitierte er aus einem Lehrbuch. Was er vermutlich auch tat. »Wir müssen die Jugend auf ihre Aufgaben vorbereiten, und deshalb soll zukünftig die gesamte deutsche Jugend in der HJ zusammengefasst werden. Du wirst sehen, es wird dir gefallen«, ergänzte er hastig, als er Klaras Gesichtsausdruck bemerkte.

»Es ist wirklich lustig«, bestätigte Heidi, der Klara anscheinend leidtat, »wir marschieren zusammen durch den Wald, veranstalten Lagerfeuerabende, treiben Sport …«

Klara wollte gerade einwerfen, dass sie alles andere als eine Sportskanone war, als sie aus dem Augenwinkel bemerkte, wie Fritz die Halle betrat. Ihr Herz machte einen kleinen Hüpfer, er sah fantastisch aus mit seinem dunkelbraunen Anzug und dem wirren Haarschopf, der den kurz geschnittenen, sauber gescheitelten HJ-Köpfen an ihrem Tisch geradezu wie eine Provokation vorkommen musste.

Klara erhob sich von ihrem Stuhl, doch Heinrich hielt sie am Unterarm fest.

»Was ist los? Ist dir schlecht?«

»Nein«, antwortete sie und hätte sich im selben Moment ohrfeigen können. Da lieferte er ihr die perfekte Ausrede auf dem Silbertablett, und sie war zu ehrlich, um die Chance zu ergreifen. »Nein«, wiederholte sie. »Ich will ein paar Freunde von mir begrüßen. Sie sind eben angekommen.«

»Aber wir unterhalten uns doch gerade.« Er ließ ihren Arm nicht los, und Klara sah auf seine Hand hinunter, die schon wieder Abdrücke auf ihrer Haut hinterließ.

»Lass mich los, du tust mir weh«, sagte sie. Allmählich reichte es ihr. Der Abend war schon misslungen genug, ohne dass sie mit blauen Flecken nach Hause ging. Heinrich folgte ihrem Blick und löste seinen Griff abrupt.

»O mein Gott, entschuldige bitte.« Betreten starrte er auf ihren Arm. »Das tut mir wirklich leid.«

Es war Klara äußerst unangenehm, dass alle Augen auf ihr ruhten.

»Ich wollte das nicht«, wiederholte Heinrich und wirkte nun ehrlich zerknirscht.

»Heinrich weiß einfach nicht, wohin mit seiner Kraft«, sagte sein Sitznachbar und haute ihm kumpelhaft auf die Schulter. Die anderen am Tisch lachten; Klara fand es gar nicht komisch. Sie spähte wieder hinüber zu Fritz, an dessen Seite jetzt auch Ilse auftauchte. Für einen Moment verschlug es ihr den Atem. Ihre Freundin sah einfach umwerfend aus. Das schmale weiße

Kleid betonte ihren langen, schlanken Körper und bildete einen reizvollen Kontrast zu ihren dunklen Haaren und Augen.

»Klara?«, fragte Heinrich, und sie wandte sich ihm wieder zu. »Was denn?«

»Willst du dich nicht wieder hinsetzen?« Bittend blickte er sie an. Nein, sie wollte sich nicht hinsetzen. Aber ihm vor all seinen Freunden eine Abfuhr zu erteilen und einfach davonzugehen, brachte sie auch nicht über sich. Zumal von der Gruppe am Tisch eine Energie ausging, die fast einer Bedrohung gleichkam. Also nahm sie wieder Platz, beschloss, sich in einer Viertelstunde mit Kopfschmerzen zu entschuldigen und das Fest zu verlassen.

Während sie so tat, als lauschte sie Heidis schwärmerischen Ausführungen über die Kameradschaft und all die spaßigen Aktivitäten, die sie mit ihrer BDM-Schar erlebte, schaute sie sich unauffällig nach Fritz und Ilse um, die am gleichen Tisch wie Willi, Annemarie und Luise Platz genommen hatten. Klara wünschte sich nichts sehnlicher, als jetzt dort mit ihnen sitzen zu können. Fritz fing ihren Blick auf und lächelte ganz leicht, dann wandte er sich wieder Ilse zu und flüsterte ihr etwas ins Ohr. Die nickte. Klara spürte einen Stich von Eifersucht, weil die beiden so gut zusammen aussahen. Und so vertraut.

Natürlich sehen sie vertraut aus, sagte sie sich, sie kennen sich ihr ganzes Leben lang. Sie sind Freunde. Und es war meine Idee, dass sie zusammen auf dieses Fest gehen.

Aus dem Augenwinkel beobachtete sie, wie ihre Freunde sich erhoben und gemeinsam die Tanzfläche betraten. Das Orchester spielte eine Rumba. Fritz legte seine Hand an Ilses Taille und zog sie ein Stück zu sich heran. Fast unerträglich harmonisch bewegte sich das Paar zur Musik über die Tanzfläche. Klara spürte, wie ihr das Blut in den Kopf schoss, und wandte sich wieder Heidi zu. Doch ihr Gegenüber hatte inzwischen mitbekommen, wie wenig Klara an ihren Ausführungen interessiert war, und schwieg beleidigt. Klara lächelte entschuldigend.

»Möchtest du tanzen?«, fragte Heinrich in diesem Moment, und sie nickte.

»Gerne.« Eigentlich hatte sie keine Lust, aber noch weniger wollte sie hier herumsitzen, während Fritz und Ilse sich so prächtig zu amüsieren schienen.

Leider wusste Heinrich auch auf der Tanzfläche nicht, wohin mit seiner Kraft, und stieg Klara schon nach wenigen Takten mit voller Wucht auf die Zehen. Sie stieß einen Schmerzensschrei aus.

Er musterte sie bestürzt. »Oh nein, das wollte ich nicht. Klara, es tut mir so leid.«

»Ist schon gut.« Doch als in diesem Moment wieder einmal Fritz und Ilse in perfekter Harmonie an ihr vorbeischwebten, schossen Klara die Tränen in die Augen. Heinrichs Miene wurde noch eine Spur betroffener.

»Tut es so weh?« Er fasste ihren Arm, dieses Mal so vorsichtig, als wäre sie aus Porzellan. »Komm, wir gehen zurück an den Tisch.«

»Ja, gut.«

»Soll ich dir vielleicht Eis holen für deinen Fuß?«, erkundigte er sich hilflos und wechselte vor Aufregung ein paarmal die Farbe. »Ich bin ihr auf den Fuß getreten«, erklärte er den Umsitzenden, ehe Klara es verhindern konnte. Sofort wurde sie mit Mitleidsbekundungen überhäuft.

»Sollten wir nicht lieber einen Arzt holen? Wenn es so wehtut, dann könnte was gebrochen sein.«

»Nein, nein, es geht schon wieder«, beteuerte Klara, aber angesichts der Tränen, die ihre Wangen herunterkullerten, glaubten ihr die anderen natürlich kein Wort. Sie konnte selbst nicht fassen, wie eifersüchtig der Anblick von Fritz und Ilse sie machte.

Die nächste halbe Stunde saß sie wie gelähmt auf ihrem Platz, folgte mit halbem Ohr der Unterhaltung am Tisch und fühlte sich elend.

Plötzlich tippte ihr jemand auf die Schulter, und als sie aufschaute, blickte sie direkt in seine hellbraunen Augen.

»Hallo«, sagte Fritz, »möchtest du vielleicht tanzen?« Ihr Herz machte einen Hüpfer, und am liebsten wäre sie aufgesprungen und ihm um den Hals gefallen. Aber erstens wäre damit alles umsonst gewesen, und zweitens war sie doch ein bisschen wütend auf ihn. War es wirklich nötig gewesen, derart lange mit Ilse zu tanzen? Ganz so leicht wollte sie es ihm nicht machen.

»Nein«, sagte sie und sah ihn unverwandt an.

»Warum denn nicht?«

»Ich glaube, du brauchst erst mal eine kleine Verschnaufpause«, antwortete sie bemüht gleichgültig, aber natürlich erkannte Fritz sofort, was mit ihr los war. In seinen Augen blitzte es amüsiert – und das ärgerte sie gleich noch mehr. Freute es ihn etwa, dass sie eifersüchtig war? Vermutlich.

»Ach, komm schon«, bat er und berührte ihren Oberarm.

Ihr war, als würden dabei Funken von seiner Haut auf ihre überspringen. »Nein!«

Er lehnte sich zu ihr herunter. »Und wenn ich Bitte sage?«, flüsterte er.

Sie roch seinen vertrauten Duft und wollte gerade seine dargebotene Hand nehmen, als Heinrich, den sie vollkommen vergessen hatte, sich in ihr Gespräch mischte.

»Du hast sie gehört! Lass sie in Ruhe.«

Ihn ignorierend stand Fritz einfach nur da und hielt Klara seine Hand hin. Die Unterhaltung am Tisch war mittlerweile verstummt, und sämtliche Augenpaare richteten sich auf ihn.

»Fass sie nicht an!« Mit einem Satz war Heinrich aufgesprungen und baute sich nun drohend vor Fritz auf, der erstaunlich kühn zu dem Hünen hochblickte, der ein ganzes Stück größer war als er und vor allem doppelt so breit.

»Klara«, nahm er einen erneuten Anlauf, da packte ihn Heinrich am Arm und riss ihn zu sich herum.

»Bist du taub? Verzieh dich!«

»Wer redet denn mit dir, Hitlerjunge?«

Einen Augenblick herrschte Stille, dann überschlugen sich die Ereignisse. Heinrichs Freunde sprangen auf, alle redeten empört durcheinander, und ein Faustschlag, gezielt unter das rechte Auge gesetzt, streckte Fritz zu Boden. Klara schrie auf. Benommen sah Fritz zu Heinrich hoch, der mit geballter Faust über ihm stand. Menschen strömten von den umliegenden Tischen herbei, sogar das Orchester verstummte, und der Organisator des Festes eilte schimpfend herbei.

»Was soll das denn, Jungs? Ich dulde keine Prügelei! Was ist passiert?«

Fritz rappelte sich hoch, sein Jochbein begann bereits, sich dunkel zu verfärben. Klara bedachte Heinrich mit einem vernichtenden Blick und wandte sich Fritz zu. Gerade wollte sie die Hände nach ihm ausstrecken, da wich er vor ihr zurück.

»Lass mich.«

Ungläubig starrte sie ihn an. Er konnte doch ihr nicht die Schuld daran geben, dass Heinrich sich derart vergessen hatte. Sie konnte nichts dafür. Auch wenn sie ihm mittlerweile recht geben musste, dass sie bei der Auswahl ihrer Begleitung für den heutigen Abend kein gutes Händchen bewiesen hatte.

»Fritz«, bat sie und tat einen weiteren Schritt auf ihn zu.

»Wirklich, Klara, bleib weg.« Sein Gesicht war feuerrot, und er kehrte ihr den Rücken zu. Plötzlich verstand sie, wie gedemütigt er sich fühlen musste. In diesem Moment tauchte Ilse auf und nahm sich seiner an. Sanft strich sie ihm über das malträtierte Gesicht. Mit einiger Mühe schluckte Klara ihre Eifersucht hinunter. Es war ja gut, dass sich jemand um Fritz kümmerte. Sie sah den beiden nach, wie sie in Richtung der Waschräume verschwanden.

Als sie Heinrich erklärte, sie werde jetzt nach Hause gehen, bestand dieser darauf, sie zu begleiten.

»Ich kann ganz gut selber auf mich aufpassen, danke.«

»Kommt überhaupt nicht infrage. Glaubst du, ich lasse dich alleine durch die Nacht laufen? Das ist zu gefährlich!«

»Ach ja? Wie wahrscheinlich ist es denn, dass ich heute Abend einem weiteren brutalen Schläger über den Weg laufe?«

Verletzt blickte er sie an. »Ich wollte dich doch nur verteidigen.«

»Nein, du wusstest bloß mal wieder nicht, wohin mit deiner Kraft. Du wolltest deine Stärke beweisen, und es war dir ziemlich egal, wer dafür herhalten musste. Aber so ist das eben in eurem Verein.«

»Was hast du da gerade gesagt?«

Sie biss sich auf die Lippen. »Nichts. Ich möchte einfach nur nach Hause.«

Er folgte ihr in Richtung Ausgang.

»Ich hab gesagt, du sollst mich in Ruhe lassen.«

»Ich habe deinen Eltern versprochen, dass ich dich nach Hause bringe, und genau das werde ich auch tun.«

Sie zuckte die Schultern und wandte sich zum Gehen. Heinrich folgte ihr.

9.

Es war inzwischen dunkel geworden, und Klara zog ihren Mantel fester um sich. Heinrich blieb ihr in einem Abstand von zwei Metern auf den Fersen. Sie hörte nicht nur seine schweren Schritte, sondern spürte auch seine Präsenz im Rücken. Klara bekam eine Gänsehaut. Der Weg war menschenleer, niemand würde sie hören, wenn Heinrich sie jetzt von hinten packte. Sei nicht albern, schimpfte sie mit sich selbst, dennoch beschleunigte sie ihren Schritt, und er tat es ihr gleich. In der Ferne konnte sie die hell erleuchteten Fenster des Landahl-Hofs erkennen.

»Würdest du bitte nicht hinter mir herlaufen wie ein Wachhund?«, fragte sie gereizt, und er schloss zu ihr auf.

»Entschuldige. Ich wusste nicht, wie nah ich dir kommen darf.«

»So ist es nah genug«, sagte sie, als er neben ihr stand. Er sah sie aus traurigen blauen Augen an, und beinahe hätte er ihr leidgetan. Aber dann erschien wieder das Bild vor ihrem inneren Auge, wie er Fritz geschlagen hatte. Das Geräusch, das seine Faust beim Aufprall auf Fritz' Gesicht gemacht hatte, würde sie nie vergessen.

Erleichtert schlug sie kurz danach den Weg zu der von Bäumen gesäumten Hofauffahrt ein und wandte sich um.

»Du kannst jetzt gehen, wir sind da«, sagte sie.

»Er ist dein Freund, nicht wahr?«, fragte Heinrich und

wirkte plötzlich gar nicht mehr traurig. »Dieser Fritz ist dein Freund.«

»Ich ... Nein, ich ...«

»Nein?« Er kam auf sie zu und packte ihr Handgelenk. »Ich glaube doch. Ich hab gesehen, wie du ihn angeguckt hast. Und in der Schule steht ihr auch ständig zusammen. Ein Blinder würde mitkriegen, dass da was läuft zwischen euch. Nur frage ich mich, warum du dann dieses Theater abgezogen hast.«

»Du tust mir weh«, sagte sie schon zum zweiten Mal an diesem Abend, doch diesmal dachte er gar nicht daran, sie loszulassen.

»Hat es dir Spaß gemacht, mich zum Narren zu halten? Mir mit deinem tiefen Ausschnitt vor der Nase herumzutanzen?« Sein Gesicht war dicht vor ihrem, und sie spürte, wie sie es mit der Angst zu tun bekam.

»Heinrich, lass mich los.«

Er sah auf sie hinunter. Klara versuchte, seinen Blick unerschrocken zu erwidern, konnte aber nicht verhindern, dass ihr Atem flach und stoßweise ging und ihre Hände zitterten. Er war riesig und stark wie ein Bär. Sie hatte nicht die geringste Chance gegen ihn.

In diesem Moment hörte sie ein paar Meter weiter ein Geräusch und wandte den Kopf.

»Ich glaube, da ist jemand.«

Heinrich schüttelte den Kopf. »Da ist niemand, kleines Mädchen.« Der siegessichere Klang seiner Stimme jagte ihr einen kalten Schauer über den Rücken. Sie wünschte, die Auffahrt zum Hof wäre nicht so lang und geschwungen. Hier konnte man sie vom Haus aus nicht sehen, selbst wenn ihre Eltern gerade zum Fenster herausschauten. Was sie sicher sowieso nicht taten, da sie Klara nicht vor zwölf zurückerwarteten. Mit einem Mal packte Heinrich sie an beiden Oberarmen und drückte zu. Klara schrie auf. Er betrachtete sie von oben wie ein Raubtier seine Beute. »Ich mag es nicht, wenn man mich vor meinen Kameraden lächerlich macht.«

»Ich habe dich doch gar nicht ...«

Er schüttelte sie so heftig, dass sie verstummte und benommen zu ihm hochblickte.

»Doch, das hast du«, sagte er beinahe freundlich. »Und dafür wirst du jetzt bezahlen.« Er küsste sie so plötzlich und heftig, dass Klara das Gefühl hatte, ihr würden die Zähne ausgeschlagen. Sie wand sich in seinem Griff und versuchte zu schreien, doch er legte ihr die Hand auf den Mund und stieß sie gleichzeitig zu Boden. Klara wehrte sich nach Kräften, versuchte, ihre Fingernägel in sein Gesicht zu schlagen, die Zähne in seine Hand zu graben, doch er zwang sie nieder. Sein massiger Körper begrub sie unter sich, die Luft wurde ihr aus den Lungen gepresst. Mein Gott, er erdrückt mich, dachte sie voller Panik. Heinrich riss ihren Mantel auf und zerrte am Oberteil ihres Kleides.

Sie hörte Schritte. Eilige Schritte, die auf dem Kies der Hofeinfahrt knirschten. Klara betete, dass ihre Ohren ihr keinen Streich spielten. Sie drehte den Kopf, und Heinrich biss ihr in den Hals.

»Sofort loslassen«, donnerte da die Stimme ihres Vaters, und vor lauter Erleichterung schluchzte Klara auf. Heinrich auf ihr wurde plötzlich stocksteif. »Du gehst jetzt von meiner Tochter runter, oder ich schieße.« Klara blinzelte und sah ihren Vater im Schlafanzug neben ihnen stehen, die von ihr und Fritz so oft halb im Scherz erwähnte Schrotflinte im Anschlag. »Eins, zwei ...«

Heinrich rappelte sich hoch und stützte sich dabei auf Klaras Unterarm ab. Sie wimmerte. Ihr Angreifer wirkte selbst gegen Jakob Landahl wie ein Riese, doch die Waffe schien ihm Respekt einzuflößen.

»Schon gut«, murmelte Heinrich und hob die Hände, »nichts passiert.«

Nichts passiert! Klara hätte beinahe gelacht. Ihr tat jeder einzelne Knochen weh.

»Verschwinde«, knurrte Jakob. »Das wird ein Nachspiel haben.«

Heinrich zuckte mit den Schultern, machte auf dem Absatz kehrt und verschwand in der Nacht. In diesem Moment entdeckte sie Fritz, der hinter ihrem Vater gestanden hatte und nun bei ihr niederkniete.

»Bist du okay?«, fragte er. Seine linke Gesichtshälfte schillerte in allen Regenbogenfarben. Sie nickte und fing an zu weinen. »Es tut mir so leid«, sagte Fritz. Sie verstand gar nicht, was er meinte. Es war doch nicht seine Schuld. Sie allein war blöd genug gewesen, sich mit einem Schläger und möglichen Vergewaltiger zu verabreden. Und dann auch noch mutterseelenallein mit ihm durch die Nacht zu laufen. Klara konnte selbst nicht fassen, wie dumm sie gewesen war. »Ich habe euch gesehen«, fuhr Fritz fort, während er ihr behutsam auf die Füße half, »ich stand da hinter dem Baum.« Er deutete in die Richtung, aus der Klara vor wenigen Minuten das Geräusch gehört hatte. Also hatte sie recht gehabt. Da *war* jemand gewesen. »Ich bin, so schnell ich konnte, zum Haus gelaufen, um deinen Vater zu wecken.« Verblüfft schaute sie ihn an. Er hob entschuldigend die Hände. »Was hätte ich anderes tun sollen? Der Kerl hätte Mus aus mir gemacht.« Klara musste ihm zustimmen. Wenn

Fritz, was sicher sein erster Impuls gewesen war, sich auf ihren Angreifer gestürzt hätte, läge er jetzt vermutlich bewusstlos im Gras. Und sie, Klara … Doch daran wollte sie jetzt nicht denken. Stattdessen war er zum Haus gelaufen und hatte Hilfe geholt. Eine Entscheidung, die ihm irgendwie peinlich zu sein schien. Aber Klara war ihm unendlich dankbar, dass er nicht den Helden gespielt hatte. So – und wohl nur so – hatte er sie retten können. Jakob trat jetzt zu ihnen heran und blickte seine Tochter an. Er sah aus, als würde er jeden Moment anfangen zu weinen.

»Klara«, sagte er mit bebender Stimme.

»Schon in Ordnung, Papa. Mir geht es gut. Wirklich.«

»Ich war immer dagegen, dass du dich mit Jungs verabredest. Deine Mutter meinte, du bist alt genug.«

Jakob Landahl hatte sich bei Fritz für seine Hilfe bedankt und ihn dann nach Hause geschickt. Klara war zu kraftlos gewesen, um zu protestieren, hatte Fritz noch einen dankbaren Blick zugeworfen und sich dann von ihrem Vater ins Haus begleiten lassen. Nur mit einem Morgenmantel bekleidet, stürzte ihre Mutter in der Eingangshalle auf sie zu.

»Mein Gott, was ist geschehen?« Sie wirkte so entsetzt, dass Klara einen raschen Blick in den großen goldgerahmten Flurspiegel warf und selber erschrak. Sie sah abenteuerlich aus. Eine blutige Schramme lief quer über ihre Wange, die Haare standen ihr zerzaust vom Kopf ab, ihr schönes Kleid war schmutzig und am Ausschnitt eingerissen. Elisabeth strich über ihren Oberarm, wo sich dunkelrote Hämatome gebildet hatten.

»Ist schon gut, Mama«, sagte Klara rasch.

»Nichts ist gut. Wir müssen die Polizei rufen. Wo ist der Kerl?«

Jakob stand mitten in der Eingangshalle, die Schrotflinte hing kraftlos herunter. »Ich habe ihn laufen lassen. Aber morgen werde ich seine Eltern verständigen.«

»Seine Eltern?« Ungläubig starrte Elisabeth ihren Mann an. »Er hat Klara nicht ihr Spielzeug weggenommen. Er hat versucht, sie zu ...«

»Mama, jetzt lass doch«, unterbrach Klara sie. »Es ist ja nichts passiert. Können wir das Ganze nicht einfach vergessen?« Der Gedanke, irgendeinem Polizisten erzählen zu müssen, was passiert war, bereitete ihr Übelkeit. »Ich möchte einfach nur ins Bett.«

»Wenn du meinst.« In Elisabeth kämpften zwei Seiten miteinander. Sie wollte den Jungen bestraft wissen, der ihrer Tochter das angetan hatte. Andererseits hielt man sich in diesen Tagen von der Polizei am besten fern. »Du solltest allerdings noch was Heißes trinken.«

»Danke, aber ich möchte wirklich nur schlafen.« Klara umarmte erst ihre Mutter und dann ihren Vater. »Danke«, flüsterte sie ihm ins Ohr. Er tätschelte ihr unbeholfen den Rücken.

In ihrem Zimmer streifte sie die hohen Schuhe von den Füßen und ließ ihr ruiniertes Kleid zu Boden gleiten. Während sie die Bänder ihres Mieders löste, zitterten ihre Finger. So schnell sie konnte, stieg sie aus der Unterwäsche und zog ihr Nachthemd an, als sie hinter sich ein Geräusch hörte. Sie fuhr herum und stieß einen Schrei aus. Jemand klopfte hinter den blau-goldenen Brokatvorhängen sachte von außen gegen ihr Fenster. Klaras Herz hämmerte wild in ihrer Brust, als sie langsam darauf zuging und mit einem Ruck den schweren Vorhang zur Seite zog. Auf dem Fensterbrett saß eine dunkle Gestalt, in der sie erst auf den zweiten Blick Fritz erkannte. Er legte den Zeigefinger auf die Lippen und bedeutete ihr, ihn einzulassen. Klara schwankte vor Erleichterung und öffnete mit zitternden Fingern das Fenster. Nur mit Mühe konnte sie die Tränen zurückhalten.

»Du hast mich fast zu Tode erschreckt«, sagte sie mit bebender Stimme.

»Tut mir leid.« Fritz sprang vom Fensterbrett. »Ich musste unbedingt nachschauen, ob du in Ordnung bist.« Er trat zu ihr und musterte sie prüfend.

Allmählich beruhigte sich Klaras Herzschlag.

»Es geht mir gut.«

»Wirklich?« Zweifel sprach aus seinem Blick. Klara schüttelte langsam den Kopf, lehnte sich an ihn und begann zu weinen. Er hielt sie fest und streichelte ihr stumm übers Haar. Schließlich versiegten ihre Tränen, und sie wischte sich das Gesicht ab.

»Mein Gott, du siehst vielleicht aus«, murmelte sie.

»Du aber auch.« Er deutete auf ihre Wange. »Vielleicht hörst du beim nächsten Mal lieber auf mich und gehst mit *mir* zum Tanzfest.«

»Ich fürchte, mein Vater lässt mich sowieso nie wieder auf ein Fest.« Klara verzog das Gesicht. »Er wird mich für den Rest meines Lebens hier im Haus einsperren.«

»Das macht nichts, Rapunzel«, sagte Fritz und ließ eine ihrer roten Locken durch seine Finger gleiten. »Ich werde dich besuchen.«

»Wie nett von dir. Und den Rest der Zeit vergnügst du dich mit Ilse.« Im selben Moment, als ihr die Worte herausrutschten, hätte sich Klara am liebsten auf die Zunge gebissen. Fritz grinste breit.

»Du bist doch nicht etwa eifersüchtig?«, fragte er.

»Doch«, gab sie nach einem Augenblick zu. »Schrecklich eifersüchtig.«

»Das brauchst du nicht.« Er legte die Arme um sie und zog sie an sich.

»Ich liebe dich, Fritz.«

Er grinste verlegen, wie immer, wenn sie das sagte. »Ich weiß«, antwortete er, auch wie immer.

Klara lächelte und lehnte den Kopf an seine Schulter.

»Du solltest dich hinlegen«, sagte Fritz und schob sie sanft zu ihrem Bett, wo sie unter die mit weißer Rüschenbettwäsche bezogene Decke schlüpfte. Klara sah zu ihm hoch.

»Ich will jetzt nicht alleine sein. Bleib bei mir.« Sie hob die Decke. Nach einem kurzen Augenblick des Zögerns zog Fritz erst seine Schuhe, dann den Anzug aus und legte sich neben sie.

»Halt mich einfach fest«, flüsterte Klara ihm ins Ohr, und er legte die Arme um ihren Körper. Sie spürte seine Wärme und schloss erschöpft die Augen.

Sie wusste nicht, ob sie nur wenige Sekunden oder bereits Stunden geschlafen hatte, als eine abrupte Bewegung neben ihr sie erwachen ließ, gefolgt vom Klirren zerbrechenden Porzellans. Benommen richtete sie sich auf und sah Fritz an, der aufrecht neben ihr im Bett saß und mit schreckgeweiteten Augen in Richtung Tür starrte. Dort stand Jakob Landahl. Zu seinen Füßen lag eine kaputte Teetasse. Er sah aus, als bedauerte er es zutiefst, seine Schrotflinte bereits wieder weggeschlossen zu haben.

10.

Hamburg-Uhlenhorst, April 2019

Die Sonne schien warm durchs Fenster ins Schlafzimmer und malte Muster auf die himmelblaue Bettwäsche. Der Sonntag versprach, traumhaft zu werden. Sie würde an die Elbe fahren, beschloss Marie, eine Decke und ein gutes Buch mitnehmen und mal so richtig ausspannen.

Nach ihrer Trennung hatte man ihr von mehreren Seiten prophezeit, der Sonntag würde für sie zum schlimmsten Tag der Woche werden. Weil alle ihn in trauter Zweisamkeit verbrachten, während die Singles dieser Welt einsam in ihren Wohnungen hockten. Marie konnte das nicht unterschreiben. Sicher, es war schön mit Simon gewesen, der sie mit seiner Unternehmungslust stets mitgerissen hatte. Fahrradausflüge, Hochseilgarten, Stand-up-Paddling, er war selten um eine Idee verlegen gewesen. Aber Marie war auch gerne mit sich allein.

Sie drehte sich auf die Seite, stützte den Kopf in die Hand und betrachtete den schlafenden Mann neben sich. Der graue Dreitagebart – Jost rasierte sich niemals zwischen Freitagabend und Montagmorgen – ließ ihn älter aussehen als sonst, aber auch irgendwie sanfter und gemütlicher. Es war schön gewesen mit ihm, wie immer. Sie waren im Kino gewesen und danach schnurstracks miteinander ins Bett gegangen. Denn das war es, worum es in ihrer Verbindung ging. Filme und Sex. Wobei der Kinobesuch vor dem Sex lediglich dazu diente, dem Verhältnis etwas mehr Stil zu verleihen. Sich einfach nur zum Geschlechtsverkehr zu verabreden wäre Marie abgeschmackt vorgekommen. Und zu mehr war sie auch fast zwei Jahre nach der Trennung von Simon noch nicht bereit. Was Jost betraf, so vermutete Marie, dass er noch nie zu mehr bereit gewesen war. Er verriet nicht viel über sich, aber soweit sie wusste, hatte es keine nennenswerten Beziehungen in seinem fast fünfzigjährigen Leben gegeben. Manche Menschen waren wohl so. Jost war ein ewiger Junggeselle und schien sein Leben so zu mögen, wie es war.

»Wann schaffst du dir endlich mal Vorhänge an?«, fragte er in diesem Moment mit geschlossenen Augen, und Marie zuckte zusammen. Ihr war nicht bewusst gewesen, dass er wach war. Jetzt blinzelte er gequält. »Wie soll ich bei der Helligkeit schlafen?«

»Du *sollst* ja gar nicht schlafen.«

»Nein? Hast du was anderes vor?« Er grinste und streckte die Hände nach ihr aus, doch sie entwand sich seinem Griff und stieg aus dem Bett.

»Jawohl. Ich fahre heute an die Elbe und will nicht zu spät los.«

»Zu spät?« Er warf einen Blick auf seine Armbanduhr. »Es ist noch nicht mal neun. Hast du wenigstens Kaffee da?«

Bedauernd hob sie die Schultern, und er verdrehte die Augen. »Immer noch keine Kaffeemaschine?«

»Ich frühstücke auf dem Weg zur Arbeit, das weißt du doch.«

»Ja. Nur dass heute Sonntag ist. Ich sag dir was«, er sprang aus dem Bett, »ich fahr schnell los und hole uns Frühstück.«

»Tatsächlich?« Überrascht sah sie ihn an.

»Jetzt guck nicht so. Ja, ich kann auch nett sein.«

»Oder sehr hungrig«, sagte sie.

»Das auch«, gab er zu. Rasch schlüpfte er in Jeans und T-Shirt, und Marie musste mal wieder feststellen, dass er eine ausnehmend gute Figur hatte. Und zwar nicht nur für sein Alter.

»Kannst ja gegenüber in der Bäckerei Kaffee und Franzbrötchen holen«, schlug sie vor, doch er verzog das Gesicht.

»Danke, auf diese Plörre kann ich verzichten. Ich hole uns richtigen Kaffee.«

»Snob!« Marie verzichtete darauf, ihm zu erklären, dass der Bäcker gegenüber eine nagelneue Espressomaschine hatte, die exzellenten Cappuccino herstellte, und zuckte nur mit den Schultern. »Wie du meinst. Dann nehm ich einen Vanilla Latte und einen Blaubeermuffin.«

»Kann ich dein Auto nehmen?«

»Klar«, antwortete sie und reichte ihm die Schlüssel. Simon hatte den Wagen gestern am späten Abend brav wieder vor dem Haus geparkt.

»Bin gleich zurück.«

Marie duschte, wusch sich die Haare und packte einen kleinen Korb für ihren Ausflug an die Elbe. Eine Flasche Apfelschorle, etwas Obst, ihren iPod und das Buch, das ihre Mutter ihr empfohlen hatte.

»Liebling, ich bin zu Hause«, trompetete Jost, als er zwanzig Minuten später die Wohnungstür aufschloss.

Er marschierte in ihre winzige Küche, stellte Kaffee und Muffins auf dem schmalen Tresen ab und setzte sich auf einen der wackeligen Barhocker. Marie nahm ihm gegenüber Platz.

»Danke.«

Jost trank einen tiefen Schluck aus seinem To-go-Becher und zog mit großer Geste einen verschlossenen Briefumschlag aus seiner hinteren Hosentasche. Er wedelte damit vor Maries Gesicht herum.

»Tatü tata, die Post ist da«, sang er.

»Das ist aber nicht dein erster Kaffee, oder?«, vermutete Marie angesichts seines aufgekratzten Zustands. »Und wieso Post? Heute ist Sonntag.«

»Er lag im Auto auf dem Beifahrersitz. Liebespost von deinem Ex?«

Sie griff nach dem Brief, auf den Simon in seiner unregelmäßigen Handschrift ihren Namen gekritzelt hatte. »Ganz sicher nicht.«

Marie öffnete den Umschlag. Heraus fielen ein beschriebener Zettel und eine Anzeige, die Simon offenbar aus einer Zeitung ausgeschnitten hatte. »Unsere lieben Eltern Klara und Fritz Hansen feiern ihren 79. Hochzeitstag! Die herzlichsten Glückwünsche von euren Kindern Paul und Felizitas mit Familien.« Darunter ein verblasstes Hochzeitsfoto.

Habe ich bei Omi Liesel in einer alten Ausgabe vom Klönschnack *entdeckt. Wären die beiden nicht was für deinen Artikel? – Simon.*

Das war typisch für ihn, er half, wo immer er konnte. Marie sah wieder auf die Anzeige. Sie stammte vom Juni letzten Jahres. Neunundsiebzig Jahre Ehe, das war ja unglaublich. Sie rechnete im Kopf zurück. Die beiden hatten demnach 1939 geheiratet. Kurz vor Kriegsbeginn.

»Was ist denn das?«, erkundigte sich Jost und wollte sich den Zettel schnappen, aber sie zog ihn zurück.

»Nichts.« Es gab eigentlich keinen Grund, Jost nicht einzuweihen. Er war schließlich Fotograf beim *Zeitgeist* und wusste von der geplanten Sonderausgabe. Vermutlich würde er selber einige der Fotos zu den Artikeln schießen. Dennoch wollte Marie dieser Geschichte erst einmal allein und ungestört nachgehen.

»Also doch ein Liebesbrief.«

»Quatsch.« Sie ließ die Anzeige in der Küchenschublade verschwinden, trank ihren Kaffee aus und stand auf. »Bist du fertig?«

»Schon gut. Ich merke, wenn ich störe.« Jost klang nicht beleidigt. Er rutschte von seinem Barhocker, nahm sich den übrig gebliebenen Muffin und küsste Marie auf die Wange. »Schönen Sonntag und bis bald.«

»Ja, bis bald.« Mit ihren Gedanken war sie schon ganz woanders.

Als Jost weg war, holte sie die Zeitungsannonce erneut hervor und betrachtete die Gesichter, die ihr aus dem Schwarz-Weiß-Foto entgegenlächelten. Die junge Frau trug einen Blumenkranz im lockigen Haar und wirkte fast noch wie ein Mädchen. Der Mann neben ihr schien sogar noch jünger zu sein. Vermutlich waren die beiden nicht einmal zwanzig Jahre alt gewesen, als das Bild aufgenommen wurde. Und heute gingen sie auf die hundert zu. Ihr ganzes Leben hatten sie zusammen verbracht. Und den Zweiten Weltkrieg überlebt. Marie spürte das vertraute Kribbeln in der Magengegend. Ihre journalistische Spürnase signalisierte, dass hier eine interessante Story nur darauf wartete, von ihr ausgegraben zu werden.

11.

Hamburg, Mai 1939

Klara blinzelte, als ein Sonnenstrahl auf ihr Gesicht fiel. Mit energischen Bewegungen zog Heidrun die Vorhänge zurück, um den strahlenden Maitag einzulassen. Als sie das Fenster öffnete, erfüllte der betörende Duft der blühenden Apfelbäume das Mädchenzimmer.

»Guten Morgen!«, sagte das Hausmädchen. »Aufstehen, Klara, die Familie sitzt schon beim Frühstück. Beeil dich, wenn du vor dem Dienst noch was in den Magen kriegen willst.«

Klara setzte sich in ihrem Bett auf, reckte sich und gähnte. Ihr fielen ungefähr tausend Dinge ein, die sie an einem Samstag lieber getan hätte, als zu ihrem BDM-Treffen zu gehen.

Wie von Heinrich angekündigt, war die Dienstverpflichtung zur Hitlerjugend wenige Tage nach dem Schützenfest verabschiedet worden. Niemand konnte sich vor der Teilnahme drücken, ohne Schwierigkeiten mit der Regierung zu bekommen.

Klara hasste es, durch den Wald zu marschieren und am Lagerfeuer politische Lieder zu schmettern. Volkstänze, rhythmische Gymnastik und das Einstudieren von Theaterstücken waren da schon eher nach ihrem Geschmack. Doch wie auch immer, die Uniform fand sie noch genauso unvorteilhaft wie am ersten Tag.

Klara sprang aus dem Bett und warf den ungeliebten Kleidungsstücken, die schon auf dem Sessel bereitlagen, einen schrägen Blick zu. Sie interessierte sich sehr für Mode, nähte und strickte mit Leidenschaft und träumte davon, später Modezeichnerin zu werden.

Luise, die soeben an ihrer geöffneten Zimmertür vorbeiging, streckte den Kopf herein.

»Und ich dachte, *ich* bin spät dran. Du solltest dich wirklich beeilen, Klara.«

Die Angesprochene zog eine Grimasse und ließ neidvoll den Blick über ihre Schwester gleiten. Sie steckte in einem eleganten Reitdress, der deutlich machte, wie sie den heutigen Vormittag verbringen würde. Mit ihren zwanzig Jahren gehörte Luise nicht dem BDM, sondern der Organisation *Glaube und Schönheit* an, die sich nur einmal in der Woche traf.

»Ist ja gut, bin gleich unten.« Mit Nachdruck schloss Klara ihre Zimmertür.

Nach einer Katzenwäsche schlüpfte sie in ihre Uniform. Dunkelblauer Rock, weiße Bluse, schwarzes Halstuch mit Knoten. Wenn sie wenigstens hochhackige Schuhe dazu hätte kombinieren dürfen ... aber das war ja leider verboten. Und wäre für die langen Märsche durch den Wald wohl auch etwas unpraktisch gewesen. Dennoch hatte Klara nicht widerstehen können und ihre Uniform mithilfe der Nähmaschine etwas kleidsamer gestaltet. So hatte sie die unvorteilhafte Länge des Rocks um einige Zentimeter gekürzt, damit ihre Beine länger und schlanker wirkten. Die unförmige, fast quadratische Bluse hatte ein paar Abnäher bekommen. Jetzt fragte sie sich, ob sie nicht vielleicht doch ein wenig übertrieben hatte. Nur mit Mühe ließ sich die Knopfleiste schließen, besonders über der

Brust spannte das Kleidungsstück unangenehm. Verbissen hielt Klara die Luft an. Ihre Brüste waren schon wieder größer geworden. Fritz würden sie bestimmt gefallen.

Sie lächelte wehmütig.

Seit dem Vorfall im März hatten sie sich kaum noch gesehen. Ihr Vater war vollkommen durchgedreht, noch nie hatte sie ihn so wütend und außer sich erlebt. Noch während sie beide starr vor Schreck im Bett lagen, hatte er ihnen jeden weiteren Umgang miteinander untersagt und Fritz Hausverbot erteilt. Klara hatte gehofft, er würde sich wieder beruhigen und irgendwann vielleicht doch einlenken, aber Jakob blieb hart. »Solange du unter einundzwanzig bist, tust du, was ich sage, oder du wirst mich kennenlernen.« Solche Worte war sie von ihrem Vater, dessen Liebling sie stets gewesen war, nicht gewohnt. Hin und wieder, wenn die Sehnsucht gar zu groß wurde, trafen sie und Fritz sich in der Scheune, aber es waren angespannte Treffen voller Angst, entdeckt zu werden. Klara wusste nicht, wie es weitergehen sollte.

Endlich war es ihr gelungen, auch den obersten Knopf der Bluse zu schließen. Sie betrachtete sich in dem schmalen, hohen Spiegel und schüttelte den Kopf. Scharführerin Gertrud, ein Drache, mehr Mann als Frau, würde vermutlich einen Schreikrampf bekommen, wenn sie ihren provozierenden Aufzug bemerkte. Aber das konnte sie jetzt auch nicht mehr ändern.

Auf der Treppe stieg ihr der Geruch von frisch aufgebrühtem Kaffee in die Nase.

»Guten Morgen!« Klara betrat das Speisezimmer, wo die Familie vollzählig um den mächtigen Esstisch aus dunkler Eiche versammelt war. Sie ließ sich schnell neben Willi nieder, der gerade dabei war, sich eine dick mit Butter und Honig beschmierte Scheibe Brot in den Mund zu schieben. Sie hatte den missbilligenden Blick ihrer Mutter bemerkt und wusste nicht, ob sie ihn ihrem Zuspätkommen oder der zu engen Bluse zu verdanken hatte.

»Schön, dass du uns mit deiner Anwesenheit beehrst«, sagte Elisabeth.

»Tut mir leid.« Klara nahm die Kaffeekanne, füllte ihre Tasse und nahm sich dann von dem Rührei, das auf einem großen Teller mitten auf dem Tisch stand.

Willi, der bis dahin so angestrengt gekaut hatte, dass sein Gesicht rot angelaufen war, schluckte seinen Bissen herunter.

»Verzichte lieber auf das Frühstück, sonst platzt du noch aus allen Nähten.« Mit gespielter Vorsicht pikste er Klara mit dem Zeigefinger in die Rippen. Sie warf ihm einen finsteren Blick zu.

»Danke, Bruderherz«, sagte sie und klatschte sich einen zweiten Löffel Rührei auf den Teller. »Ich hoffe, dass du zu Ilse ein bisschen charmanter bist als zu mir.«

Wie immer, wenn in den letzten Wochen der Name ihrer besten Freundin fiel, leuchtete etwas in Willis Augen auf, um gleich darauf einem besorgten Ausdruck Platz zu machen.

»Wieso? Hat sie was gesagt?«, erkundigte er sich beinahe ängstlich.

»Nein, hat sie nicht.« Klara unterdrückte mit Mühe ein Augenrollen. Es war ihr noch immer ein Rätsel, wie ausgerechnet Willi und Ilse sich so plötzlich und heftig ineinander hatten verlieben können.

»Redet sie denn gar nicht über mich?«, wollte Willi wissen.

»Doch«, seufzte Klara. »Die ganze Zeit und ununterbrochen. Zufrieden?«

»Sehr!« Willi grinste breit und hielt ihr den Brotkorb hin. »Möchtest du?«

»Ach, auf einmal.« Klara grinste zurück und hielt inne, als sie den Blick ihrer Mutter auffing. Elisabeth schüttelte tadelnd den Kopf.

»Deine Bluse ist viel zu eng. Du siehst unmöglich aus.« Sie blickte zu ihrem Mann hinüber, der wie immer am Kopfende des Tisches saß. Doch Jakob schien mit seinen Gedanken ganz woanders zu sein.

»Ich versteh das nicht.« Elisabeth nahm ihre Tochter näher in Augenschein. »Die ist doch ganz neu.«

Klara bemühte sich um einen unschuldigen Gesichtsausdruck und zuckte die Schultern. »Ich kann doch nichts dafür. Es wächst halt alles so schnell obenrum.«

»Dann müssen wir noch mal eine neue besorgen«, sagte ihre Mutter. »Du siehst aus wie armer Leute Kind.«

»Oder wie eine deutsche Presswurst«, ergänzte Willi ernsthaft.

Klara verpasste ihm unter dem Tisch einen Fußtritt, der ihn aufheulen ließ.

»Aaahh.«

»Selber schuld.«

»Könntet ihr bitte damit aufhören? Man könnte meinen, man säße mit Kleinkindern am Tisch.«

Während seine Frau versuchte, die Ordnung am Frühstückstisch wieder herzustellen, starrte Jakob noch immer auf seinen Teller, von dem er nicht einen einzigen Bissen angerührt hatte. Schließlich gab er sich einen Ruck und hob den Kopf.

»Ich habe einen Entschluss gefasst, den ich euch mitteilen möchte.« Alle Familienmitglieder wandten sich ihm zu. Elisabeth, die wusste, worum es ging, nickte kaum merklich. »Wie ihr wisst, bereitet mir die politische Lage im Deutschen Reich Kopfzerbrechen.« Das war eine sehr vorsichtige Umschreibung der Stimmung, in der Jakob sich seit Wochen befand. Die Herrschaft der Nationalsozialisten schien ihm schon lange außer Kontrolle zu geraten; er hatte das untrügliche Gefühl, dass Hitler Deutschland ins Unglück stürzen würde. In der vergangenen Woche, am 28. April, hatte der Führer in seiner Reichstagsrede nicht nur den deutsch-englischen Flottenvertrag gekündigt, sondern auch den deutsch-polnischen Nichtangriffspakt.

Jakob hatte, kaum dass Hitler Reichskanzler geworden war, das Buch »Mein Kampf« gelesen, und was darin stand, beunruhigte ihn zutiefst. Dieser Mann würde niemals Ruhe geben, er war unersättlich. Der Anschluss Österreichs, jetzt Ostmark genannt, an das Deutsche Reich, der friedliche Einmarsch sowohl im Sudetenland als auch in der Tschechoslowakei waren erst der Anfang. Hitler wollte Lebensraum im Osten schaffen, für die »eingeengten Deutschen«. Und dieses Ziel würde er nicht mehr lange friedlich verfolgen können. Es würde Krieg geben.

»Ich habe mit meiner Schwester telefoniert, und sie ist bereit, euch beide«, er wandte sich an seine Töchter, »bei sich aufzunehmen, bis sich die Lage hier wieder normalisiert hat.« Nur der Himmel weiß, wie lange das dauern wird, fügte er im Stillen hinzu.

Sprachlos starrte Klara ihren Vater an.

»Wir sollen ... nach New York?«, fragte Luise, und in ihrer sonst so besonnenen Stimme schwang freudige Erregung mit.

»Nach New Jersey«, korrigierte Jakob, »das liegt ein Stück südlich von New York.«

Klara sprang auf. »Das kannst du nicht machen«, platzte es aus ihr heraus. »Das ist also deine Lösung, um mich von Fritz zu trennen? Mich über den Ozean zu schicken?«

Jakobs Gesicht verhärtete sich. »Meine Entscheidung hat damit nichts zu tun. Wie gesagt, ich fürchte um eure Sicherheit. Nicht die ganze Welt dreht sich um dich und deine ... Männergeschichten.«

»Ich habe keine Männergeschichten«, verteidigte sich Klara. »Es gibt nur einen Mann. Fritz.«

»Genug jetzt!«

»Ich werde nicht fahren.«

»Du fährst«, beschied Jakob knapp, »und jetzt setzt du dich hin und hältst deinen Mund.«

Hilfe suchend sah Klara zu ihrer Mutter herüber, doch die schüttelte den Kopf. Klara ließ sich zurück auf ihren Stuhl fallen. In ihren Augen brannten Tränen.

Jakob atmete tief durch.

»Es wird eine Weile dauern, bis wir alle erforderlichen Papiere zusammenhaben. Ich hoffe aber, dass ihr noch diesen Monat abreisen könnt.« Er wandte sich an Willi. »Mein Junge, du weißt, ich würde nichts lieber tun, als auch dich in Sicherheit zu bringen.«

Jakob selbst hatte im Großen Krieg in Frankreich gedient und in der Schlacht bei Verdun drei Brüder und seinen linken Unterschenkel verloren. Die Bilder vom Schlachtfeld wurde man nie wieder los. Männer, die sich im Kampf gegenüberstanden, die, ungeachtet ihrer Erziehung und Herkunft, reduziert waren auf das nackte Überleben. Töten oder getötet werden, eine andere Wahl gab es nicht. Jakob hätte alles dafür getan, seinen eigenen Sohn vor dieser Erfahrung zu schützen, und machte sich bittere Vorwürfe, die Gefahr nicht rechtzeitig erkannt zu haben.

Denn Willi war im Zuge der Aufrüstung der Wehrmacht bereits eingezogen worden. Eine Reise ins Ausland wäre einer Desertation gleichgekommen. Für ihn konnte Jakob nichts anderes mehr tun als beten, dass er sich irrte.

Klara starrte auf ihren Teller. Ihr war übel vor Zorn und Hilflosigkeit. Wie konnte ihr Vater einfach so über sie bestimmen und sie ans andere Ende der Welt schicken? Obwohl es in ihr brodelte, wurde ihr mit einem Mal klar, dass es Jakob wohl tatsächlich nicht um Fritz und sie ging. Zumindest nicht in erster Linie. Die bedrückte Stimmung am Tisch sprach Bände. Die Angst vor einem Krieg lag deutlich in der Luft, man spürte sie überall, in der Schule, in der Kirche. Und trotzdem wollte Klara nicht weg. Sie wollte hierbleiben. Bei Fritz.

Die Gabel in ihrer Hand, auf der das glänzende goldgelbe Rührei vor sich hin dampfte, begann zu zittern. Der Geruch verursachte ihr urplötzlich eine solche Übelkeit, dass ihr der Schweiß aus allen Poren brach. Sie ließ das Besteck sinken, spürte, wie alle Farbe aus ihrem Gesicht wich, und hörte wie von weit her die besorgte Stimme ihrer Mutter.

»Klara, ist alles in Ordnung?«

In diesem Moment begriff sie, dass sie den Kampf gegen die Übelkeit verlieren würde, sprang auf und rannte, die Hand vor den Mund gepresst, aus dem Speisesaal hinaus, an der erstaunt blickenden Esther vorbei, die ihr eben mit einer frischen Kanne Kaffee entgegenkam, und ins untere Badezimmer, wo sie sich würgend erbrach.

12.

Esther wurde angewiesen, den Hausarzt Doktor Gruber zu rufen. Elisabeth half ihrer blassen Tochter die Treppe hinauf in ihr Zimmer und bestand darauf, dass sie sich auf dem frisch gemachten Bett ausstreckte.

»Es geht schon wieder«, wehrte Klara ab, »ich bin nicht krank. Ich will einfach nicht nach Amerika, deshalb ist mir schlecht geworden. Außerdem ist diese blöde Bluse tatsächlich viel zu eng.« Sie löste die oberen Knöpfe über ihrer Brust und fühlte sich sogleich besser. »Puh! Hör mal, Mami, wegen dieser Reise. Kannst du nicht noch mal …?« Sie unterbrach sich, als sie den Blick bemerkte, mit dem ihre Mutter sie musterte. »Was ist denn? Warum guckst du so?«

Elisabeth starrte auf die Brüste ihrer Tochter und atmete tief durch. Sie wagte nicht, den Gedanken auszusprechen, der ihr eben durch den Kopf geschossen war. Denn das konnte einfach nicht sein.

Aber natürlich war es sehr wohl möglich. Sie hatte ja vor nicht einmal zwei Monaten mit eigenen Augen gesehen, dass Klara längst kein kleines Mädchen mehr war. Elisabeths Gedanken sprangen wild hin und her, ihr war plötzlich selbst ganz flau. Am liebsten hätte sie sich neben Klara auf die Bettkante fallen lassen. Ihre Tochter war doch erst siebzehn. Erst?, sagte eine innere Stimme. Schon! Durchaus alt genug, um sich mit dem Pfarrerssohn zu vergnügen.

Aber auch alt genug, um an die möglichen Folgen zu denken?

»Klara«, sie bemühte sich um einen ruhigen Tonfall, »wann warst du das letzte Mal unpässlich?«

»Aber mir ist doch nie schlecht dabei.« Klara schüttelte den Kopf. Daran konnte es nun wirklich nicht liegen. »Ich habe ja noch nicht mal Bauchschmerzen. Ilse jammert immer wie verrückt, sie kann keinen Sport treiben und manchmal kommt sie nicht zur Schule, wenn …«

»*Wann?*«, unterbrach Elisabeth ihren Redeschwall.

»Keine Ahnung.« Klara zuckte mit den Schultern und riss Sekunden später erschrocken die Augen auf.

»O nein.« Elisabeth ließ sich nun tatsächlich auf der Bettkante nieder. Wortlos sahen Mutter und Tochter einander an, als sie Jakobs Schritte auf der Treppe vernahmen und dieser Sekunden später das Zimmer betrat.

»Doktor Gruber wird bald da sein«, sagte er. »Wie geht es dir? Besser?«

Klara nickte schwach.

»Keine Sorge, das ist bestimmt nur eine kleine Magenverstimmung. In ein paar Tagen ist alles wieder beim Alten.«

Elisabeth schüttelte den Kopf. »Ich fürchte, das wird ein bisschen länger dauern.«

Eine halbe Stunde später bestätigte Doktor Gruber Elisabeths Befürchtung. Die Anspannung zwischen Mutter und Tochter war so deutlich zu spüren, dass man sie fast greifen konnte, daher bemühte sich der weißhaarige Mann mit den gütigen braunen Augen um einen beschwichtigenden Tonfall, als er seine Diagnose stellte.

»Soweit ich es beurteilen kann, bist du wohl schwanger, Klara.« Seine Patientin starrte ihn aus kugelrunden Augen an.

»Wirklich?«, fragte sie atemlos.

»Das kann nicht sein«, stöhnte Elisabeth in seinem Rücken, und er wandte sich zu ihr um.

»Kann es nicht? Nun, ich bin natürlich kein Gynäkologe, und wenn Klara noch nie ...« Er hob fragend die Augenbrauen.

»Doch, das hab ich«, sagte Klara freiheraus, und ihre Mutter trat zu ihr ans Bett.

»Das brauchen wir jetzt nicht zu vertiefen«, sagte sie.

Der Doktor lächelte freundlich. »Nun, dann sollte sie so schnell wie möglich zu einem Arzt der Frauenheilkunde gehen, um sicher zu sein.«

Elisabeth nickte knapp. Doktor Gruber blickte zwischen den beiden Frauen hin und her. Die Mutter schien sich in einem Schockzustand zu befinden, Klara hingegen wirkte beinahe ruhig. Schwangerschaften bei minderjährigen, unverheirateten Frauen kamen in seiner Praxis des Öfteren vor, und normalerweise gerieten die Betroffenen selbst darüber in die größte Panik. Mehr als eine hatte ihn sogar schon um Hilfe angefleht, ein Ansinnen, das er natürlich stets weit von sich gewiesen hatte. Abtreibungen waren verboten und widersprachen zudem seiner persönlichen Überzeugung.

»Danke, dass Sie gekommen sind, Herr Doktor«, sagte Elisabeth jetzt mit einer Geste in Richtung Tür, »ich begleite Sie hinaus.«

»Alles Gute, Klara.« Er nickte seiner Patientin zu, die zurücklächelte. Beim Hinausgehen sah er, wie sie eine Hand auf ihren Bauch legte.

Ein Baby, dachte Klara ungläubig. Ihre Gedanken rasten. Hätte sie nicht irgendwie ... schockierter sein müssen? Vermutlich. Und im ersten Moment war es ja auch ein Schock gewesen. Sie und Fritz waren erst siebzehn Jahre alt. Dieser Skandal würde das Alte Land wochenlang in Atem halten. Darüber hinaus gingen sie noch zur Schule, es würde alles andere als einfach werden. Doch damit hatte Klara sich nur kurz aufgehalten, ehe sie blitzartig erkannt hatte, was diese Schwangerschaft bedeutete.

Sie und Fritz würden zusammenbleiben – und das war alles, was zählte. In diesem Zustand konnte ihr Vater sie nicht nach Amerika schicken. Sie würden heiraten und eine Familie sein. Klara zweifelte nicht, dass ihre Eltern unter den gegebenen Umständen die erforderliche Zustimmung zur Eheschließung geben würden. Ein uneheliches Kind war schließlich die größte Schande, die einer Familie passieren konnte.

Sie hoffte nur, dass Fritz die Nachricht gut aufnahm. Er wollte immerhin sein Abitur machen und Medizin studieren. War all das noch möglich mit einer Familie, die er zu versorgen hatte? Klara konnte es nur hoffen. Sie würde natürlich mithelfen, Geld zu verdienen. Sie konnte beispielsweise Aufträge für Näh- und Strickarbeiten annehmen. Das ging auch mit einem dicken Bauch. Wieder strich sie sich über den Leib.

In diesem Moment kam Elisabeth wieder herein und baute sich vor ihrer Tochter auf. »Wer ist der Vater?«

Die Frage empörte Klara so sehr, dass sie keinen Ton herausbrachte.

»Du wirst doch wohl wissen, wer der Vater ist?«, fragte Elisabeth mit kaum verhohlenem Entsetzen in der Stimme.

»*Natürlich* weiß ich das!«, rief Klara aufgebracht. »Fritz ist der Vater, wer denn sonst? Was denkst du von mir?«

»Ich weiß überhaupt nicht, was ich noch denken soll. Du bleibst hier in deinem Zimmer, bis wir dich rufen. Dein Vater und ich gehen hinüber ins Pfarrhaus, um die Lage zu besprechen.«

»Was? Das könnt ihr nicht machen!«, fuhr Klara auf. »Fritz weiß doch noch gar nicht …«

»Er wird es gleich erfahren.«

»Aber …«

»Kein aber!« Damit verließ Elisabeth das Zimmer und drehte von außen den Schlüssel im Schloss, noch ehe Klara die Tür erreicht hatte. Sie hämmerte so wild gegen das robuste Holz, dass die Scharniere ächzten.

»Das kannst du nicht tun«, schrie sie durch die verschlossene Tür ihrer Mutter hinterher. »Ich muss es ihm selber sagen. Ihr könnt doch nicht einfach …« Klara hörte, wie sich die energischen Schritte ihrer Mutter über den Flur und die Treppe hinunter entfernten. Sie gab ihre Bemühungen auf, lehnte sich mit dem Rücken an die Tür und rutschte daran hinab zu Boden. Ihre Fäuste brannten, und ihr Herz raste.

Sie musste irgendetwas unternehmen. Fritz musste gewarnt werden. Aber wie?

Einem plötzlichen Impuls folgend, sprang sie wieder auf, trat rasch ans Fenster und blickte hinaus, an der Efeuwand hinab. Sie war noch nie daran herauf- oder hinuntergeklettert, aber was Fritz konnte, das würde sie wohl auch schaffen! Ohne lange nachzudenken, öffnete sie das Fenster und schwang sich hinaus. Vorsichtig tastete sie mit dem Fuß nach einem Halt und begann dann langsam den Abstieg. Die letzten eineinhalb Meter sprang sie hinunter und schrie leise auf. In der Aufregung hatte sie vollkommen vergessen, sich Schuhe anzuziehen. Spitze

Steinchen bohrten sich in ihre bestrumpften Fußsohlen, doch sie biss die Zähne zusammen. Früher war sie ganze Sommer lang barfuß gelaufen! Außerdem durfte sie keine Zeit vergeuden, indem sie noch mal zu ihrem Zimmer hinaufkletterte. Sie musste unbedingt vor ihren Eltern im Pfarrhaus ankommen.

Sie schlich um das Haus herum und lief im Schutz der Bäume, die die Auffahrt säumten, hinunter zur Straße, wo sie richtig zu rennen begann. Mit langen Schritten stürmte sie den Bürgersteig entlang, ignorierte die irritierten Blicke vereinzelter Spaziergänger, die ihr begegneten. Einmal sprang sie erschrocken zur Seite, als ein Dackel sie wütend anbellte. In seinem Herrchen erkannte sie den Bäckermeister Klaasen.

»Guten Tag! Entschuldigung«, rief sie ihm zu, ohne ihr Tempo zu verringern.

Endlich erreichte sie den Kirchhof und blieb keuchend stehen. Sie war keinen Kilometer gerannt, fühlte sich aber vollkommen erschöpft.

Natürlich, ich bin ja auch schwanger, dachte sie, während sie um die große, barocke Kirche herum zum Pfarrhaus eilte, in dem Fritz mit seinen Eltern lebte. Was sollte sie jetzt tun? Klingeln? Unschlüssig stand sie da und blickte prüfend an sich herunter. Ihr Blick fiel auf die von Staub und Schmutz bedeckten Strümpfe, und sie wurde sich plötzlich bewusst, dass sie noch immer ihre viel zu enge BDM-Uniform trug. Die Knopfleiste über der Brust stand offen, sodass man ihr Unterhemd sehen konnte. Kein Wunder, dass Herr Klaasen sie so merkwürdig gemustert hatte. Die Schamesröte stieg Klara ins Gesicht, während sie eilig die Knöpfe schloss.

Sie entschied sich, an der Tür zu klingeln und darauf zu hoffen, dass Fritz ihr öffnen würde. Was blieb ihr auch anderes übrig? Vermutlich würden in wenigen Minuten ihre Eltern hier auftauchen, und dann sollte sie besser wieder verschwunden sein. Entschlossen drückte sie den altmodischen Klingelknopf und hielt den Atem an, als sie Schritte hinter der Tür vernahm.

»Klara«, sagte Fritz überrascht, und vor Erleichterung brach sie beinahe in Tränen aus.

»Ich muss mit dir reden, es ist wichtig, meine Eltern kommen gleich zu euch, aber ich muss es dir vorher sa…« Das Wort blieb ihr im Halse stecken, als sie hinter ihm seine Mutter entdeckte, deren Gesichtszüge beim Anblick der völlig zerzausten Klara für einen Moment entgleisten. Dann jedoch lächelte sie ihr zu.

»Guten Tag, Klara, ich wusste nicht, dass du auch mitkommst. Deine Mutter klang am Telefon irgendwie geheimnisvoll. Komm herein. Wo sind denn deine Eltern?«

»Und deine Schuhe?«, erkundigte sich Fritz, woraufhin sie ihm einen finsteren Blick zuwarf.

»Meine Eltern sind gleich da, ich wollte eigentlich gar nicht … ich meine, ich bin gleich wieder weg.«

»Unsinn, nur herein«, wiederholte Frau Hansen ihre Einladung, und notgedrungen trat Klara ein. »Ich habe dich ja eine halbe Ewigkeit nicht mehr gesehen. Ich dachte schon, ihr beiden hättet euch gestritten.«

»Wir? Nein.« Klara schüttelte den Kopf. Ihre Eltern hatten nach dem Vorfall in ihrem Zimmer darauf verzichtet, Fritz' Eltern zu informieren, weshalb Frau Hansen vollkommen ahnungslos war. Die Nachricht von Klaras Schwangerschaft würde sie vermutlich schockieren.

Aber wer weiß, vielleicht freut sie sich auch ein bisschen, dachte Klara, während sie in das offene, freundliche Gesicht schaute. Zumindest, wenn sie den ersten Schreck verdaut hat. »Meine Füße sind ganz staubig, ich mache alles schmutzig. Ich wollte nur schnell mit Fritz sprechen, wirklich«, beteuerte sie, als Frau Hansen sie ins Wohnzimmer ziehen wollte. »Können wir vielleicht kurz ... draußen?« Beschwörend sah sie ihn an und setzte, als er sie irritiert musterte, hinzu: »Es ist wirklich, *wirklich* wichtig.«

»Gut.« Er ging vorneweg, während Klara seiner Mutter noch ein entschuldigendes Lächeln zuwarf.

Sie folgte Fritz ums Haus herum in den Garten, wo sie unter der großen Kastanie, die sein Vater am Tag seiner Geburt gepflanzt hatte, stehen blieben. Er überprüfte rasch, ob sie unbeobachtet waren, und küsste sie dann schnell auf den Mund.

»Deine Eltern kommen uns besuchen? Heißt das, ich darf darauf hoffen, irgendwann wieder Gnade vor ihren Augen zu finden?« Er lächelte sie an, und Klara zog eine Grimasse.

»Äh, nicht so bald, schätze ich.« Plötzlich fiel es ihr schwer, die richtigen Worte zu finden. Ihr saß die Angst im Nacken, dass jede Sekunde ihre Eltern im Pfarrhaus auftauchen würden, und dabei wollte sie Fritz die Neuigkeit doch möglichst schonend beibringen.

»Was ist denn los? Du siehst irgendwie so angeschlagen aus.« Besorgt betrachtete er sie.

»Ich bin schwanger«, platzte es aus ihr heraus.

»Was?«

»Ich bin schwanger.« Hoffnungsvoll schaute sie ihn an, doch er lächelte nicht. Sein Gesicht war vollkommen ausdruckslos.

»Bist du sicher?«

»Ziemlich sicher.« Sie hob die Schultern. »Beim Frauenarzt war ich noch nicht, aber ... also, es spricht einiges dafür.«

»O mein Gott«, sagte Fritz und lehnte sich gegen den Stamm der Kastanie. Sein offensichtliches Entsetzen versetzte Klara einen Stich. Fritz hob den Blick. »Dein Vater wird mich umbringen. Ist er deshalb auf dem Weg hierher? Hast du mitbekommen, ob er seine Schrotflinte dabeihat?«

»Das ist nicht komisch«, antwortete sie gequält.

»Ich weiß.« Stumm standen sie voreinander. Fritz wirkte noch immer wie erstarrt. Klaras Gedanken rasten. Hatte sie die Situation falsch eingeschätzt? Wollte Fritz sie am Ende gar nicht heiraten? Bestand die große Liebe nur in ihrer Fantasie? Fritz hatte ihr nie gesagt, dass er sie liebte, aber sie hatte sich nichts dabei gedacht. Er redete generell nicht viel, und wenn es um Gefühle ging, wurde er stumm wie ein Fisch. Das hatte ihr nichts ausgemacht, sie war sich seiner Liebe immer sicher gewesen. Aber warum eigentlich? Nur, weil *sie* ihn liebte?

»Ich weiß, es ist ein Schock, aber mein Vater will mich nach Amerika zu seiner Schwester schicken. Er hat Angst, dass es Krieg gibt. Wir würden uns monatelang nicht sehen.« Sie sprach so schnell, dass ihre Worte sich überschlugen. »Bloß jetzt, mit der Schwangerschaft ... vielleicht ist es ein Glücksfall! Ich weiß, dass du Arzt werden willst, aber ich weiß auch, dass wir es schaffen können, wenn wir nur zusammenhalten.«

»Ich verstehe kein Wort«, unterbrach er sie, »wieso Amerika?«

»Er hat es uns heute beim Frühstück gesagt. Wir sollen noch diesen Monat fahren. Allerdings bin ich jetzt schwanger und kann hierbleiben. Bei dir. *Mit* dir. Wir heiraten und ...« Unsicher sah sie ihn an. »Ich meine, wenn du willst.«

Noch immer zeigte er keine Regung, und nun wurde Klara panisch. »Was stehst du einfach so herum? Sag doch mal was!

Wenn du mich nicht heiraten willst, dann sag es mir jetzt. Dann ... dann ...« Sie hatte keine Ahnung, was dann wäre, die Möglichkeit hatte sie nie in Betracht gezogen. Nur mit Mühe hielt sie die Tränen zurück. »Immerhin könnten wir uns dann wieder sehen. Sogar in einer Wohnung leben, aber ...« Sie biss sich auf die Lippen. Hör endlich auf, dich ihm anzupreisen wie Sauerbier, sagte sie sich selbst. Das hast du nicht nötig. »Ach, vergiss es! Ich komm auch alleine zurecht.« Schnell wandte sie sich um und stapfte in Richtung Gartentor davon. Die Verzweiflung schnürte ihr so schmerzhaft die Kehle zu, dass sie kaum noch atmen konnte.

»Fräulein Landahl«, rief er ihr hinterher, und sie drehte sich um.

»Was soll das denn jetzt?«

Mit zwei langen Schritten war er bei ihr und nahm sie in die Arme. »Fräulein Landahl«, wiederholte er dicht an ihrem Ohr, »würden Sie mir die große Ehre erweisen, Frau Klara Hansen zu werden?«

13.

Hamburg, Zeitgeist-Verlag, April 2019

»Klingt nicht schlecht.« Mit mäßigem Interesse sah ihr Chefredakteur auf die Annonce, die Marie ihm vor die Nase hielt. »Leg sie doch da auf den Stapel.« Er wies auf einen Stuhl in der Ecke seines Büros, auf dem einige wenige Zettel lagen. Maries Hand krampfte sich um die Anzeige.

»Ich würde damit gerne sofort anfangen«, sagte sie.

Frank, der sich schon wieder seinem Computer zugewandt hatte, blickte auf. »Wir sammeln erst mal«, erklärte er. »Den Aufruf starten wir ja erst nächste Woche. Wenn wir ein bisschen was zusammenhaben, entscheiden wir, welchen Geschichten wir nachgehen.«

»Und wie lange wird das dauern?«

Frank atmete hörbar aus. Offensichtlich wollte er deutlich machen, wie anstrengend er Marie fand. »Das kommt natürlich auf den Rücklauf an. Ich schätze, in ein paar Wochen.«

»Aber vielleicht haben diese Menschen keine paar Wochen mehr.« Marie wedelte mit dem Blatt Papier. »Sie sind fast hundert Jahre alt. Du hast es selbst gesagt: Es ist ein Wettlauf mit der Zeit!«

»Hm.« Er runzelte die Stirn. »Sie werden schon nicht beide innerhalb der nächsten Wochen sterben.«

»Das weißt du nicht! Außerdem möchte ich mit ihnen als Paar sprechen. Sie sind seit fast 80 Jahren verheiratet.«

»Na und?«

Marie gab einen unzufriedenen Laut von sich. »Tu doch nicht so, als wäre das nichts Besonderes. Du bist dreimal geschieden.« Sie biss sich auf die Lippen. Das war nicht der günstigste Moment, um ihren Chefredakteur zu verärgern. Sie wollte schließlich etwas von ihm. »Ich meine«, fuhr sie hastig fort, »eine Liebe, die ein ganzes Leben lang gehalten hat, das ist doch interessant. Ich könnte ...«

»Stopp!«, unterbrach er sie und hob die Hand. »Marie, es geht in der Sonderausgabe um den Zweiten Weltkrieg. Und nicht um Liebesgeschichten. Falls du es vergessen haben solltest, du arbeitest nicht mehr für die *Sonja*. Sondern für den *Zeitgeist*.«

Marie spürte, wie ihr das Blut in den Kopf schoss. Wann würde er endlich aufhören, sie in die Frauenzeitschrift-Schublade zu stecken?

»Sie haben kurz vor Beginn des Krieges geheiratet«, beharrte sie und überging die Beleidigung. »Sie waren jung und verliebt, doch dann brach der Krieg aus und hat sie getrennt. Er war ein junger Mann und musste mit Sicherheit an die Front. Ja, sie sind weder Anne Frank noch die Weiße Rose, aber ich weiß einfach, dass die beiden etwas zu erzählen haben.« Frank blickte nachdenklich zu ihr auf, und Marie spürte, dass sie ihn beinahe so weit hatte. »Außerdem habe ich schon mit ihnen telefoniert, und sie wären bereit, sich mit mir zu unterhalten«, schloss sie und blickte ihn erwartungsvoll an.

»Du hast sie schon angerufen?«, polterte er los, und sie wünschte, sie hätte nichts gesagt.

»Na ja …«

»Woher hattest du denn die Nummer?«

»Aus dem Telefonbuch. Menschen über sechzig findet man da viel häufiger, als man glaubt. Sogar mit Adresse.«

»Und da dachtest du, du rufst einfach mal durch und schnackst ein bisschen? Ohne das vorher mit mir abzusprechen? Herrgott, Marie, was ist denn los mit dir? Du weißt doch, wie die Leute sind. Die prahlen doch schon heute vor ihren Nachbarn, dass demnächst ein Artikel über sie im *Zeitgeist* erscheint.«

»Ich habe gar nicht gesagt, für welche Zeitschrift ich schreibe. Nur, dass ich Journalistin bin«, verteidigte sich Marie. Außerdem bezweifelte sie, dass Fritz Hansen irgendetwas dergleichen erzählen würde. Entgegen ihrer Behauptung war er nämlich alles andere als erpicht auf ein Gespräch gewesen – doch das hatte Maries journalistischen Ehrgeiz nur noch mehr angestachelt. »Frank, bitte, jetzt vertrau mir doch mal. Ich will ja nicht nach Südafrika fliegen. Sie wohnen im Alten Land. Die Benzinkosten und zwei oder drei Nächte in einer günstigen Pension, mehr verlange ich doch gar nicht.«

»Bis ins Alte Land ist es nur ein Katzensprung. Du kannst genauso gut pendeln«, antwortete Frank, und sie wusste, dass sie gewonnen hatte.

»Ich möchte vor Ort bleiben. Das Umfeld studieren. Und vielleicht brauche ich eine Weile, um sie weichzukochen.«

»Ach? Ich dachte, sie sind ganz wild auf das Interview.« Lauernd musterte Frank sie, und sie lächelte zerknirscht.

»Na ja, da habe ich vielleicht etwas übertrieben.«

»Du übernachtest trotzdem nicht dort«, entschied er.

Sie räusperte sich und bekannte: »Eigentlich hat er einfach aufgelegt.«

Frank legte den Kopf schief. »Ein gutes Zeichen. Vielleicht haben sie was zu verbergen.«

Marie nickte. Genau das hatte sie angesichts der barschen Zurückweisung durch den alten Mann auch gedacht.

»Keine Übernachtung, das ist mein letztes Wort. Die Fahrtkosten kannst du einreichen. Aber verrenn dich nicht, hörst du? Finde raus, ob es da eine Story gibt. Falls nicht, verschwende nicht deine Zeit und unser Geld. Ein guter Journalist muss auch wissen, wann er einen aufgenommenen Faden wieder fallen lassen muss. Kapiert?«

»Kapiert.«

»Gut. Und jetzt raus hier.«

14.

Trotz Franks klarer Ansage, was ihre Übernachtung im Alten Land anging, packte Marie am Abend ihre Reisetasche und räumte den kleinen Schreibtisch in der Ecke ihres Wohnzimmers auf. Mal wieder hatten sich Berge von Post angesammelt, und sie wollte klar Schiff machen, damit sie sich voll und ganz ihrer Geschichte widmen konnte. Das war auch der Grund, weshalb sie ein paar Tage in der unmittelbaren Nähe der Hansens verbringen wollte – selbst, wenn sie das auf eigene Kosten tun musste. Wenn sie einen wichtigen Artikel schrieb, konnte sie keine Ablenkung gebrauchen.

Sie trug den Poststapel Schicht um Schicht ab und aß zwischendurch eine Tiefkühlpizza, von der sie Bauchkneifen bekam. Der letzte Umschlag, den sie zur Hand nahm, verstärkte ihre Übelkeit.

Schon vor einigen Monaten hatte sie einen Anwalt kontaktiert, um sich von ihm bei der Scheidung von Simon vertreten zu lassen. Sie hatte die nötigen Unterlagen und Informationen zusammengesammelt, eine Vollmacht für die Antragsstellung bei Gericht ausgefüllt und alles miteinander in einen Umschlag gesteckt. Den hatte sie adressiert und frankiert – und dann einfach auf ihrem Schreibtisch liegen lassen. Nachdenklich starrte sie vor sich hin. Geschieden mit Mitte dreißig, das war nicht gerade das, was sie sich für ihr Leben gewünscht hatte. Aber die Papiere nicht abzuschicken änderte rein gar nichts an der

Tatsache, dass ihre Ehe gescheitert war. Das erforderliche Trennungsjahr war längst vorbei, es war Zeit, endlich einen Schlussstrich zu ziehen. Jeder von ihnen lebte sein eigenes Leben. Ihren Ehering hatte Marie schon vor fast zwei Jahren abgelegt, an jenem Abend, als Simon ihr seinen Seitensprung gestanden hatte. Er hatte seinen Ring noch viel länger getragen, aber irgendwann war er auch von seinem Finger verschwunden. Ihre Ehe war nichts mehr als zwei Unterschriften auf einem Papier, die sie vor fast sieben Jahren geleistet hatten. Trotzdem hielt irgendetwas Marie davon ab, den letzten Schritt zu tun. Sei nicht albern, schalt sie sich selbst, du warst diejenige, die sich getrennt hat, also zieh es endlich durch. Sie verstaute den Umschlag in ihrer Handtasche, um ihn morgen in den Briefkasten zu werfen. Dann überlegte sie es sich anders, fischte ihn wieder hervor, zog sich Schuhe an und lief die fünf Stockwerke von ihrer Wohnung hinunter auf die Straße. Es war kühl geworden, und sie zog fröstelnd die Schultern hoch. Mit schnellen Schritten marschierte sie zum wenige Hundert Meter entfernten Briefkasten und steckte den Umschlag hinein, ohne noch einmal innezuhalten. Sie machte auf dem Absatz kehrt und begann zu rennen. Zurück zum Haus und immer zwei Stufen nehmend hinauf zu ihrer Wohnung, wo sie nach Luft ringend die Tür aufschloss. Der abgestoßene Holzboden in dem winzigen Flur war wie eine Einladung, darauf niederzusinken und zu weinen. Aber Marie schluckte den Kloß in ihrem Hals hinunter. Sie hatte im ersten Jahr nach der Trennung genug geheult, fand sie. Einen ganzen See voller Tränen. Um sich abzulenken, schenkte sie sich ein Glas Rotwein ein und rief ihre beste Freundin an, um ihr von dem bevorstehenden Trip ins Alte Land zu erzählen.

»Ich habe gerade die Scheidungspapiere weggeschickt«, platzte es aus ihr raus, kaum dass Annika sich gemeldet hatte. Marie verdrehte über sich selbst die Augen. »Aber eigentlich will ich gar nicht drüber sprechen«, fügte sie hinzu.

»Willst du nicht? Klingst gar nicht so.«

»Trotzdem.«

»Es ist okay, Marie. Wir können darüber reden. Dazu hat man schließlich Freunde.«

»Mir geht es gut, wirklich«, log sie. »Außerdem hast du im letzten Jahr so viel zu dem Thema gehört, dass es dir vermutlich zu den Ohren wieder rauskommt.«

»Wie schon gesagt, dafür sind Freunde da.«

»Ich weiß auch gar nicht, warum mich das so mitnimmt. Es ist doch bloß eine Formalität. Und trotzdem ...«

»Es ist eben endgültig. Natürlich macht dir das was aus, das ist doch ganz normal.«

»Wahrscheinlich.« Marie zögerte, dann holte sie tief Luft. »Sag mir, dass es der richtige Schritt ist. Bitte.«

»Das kann ich dir nicht sagen, Marie. Nur du alleine kannst das entscheiden«, sagte Annika sanft.

»Du hättest es also anders gemacht?«

»Das haben wir doch schon so oft besprochen. Ich glaube nicht, dass man das beurteilen kann, ohne es selbst erlebt zu haben. Aber ja, es ist möglich, dass ich ihm noch eine Chance gegeben hätte.«

Marie schluckte, und ihre Augen füllten sich mit Tränen.

»Ich weiß nur nicht, wie ich das machen soll«, sagte sie leise. »Es ist schon so lange her, doch wenn ich daran denke ...« Sie brach ab und starrte vor sich hin ...

Fast zwei Jahre zuvor

Marie hatte schlechte Laune. Sie war jetzt seit drei Wochen beim *Zeitgeist* und wurde das Gefühl nicht los, dass der Jobwechsel möglicherweise ein Fehler gewesen war. Der Chefredakteur konnte sie ganz offensichtlich nicht leiden, ständig ritt er auf ihrer Vergangenheit bei einer Frauenzeitschrift herum und hatte ihr bisher nicht ein einziges Mal die Gelegenheit gegeben zu zeigen, was in ihr steckte. Frustriert warf Marie ihre Jacke auf den Stuhl neben der Garderobe und stellte ihre Tasche daneben.

In der heutigen Redaktionssitzung hätte sie vielleicht sogar ihre Chance ergreifen können, aber sie war unkonzentriert und mit den Gedanken woanders gewesen. Der Streit, den sie vorgestern mit Simon gehabt hatte, bevor der zum Kongress für Kinder- und Jugendmedizin in Berlin aufgebrochen war, hatte sie einfach nicht losgelassen. Und so war das Interview mit Donald Trumps Berater an jemand anderen gegangen. Es war zum Heulen.

Sie hörte hinter sich einen Schlüssel im Türschloss, und dann stand Simon vor ihr. Er hatte tiefe Ringe unter den Augen, und seine blonden Locken standen ihm in alle Richtungen vom Kopf ab. Eigentlich war sie wütend auf ihn gewesen. Nicht nur wegen des Streits, sondern auch, weil er sie damit von ihrer Arbeit abgelenkt hatte. Doch jetzt sah er sie so zerknirscht an, dass ihr Zorn verrauchte. Offensichtlich hatte ihn die Sache genauso mitgenommen wie sie. Marie ging auf ihn zu und legte die Arme um seinen Hals. Sie vergrub das Gesicht in seiner Halsbeuge und atmete seinen Duft ein.

»Hallo«, sagte sie und wartete darauf, dass er sie auch begrüßte. Dass er seine Tasche fallen ließ, die Arme um sie legte, sie an sich zog. Doch er blieb stocksteif stehen. »Was ist?« Marie löste sich aus der einseitigen Umarmung.

»Ich hab Mist gebaut, Marie«, sagte Simon unglücklich. »Es tut mir so leid.«

Noch nie hatte Marie so schnell einen Koffer gepackt. Simon stand neben ihr und versuchte, sie aufzuhalten. Mit ihr zu reden. Aber Marie wusste beim besten Willen nicht, was es da noch zu reden gab. Er hatte mit einer anderen geschlafen. Während sie sich zu Hause wegen ihres Streits gegrämt hatte, hatte er sich auf seinem Kongress mit einer Kinderärztin aus Münster vergnügt. Mit einer wildfremden Frau, die er in der Hotelbar kennengelernt hatte.

Sie schloss den Koffer und stolperte an Simon vorbei in den Flur.

»Wo willst du denn hin, Marie?«

»Weg von dir.«

»Jetzt hör mir doch bitte mal zu. Ich verstehe ja selber nicht, wieso ich das getan habe. Ich war so sauer wegen unseres Streits und hab viel getrunken und dann ...«

»Natürlich. Alkohol«, unterbrach Marie ihn. »Das war ja klar, dass diese Ausrede kommt.«

»Ich habe doch gesagt, dass es mir unendlich leidtut.«

»Das reicht aber nicht«, fuhr sie ihn an, während sie nach ihrer Jacke griff. »Du kannst dich nicht einfach entschuldigen. Nicht für so was.«

»Aber es tut mir leid. Was soll ich denn tun?«

»Du kannst gar nichts tun. Das ist es ja. Du hast alles kaputt gemacht, und es wird nicht wieder heil.«

Simon sah aus, als hätte sie ihn geschlagen. »Sag das nicht!«

»Es ist aber so.« Marie wandte sich zur Tür, und er fasste nach ihrem Arm, um sie aufzuhalten.

»Warte. Du kannst doch nicht einfach gehen.«

Sie blickte zu ihm hoch.

»Ich habe gar keine andere Wahl. Ich kann nicht hierbleiben. Ich kann dich nicht einmal mehr ansehen.« Die Tränen liefen ihr unaufhaltsam über die Wangen.

»Das verstehe ich ja. Ich verstehe, dass du mich jetzt nicht sehen willst. Aber irgendwann …« Er weinte jetzt auch, und das machte sie wütend. Mit einem Ruck entzog sie sich seinem Griff.

»Nie«, sagte sie scharf. »Ich werde dich nie wieder ansehen können. Du bist für mich ein Fremder. Ich dachte, du bist jemand, der mir niemals wehtun wird. Und jetzt kann ich nichts anderes, als mir vorzustellen, wie du es mit ihr treibst. Mit dieser Frau. Alles ist jetzt anders. Und das wird immer so bleiben.«

»Sag das nicht. Ist doch klar, dass du dich jetzt so fühlst. Aber irgendwann nicht mehr. Irgendwann wirst du mir verzeihen. Du *musst* mir verzeihen.«

»Ich muss gar nichts«, schrie sie ihn an, weil sie es nicht ertrug, dass er weinte. »Ich muss nur hier raus.« Sie trat in den dunklen Hausflur und drehte sich noch einmal um. »Wenn ich am Dienstag schon gewusst hätte, was du für ein Mensch bist, dann hätten wir uns den Streit auch sparen können. Du hattest nämlich vollkommen recht: Ein Kind wäre eine absolut blöde Idee gewesen.«

»Ich hab nie gesagt, dass es eine blöde Idee ist. Nur zum jetzigen Zeitpunkt …«

»Jetzt nicht und niemals.« Erneut stiegen ihr die Tränen in die Augen. »Es gibt Dinge, die kann man nicht verzeihen.«

»Marie«, sagte Annika und holte sie damit zurück in die Gegenwart, »bist du noch dran?«

»Entschuldige. Ja, bin ich.« Marie straffte die Schultern. Es hatte keinen Sinn, sich weiter den Kopf zu zerbrechen. Die Papiere waren abgeschickt, und das war auch gut so. »Eigentlich wollte ich wirklich über was ganz anderes sprechen.« Sie erzählte Annika von ihrem bevorstehenden Ausflug ins Alte Land, und ihre Freundin seufzte.

»Ich habe den falschen Job.«

»Nur kein Neid. Den Trip bezahle ich selber. Mein Chef ist ein alter Geizkragen.«

»Trotzdem viel Erfolg. Es klingt auf jeden Fall interessant.«

»Nicht wahr?« Maries Haut begann schon wieder zu prickeln. »Fast achtzig Jahre verheiratet, das ist doch unfassbar! Ich habe nicht mal fünf geschafft.«

»Hör auf, dich selber fertigzumachen«, antwortete Annika, »das waren andere Zeiten damals.«

15.

Gemeinde Jork, Mai 1939

Klara betrachtete ihr Spiegelbild und hätte beinahe gelacht. Sie sah einfach zu albern aus in dem altmodischen Brautkleid, das schon ihre Mutter zu ihrer Hochzeit getragen hatte.

»Das passt ja beinahe wie angegossen.« Elisabeth nickte zufrieden.

»Es ist fürchterlich«, entgegnete Klara. Ihre Hand glitt über den steifen Stoff. »Wer kommt denn auf die Idee, ein Kleid aus Leinen zu nähen?«

»Es war Krieg. Wir waren froh, überhaupt was zu haben.«

»Ja, schon gut.« Klara ließ den Blick über die Scheußlichkeit gleiten, den starren Stehkragen, die mit Stoff bezogenen Knöpfe, die Rüschenvolants an dem langen, unförmigen Rock. Dieses Kleid glich einem riesigen, weißen Gefängnis. Und in diesem Ungeheuer hatte ihre Mutter ihren Vater geheiratet. Sicher, es waren andere Zeiten gewesen, aber war es wirklich nötig gewesen, die Braut derart keusch zu verpacken? Sollte sie denn nicht vielmehr schön aussehen an diesem besonderen Tag in ihrem Leben? Oder ging es darum, ihren Körper mit seinen Reizen vor den Blicken aller zu verbergen? Diesen Eindruck jedenfalls bekam Klara, während sie am Kragen des Kleides herumzerrte, der sie fast erdrosselte. Es hatte etwas von der Übergabe eines doppelt und dreifach verpackten Geschenks an den Mann. Klara war froh, dass sie so gut mit der Nähmaschine umgehen konnte. Fritz würde vermutlich Reißaus nehmen, wenn sie ihm so gegenüberträte.

»Wir haben nicht genug Zeit, um ein neues Kleid schneidern zu lassen. Das hast du dir selbst zuzuschreiben«, sagte ihre Mutter.

»Ja, ja, ich weiß. Die arme Sünderin muss schnellstmöglich unter die Haube.« Klara verdrehte die Augen. Sie hatte langsam genug von den Vorwürfen ihrer Mutter, die ja gerade so tat, als hätte ihre Tochter mit halb Jork geschlafen.

»Darf ich es wenigstens ein bisschen überarbeiten? Es ist mir viel zu lang.« Sie trat auf den Saum des Kleides, griff dann eine Handvoll Stoff in der Taille. »Und wie weit es ist. Du hattest nicht zufällig auch was zu verbergen damals?« Sie grinste ihre Mutter an, die ihr einen eisigen Blick zuwarf und das Zimmer verließ.

Am Tag der Hochzeit schien die St.-Matthias-Kirche in Jork aus allen Nähten zu platzen. Fast die gesamte Gemeinde war erschienen und drängte sich auf den schmalen Holzbänken, die unter der Last ächzten.

Wie ein Lauffeuer hatte sich die Kunde von der überstürzten Hochzeit im Alten Land verbreitet. Was für ein Skandal! Die jüngste Tochter des wohlhabenden Obstbauern Landahl – und der Pfarrerssohn. Waren sie nicht beide noch minderjährig, gerade erst siebzehn Jahre alt? Tja, da konnte man sich ja seinen Teil bei denken, flüsterte man hinter vorgehaltener Hand. Diese Jugend von heute! Keine Moral! Kein Schamgefühl!

Doch bei aller Empörung empfand man auch einen wohligen Schauer dabei, sich das Liebesleben der beiden jungen Leute auszumalen und die unerhörten Neuigkeiten eiligst weiterzutragen. Es tat so gut, die eigene weiße Weste herauszukehren. Der arme Herr Pfarrer und seine Frau. Sie mussten sich ja in Grund und Boden schämen für ihren Sohn.

Als der Organist zu spielen begann und Klara die Kirche betrat, verstummte das vielstimmige Gemurmel. Alle Augen richteten sich auf die junge Braut, die am Arm ihres Vaters zum Altar schritt, wo Fritz auf sie wartete. Man verrenkte sich den Hals, um alles genau erkennen zu können. Wölbte sich ein verräterisches Bäuchlein unter dem weißen Stoff des Brautkleides? Zeugten dunkle Schatten unter Klaras Augen von unruhigen Nächten und Morgenübelkeit?

Aber Klara ging es blendend. Als sie an ihrer Mutter vorbeischritt, hörte sie diese scharf einatmen. Sie warf ihr einen unschuldigen Blick zu und lächelte. Das Monstrum von einem Kleid war kaum wiederzuerkennen. Klara hatte sämtliche Rüschen entfernt, ebenso die mit Stoff bezogenen Knöpfe, den Stehkragen und die Ärmel. Der vormals weite Rock schmiegte sich um ihre Hüften und verbreiterte sich ab den Knien. Auf den zugehörigen Schleier hatte sie ganz verzichtet, sich stattdessen einen Kranz aus den letzten Apfelblüten des Jahres gewoben und auf ihr lockig über die Schultern fallendes Haar gesetzt.

Klara fand, dass sie sich so durchaus sehen lassen konnte. Den Brautstrauß aus weißen Tulpen und rosa Apfelblüten hielt sie dicht vor dem Bauch und verbarg die kleine Rundung, die sich dort seit ein paar Tagen bemerkbar machte.

Klara ließ den Arm ihres Vaters los und trat an den Altar. Von der Seite betrachtete sie Fritz, seine jungenhaft-schlaksige

Gestalt, sein fein geschnittenes Gesicht mit den sensiblen Augen. Auf Druck seines Scharführers bei der Hitlerjugend trug er jetzt die Haare kürzer als früher, was ihn noch jünger wirken ließ. Nur noch ein paar Minuten, dachte Klara, dann ist er mein Mann, und ich bin seine Frau. Wir werden ein Kind haben und für immer zusammenbleiben.

Sie kniete auf dem mit rotem Samt bezogenen Kissen nieder und blickte zu ihrem zukünftigen Schwiegervater empor, von dem Fritz die sanften Augen geerbt hatte.

»Und Gott der Herr sprach: Es ist nicht gut, dass der Mensch allein sei. Ich will ihm eine Gehilfin machen, die um ihn sei. Deshalb wird ein Mann seinen Vater und seine Mutter verlassen und sich mit seiner Frau verbinden, und die zwei werden ein Leib sein. Dass sie Ja zueinander sagen und sich Treue versprechen, das will Gott. So frage ich euch vor Gott und seiner Gemeinde: Friedrich Karl Hansen, willst du Klarissa Maria Landahl, die Gott dir anvertraut hat, als deine Ehefrau lieben und ehren und die Ehe mit ihr nach Gottes Gebot und Verheißung führen in guten und bösen Tagen, bis dass der Tod euch scheidet, so antworte: Ja, mit Gottes Hilfe.«

»Ja, mit Gottes Hilfe«, antwortete Fritz. Klara lächelte. Sie glaubte nicht, dass Gott ihnen allzu sehr unter die Arme würde greifen müssen. Sie konnte sich einfach gar nichts anderes als gute Tage vorstellen.

Der Pfarrer wiederholte seine Frage, an Klara gerichtet.

»Ja, mit Gottes Hilfe«, antwortete sie.

»Dann erkläre ich euch hiermit zu Mann und Frau. Bitte erhebt euch. Du darfst die Braut küssen.«

Mit wackeligen Knien erhob sich Klara und wandte sich Fritz zu. Gerade, als sie ihm keusch ihre Lippen entgegenheben wollte, spürte sie, wie er beide Arme um sie legte, sie ungestüm an sich zog und seinen Mund auf ihren presste. Sie gab einen überraschten Laut von sich und wehrte sich für eine Sekunde halbherzig, als sich seine Zunge zielstrebig ihren Weg suchte. Du meine Güte, wir sind hier in einer Kirche, dachte sie verschwommen. Das Gemurmel um sie herum wurde lauter, Fritz' Vater räusperte sich vernehmlich, doch sein Sohn dachte nicht im Traum daran, diesen ersten Kuss mit seiner Ehefrau um der guten Sitten willen abzukürzen. Und endlich gab Klara Fritz' Ansturm nach, ihr ganzer Körper gab nach, und ungeachtet ihres Publikums drängte sie sich näher an ihn. Der Brautstrauß fiel zu Boden. Nach einem minutenlangen Kuss, wie ihn die altehrwürdigen Wände der Kirche in ihrem ganzen jahrhundertelangen Bestehen nicht gesehen hatten, löste sich Fritz von Klara, die schwer atmend vor ihm stand und nach seiner Hand griff.

Niemals sollte sie diesen Moment vergessen: Das schelmische Grinsen auf dem Gesicht ihres frisch angetrauten Ehemanns, ihr rot angelaufener Bruder, der seinen Lachanfall kaum unterdrücken konnte, die teils verwirrten, teils belustigten und teils empörten Gesichter ringsum, der eisige Blick ihrer Mutter und die in ihr wachsende Gewissheit, gemeinsam mit Fritz einer glücklichen Zukunft entgegenzugehen.

16.

Gemeinde Jork im Alten Land, April 2019

Schwerfällig erhob Klara sich von ihrem Sessel, in dem sie wie jeden Nachmittag gesessen und die Zeitung gelesen hatte. Dabei musste sie wohl eingenickt sein. Das passierte ihr mit zunehmendem Alter häufiger. Obwohl sie sich immer wieder sagte, dass nach ihrem Tod zum Schlafen noch reichlich Gelegenheit sein würde.

Sie blinzelte zu Fritz hinüber, der ebenfalls eingeschlafen war. Wie jedes Mal, wenn sie ihn so reglos in seinem Sessel sitzen sah, bekam sie einen Schreck. Sie beeilte sich, auf die Füße zu kommen, und biss die Zähne zusammen, als beim Auftreten der altbekannte Schmerz durch ihr Knie fuhr. Vorsichtig humpelte sie hinüber und beugte sich über ihn. Die Lesebrille, die er vor seine normale gesetzt hatte, hing ihm windschief auf der Nase. Er atmete. Gott sei Dank. Klara schüttelte über sich selbst den Kopf. Aber sie konnte nichts dagegen tun. Irgendwie hatte sie so ein Gefühl, dass Fritz irgendwann an genau so einem Nachmittag wie heute einfach nicht mehr erwachen würde. Wie das junge Mädchen, das sie einmal gewesen war, hoffte sie noch immer, dass sie diesen Moment niemals würde erleben müssen. Dass sie an genau dem gleichen Tag ebenfalls aufhören würde zu atmen. Natürlich war das sehr unwahrscheinlich. Dass sie es überhaupt gemeinsam so weit geschafft hatten, kam ihr oft genug wie ein Wunder vor. Wie viele ihrer Freundinnen hatten ihre Männer um zehn, fünfzehn, sogar zwanzig Jahre überlebt? Die meisten. Den traurigen Rekord stellte dabei ihre Freundin Ilse auf, die die erste Liebe ihres Lebens, Klaras Bruder Willi, schon vor sechsundsiebzig Jahren verloren hatte.

Sie betrachtete Fritz' Gesicht, das sie nun bereits ein ganzes Leben lang kannte. Sie war nicht die Einzige, die alt geworden war. Seine Haare waren noch erstaunlich voll, aber schneeweiß, genau wie der Vollbart, den er sich vor zwanzig Jahren hatte wachsen lassen.

»Natürlich lebe ich noch«, sagte Fritz mit geschlossenen Augen.

Klara zuckte zusammen. »Dafür hast du mich jetzt beinahe zu Tode erschreckt.«

»Entschuldige. Es hat geklingelt.« Just in diesem Moment erklang die Türglocke erneut. Das also hatte sie geweckt. »Soll ich hingehen?«

»Nein, bleib sitzen. Ich komme schon«, rief sie und hoffte, dass der Besucher so lange ausharren würde, bis sie die fast zehn Meter durch die Eingangshalle geschafft hatte. Ihre Kinder predigten ihnen schon seit Jahren, dass das riesige Gutshaus mit jedem Jahr unpraktischer wurde, und insgeheim musste sie ihnen recht geben. Die obere Etage mit ihren vielen Schlafräumen nutzten sie kaum noch, denn der Aufstieg über die geschwungene Treppe bedeutete für Klaras Knie jedes Mal eine Tortur. Schon vor einiger Zeit hatten sie das alte Arbeitszimmer ihres Vaters Jakob Landahl, das sich an die Bibliothek anschloss, zu ihrem Schlafzimmer umgebaut, sodass sie auf einer Ebene wohnen konnten. Ihre Kinder mochten den damit verbundenen Aufwand nicht verstanden haben, doch für Klara war es unvorstellbar, ihr Zuhause zu verlassen. Sie lächelte kurz bei dem Gedanken daran, wie anders sie darüber gedacht hatte, als Fritz und sie frisch verheiratet gewesen waren. Sie hatte es kaum abwarten können, der Ödnis des Alten Landes zu entkommen, um in die Stadt zu ziehen. Heute hingegen war sie verwachsen mit dem Haus und dem dazugehörigen Land, und sie würde es niemals eintauschen gegen die praktische Dreizimmerwohnung, die ihrer Familie für sie und Fritz vorschwebte. Von einem Seniorenheim ganz zu schweigen.

Es klingelte erneut. Wer mochte das sein? Ihre Kinder und Enkel kamen selten unangemeldet vorbei.

Vorsichtshalber legte Klara die Kette vor, ehe sie die Haustür einen Spaltbreit öffnete.

Die junge Frau hatte sich bereits zum Gehen gewandt und drehte sich nun wieder um. Sie war hübsch auf eine burschikose Art, hatte dunkles, kurz geschnittenes Haar, trug verwaschene Jeans und ein langärmeliges weißes Shirt unter einer braunen Lederjacke. Die runde Brille in ihrem mädchenhaften Gesicht wirkte seltsam fehl am Platz.

»Ah, guten Tag.« Die Frau lächelte.

»Kann ich Ihnen helfen?«, fragte Klara.

»Bitte entschuldigen Sie die Störung. Mein Name ist Marie Engelmann. Ich bin Journalistin. Hier.« Sie zückte eine Visitenkarte und reichte sie durch den Türspalt. Klara warf einen Blick darauf. Marie Engelmann, Journalistin, *Zeitgeist*-Verlag Hamburg. Darunter standen in kleineren Buchstaben eine Adresse und mehrere Telefonnummern. Natürlich wusste Klara, dass heutzutage jeder solch eine Karte drucken lassen konnte.

»Und Sie wünschen?«

»Sie sind Frau Klara Hansen?«, antwortete die andere mit einer Gegenfrage und fuhr fort: »Ich habe am Wochenende mit Ihrem Mann telefoniert.«

Klara hob skeptisch die Augenbrauen. »Das hat er mir gar nicht erzählt.«

»Ich würde mich gerne mit Ihnen unterhalten.«

»Worüber denn?«

Die junge Frau zögerte. Offensichtlich bereitete es ihr Unbehagen, durch einen kaum zehn Zentimeter breiten Spalt mit ihrem Gegenüber zu sprechen. Aber da konnte Klara ihr auch nicht helfen. Man las schließlich so allerhand in den Zeitungen. Auch wenn sie sich beim besten Willen nicht vorstellen konnte, dass die zierliche Person auf ihrem Treppenabsatz sie überfallen und ausrauben wollte.

»Wir planen für September dieses Jahres eine Sonderausgabe zum achtzigsten Jahrestag des Beginns des Zweiten Weltkrieges. Und Sie haben im gleichen Jahr geheiratet, nicht wahr? Schauen Sie, ich bin durch Zufall auf diese Anzeige gestoßen.« Sie kramte in ihrer Umhängetasche, zog ein Stück Papier hervor und hielt es Klara unter die Nase. Wie immer, wenn sie ihr Hochzeitsfoto sah, musste Klara lächeln. »Und ich dachte, Sie hätten vielleicht Lust, sich von mir interviewen zu lassen. Sie haben den Krieg als junge Erwachsene miterlebt und können davon berichten. Es gibt nicht mehr viele Menschen, von denen ...« Sie hielt inne und wurde rot.

»... von denen man das behaupten kann, wollten Sie sagen?« Klara lächelte. »Schon gut, Sie haben ja vollkommen recht.«

»Also wären Sie zu einem Gespräch bereit?«

Klara dachte nach. Eigentlich wirkte sie ja ganz sympathisch, diese Frau Engelmann, aber irgendetwas störte sie. »Ich finde es ein bisschen merkwürdig, dass Sie einfach so vor unserem Haus auftauchen«, fasste sie ihr Unbehagen schließlich in Worte. »Ist das üblich?«

»Ich *habe* ja vorher angerufen«, entgegnete die andere, aber sie wirkte eindeutig ertappt.

»Davon weiß ich nichts. Ich werde meinen Mann fragen.«

»Was willst du mich fragen?«

Zum zweiten Mal an diesem Nachmittag fuhr Klara erschrocken zusammen, als Fritz plötzlich wie aus dem Boden gewachsen hinter ihr stand.

»Du meine Güte«, sie legte sich eine Hand auf die Brust. »Ich habe beinahe einen Herzinfarkt bekommen. Willst du mich unbedingt heute noch ins Grab bringen?«

»Auf gar keinen Fall.« Fritz tätschelte ihren Oberarm und spähte an ihr vorbei nach draußen. »Wer ist es denn?«

»Mein Name ist Marie Engelmann und ...«

»Sie ist Journalistin«, erklärte Klara. »Sie sagt, du hast mit ihr telefoniert?«

Fritz' Miene verfinsterte sich. »Allerdings. Und ich habe Ihnen deutlich gemacht, dass wir nicht interessiert sind. Was also tun Sie hier?«

»Ich dachte nur ...«

»Den Weg hätten Sie sich sparen können«, schnitt Fritz ihr das Wort ab und schloss mit Nachdruck die Tür.

Maries perplexer Gesichtsausdruck spiegelte sich verzerrt in den Glasbausteinen der altmodischen Eingangstür des Gutshofes. Sie blieb noch ein paar Sekunden stehen, für den Fall, dass die beiden es sich anders überlegten, dann wandte sie sich seufzend ab und lief die geschwungene Auffahrt entlang zurück zur

Straße, wo sie das Auto geparkt hatte. Das war ja prima gelaufen, wirklich toll. Marie verfluchte sich, es mit der Überrumpelungstaktik versucht zu haben. Nun würde es schwer werden, sich dem Ehepaar noch einmal unbefangen zu nähern. Dabei hatte sie die alte Dame beinahe so weit gehabt. Fritz Hansen war das Problem, das war eindeutig. Wieso bloß lehnte er es so rundheraus ab, mit ihr zu sprechen? Die Journalistin in ihr witterte natürlich sofort einen Skandal. Hauste hier, zurückgezogen in diesem Gutshof im Alten Land, etwa ein Kriegsverbrecher? So hatte er eigentlich gar nicht gewirkt, auch wenn Marie nur einen kurzen Blick auf ihn hatte erhaschen können, bevor er ihr die Tür vor der Nase zugeschlagen hatte. Andererseits konnte man den Menschen eben nur bis vor die Stirn sehen, und welcher fast Hundertjährige mit weißem Vollbart machte schon einen gefährlichen Eindruck? Hör sofort auf damit, ermahnte sie sich selbst. Genau solche Verdächtigungen waren nämlich wohl der Grund, weshalb Fritz Hansen, weshalb seine gesamte Generation bei der Frage nach ihrer Vergangenheit in Alarmbereitschaft versetzt wurde. Weil sie in jeder Frage die unausgesprochenen Vorwürfe hörten: Warum habt ihr nichts unternommen? Wie konnte das passieren? Wie viel habt ihr gewusst?

Marie wollte niemanden anklagen. Sie wollte vorurteilsfrei an die Geschichte herangehen und sich einfach anhören, was die Hansens zu erzählen hatten. Über ihr Leben, den Krieg und ihre Liebe.

Da sie keine Ahnung hatte, wie sie weiter vorgehen sollte, beschloss Marie, sich eine Unterkunft für die Nacht zu besorgen. Ein paar Meter die Straße hinunter befand sich eine Pension, doch die Wirtin lachte ihr ins Gesicht.

»Ein Zimmer ohne Reservierung? Und das zur Apfelblüte? Da wünsche ich Ihnen viel Glück.«

»Das heißt, Sie haben kein Zimmer für mich?«

»Tut mir leid, alles ausgebucht.« Die Frau zuckte bedauernd die Schultern.

»Das darf doch nicht wahr sein. Sind Sie sicher?«, hakte Marie nach.

»Selbstverständlich bin ich sicher.« Ihr Gegenüber sah jetzt leicht pikiert aus, fügte dann allerdings zögernd hinzu: »Nun ja, das Zimmer im Dachgeschoss ist frei. Aber die Dusche ist kaputt und …«

»Das macht nichts«, sagte Marie eilig, die nicht die geringste Lust verspürte, die nächsten Stunden mit der Suche nach einer Unterkunft zu verbringen. Dann wäre es tatsächlich klüger, einfach zurück nach Hamburg zu fahren. »Ich nehme es.«

Während Frau Martins die erforderlichen Formulare ausfüllte, blickte Marie sich in dem rustikalen Gasthof um. Viel dunkles Holz, bestickte Tischdecken und Spruchbänder. Alt, aber gemütlich.

»Sagen Sie, kennen Sie das Ehepaar Hansen?«, erkundigte sie sich beiläufig und reichte ihren Personalausweis über den Tresen.

»Klara und Fritz? Selbstverständlich. Jeder kennt die Hansens.«

»Tatsächlich?«

»Na, sie sind ja quasi ein fester Bestandteil von Jork. Sie wurden beide hier geboren und leben seit einer Ewigkeit hier. Der Hof gehört schon seit Jahrhunderten den Landahls. Das ist Klaras Mädchenname. Sie feiern dieses Jahr ihren achtzigsten Hochzeitstag, wussten Sie das?«

»Das ist wirklich unvorstellbar!« Marie nickte, um die Plauderlaune ihres Gegenübers zu befeuern. »Dann müssen sie fast hundert Jahre alt sein.«

Frau Martins zog die Stirn in nachdenkliche Falten. »Sechsundneunzig oder siebenundneunzig, wenn ich mich nicht irre. Sie waren sehr jung, als sie geheiratet haben. Das war wohl damals so. Sind Sie verheiratet?«

»Ich? Nein«, antwortete Marie der Einfachheit halber und lenkte zurück auf das eigentliche Thema. »Die Hansens haben kurz vor Kriegsbeginn geheiratet, nicht wahr? Wissen Sie, ob sie Kinder haben?«

»Natürlich, sie haben zwei. Paul und Felizitas. Warum fragen Sie?«

»Ich bin Journalistin«, entschied sich Marie für die Wahrheit, »und würde gerne ein Interview mit den beiden führen.«

»Oh, dann würde ich mich an Ihrer Stelle an Klara halten! Er redet nicht gerne.«

Das war Marie auch schon aufgefallen.

Sie wollte gerade mit der Pensionswirtin nach oben gehen, als ihr Handy klingelte. Das Display zeigte eine unbekannte Nummer.

»Ja? Engelmann?«

»Hier spricht Klara Hansen.«

Marie hielt den Atem an, machte eine entschuldigende Geste in Richtung von Frau Martins und ging eilig nach draußen. Mit dem Handyempfang in diesen alten Häusern war es immer eine unsichere Sache, und was sie jetzt am allerwenigsten gebrauchen konnte, war eine schlechte Verbindung.

»Frau Hansen, ich bin sehr froh, dass Sie anrufen.«

»Ja, nun, Sie müssen entschuldigen, mein Mann mag es nicht, dermaßen überrumpelt zu werden.«

»Das ist absolut verständlich. *Ich* muss mich entschuldigen. Es war nicht richtig, einfach so bei Ihnen aufzutauchen.«

»Schon gut.«

Marie lauschte gespannt in den Hörer, doch da ihre Gesprächspartnerin offenbar nicht so recht weiterwusste, wagte sie einen neuen Vorstoß. »Haben Sie denn noch mal darüber gesprochen, Sie und Ihr Mann? Wäre es vielleicht doch möglich ...«

»Warum wollen Sie uns eigentlich interviewen?«, wurde sie von Klara Hansen unterbrochen. »Warum ausgerechnet uns? Mal abgesehen von der offensichtlichen Tatsache, dass wir zufällig noch leben und viele andere nicht?«

»Entschuldigen Sie bitte vielmals, ich wollte wirklich nicht unhöflich sein.«

»Hören Sie endlich auf, sich zu entschuldigen. Beantworten Sie mir meine Frage.«

Eine Sekunde lang war Marie verblüfft über den Befehlston. Dann atmete sie tief durch. »Ich lebe in Scheidung«, sagte sie. »Wir waren nicht einmal fünf Jahre verheiratet. Sie beide sind es ein ganzes Leben lang. Ich finde das ...« Sie machte eine kurze Pause, suchte nach dem richtigen Wort, fand es nicht und setzte neu an. »Sie haben gemeinsam den Krieg erlebt, eine schreckliche Zeit. Heutzutage schaffen es viele Paare nicht einmal gemeinsam durch die erste Urlaubsreise.«

»Nun, ich würde den Krieg nicht unbedingt mit einem Urlaub vergleichen«, kam es vom anderen Ende der Leitung, und Marie biss sich auf die Zunge.

»Das wollte ich damit auch nicht sagen.«

»Schon gut, meine Liebe, ich verstehe, was Sie sagen wollten.« Klara klang jetzt sanfter. »Ich werde das mit meinem Mann besprechen. Für ihn ist es schwerer. Ich glaube nicht, dass man es wirklich nachvollziehen kann, wenn man nicht selber an der Front gekämpft hat. Er redet nicht gerne darüber.«

»Das muss er auch nicht«, beeilte Marie sich zu sagen. »Was genau Sie mir erzählen, bleibt ganz Ihnen überlassen. Und es geht mir auch mehr um die Zeit an sich. Nicht darum, ob Ihr Mann an der Front irgendjemanden getötet hat oder ...« Sie verstummte erneut und fluchte in sich hinein. Was war denn heute bloß mit ihr los? Sie benahm sich wie ein Elefant im Porzellanladen!

»Nun, das wird er wohl getan haben. Oder was stellen Sie sich darunter vor, als Soldat in einem Krieg kämpfen zu müssen?«

»Natürlich, ich wollte nicht ...« Marie brach ab. Klara Hansen musste sie für eine echte Dilettantin halten.

»Schon gut. Ich spreche mit meinem Mann. Und mit meiner Tochter. Was wir Ihnen zu erzählen haben, betrifft auch sie.«

»Aha?«

»Wenn Sie nichts mehr von mir hören, dann kommen Sie morgen zum Kaffee. Um vier. Sollte mein Mann einverstanden sein, dann kann ich Ihnen versprechen, dass Sie sich nicht langweilen werden.«

»Danke, vielen Dank!«, stammelte Marie, aber Klara Hansen hatte bereits aufgelegt. Marie steckte das Telefon zurück in ihre Handtasche und hoffte, dass es bis zum nächsten Nachmittag nicht mehr klingeln würde.

Den Rest des Tages über erkundete sie die Gemeinde Jork zu Fuß und beglückwünschte sich zu dem Entschluss, ein paar

Tage hier zu verbringen. Sie spazierte durch kleine Gassen, vorbei an reetgedeckten Fachwerkhäusern. An einem Flusslauf stieß sie auf eine wunderschöne kleine Kirche, bog dahinter ab und wanderte in Richtung Elbe, die sie nach wenigen Minuten erreichte. Das Wetter war himmlisch, nicht zu warm und nicht zu kalt. Auf dem Deich wehte ein leichter Wind, und Marie hatte einen fantastischen Blick auf die in voller Blüte stehenden Apfelplantagen.

Nach zwei Stunden beschlich sie dann doch das schlechte Gewissen. Sie kehrte um, holte ihren Laptop aus ihrem Zimmer und setzte sich in den zur Pension gehörenden Innenhof, um an einem Artikel zu feilen, den sie Ende der Woche abgeben musste. Frau Martins servierte ihr den besten Apfelkuchen, den sie jemals gegessen hatte, noch ofenwarm, mit knusprigen Streuseln und Schlagsahne, und dazu ein Kännchen Apfeltee. Gerade überlegte sie, noch ein zweites Stück zu bestellen, als es in ihrer Tasche zu vibrieren begann. Marie zuckte zusammen, erkannte dann den Klingelton von Annika und entspannte sich wieder.

»Du hast tatsächlich den falschen Job«, sagte sie statt einer Begrüßung. »Es ist einfach traumhaft hier.«

»Das freut mich.«

»Stimmt was nicht?« Ihre Freundin klang merkwürdig angespannt.

»Ach, ich bin einfach ein Plappermaul«, sagte Annika bedrückt. »Es tut mir echt leid, Marie.«

»Wieso? Was tut dir leid? Ich versteh kein Wort.«

»Das wirst du gleich. Ich dachte eigentlich nicht, dass es ein Geheimnis ist. Na ja, das ist es wohl auch nicht, aber …«

»Annika«, unterbrach Marie sie, »könntest du bitte aufhören, in Rätseln zu sprechen?«

»Es ist wegen deiner Scheidung. Also, eurer Scheidung.«

»Ja? Was ist damit?«

»Ich hätte einfach meinen Mund halten sollen. Ich dachte, es ist nichts dabei, wenn ich es Lorenz erzähle, weißt du?«

»Da ist ja auch nichts dabei.« Marie verstand noch immer nur Bahnhof. Natürlich war es in Ordnung, dass Annika ihrem Mann von ihrem Gespräch erzählt hatte.

»Na ja, Lorenz und Simon haben sich heute Mittag zufällig in der Krankenhauskantine getroffen und …«

»Oh. Ich verstehe.« Maries Magen zog sich zusammen. Annikas Mann und Simon arbeiteten beide als Ärzte im Universitätsklinikum, wenn auch auf unterschiedlichen Stationen. Simon war Kinderarzt, während Lorenz in der Chirurgie beschäftigt war. »Und Lorenz hat ihm erzählt …«

»… dass du die Scheidung eingereicht hast, ja.« Annika klang schuldbewusst. Dabei spürte Marie, dass eigentlich sie selbst es war, die einen Fehler begangen hatte. Es wäre mehr als angebracht gewesen, Simon als Ersten von diesem Schritt zu unterrichten. Sie hatte schlichtweg nicht daran gedacht. Und dabei hatte sie ihm gestern Abend sogar noch eine SMS geschickt, in der sie ihm für die Anzeige gedankt und ihre Reisepläne ins Alte Land geschildert hatte.

»Also«, sagte sie ein bisschen kleinlaut, »ich hätte ihm wohl selber Bescheid sagen sollen. Aber es kommt ja nicht wirklich überraschend. Wir sind schließlich schon ewig nicht mehr zusammen.«

»Hm«, machte Annika am anderen Ende der Leitung.

»Was heißt hm?«

»Nun, ich war ja nicht dabei, aber … also Lorenz meinte, Simon sei aus allen Wolken gefallen.«

»Wirklich?«

»Er ist total ausgeflippt. So habe ich ihn noch nie …«, rief eine Männerstimme aus dem Hintergrund, bevor Annika anscheinend die Hand vors Mikrofon legte. Die kurze nun folgende Auseinandersetzung konnte Marie nicht verstehen.

»Entschuldige, bin wieder da«, sagte ihre Freundin nach ein paar Sekunden. »Also, du hast natürlich recht, Simon hätte damit rechnen müssen. Ich wollte dich nur vorwarnen, dass er Bescheid weiß. Und mich entschuldigen.«

»Brauchst du nicht. Aber danke, dass du angerufen hast.« Sie verabschiedete sich und legte auf. Der Appetit auf das zweite Stück Kuchen war ihr vergangen.

17.

Um Punkt sechzehn Uhr am nächsten Tag stand Marie erneut vor dem alten Gutshaus und wollte gerade den Klingelknopf drücken, als sie die uralte Türglocke aus Gusseisen bemerkte. Fasziniert lauschte sie dem Klang, den sie erzeugte. Sekunden später öffnete sich die Tür wie gestern einen Spaltbreit, und Klara Hansens Gesicht erschien.

»Ach, Sie sind's.« Das Gesicht verschwand. Einen Moment lang fürchtete Marie, das Telefonat von gestern nur geträumt zu haben, da schwang das Portal auf. »Kommen Sie herein.«

Marie betrat das Haus und sah sich in der Eingangshalle um. Eine breite Treppe führte hinauf in den ersten Stock, links und rechts gingen mehrere Zimmer ab.

»Wollen Sie ablegen?«

»Gerne. Danke.« Sie schälte sich aus ihrer Jacke und hängte sie an einen Garderobenhaken.

»Kommen Sie einfach mit ins Wohnzimmer.« Frau Hansen machte eine einladende Handbewegung und ging voran.

Das Wort Wohnzimmer wurde dem Raum nicht gerecht, in den sie Marie führte. Elegante Ledersessel, Möbel aus glänzendem Mahagoni und Stehlampen mit Troddeln an den Schirmen dominierten den Raum und erinnerten Marie an Bilder von englischen Herrenklubs. Schwere dunkelgrüne Vorhänge mit goldenen Quasten hingen vor den bodentiefen Fenstern. Es roch dumpf, aber angenehm. Nach verkohltem Holz, Leder und alten Teppichen, vermischt mit dem frischen Duft der Apfelblüten, die in hohen Bodenvasen links und rechts des mit Ornamenten verzierten Kamins standen.

In einem dunkelbraunen Ohrensessel saß Fritz Hansen und erhob sich, als Marie hereinkam. Sie registrierte, dass seine Bewegungen viel geschmeidiger waren als die seiner Frau. Nur seinen rechten Arm hielt er in einem merkwürdigen Winkel vor dem Körper, die Finger der Hand irgendwie klauenartig gekrümmt.

»Bitte, bleiben Sie doch sitzen«, sagte Marie, doch er schüttelte den Kopf und reichte ihr die Hand. Sein Händedruck war erstaunlich fest.

»Setzen wir uns?« Klara deutete in Richtung des angeschlossenen Speisezimmers, wo ein gedeckter Apfelkuchen und eine Kanne Kaffee auf sie warteten.

»Das wäre doch nicht nötig gewesen.« Verlegen stand Marie da. Womit hatte sie diese plötzliche Gastfreundschaft verdient?

Klara ignorierte ihren Einwand. »Selbst gebacken«, sagte sie, »mit Äpfeln von unserem eigenen Land. Natürlich ernten wir nicht mehr selbst. Die Felder sind verpachtet.«

Gemeinsam nahmen sie um den Tisch herum Platz. Die Handtasche mit Diktiergerät und Notizblock stellte Marie neben ihren Stuhl. Eine Weile aßen sie schweigend.

»Sie wüssten also gerne Bescheid über das Geheimnis einer lebenslangen Ehe«, sagte Fritz Hansen unvermittelt.

»Nun, ich …«

»Das ist sehr einfach. Man muss Kompromisse schließen. Und wenn man unterschiedlicher Meinung ist, dann muss einer nachgeben.« Marie merkte, wie er seiner Frau einen bedeutungsvollen Blick zuwarf. »Und in unserem Fall bin das meistens ich.«

»Das kannst du so nun aber auch nicht sagen.« Klara schüttelte den Kopf. »Als würde ich nie nachgeben.«

Unter seinem dichten Vollbart lächelte der alte Mann.

»Nenn mir ein Beispiel. Nur eines.«

»Gut, also …« Klara legte das Gesicht in nachdenkliche Falten. »Einen Moment, ich komm gleich drauf.«

»Lass dir ruhig Zeit.«

Marie musste lächeln, während sie den beiden alten Leuten zuhörte. Vielleicht lag ja darin schon das erste Geheimnis ihrer langen Liebe verborgen: dass sie noch immer in liebevollem Ton miteinander redeten und sich gegenseitig aufzogen. Maries Eltern hatten sich schon vor langer Zeit getrennt und waren auch vorher, während ihrer Ehe, nicht besonders freundlich zueinander gewesen.

18.

Hamburg, Juni 1939

Die Sonne schien vom strahlend blauen Himmel auf Klara herunter, die in ihrem Sommerkleid am Hamburger Hafen stand und zum Schutz gegen den Wind, der von der Elbe herüberwehte, einen bunten Schal um die Schultern gelegt hatte. Das Kleid spannte mittlerweile schon ein wenig um die Taille, doch entgegen der Befürchtungen ihrer Mutter scherte sich niemand der Menschen ringsum um die eindeutig minderjährige Schwangere in ihrer Mitte. Und das lag nicht an dem schmalen goldenen Reif, der seit einem Monat ihren rechten Ringfinger zierte.

Es gab schlicht Wichtigeres. Vor wenigen Tagen war von der Regierung der Luftschutzerlass herausgegeben worden. Jedes Haus musste sich mit Wassereimern und Verdunklungsrollos ausstatten. Die Leute waren in heller Aufregung. Gab es ein sichereres Zeichen für einen bevorstehenden Krieg als diese Anweisung? Was würde bloß mit Deutschland geschehen?

Klara richtete ihren Blick auf den mächtigen Bug des Passagierschiffes, an dessen Reling sie jetzt Luise entdeckte, die lächelnd zu ihr herunterwinkte. Ihre sonst so beherrschte, geradezu kühl wirkende Schwester bot einen ungewohnten Anblick mit den vor Aufregung geröteten Wangen und dem vom Wind zerzausten Haar. Neben ihr stand das ehemalige Hausmädchen Esther, das Luise an Klaras Stelle nach Amerika begleiten würde.

Vielleicht war es eine Ironie des Schicksals, doch das Schiff der HAPAG, mit dem Esther Sommerland das Deutsche Reich verließ, war bis zum Jahr 1936 noch nach dem Mann benannt gewesen, der die Reederei einst groß gemacht hatte: Albert Ballin. Dann hatte es auf Druck des NS-Regimes in »Hansa« umgetauft werden müssen, denn Ballin war Jude gewesen.

Jakob Landahl hatte den Bitten von Esthers Eltern, ihre Tochter mit seiner eigenen nach Amerika zu schicken, ohne Zögern nachgegeben. Seine Schwester hatte sich bereit erklärt, Esther als Dienstmädchen in ihrem Haushalt zu beschäftigen.

Regelmäßig fuhr Jakob seine Ernteerträge hinüber nach Hamburg zum Großmarkt, und was den Menschen in der trauten Idylle des Alten Landes noch verborgen blieb, konnte in der Großstadt nicht mehr übersehen werden: Hitler verfolgte sein Ziel, das Deutsche Reich von den Juden zu befreien, mit grausamer Konsequenz. Geschäfte jüdischer Inhaber waren plötzlich verwaist oder nahtlos an Nichtjuden übergegangen. Von den ehemaligen Geschäftsführern fehlte meist jede Spur. Einige hatten die Gefahr geahnt und waren geflohen, größtenteils in die Schweiz oder ein anderes europäisches Ausland. Aber auch die Einweisungen in diese Konzentrationslager, die schon vor geraumer Zeit überall in Deutschland errichtet worden waren, hatten bereits begonnen. Spätestens seit den Verwüstungen der Reichspogromnacht am 9. November 1938 konnte niemand mehr die Gefahr leugnen, in der die Juden schwebten.

Natürlich hatte auch Klara begriffen, wie wichtig es für Esther als Jüdin war, das Land zu verlassen. In erster Linie aber war sie froh darüber, dass nicht sie es war, die dort oben winkend an der Reling lehnte. Die Berichte ihres Vaters, seine eindringlichen Gespräche mit der Familie darüber, dass man nicht die Augen verschließen dürfe, nur weil einen das Problem selbst nicht betreffe: Sie hörte mit halbem Ohr zu, gab ihm durchaus recht – und konnte doch nicht verhindern, dass sie all das wenig interessierte. Sie war verliebt, frisch verheiratet, erwartete ein Kind und hatte mit Fritz ihre erste gemeinsame Wohnung in Hamburg bezogen. Sehr zum Leidwesen ihrer Mutter, die es, nachdem sie den Schrecken über Klaras Schwangerschaft verdaut hatte, nur zu gerne gesehen hätte, wenn ihr Enkelkind auf dem Landahl-Hof zur Welt gekommen wäre. Platz gab es genug, um eine weitere kleine Familie zu beherbergen. Doch Jakob Landahl hatte seiner Tochter klipp und klar gesagt, dass sie sich bei ihm nicht ins gemachte Netz setzen konnte. Ihre Kindheit sei nun vorbei, und er sei gespannt, wie sie sich in der Erwachsenenwelt schlagen würde. Klara war ziemlich sicher, dass ihr aufbrausender, aber herzensguter Vater sie niemals wirklich im Stich lassen und vermutlich seine Meinung auch irgendwann ändern würde – doch sie wäre nicht seine Tochter gewesen, wenn sie nicht ebenso stur reagiert hätte. Als sogar noch eigensinniger erwies sich zu ihrer Überraschung Fritz, den die Worte seines Schwiegervaters in seiner Ehre gekränkt zu haben schienen.

Nun lebten sie also mitten in der Großstadt, fern der Beschaulichkeit des Alten Landes, und all das war so aufregend, dass einfach kein Platz in ihrem Kopf war für düstere Gedanken und Zukunftsängste.

Der Lärm um sie herum wurde lauter, als die Leinen gelöst wurden und das Schiff sich langsam aus dem Hafen zu schieben begann. Lange stand Klara am Ufer und winkte, dann verabschiedete sie sich von ihren Eltern und machte sich auf den Heimweg. Mithilfe der Kontakte ihres Schwiegervaters, des Pfarrers von Jork, hatten sie schnell eine Wohnung in Hamburg gefunden. Die zwei engen, dunklen Räume mit Küchen und kleinem Bad lagen im dritten Stock eines Hauses im Arbeiterwohnbezirk Barmbek. Es war nicht gerade luxuriös, aber Klara verstand es, ihrem neuen Zuhause mit wenigen Mitteln Gemütlichkeit und Wärme zu verleihen. Sie ging nicht mehr zur Schule, sondern verbrachte ihre Tage damit, Vorhänge, Tischwäsche und schließlich auch Babykleidung zu nähen. Fritz hatte seine Schulausbildung trotz ihres Protests ebenfalls unterbrochen. Klara fühlte sich schuldig, aber Fritz bestand darauf, für seine Familie zu sorgen. Er hatte eine Anstellung als Pfleger im Allgemeinen Krankenhaus Barmbek gefunden und arbeitete zusätzlich in den frühen Morgenstunden als Gabelstaplerfahrer beim Großmarkt.

Am 1. September 1939 begann mit dem Überfall Hitlers auf Polen der Zweite Weltkrieg. Es wunderte Klara, wie wenige Einschnitte sich in ihrem Alltagsleben daraus ergaben. Zwar wurden Lebensmittel und Kleider rationiert und nur noch auf Bezugsscheine ausgegeben, aber die Läden waren gut bestückt, und als Tochter eines Obstbauern konnte sie zudem die Rationen ihrer kleinen Familie regelmäßig aufstocken. Auf den Straßen sah man weniger Männer, da allmählich immer mehr an die Front eingezogen wurden; ihre Aufgaben wurden nach und nach von den Frauen übernommen. Viel mehr Veränderungen jedoch konnte Klara nicht feststellen. Der Krieg – dieser Dämon, der ihrem Vater das Bein genommen und sie als unbekannter und unheimlicher Schrecken als Kind nicht hatte schlafen lassen, dieses Ungeheuer, das doch angeblich Zerstörung und unendliches Leid über die Menschen brachte – fand irgendwo in weiter Ferne statt. Selbst als sie sich von ihrem Bruder verabschieden musste, der kurz nach seiner Verlobung mit Ilse gleich zu Beginn des Krieges nach Polen geschickt wurde, kam ihr das Ganze noch gar nicht besonders schlimm vor. Er sah so schick aus in seiner Uniform. Groß und stark und unbesiegbar. Ein echter deutscher Soldat.

Am Heiligen Abend des Jahres 1939 betrat Klara zum ersten Mal seit ihrer Trauung wieder die Jorker Kirche. Eigentlich hatte sie geplant, ihr erstes Weihnachtsfest als verheiratete Frau mit Fritz in ihrer Hamburger Wohnung zu begehen. Sie hatte einen kleinen Tannenbaum aufstellen und ein gutes Essen kochen wollen, nur für sie beide allein. Doch Elisabeth hatte ihr einen Strich durch die Rechnung gemacht. »Dein Bruder hat drei Tage Fronturlaub. Wenn er aus Polen kommt, um mit uns Weihnachten zu feiern, dann wirst du ja wohl den Weg über die Elbe auf dich nehmen können.« Sie hatte keinen Widerspruch geduldet, und jetzt, da Klara auf einer der harten Holzbänke von St. Matthias hin und her rutschte und versuchte, trotz ihres Bauchumfangs eine einigermaßen bequeme Position zu finden, war sie froh, hier zu sein. Obwohl sie die Blicke der Gemeinde in ihrem Rücken spürte und ihr Getuschel hören konnte. Es war nun wirklich für niemanden mehr zu übersehen, dass sie bald, sehr bald ein Kind zur Welt bringen würde. Früher, als es sich für eine Frau schickte, die erst seit knapp sieben Monaten verheiratet war. Klara fragte sich, ob die Leute eigentlich keine anderen Probleme hatten. Egal, im Grunde machte ihr das Gerede nichts aus. Es tat gut, mit der ganzen Familie hier zu sein.

Nun – fast mit der ganzen Familie. Luise war natürlich noch in Amerika, von wo aus sie regelmäßig Briefe schrieb. Doch ansonsten waren sie vollzählig. Zu ihrer Linken saß Willi, ein wenig ernster und stiller, als sie ihn kannte, und daneben Ilse. Es kam Klara vor, als hätte ihre Freundin Willis Hand nicht mehr losgelassen, seit dieser gestern Abend am Hamburger Hauptbahnhof aus dem Zug gestiegen war. In ihrem schönsten Kleid aus blauem Samt saß sie jetzt neben ihrem Verlobten, hatte das Gesicht ihm zugewandt und ließ ihn nicht aus den Augen, als bestünde die Gefahr, er könne sich von einer Sekunde auf die andere in Luft auflösen. Klara suchte ihren Blick und lächelte aufmunternd, doch Ilse erwiderte das Lächeln nicht. Seufzend wandte Klara daraufhin ihre Aufmerksamkeit ihrem Schwiegervater zu, der soeben auf die Kanzel gestiegen war.

»Meine Seele sei stille zu Gott, der mir hilft. Denn er ist mein Hort, meine Hilfe, mein Schutz, dass mich kein Fall stürzen wird, wie groß er ist. Mit diesen Worten aus dem Psalm 62 begrüße ich euch, liebe Gemeinde, zum Weihnachtsgottesdienst, im Namen des Vaters und des Sohnes und des Heiligen Geistes.«

»Amen«, murmelte Klara und stöhnte im nächsten Moment unterdrückt auf.

»Alles in Ordnung?«, flüsterte Fritz, der natürlich an ihrer anderen Seite saß.

»Ja. Er tritt nur.«

»Oder sie.« Fritz legte die Hand auf ihren Bauch, und das Baby trat erneut. »Na ja, vielleicht ist es doch ein Junge«, wisperte er mit einem Lächeln und schaute wieder nach vorne.

»Ein neues Jahr wird kommen, und viele menschliche Pläne, viel Feindschaft und Not liegen auf unserem Weg. Doch wenn wir bei Jesus bleiben und mit ihm gehen, so dürfen wir gewiss sein, dass nichts uns widerfahren kann, was nicht von Gott zuvor ersehen war«, hörte Klara mit halbem Ohr den Pfarrer weiter predigen, während sie Fritz von der Seite betrachtete. Und plötzlich durchfuhr sie die Angst so heftig, dass es ihr den Atem raubte. Wenn er nun doch eingezogen wurde? Er würde schließlich nicht für immer siebzehn bleiben. Was, wenn ihr nur noch eine kurze Zeit mit ihm blieb? Sie schüttelte den Kopf, um die bösen Gedanken zu vertreiben. Sagten nicht alle, dass der Krieg schnell vorbeigehen würde? Dass niemand die deutsche Armee in ihrem Feldzug würde aufhalten können?

»Das ist der Trost eines jeden Lebens, das mit Jesus gelebt wird: Es wurde erfüllt, was der Herr gesagt hat.«

Klara fragte sich im Stillen, ob Gott tatsächlich richtig fand, was Hitler da tat. Und wozu der all den zusätzlichen Lebensraum überhaupt brauchte. Für das arische Volk? Besonders eingeengt hatte sie sich in Deutschland nie gefühlt, und außerdem lebten in den anderen Ländern doch auch Menschen. Dort draußen gab es gar keine freien Flächen, die man einfach so bevölkern konnte.

Ein unterdrücktes Schluchzen riss Klara aus ihren Überlegungen. Ilse hatte den Kopf an Willis Hals vergraben, und der strich ihr in einer hilflosen Geste über das dunkle Haar. Sein Gesicht war sehr blass. Klara wandte den Blick ab und faltete die Hände.

»Bitte mach, dass Willi nichts passiert«, betete sie stumm, »und dass der Krieg vorbei ist, bevor Fritz eingezogen werden kann.«

Das Baby trat ihr heftig von innen in die Seite.

»Und schenk mir ein gesundes Kind. Amen.«

Am 20. Januar 1940 brachte Klara einen Jungen zur Welt. Er wurde auf den Namen Paul Friedrich Hansen getauft und war so gesund und munter, wie man es sich nur wünschen konnte.

Am 19. März 1941, am Tag seines neunzehnten Geburtstages, erhielt Fritz den Einberufungsbefehl.

19.

Gemeinde Jork im Alten Land, April 2019

Marie betrachtete die Ahnengalerie neben dem großen, steinernen Kaminofen. Dutzende gerahmter Bilder, viele in Schwarz-Weiß und deutlich verblasst, einige wenige in Farbe und neueren Datums. Ihr Blick blieb an einem Mann hängen, der sie im ersten Moment an Adolf Hitler erinnerte. Sie trat näher heran und erkannte, dass die Ähnlichkeit sich auf die streng gescheitelte Frisur und den Oberlippenbart beschränkte. Die Augen des Mannes blickten freundlich und verletzlich drein.

»Das ist mein Vater. Jakob Landahl«, erklärte Klara. »Heutzutage wäre ein solcher Bart wohl eine politische Aussage. Und keine wünschenswerte. Aber damals liefen die Männer fast alle so herum.« Sie lächelte entschuldigend. »Mein Vater war alles andere als ein Nazi.«

Marie nickte und war sogar gewillt, der alten Frau zu glauben. Aber konnte sie das? Wer gab schon zu, dass er ein Befürworter Hitlers gewesen war? Marie unterdrückte ein Seufzen und wandte ihren Blick wieder der Fotowand zu. Irgendwie hatte sie sich das Interview einfacher vorgestellt. War es möglich, dass sie sich unzureichend vorbereitet hatte?, fragte sie sich selbstkritisch. Zwar wusste sie viel über den Zweiten Weltkrieg, doch das waren Fakten, Daten, Abläufe. Vielleicht hätte sie sich mehr Gedanken darüber machen sollen, wie sie dieses sensible Thema mit den alten Leuten besprechen konnte. Sie sollten sich schließlich öffnen, persönlich werden, etwas preisgeben. Bis hierhin war das Resultat ihres Interviews eher langweilig gewesen, musste Marie sich eingestehen. Eine ungewollte Schwangerschaft, eine überstürzte Hochzeit, ein paar wenige dürre Worte über den Krieg. Für Frank würde es vermutlich schon ausreichen, um *den Faden fallen zu lassen*. Er würde sagen, dass eine verbotene Teenagerliebe vielleicht in die *Sonja* passen würde, dass sie jedoch für die Sonderausgabe des *Zeitgeist* ein bisschen mehr liefern müsse.

»Aber vermutlich glauben Sie mir sowieso nicht«, unterbrach Klara ihre Gedanken, und Marie musste sich kurz darauf besinnen, worum es in ihrem Gespräch gegangen war. Klaras Vater. Jakob Landahl.

»Nun ja.« Marie zuckte verlegen mit den Schultern.

Klara nickte. »Wenn Hitler wirklich so wenige Anhänger gehabt hätte, wie später alle behaupteten, dann wäre es niemals so weit gekommen. Das ist völlig logisch.«

»Stimmt.«

»Es gab viele überzeugte Nazis. Und dann gab es noch eine Gruppe, die sich kaum weniger schuldig gemacht hat. Das waren diejenigen, die sich aus allem raushielten.« Klara straffte die Schultern und sah Marie aufrichtig an. »Ich bin nicht stolz darauf, dass ich lange Zeit zu dieser Gruppe gehörte.«

Marie horchte auf. »Wie lange?«, hakte sie nach.

»So lange, wie ich konnte.«

20.

Hamburg-Barmbek, Mai 1942

»Wo denken Sie hin? Die Dienstverpflichtung enthält nicht umsonst das Wort *Pflicht*. Sie können nicht einfach kündigen! Wo kämen wir denn da hin?«

Die Miene von Frau Schmidt, ihrer Vorgesetzten bei der Hamburger Hochbahn, war unerbittlich. Vor wenigen Monaten war Klara zum Reichsarbeitsdienst eingezogen worden. Die an der Front stehenden Männer fehlten an allen Ecken und Enden, sodass mehr und mehr die Frauen ihre Aufgaben an der Heimatfront übernehmen mussten.

Längst war für Klara der Reiz der großen Stadt verflogen. Ohne Fritz, allein mit ihrem kleinen Sohn, erschien ihr Hamburg riesig, laut und unpersönlich. Und seit die Alliierten begonnen hatten, vereinzelte Angriffe auf die Stadt zu fliegen, wollte sie nur noch weg von hier. Sie sehnte sich nach dem Alten Land und dem Landahl-Hof, nach den weiten Apfelfeldern, dem Duft nach Blüten und frisch gemähtem Heu. Und nach ihren Eltern. Endlich hatte Jakob Landahl seine Worte zurückgenommen und Klara angeboten, mit Paul ins Gutshaus zurückzukehren. Und ausgerechnet jetzt machte Frau Schmidt ihr einen Strich durch die Rechnung.

»Ich will mich doch nicht drücken«, versuchte Klara sich zu

erklären. »Aber ich kann mit meinem Sohn nicht hier in der Stadt bleiben. Wer weiß, wie schlimm es noch wird mit den Luftangriffen. Ich möchte einfach zu meinen Eltern nach Jork. Dort gibt es sicher auch was für mich zu tun. Und meine Eltern könnten auf Paul aufpassen, sodass ich ihn nicht zur Arbeit mitnehmen muss.« Bittend sah sie ihr Gegenüber an und deutete gleichzeitig auf ihren schlafenden Sohn, den sie sich wie immer mit einem Tuch auf den Rücken gebunden hatte. Bei ihrer Arbeit als Fahrkartenkontrolleurin bei der Straßenbahn hatte sie ihn stets auf diese Weise dabei, obwohl sie sich fragte, wie lange er sich das noch würde gefallen lassen. Sein Bewegungsdrang nahm stetig zu, ebenso wie sein Gewicht. Wie lange würde sie ihn noch stundenlang tragen können?

»Wieso geben Sie eigentlich nicht einfach Ihren Sohn zu den Großeltern? Da hätte er es besser!«

Sprachlos starrte Klara sie an.

»Sie haben wohl keine Kinder?«, platzte es aus ihr heraus.

»Ich habe fünf, meine Liebe.« Frau Schmidt schob ihr Halstuch zur Seite und präsentierte nicht ohne Stolz das Mutterkreuz in Bronze. »Sie befinden sich im Erzgebirge. In *Sicherheit*«, setzte sie nachdrücklich hinzu.

»Aber Paul ist erst zwei. Er ist fast noch ein Baby ...«

»Es ist natürlich Ihre Sache«, beschied Frau Schmidt sie knapp. »Wenn Sie ihn der Gefahr hier in Hamburg aussetzen möchten ...«

»Das möchte ich eben nicht!« Klara hörte selbst die Verzweiflung in ihrer Stimme. »Ich *möchte* ihn ja in Sicherheit bringen. Ins Alte Land. Aber ich muss mit ihm gehen. Er braucht mich.«

»Der Führer braucht Sie. Das deutsche Volk braucht Sie. Ich

werde Sie nicht freistellen.« Frau Schmidt nahm die schriftliche Kündigung zur Hand und riss sie vor Klaras Augen in Fetzen.

Müde stieg Klara die Stufen zu ihrer Wohnung hinauf. Paul hing wie Blei an ihrer linken Hand, in der rechten trug sie eine Tasche mit Brot, Butter, Trockenmilch, Marmelade und Kaffee-Ersatz.

Es war ein heißer Tag in diesem Mai 1942, und die Luft in der Hansestadt schien zwischen den Häusern zu stehen, schwer und feucht, ohne dass auch nur der leiseste Windhauch Abkühlung gebracht hätte.

Das abgetragene Kleid, das sein ehemals leuchtendes Blau durch zahlreiche Wäschen verloren hatte, klebte Klara zerknittert am Körper, und sie roch ihren eigenen Schweiß. Normalerweise ging sie bereits in den frühen Morgenstunden zum Einkaufen, doch dank der Unterredung mit ihrer Vorgesetzten war sie heute später dran gewesen. Vor den Läden hatten sich schon riesige Schlangen gebildet, und sie hatte stundenlang in der prallen Mittagssonne angestanden. Als sie endlich an der Reihe gewesen war, waren die Regale beinahe leer, es gab weder Obst noch Gemüse. Am Wochenende würde sie mit der Fähre nach Jork übersetzen, um ihre Eltern zu besuchen. Dort gab es Äpfel, Kirschen und Kartoffeln. Und keine Bomber, die einen mitten in der Nacht aus dem Schlaf rissen und in den Luftschutzkeller trieben. Paul würde es so viel besser dort gehen. Vor lauter Wut und Verzweiflung traten Klara die Tränen in die Augen. Am liebsten hätte sie noch heute ihre Sachen gepackt und gemeinsam mit ihrem Sohn die Wohnung verlassen. Aber was würde geschehen, wenn sie heute Abend nicht zu ihrer Spätschicht erschien, für die sie sich stets einteilen ließ, weil Paul dann einfach schön in seinem Tuch schlafen konnte? Klara wusste nicht genau, was mit Arbeitsverweigerinnen passierte, sie wusste nur, dass sie ernsthafte Schwierigkeiten bekommen würde. Und wenn sie Paul nun doch allein im Alten Land ließ? Sie sah auf das Kind an ihrer Hand hinab, und allein bei dem Gedanken, es fortzuschicken, zog sich ihr Herz schmerzhaft zusammen. Dabei war sie sich durchaus im Klaren darüber, dass ihre Situation immer noch besser war als die der meisten Mütter. Besser auch als die von Frau Schmidt, deren Kinder weit weg im Erzgebirge weilten.

Bereits im Jahr 1940 hatte das NS-Regime umfassende Kinderlandverschickungen zu organisieren begonnen und Eltern per Flugblatt dazu aufgefordert, ihre Kinder in Sicherheit zu bringen.

Paul würde wenigstens bei den eigenen Großeltern untergebracht und vortrefflich versorgt werden. Zudem konnte sie ihn oft besuchen. Andere Kinder hatten viel weniger Glück. Sie wurden willkürlich auf fremde Familien in abgelegenen Dörfern verteilt. Und dennoch brachte Klara es einfach nicht über sich … Dieser verdammte Krieg, dachte sie verzweifelt.

Im letzten Monat hatte Fritz Fronturlaub bekommen, um zwei Wochen mit seiner Familie zu verbringen. Sie hatte ihn kaum wiedererkannt, dünn, mit Vollbart und erschöpften Augen. Paul hatte sich vor dem fremden Mann weinend hinter seiner Mutter versteckt, doch als Fritz' Urlaub sich dem Ende neigte, hing sein Sohn mit aller Liebe, zu der sein Kinderherz fähig war, an seinem Vater. Am Bahnhof hatte sie das herzzerreißend schluchzende Kind an sich gedrückt, in Fritz' blasses Gesicht hinter der Fensterscheibe gestarrt und im Takt des sich ratternd in Bewegung setzenden Zuges immer nur den einen

Gedanken gehabt: »Verdammter Krieg, verdammter Krieg, verdammter Krieg ...«

»Mama, aua.« Vorwurfsvoll sah Paul zu ihr hoch und deutete auf seine Hand, die sie, in ihre trüben Gedanken versunken, zu fest umklammert hatte.

»Entschuldige, mein Schatz, das wollte ich nicht.« Sie lockerte ihren Griff und strich ihm mit der anderen Hand über den braunen Lockenkopf. »Schau, wir sind zu Hause. Möchtest du ein Marmeladenbrot?«

»Ja!« Seine blauen Augen leuchteten auf, und sofort regte sich wieder das schlechte Gewissen in Klara. Obwohl er nicht nur seine, sondern auch einen beträchtlichen Teil ihrer eigenen Lebensmittelration aß, schien Paul ständig hungrig zu sein. Eine Sekunde lang erlaubte sich Klara die Erinnerung an die stets überquellende Speisekammer im Haus ihrer Eltern, die sie in ihrer Kindheit genossen und für selbstverständlich erachtet hatte. *Verdammter Krieg.*

Sie kramte ihren Schlüssel hervor, um die Wohnungstür aufzuschließen. Paul hüpfte schon in freudiger Erwartung auf und ab, als Klara schlurfende Schritte hinter sich hörte. Sie wandte sich zur Treppe, die Herr Wiechert, ihr Nachbar aus dem Dachgeschoss, unsicheren Schritts erklomm. Mit der einen Hand klammerte er sich an dem morschen Treppengeländer fest, in der anderen hielt er seinen Stock. Wie immer trug er den Hut tief ins Gesicht gezogen.

»Guten Tag«, wünschte Klara und beobachtete mit leichter Sorge seinen wackeligen Aufstieg. Der alte Mann ging so weit vornübergebeugt, dass er jeden Moment das Gleichgewicht zu verlieren drohte. Mit seinen durch die Brillengläser stark verkleinerten Augen blinzelte er sie an, ohne den Gruß zu erwidern.

»Guten Tag«, krähte Paul und baute sich vor dem griesgrämigen Nachbarn auf, der beinahe über ihn fiel und sich erst im letzten Moment wieder fangen konnte.

»Komm her, Paul«, sagte Klara schnell, »lauf Herrn Wiechert nicht zwischen den Füßen herum.«

»Schon gut«, murmelte der zu ihrem größten Erstaunen, blieb einen Moment stehen und kramte in den tiefen Taschen seiner schlabberigen braunen Strickjacke, bevor er ein in Silberfolie eingewickeltes Stück Schokolade hervorzog und es Paul hinhielt, der begeistert zugriff.

»Danke«, rief er und lief zu seiner Mutter, um ihr seinen Schatz zu zeigen. Völlig verdattert von der unerwarteten Freundlichkeit stand Klara in der halb geöffneten Wohnungstür.

»Das ist wirklich nett von Ihnen, Herr Wiechert, haben Sie vielen ...«

Doch er hatte sich schon wieder umgedreht und ertastete vorsichtig mit dem Fuß die nächste Treppenstufe nach oben.

»Auf Wiedersehen«, rief sie ihm noch hinterher, aber außer einem undeutlichen Gemurmel erhielt sie keine Antwort.

21.

Entschlossen stieg Klara am darauffolgenden Morgen die Treppe hinauf und klopfte an der Tür gegenüber dem Trockenspeicher. Dahinter erklang gedämpft das Geräusch leichter, schneller Schritte, und sie registrierte es verwundert, ohne richtig zu verstehen, was ihr daran so merkwürdig erschien.

Es dauerte eine ganze Weile, dann machte sich von innen jemand am Vorhängeschloss zu schaffen, die Tür öffnete sich einen Spaltbreit und wurde von einer eisernen Kette gestoppt. Herrn Wiecherts Gesicht erschien.

»Guten Tag.«

Er blinzelte verwirrt, dann schien er sie zu erkennen.

»Ja?«, fragte er so leise, dass sie ihn kaum verstehen konnte.

»Ich gehe zum Einkaufen und wollte fragen, ob ich Ihnen etwas mitbringen kann.«

Er überlegte lange, und Klara wartete geduldig auf seine Antwort. Sie hatte ihn schon oft dabei beobachtet, wie er mühsam die Treppen zu seiner Wohnung erklomm. Das Besorgen von Lebensmitteln musste eine Quälerei für ihn sein, jetzt sogar noch mehr, da man immer öfter in den Läden Schlange stehen musste.

»Sie können mir vertrauen. Sie wissen doch, dass ich hier im Haus wohne, nicht wahr? Gleich unter Ihnen«, versuchte sie ihn zu beruhigen, in der Annahme, das sei vielleicht der Grund für sein Zögern. Natürlich, er musste ihr seine Lebensmittelmarken und Geld aushändigen, damit sie die Einkäufe für ihn erledigen konnte. »Sie haben meinem Sohn gestern Schokolade geschenkt«, fügte sie hinzu, wie um zu beweisen, dass sie einen guten Grund dafür hatte, nett zu ihm zu sein.

Er nickte, schwieg aber noch immer.

Klara spürte eine leichte Ungeduld in sich aufsteigen und trat von einem Fuß auf den anderen. »Also … ich muss wieder hinunter zu Paul. Das ist mein Sohn. Es war ja nur ein Vorschlag …«

»… den ich dankend annehme«, unterbrach er sie mit plötzlicher Entschlossenheit und begann neben sich, außerhalb ihres eingeschränkten Sichtfelds, herumzuhantieren. Ein paar Augenblicke später reichte er ihr Marken und Geld für Brot, Butter und Milch. »Sehr nett von Ihnen.« Seine Stimme war jetzt wieder so leise wie zuvor, und eine Sekunde später fiel die Tür krachend vor ihrer Nase ins Schloss.

Von diesem Moment an verließ er die Wohnung noch seltener. Durch den engen Türspalt händigte er Klara Geld und Marken aus und öffnete die Tür nur widerwillig etwas weiter, wenn sie ihm die Einkäufe brachte. Er schien dankbar dafür, dass sie ihre Versuche, eine Unterhaltung mit ihm zu führen, rasch aufgab. Außer ihrem Guten Tag und seinem Danke verliefen ihre Begegnungen stumm.

22.

Hamburg, Juni 1943

Der Mann, den man in dem großen Backsteinhaus in Barmbek unter dem Namen Robert Wiechert kannte, stieg in quälender Langsamkeit die Stufen zu seiner Wohnung hinauf. Kaum hatte er den Treppenabsatz zum dritten Stockwerk erreicht, öffnete sich auch schon die gegenüberliegende Tür, und der kleine Junge schoss heraus.

»Guten Tag«, wünschte er und sah erwartungsvoll zu dem alten Mann hoch, der lächelte. Während er in seiner Jackentasche kramte, machte er sich klar, dass er selbst diesem Moment, der sich jeden Montagnachmittag, wenn er vom Amt kam, in exakt gleicher Weise wiederholte, vielleicht ebenso sehnsüchtig entgegenblickte wie Paul. Er reichte ihm ein Stück Würfelzucker genau in dem Augenblick, als die Mutter des Jungen im Türrahmen erschien.

»Paul«, sagte sie vorwurfsvoll und warf dem Nachbarn einen entschuldigenden Blick zu. Die Lebensmittel waren knapper als je zuvor.

»Danke«, sagte Paul und steckte den Zucker eilig in den Mund, als fürchtete er, ihn sonst zurückgeben zu müssen. Der alte Mann nickte und wandte sich zum Gehen. Vorsichtig setzte er einen Fuß nach dem anderen auf die morschen, durchgetretenen Holzstufen, seine Hand klammerte sich am Geländer fest, und er starrte konzentriert zu Boden. Noch ein Schritt und noch einer. In seiner Tasche lastete das Gewicht des Schlüsselbundes, das er nun hervorzog und sich auf die mühsame Suche nach dem Schlüsselloch in der Wohnungstür machte, deren dunkelgrüner Anstrich hier und da abblätterte und rund um das Schloss zahlreiche Kratzer aufwies.

Er spürte noch die Anwesenheit des kleinen Jungen da unten auf dem Flur, in dessen ernstem Gesicht die Augen beim Anblick des Zuckers so glücklich aufgeleuchtet hatten. Sicher vermisste er seinen Vater, der in diesem schrecklichen Krieg kämpfte. Der seinen Sohn und seine hübsche junge Frau hatte zurücklassen müssen und möglicherweise, wie so viele andere, nicht wiederkommen würde.

Das Herz des Mannes krampfte sich zusammen, und diesmal war es sein eigener Schmerz, den er fühlte. Er vermisste seine Familie. Die Kinder wie die Erwachsenen, die Freiheit, die Natur und die Musik.

Seine Augen hinter den dicken Brillengläsern versuchten angestrengt, sich zu fokussieren, doch er nahm nur verschwommene Umrisse wahr. Auf gut Glück stocherte er mit dem Schlüssel herum, bis dieser schließlich den Weg ins Schloss fand. Er drehte ihn herum und atmete tief durch, als die Tür aufschwang.

Der muffige Geruch von alten Möbeln und Teppichen stieg ihm in die Nase; die Sonne brannte zu dieser Zeit fast senkrecht auf den Dachstuhl des Hauses und verwandelte die Wohnung in einen Backofen. Plötzlich hatte er das Gefühl, um keinen Preis der Welt zurück in sein stickiges Gefängnis gehen zu können.

Was für einen Sinn hatte es denn, sein Leben unter solchen Umständen zu fristen? Tagein, tagaus in diesem beengten Raum auszuharren, an die Decke zu starren und bloß noch in Erinnerungen zu leben. Die Eintönigkeit des Daseins nur unterbrochen vom Besuch beim Amt, um seine Lebensmittelmarken abzuholen, und bei der Bank, um seine Pension zu kassieren. Ausflüge in die Welt da draußen waren noch seltener geworden, seit die junge Nachbarin seine Einkäufe erledigte. Dennoch war er ihr dankbar, denn die Welt, nach der er sich sehnte, existierte nicht mehr.

Der Mann, den man als Robert Wiechert kannte, betrat die Wohnung, zog die Tür hinter sich ins Schloss und legte den Riegel vor. Nachdem er der zerschlissenen Aktentasche aus braunem Leder die Lebensmittelmarken für den nächsten Monat und seinen Pass entnommen hatte, stellte er sie neben den altmodischen Schirmständer im Flur. Er nahm die dicke Brille ab, legte sie auf die kleine Kommode und warf einen Blick auf das Foto, von dem ihm der etwa fünfzigjährige Robert ernst entgegensah, bevor er Ausweis und Marken sorgfältig in der obersten Schublade verstaute.

Er zog Hut und Strickjacke aus – für beides war es auch draußen viel zu warm gewesen –, reckte den schmerzenden Rücken und richtete sich zu voller Größe auf. Seine Muskeln, die sich seit ihrer Verdammung zu Bewegungslosigkeit und Nichtstun zurückentwickelt hatten, protestierten und gemahnten ihn schmerzlich an früher, als er ein athletischer, stattlicher Mann gewesen war, dessen Körper ihm wie selbstverständlich zu Diensten gestanden hatte, der reiten konnte wie kein Zweiter und die Nächte durchtanzte. Diese Erinnerungen schienen ihm wie aus einem anderen Leben zu stammen – und genauso war es ja auch.

Er betrachtete sich kurz in dem kleinen, runden Spiegel an der Wand, sein Gesicht geteilt durch den Sprung, der mitten hindurchlief, und erschrak vor seinem Anblick. Seine Augen schienen erloschen, da war kein Feuer mehr in ihnen.

Deprimiert trat er ins Wohnzimmer, dessen Zentrum eine verschlissene dunkelbraune Couchgarnitur bildete. An zwei Wänden gab es Regale, die sich bis zur Decke streckten, mit langen Reihen von Büchern, die er nie gelesen hatte. Sein Geigenkasten stand in einer Ecke. Eine heftige Sehnsucht stieg in ihm auf. So lange schon hatte er nicht mehr gespielt. Er wagte es nicht.

Durch das schräge Dachfenster blickte er hinaus über die Stadt, in die die Angriffe tiefe Krater gerissen hatten. Der Krieg, das war nicht mehr etwas, das weit weg von der Heimat irgendwo in Frankreich, Norwegen oder im Osten stattfand. Und es waren auch nicht mehr nur Soldaten oder diejenigen, die dem Regime im Weg standen, die starben. Längst hatte die britische Royal Air Force damit begonnen, gezielte Flächenangriffe auf deutsche Städte zu fliegen. Die Moral des deutschen Volkes sollte gebrochen und der Widerstand gegen das Naziregime gestärkt werden. Allerdings ging diese Rechnung nicht auf. Die allgemeine Kriegsbegeisterung war zwar längst gewichen, und es hatte bereits Versuche der Auflehnung gegen die Nationalsozialisten gegeben – doch sie blieben vereinzelt und ohne Wirkung.

Die Masse der Bevölkerung kämpfte schlicht ums nackte Überleben. Zurückgeworfen auf die grundlegendsten Bedürfnisse, gab es zu wenige, die das große Ganze noch in den Blick bekamen. Zu sehr war man damit beschäftigt, sich selbst und die Familie zu retten.

Immer öfter erscholl nun in den Nächten der Fliegeralarm, trieb die Menschen aus ihren Betten und hinunter in die Luftschutzkeller der Wohnhäuser, wo sie zitternd ausharrten, während der Kalk bei nahen Detonationen von den Wänden rieselte. Und wenn dann endlich die Entwarnung kam und man sich steifbeinig zurück in die eigene Wohnung schleppte, todmüde und doch zu verängstigt, um schlafen zu können, dann gab es jedes Mal Menschen, deren Zuhause durch die Bomben zerstört worden war oder die sogar ihr Leben gelassen hatten.

Manchmal wünschte er sich, einer von ihnen zu sein.

23.

Zum zweiten Mal in dieser Nacht ertönte der Fliegeralarm. Benommen richtete Klara, die eben erst wieder in den Schlaf gefunden hatte, sich im Bett auf, in das sie sich mittlerweile nur noch vollständig bekleidet legte. Paul, der zusammengerollt wie ein Kätzchen neben ihr lag, wimmerte, als sie ihn hochnahm.

»Wir müssen in den Keller«, wisperte sie ihm zu und hüllte ihn in eine dicke Wolldecke. »Schlaf einfach weiter. Schlaf.« Er versteckte sein Gesicht an ihrem Hals, während sie in den Flur stolperte und nach dem Koffer mit ihren wertvollsten Besitztümern griff. Dann hastete sie ins Treppenhaus und die Treppe hinunter in den Luftschutzkeller.

Kaum hatte die dicke Frau Tümmels, die Luftschutzbeauftragte des Gebäudes, die schwere Tür geschlossen, begannen auch schon die ersten Bomben zu fallen. Klara drückte sich wie stets auf eine der hölzernen Bänke dicht neben der Tür, bettete Paul, so gut es ging, auf ihren Schoß, sorgte dafür, dass er für den Druckausgleich den Mund offen hatte, und legte ihre Hände über seine Ohren.

Sie sah sich im Keller um, blickte in die stumpfen Gesichter ihrer Nachbarn, die dicht gedrängt nebeneinanderhockten, zusammenzuckten, wenn eine Bombe in der Nähe detonierte, und ansonsten mit müden Augen vor sich hin starrten.

Es roch säuerlich in dem engen Raum, nach Angstschweiß und vollen Babywindeln. Ihr gegenüber kauerte Robert Wiechert, wie immer mit krummem Rücken, das Kinn auf seinen Stock gestützt und den Hut tief ins Gesicht gezogen.

Sie blinzelte auf ihren Sohn herunter, der sie aus großen Augen anschaute. Sie wünschte sich sehnlichst, dass er wieder in den Schlaf finden würde. Klara drückte ihn an sich und summte ganz leise ein Lied, von dem sie nicht wusste, ob es ihn beruhigen sollte oder sie selbst.

Ohne dass sie es beeinflussen konnte, entstanden vor ihrem inneren Auge die grausamsten Bilder. Sie sah eine Bombe genau auf ihr Haus fallen, all ihre Sachen verbrennen und die steinernen Wände des Kellers in sich zusammenfallen, als wären sie aus Sand gebaut. Sie sah, wie Menschen verschüttet wurden, hörte ihre Schreie. Pauls kleine Hand, die leblos aus einem Berg von Schutt und Asche ragte. Das Bild traf sie so heftig, dass ihrer Kehle ein gequälter Laut entfuhr. Ihre Augen brannten, sie biss sich auf die Lippen und drückte das Gesicht in Pauls Lockenkopf.

»Morgen bringe ich dich weg von hier«, murmelte sie. »Auch wenn es mir das Herz zerreißt, dass ich nicht mitgehen kann. Ich bringe dich ins Alte Land.«

Sie hatte schon viel zu lange damit gewartet, ihre egoistischen Wünsche, das Kind bei sich zu behalten, vor seine Sicherheit gestellt. Was, wenn es nun zu spät war?

Bitte lass uns diese Nacht überstehen, betete sie stumm. Lass keine Bombe unser Haus treffen.

Es war fünf Uhr, der Morgen graute bereits, als das lang gezogene Schrillen der Sirene endlich das Ende des Angriffs verkündete. Klara sprang auf und verbiss sich ein leises Stöhnen. Jeder Knochen im Leib tat ihr weh, doch sie achtete nicht darauf, setzte sich Paul auf die rechte Hüfte, griff nach ihrem Koffer und riss die Tür des Kellers auf.

»He«, protestierte die Blockwartin, die gerade im Begriff gewesen war, dasselbe zu tun, zuckte dann aber mit den Achseln. Was spielte es schon für eine Rolle, wer diese gottverdammte Tür öffnete? Sie waren alle müde und wollten ins Bett.

Klara eilte aus dem Keller und die Treppe hoch. Mit einem Ruck öffnete sie die Haustür, um Atem zu schöpfen. Sauerstoff! Sie brauchte Sauerstoff! Aber die Luft, die sie in ihre Lungen sog, war rauchgeschwängert und brachte sie zum Husten. Paul begann zu weinen, während hinter ihnen die anderen Bewohner des Hauses aus dem Keller kamen und sich zerstreuten. Ein Teil lief durch den Hof in Richtung des Hinterhauses, das keinen eigenen Luftschutzraum hatte.

Erschöpft wandte Klara sich um und ergriff das Treppengeländer, wankte mehr, als dass sie ging, hinauf in den dritten Stock. Sie war so erleichtert, dass sie noch lebten, dass Gott ihr die Chance gab, Paul in Sicherheit zu bringen, dass plötzlich alle Kraft aus ihrem Körper gewichen zu sein schien. Ihr Sohn hing wie ein nasser Sack an ihrem Hals und drohte, sie die Treppe rückwärts hinunterzuziehen, ihre Beine fühlten sich an wie Pudding. Doch erst als sich ihr Gesichtsfeld verengte und sie wie durch einen Tunnel auf die abgetretenen Holzstufen blickte, begriff sie, dass sie gleich ohnmächtig werden, dass sie fallen würde.

Paul, dachte sie voller Panik und versuchte, ihren Griff um ihn zu verstärken, doch die Muskeln gehorchten ihr nicht mehr. Ihre Beine knickten weg, während vor ihren Augen tausend Sterne zu explodieren schienen. Schon sah sie sich gemeinsam mit ihrem Sohn die Treppe hinabstürzen – als jemand von hinten mit festem Griff ihren Arm packte. Ein Körper drängte sie gegen die Wand, um sie am Umkippen zu hindern. Schwer stützte sie sich auf ihren Retter, dann erlangte sie die Kontrolle über ihre Beine zurück und richtete sich auf. Sofort verschwand die Hand von ihrem Oberarm.

»O mein Gott, vielen Dank!« Klara drehte sich um und blickte in das Gesicht von Robert Wiechert.

»Keine Ursache«, murmelte der und humpelte an ihr vorbei.

Perplex starrte sie ihm nach. Wie war das möglich? Er war doch so gebrechlich. So alt. Und dennoch hatte er sie aufgefangen. Ihren Sturz verhindert. Die Stelle an ihrem Oberarm, wo er sie festgehalten hatte, brannte.

»Mama, ich bin müde«, jammerte Paul und riss sie aus ihren Gedanken.

»Ja, Schatz, ich weiß. Gleich kannst du schlafen.« Sie öffnete die Wohnungstür, warf noch einen Blick zurück und bemerkte, dass Herr Wiechert auf sie hinuntersah. Sein Gesicht glich einer Maske. Klara wandte schnell den Kopf und schloss mit Nachdruck die Tür hinter sich.

24.

Eine Woche war seit jenem nächtlichen Erlebnis auf der Treppe vergangen. Klara hatte ihr Versprechen an Gott gehalten und Paul ins Alte Land zu seinen Großeltern gebracht. Ohne sein Gebrabbel und das Tapsen seiner kleinen Füße kam ihr die Wohnung trostlos und leer vor, und sie sehnte das nächste Wochenende herbei, wenn sie ihren Sohn würde besuchen können.

Sie wollte sich gerade auf den Weg zum Einkaufen machen und verharrte zögernd im Treppenhaus. Irgendetwas in ihr weigerte sich, wie sonst ins Dachgeschoss hinaufzugehen.

Klara, du benimmst dich absolut lächerlich, schalt sie sich selbst und nahm entschlossen zwei Stufen auf einmal. Immerhin hatte Herr Wiechert sie und Paul gerettet – und zum Dank wollte sie jetzt damit aufhören, seine Einkäufe zu erledigen? Vielleicht war sein Griff gar nicht so fest gewesen, wie er ihr vorgekommen war. Noch während sie diesen Gedanken hatte, wusste sie, dass das nicht stimmte. Die mittlerweile gelb verfärbten Flecken an ihrem Arm sprachen eine andere Sprache. Aber möglicherweise war er früher Sportler gewesen. Oder … Ihr fiel keine plausible Erklärung ein, und sie beschloss, dass es eigentlich auch nicht so wichtig war.

Dreimal klopfte sie an seine Tür und wollte sich schon zum Gehen wenden, als er schließlich doch noch öffnete.

»Ja, bitte?«

Warum trägt er eigentlich seinen Hut in der Wohnung, fragte sich Klara und starrte ihn an. Und noch etwas anderes war seltsam. Es dauerte einen Moment, bis sie begriff, was es war.

Noch nie hatte sie ihm in die Augen gesehen. Sie waren dunkel, mit einem scharfen tiefschwarzen Rand um die Iris und einem dichten Wimpernkranz. Nicht gerade die Augen eines alten Mannes.

»Wo haben Sie denn Ihre Brille gelassen?«, fragte sie verwirrt, und im selben Moment blitzte etwas in diesen ungewöhnlichen Augen auf. Panik? Sie wusste es nicht. Wieder überkam Klara diese undefinierbare Beklemmung, doch sie schob sie energisch beiseite. »Wie auch immer. Ich gehe zum Einkaufen und wollte fragen …«

Weiter kam sie nicht.

Schneller, als sie es je für möglich gehalten hätte, schoss sein Arm nach vorne, griff nach ihr und zerrte sie zu sich in die Wohnung. Klara war zu überrumpelt, um zu schreien. Die Tür fiel donnernd ins Schloss, dann stieß Herr Wiechert sie gegen die Wand und presste ihr schmerzhaft eine Hand auf den Mund. Sein Hut fiel zu Boden, und ein sehr dunkler Haarschatten kam zum Vorschein. Jetzt, da er seine gebeugte Haltung aufgegeben hatte, war er ein ganzes Stück größer als Klara. Sein Gesicht war dicht vor ihr und wutverzerrt.

»Warum konntest du dich nicht einfach um deine eigenen Angelegenheiten kümmern?«, zischte er.

25.

Harburg, Mai 1940

Sie hatten gemeinsam ums Lagerfeuer gesessen, musiziert, getanzt und gesungen. Seine Nichten und Neffen waren um ihn herumgesprungen, während er immer schneller, immer aggressiver den Bogen über die Saiten seiner Geige fliegen ließ. Ein wildes Aufbegehren. Trotzig feierten sie ihr Leben und alles, was ihnen wichtig war: die Musik, die Freiheit und die Familie.

Die Familie.

Abrupt brach Jal ab, ließ den Bogen sinken und stand mit hängenden Schultern da. Sein Bruder Mano, der ebenfalls auf der Geige spielte, warf ihm einen schnellen Seitenblick zu und verdoppelte seine Bemühungen, unbeschwerte Heiterkeit zu verbreiten.

Für dich ist es anders, nicht so schwer, dachte Jal und wandte dem aufgesetzt fröhlichen Treiben den Rücken zu. Du hast zwei Söhne und drei Töchter. Aber ich? Aus mir machen sie morgen einen lebenden Leichnam. Einen Baum, der niemals Früchte tragen wird.

Das Dokument in seiner Hosentasche schien elektrische Stöße durch seinen gesamten Körper zu senden. Er setzte sich abseits des Geschehens auf die Treppe zu seinem Wohnwagen und zog das Papier hervor. Starrte auf die Buchstaben, die er in der Dunkelheit der Nacht – Wolkenschwaden hingen über Hamburg und verdeckten Mond und Sterne – nicht erkennen konnte. Aber er wusste auch so, was dort stand. Hatte den Bescheid hundertmal, tausendmal gelesen, seit er ihn bekommen hatte. So wie die Briefe an Mano und seine Frau Mihaela. Von der ganzen Familie beherrschte er das Alphabet am besten. Er hatte sich das Lesen selber beigebracht, dennoch hatte es eine ganze Weile gedauert, bis er verstanden hatte, was das Erbgesundheitsgericht von ihm wollte. Was es von ihnen allen wollte.

Er wünschte, er hätte als kleiner Junge nicht das Buch mit dem bunten Einband aus der Tasche einer Frau geklaut. Er wünschte, er hätte nie lesen gelernt. Als ob das irgendetwas besser gemacht hätte …

Lautlos formten seine Lippen die Sätze.

Der am 1. Juli 1914 geborene, in Hamburg-Harburg ansässige, ledige Jal Marinow ist unfruchtbar zu machen. Die Diagnose lautet angeborener Schwachsinn. Aus diesem Grund ist die Unfruchtbarmachung notwendig.

Angeblich litten sie alle unter angeborenem Schwachsinn, einfach, weil sie Roma waren.

Die Kosten des gerichtlichen Verfahrens trägt die Staatskasse.

Wie großzügig, dachte Jal erbittert, während seine Hand, in der er den Beschluss hielt, vor hilfloser Wut zu zittern begann. Innerhalb von zwei Wochen, so stand dort weiter, hatte er im Allgemeinen Krankenhaus St. Georg vorstellig zu werden, um sich seiner Zeugungsfähigkeit berauben zu lassen. Wie Vieh sollte er auch noch freiwillig zur Schlachtbank trotten. Sein Magen krampfte sich schmerzhaft zusammen. Die Frist lief morgen ab.

Sein Blick wanderte zurück zum Lagerfeuer, wo Mano weiterhin verbissen die Geige bearbeitete. Die Frauen begannen, Essen zu verteilen. Seine sechsjährige Nichte Pola kam mit einer dampfenden Schale zu ihm herüber.

»Für dich!«

»Danke, aber ich habe keinen Hunger.«

Ihre dichten schwarzen Augenbrauen zogen sich zusammen, und sie musterte ihn mit gerunzelter Stirn. »Du musst doch was essen.«

»Vielleicht hast du recht.« Er nahm ihr die Schüssel ab und begann, den Letscho, ein Eintopfgericht aus Tomaten, Zwiebeln und Kartoffeln, in sich hineinzuschaufeln. Pola blieb mit verschränkten Armen vor ihm stehen und achtete darauf, dass er auch alles aufaß. Dann nickte sie zufrieden und nahm ihm die leere Schale wieder ab.

»Gut.« Sie lächelte ihn an. Die weiße Zahnreihe mit der Lücke, wo ihr gerade ein Schneidezahn ausgefallen war, blitzte in ihrem dunklen Gesicht. Bevor sie sich wieder zum Gehen wenden konnte, rief Jal sie zurück.

»Komm noch mal her.«

Sie trat zu ihm, und er schloss sie fest in die Arme. Legte seine Wange an ihre und strich ihr mit der Hand über das dichte schwarze Haar. Der Schmerz überkam ihn so heftig, dass es ihm den Atem nahm, denn etwas in ihm kannte bereits die Entscheidung, die er getroffen hatte, bevor sie ihm selbst bewusst wurde.

»Was hast du denn?«, fragte das Mädchen an seiner Schulter.

»Nichts«, sagte er leise. »Danke für das Essen.« Er drückte sie noch einmal an sich und ließ sie dann unter Aufbietung all seiner Willenskraft los.

Die Kleine lachte. »Siehste. Du hattest also doch Hunger.«
»Ja, den hatte ich.« Er nickte. »Geh jetzt wieder rüber.«
»Kommst du nicht mit?«
»Ich bleibe noch ein Weilchen hier sitzen.«
»Aber nicht zu lange. Du musst doch für uns Geige spielen.«
Mit diesen Worten hüpfte sie davon.

Als das Feuer heruntergebrannt war und die Familie sich zum Schlafen zurückgezogen hatte, trat Jal auf leisen Sohlen aus seinem Wohnwagen. Seine Bewegungen waren schwerfälliger als sonst, denn er trug zwei Hosen und mehrere Hemden übereinander, dazu Jacke und Hut. In der einen Hand hielt er seinen Geigenkasten, in der anderen eine Tasche mit Unterwäsche, Socken und ein paar Äpfeln.

Wehmütig ließ er seinen Blick über ihren Lagerplatz schweifen, obwohl er diesen Ort, an dem sie seiner Meinung nach schon viel zu lange festgesessen hatten, nicht vermissen würde. Das tat er nie. Die Rastlosigkeit lag ihm im Blut, er war hungrig nach dem Leben, nach neuen Orten, neuen Eindrücken.

Normalerweise erfasste Jal ein Gefühl der Euphorie, wenn sie einen Lagerplatz verließen, um weiterzuziehen. Doch jetzt wurde ihm das Herz schwer, und er begriff mit einem Schlag, dass er sehr wohl eine Heimat gehabt hatte. Seine Heimat war die Familie, die er nun zurückließ.

Ohne seine Gruppe ist ein Zigeuner tot, war einer der Lieblingssprüche seines Vaters gewesen.

Aber wenn sie mich sterilisieren, bin ich genauso tot, dachte er, warf einen letzten Blick zurück und verschwand in der Dunkelheit.

26.

Hamburg-Barmbek, Juni 1943

An Händen und Füßen gefesselt, kauerte Klara auf dem Sofa in dem schmucklosen Wohnzimmer von Herrn Wiechert.

Nein, nicht Herr Wiechert, korrigierte sie sich selbst, sein Name ist Jal Marinow.

Er war ein Zigeuner und auf der Flucht vor der Polizei. Man hatte ihn zwangssterilisieren wollen. Das behauptete er zumindest. Klara hatte ihre Ungläubigkeit über diese Behauptung nicht verbergen können, und er war wütend geworden. Sie hatte schon Angst gehabt, er würde sie schlagen, stattdessen hatte er einen Zettel hervorgekramt und damit vor ihrem Gesicht herumgewedelt.

Jetzt lag das Schreiben des Erbgesundheitsgerichts vor Klara auf dem Tisch. Der Beweis, dass Jal die Wahrheit sagte. Aber auch, dass bei ihm angeborener Schwachsinn diagnostiziert worden war. Das hieß doch sicher, dass er gefährlich war. Unberechenbar. Vor lauter Angst war ihr Mund staubtrocken, und Schweiß strömte ihr aus allen Poren. Unter gesenkten Lidern beobachtete sie ihn. Er saß ihr gegenüber, den Kopf schwer in die Hände gestützt.

»Verdammt«, sagte er, »verdammt, verdammt, verdammt. Warum konnten Sie mich nicht einfach in Ruhe lassen?«

»Ich wollte nur nett sein«, verteidigte sie sich und versuchte, eine etwas bequemere Haltung zu finden. Die Wäscheleinen, mit denen er sie gefesselt hatte, schnitten schmerzhaft in ihre Handgelenke, und sie stöhnte unterdrückt auf. »Das werde ich mir beim nächsten Mal zweimal überlegen, darauf können Sie sich verlassen.«

»Tun Sie das nicht«, sagte er, »es ist wichtig, dass die Menschen nett zueinander sind. Gerade in Zeiten wie diesen.«

»Ach ja? Und was habe ich jetzt davon?« Wütend funkelte sie ihn an und vergaß darüber sogar für einen Moment ihre Furcht.

»Halten Sie den Mund. Ich muss nachdenken.« Wieder verbarg er das Gesicht in den Händen. Sie verstand jetzt, warum er als Robert Wiechert immer so ausgesprochen wortkarg gewesen war. Sein Deutsch war gut, doch er sprach mit Akzent. Abrupt hob er den Kopf. »Wo ist Ihr Sohn? Ist er etwa die ganze Zeit allein in Ihrer Wohnung?«

»Und wenn? Lassen Sie mich dann gehen?«

Er schüttelte den Kopf. »Nein. Aber ich könnte ihn holen.«

»Damit Sie ihn auch noch als Geisel nehmen können?«

»Sie sind nicht meine Geisel.«

»Wie würden Sie das denn nennen?«

Er seufzte. »Wo ist Ihr Sohn? Ist er versorgt?«

Dafür, dass er ziemlich grob mit ihr umgesprungen war und sie jetzt gefesselt in seiner Wohnung festhielt, war er überraschend besorgt um Pauls Wohlergehen.

»Er ist bei meinen Eltern im Alten Land«, sagte sie widerstrebend.

Er nickte. »Das ist gut. Da ist es sicherer für ihn.«

»Da haben Sie recht.« Sie wollte ihn nicht reizen, konnte aber nicht verhindern, dass ihre Stimme vor Sarkasmus triefte.

»In der Großstadt kann es leicht passieren, dass man einem Wahnsinnigen in die Hände fällt.«

Ernst sah er sie an. »Wir alle sind einem Wahnsinnigen in die Hände gefallen. Haben Sie das wirklich noch nicht gemerkt?«

»Von dem spreche ich jetzt aber gerade nicht.« Ihr Blick streifte den Zettel, der noch immer auf dem Tisch vor ihr lag, und er griff danach.

»Ich bin nicht schwachsinnig«, sagte er so heftig, dass sie erschrocken zurückzuckte. »Das schreiben die auf jeden dieser Bescheide. Auch auf den von meinem Bruder. Und den seiner Frau. Die beiden haben fünf Kinder. Alle kerngesund. Hitler will die Zigeuner ausrotten. Genauso wie die Juden.«

Klara sah zu Boden. »Ihren Bruder hat man …?«

Er nickte heftig. »Ja. Und meine Schwägerin. Und mittlerweile wahrscheinlich auch den Rest der Familie. Die Kinder …« Er brach ab.

»Das kann doch nicht sein.« Klara blickte zu ihm auf, sah Trauer und Verzweiflung in seinen Augen, und auch wenn es unvorstellbar war, was er sagte, spürte sie, dass es die Wahrheit war.

»Das kann nicht sein«, wiederholte sie fassungslos.

Er stand auf, tigerte im Wohnzimmer vor ihr auf und ab. »Ich konnte das nicht mit mir machen lassen. Ich bin noch jung. Ich will Kinder haben. Aber die Nazis haben Lager errichtet. Ich habe gehört, dass sie da jeden hinbringen, der sich ihren Befehlen widersetzt. Wer dort landet, kommt nicht mehr zurück. Deshalb bin ich geflohen. Ich habe niemandem was getan.« Beinahe flehend blickte er Klara an, die auf ihre Fesseln hinuntersah.

»Ich kann nur hoffen, dass es dabei bleibt.«

Er starrte sie an, und nun hielt sie herausfordernd seinem Blick stand. »Was haben Sie mit mir vor? Wollen Sie mich umbringen?«

»Natürlich nicht«, sagte er heftig und gab einen ungläubigen Laut von sich. »Sie sind wirklich eine merkwürdige Frau.«

»Ach? *Ich* bin merkwürdig?«

»Ja! Sie bitten mich nicht, Sie gehen zu lassen. Sie haben noch nicht mal versprochen, dass Sie mich nicht verraten werden, wenn ich Sie laufen lasse.«

»Mir ist durchaus klar, dass es bei Ihrer Entscheidung nicht darauf ankommt, ob ich bitte, bitte sage. Und warum sollte ich Sie verraten?« Trotz ihrer Lage riss Klara allmählich der Geduldsfaden. »Was hätte ich denn davon?«

Nachdenklich schüttelte er den Kopf. »Ich kann das Risiko nicht eingehen.«

»Ihnen bleibt gar nichts anderes übrig. Zumindest, wenn Sie mich nicht umbringen wollen. Spätestens, wenn ich morgen früh nicht zum Dienst erscheine, wird man nach mir suchen.« Sie sah die Panik in seinen Augen aufflackern. »Ihre beste Chance, unentdeckt zu bleiben, ist tatsächlich, mir endlich die Fesseln abzunehmen und mich gehen zu lassen.« Er zögerte, und sie konnte förmlich spüren, wie er mit sich rang. »Ich werde Sie nicht verraten«, schlug sie einen sanfteren Ton an und schaute ihm ernst ins Gesicht. »Wirklich nicht. Ich gebe Ihnen sogar einen guten Rat.«

»Und welchen?«

Sie nickte in Richtung des Briefes auf dem Tisch. »Werden Sie das Ding da los. Wenn man das bei Ihnen findet, sind Sie geliefert.«

Er griff nach dem Zettel und drehte ihn unschlüssig zwischen den Fingern. »Vielleicht haben Sie recht.«

»Allerdings.« Auffordernd hielt sie ihm ihre gefesselten Hände entgegen. »Also?«

Er trat zu ihr und begann, die Knoten zu lösen. Seine Hände zitterten, aber sie wusste, dass er sich entschieden hatte. Verstohlen betrachtete sie ihn. Er war noch jung, vermutlich nur ein paar Jahre älter als sie selbst. Unter den schlabberigen Kleidern konnte sie einen hochgewachsenen Körper mit breiten Schultern erahnen. Sein Gesicht war attraktiv, beinahe zu schön für einen Mann, mit markanten Wangenknochen, ausdrucksstarken Augen und langen, dichten Wimpern.

Unglaublich, wie er sie alle so hatte täuschen können. Sicher, die dicke Brille und der Hut verdeckten einen guten Teil seines Gesichts, aber auch so hatte er den gebrechlichen Alten sehr überzeugend gespielt.

»Sie sollten Ihre Augenbrauen mit Talkumpuder aufhellen. Sie sind zu dunkel für einen alten Mann. Oder nehmen Sie Mehl.« Überrascht musterte er sie. »Ist nur ein Vorschlag.«

»Danke.«

»Keine Ursache.«

Er hatte den letzten Knoten gelöst und wickelte das Seil ab. Klara unterdrückte einen Schmerzenslaut.

»Tut mir leid.« Jal sah auf ihre Handgelenke hinab. Die Haut war rot und an einigen Stellen abgeschürft. Er kniete vor ihr nieder, um ihre Füße zu befreien. »Vielleicht sollte ich besser von hier verschwinden. Woanders Unterschlupf suchen.«

Klara schüttelte den Kopf. »Nicht wegen mir.« Sie erhob sich mit steifen Gliedern und blieb ein wenig unschlüssig stehen. »Also, dann ...«

»Ja. Dann.«

Sie betrat die winzige Diele, und er folgte ihr. Bevor sie die Klinke der Wohnungstür herunterdrücken konnte, griff er nach ihrer Hand.

»Verrat mich nicht«, bat er, und sie konnte die Verzweiflung in seinen Augen sehen. Nun wirkte er sehr jung und verletzlich.

»Versprochen.« Kurz erwiderte sie den Druck seiner Hand, dann öffnete sie die Tür und spähte hinaus, ob nicht gerade irgendein Nachbar zum Trockenspeicher hinaufwollte. Sie trat ins Treppenhaus, drehte sich aber noch einmal um. »Ach so, die Lebensmittelmarken.«

»Was?« Irritiert blickte er sie an, und sie lächelte.

»Die Marken. Und das Geld. Ich gehe zum Einkaufen, das hatte ich doch gesagt.«

27.

Gemeinde Jork im Alten Land, April 2019

Das schwere Eingangsportal fiel hinter Marie ins Schloss, und sie machte sich kopfschüttelnd, aber durchaus zufrieden auf den Rückweg in ihre Pension. Die alte Frau war am Schluss nicht wirklich müde gewesen, im Gegenteil, während sie ihre Geschichte erzählte, war sie Marie mit jeder Minute wacher und jünger erschienen. Als verwandelte sie sich, während sie ihre Erinnerungen erneut durchlebte, zurück in die junge Frau und Mutter, die sie damals gewesen war. Sie wollte es offenbar spannend machen – und das hatte sie geschafft. Marie war einfach fasziniert und konnte es kaum abwarten, das Interview am nächsten Tag fortzusetzen. Sie hatte es geahnt. Nicht umsonst hatte ihr journalistischer Instinkt angeschlagen, als sie zum ersten Mal das Foto der Hansens in Händen gehalten hatte.

Zurück in der Pension setzte Marie sich in den winzigen Erker ihres wie eine Puppenstube eingerichteten Zimmers und sah einen Moment hinaus in die blühende Pracht der Apfelfelder, die langsam in der Dämmerung versanken. Die dichten rosa-weißen Blüten vermittelten fast die Illusion, als befände man sich im Himmel auf einer Wolkendecke. Es war wirklich unbeschreiblich schön hier und beinahe vollkommen still bis auf das Rauschen der Blätter und vereinzeltes Vogelgezwitscher.

Die geblümten Vorhänge flatterten im lauen Abendwind. Marie beschloss, ihre bisherigen Notizen zu ordnen und in einer halben Stunde eine Kleinigkeit zu essen. Als sie ihren Block hervorzog, leuchtete etwas in ihrer Handtasche auf, und sie realisierte, dass sie den ganzen Nachmittag nicht ein einziges Mal auf ihr Handy geschaut hatte. In ihrem Hamburger Alltagsleben wäre das undenkbar gewesen.

Sie zog das Telefon hervor, entsperrte das Display und schluckte. Zwanzig entgangene Anrufe. Alle von Simon. Sofort kehrten die Schuldgefühle zurück. Nicht nur, dass sie ihm nichts von den abgesandten Scheidungspapieren erzählt hatte. Spätestens nach dem Telefonat mit Annika hätte sie ihn anrufen müssen. Aber auch das hatte sie nicht getan, und nun hatte er den ganzen Tag versucht, sie zu erreichen, und dachte vermutlich, dass sie ihn absichtlich ignorierte. So wie damals, als er ihr seinen Seitensprung gebeichtet hatte. Sie hatte die gemeinsame Wohnung verlassen und war zehn Tage lang untergetaucht. Sie wusste, dass ihn die Sorge um sie beinahe wahnsinnig gemacht hatte; er hatte befürchtet, sie könnte sich etwas antun, hatte sie immer wieder um ein Lebenszeichen angefleht und so viele Nachrichten hinterlassen, dass irgendwann ihre Mailbox voll war. Doch sie war hart geblieben, hatte sich nicht gerührt und sein Leid geradezu genossen. Er hatte ihr das Herz gebrochen, es geschah ihm ganz recht.

Nun, das war lange her. Ihre Rachegelüste waren verflogen, ihr ging es nicht darum, ihn leiden zu lassen. Sie wollte es einfach nur hinter sich bringen.

Inzwischen war Marie froh, dass sie im Laufe der Zeit zu einem freundschaftlichen Umgang miteinander gefunden hatten. Und diese Freundschaft gebot es, Simon jetzt sofort zurückzurufen. Doch das schlechte Gefühl in ihrem Magen machte es ihr unmöglich. Vermutlich hatte sie einfach Hunger. Sie würde erst essen gehen und danach mit Simon sprechen. Auf eine Stunde mehr oder weniger kam es nun auch nicht mehr an.

Marie griff nach ihrer Lederjacke, falls es gegen Abend kühler wurde, und wollte gerade das Zimmer verlassen, als das altmodische Telefon auf ihrem Nachtschrank läutete. Verwundert nahm sie den Hörer ab. Wer sollte sie über das Festnetz der Pension anrufen statt auf dem Handy?

»Ja, bitte?«

»Besuch für Sie«, ertönte die Stimme ihrer Wirtin.

»Tatsächlich?«

»Der Herr behauptet, Ihr Ehemann zu sein.«

Marie war zu perplex, um zu antworten.

Im Hintergrund am anderen Ende der Leitung vernahm sie eine gedämpfte Männerstimme, die sie nur allzu gut kannte.

»Was heißt hier, ich behaupte es? Natürlich bin ich ihr Mann.« Er war tatsächlich hier. Simon war hier! Das Ziehen in ihrem Magen verstärkte sich.

»Aber Frau Engelmann hat mir gesagt, dass sie nicht verheiratet ist«, entgegnete Frau Martins mit einer gewissen Schärfe in der Stimme, und Marie spürte, wie ihr das Blut in den Kopf schoss. Das hatte sie nun davon, dass es ihr zu kompliziert gewesen war, der Wirtin bei der Anmeldung ihren Beziehungsstatus auseinanderzusetzen.

»Hören Sie«, wollte sie sagen, als wieder Simon sprach. Dieses Mal schon deutlich lauter.

»O doch, das ist sie. Auch wenn sie das offensichtlich um jeden Preis und so schnell wie möglich ändern möchte.«

Marie biss sich auf die Unterlippe.

»Soll ich die Polizei rufen?«, fragte Frau Martins sie mit gedämpfter Stimme, in der ein Anflug von Panik mitschwang. Marie konnte Simon im Hintergrund schnauben hören.

»Nein, nein, bloß nicht«, beeilte Marie sich zu sagen. »Das hat schon alles seine Richtigkeit. Ich bin verheiratet. Das ist wirklich mein Mann.«

»Sagen Sie das doch gleich«, kam es eingeschnappt zurück. »Und was soll ich jetzt mit ihm machen?«

Wieder Simons Schnauben. Wenn ihr die Situation nicht so unangenehm gewesen wäre, hätte Marie gelacht.

»Ich komme runter.«

Als sie die Empfangshalle betrat, lehnte Simon mit verschränkten Armen am Rezeptionstresen und starrte ihr entgegen. Auch Frau Martins hob den Blick.

»Warum haben Sie mir denn gesagt, dass Sie unverheiratet sind?«, fragte sie vorwurfsvoll, ehe Marie auch nur Hallo sagen konnte. »Das war sehr peinlich für mich.«

»Ähm, ja, tut mir leid«, antwortete Marie, blieb einen halben Meter vor Simon stehen und sah zu ihm hoch. Normalerweise umarmten sie sich zur Begrüßung, aber das war wohl im Moment nicht angebracht. »Hallo«, sagte sie.

»Hallo.« Er lächelte nicht, was ungewöhnlich für ihn war. Er war eine rheinische Frohnatur und nahm das Leben normalerweise von der heiteren Seite. Außer wenn seine Frau kommentarlos die Scheidung einreicht, dachte Marie unbehaglich und trat von einem Bein aufs andere. Aus dem Augenwinkel bemerkte sie, wie Frau Martins, die schwer beschäftigt tat, die Ohren spitzte.

»Komm, wir gehen vor die Tür.« Sie griff nach seinem Unterarm und zog ihn hinaus in die laue Abendluft. »Sollen wir einen Spaziergang machen?«, schlug sie vor und lächelte unbehaglich. Mit einem Ruck entzog er ihr seinen Arm.

»Nein, Marie«, sagte er, »ich möchte keinen Spaziergang machen. Ich habe dich nicht hundertmal angerufen und dann eine Stunde vor dem Elbtunnel im Stau gestanden, um mit dir spazieren zu gehen.«

»Ist ja gut.« Sie spürte, wie ihre Schuldgefühle von etwas anderem verdrängt wurden. Von Wut. Was fiel ihm eigentlich ein, hier aufzukreuzen und sie dermaßen anzufahren? Sicher, die Sache mit der Scheidung war nicht ganz glücklich gelaufen, das gab sie ja zu. Trotzdem. »Du brauchst mich nicht so anzuschreien.«

»Wenn ich schreie, dann merkst du das«, versetzte er, und ihre Wut wurde noch größer.

»Was willst du überhaupt?«, fragte sie. »Es tut mir leid, dass ich dich nicht vorgewarnt habe wegen der Scheidungspapiere. Das war nicht okay, das ist mir auch klar. Ich hatte einfach viel um die Ohren. Dafür entschuldige ich mich. Aber du kannst mir doch nicht erzählen, dass das für dich vollkommen überraschend kommt.«

»Doch. Das *kommt* vollkommen überraschend.«

Verblüfft blickte Marie ihn an. Er sah jetzt nicht mehr sauer aus. Sondern unendlich traurig. Bei seinem Anblick verpuffte auch ihre Wut.

Frau Martins trat durch die gläsernen Eingangstüren nach draußen, eine Gießkanne in der Hand, und hob entschuldigend die Achseln.

»Verzeihung, ich müsste mal …« Sie deutete in Richtung der angelegten Rosenhecken zu Maries Linken.

»Natürlich.« Marie nickte ungeduldig und schaute sich suchend nach einem Fleckchen um, wohin die neugierige Wirtin sie hoffentlich nicht verfolgen würde. Am Ende der Hofeinfahrt entdeckte sie eine kleine Bank. »Komm«, sagte sie deutlich sanfter zu Simon, »wir setzen uns da hinten hin.«

»Okay.«

Sie ging zügigen Schrittes voran, er trottete hinter ihr her. Alle Kraft schien aus seinem athletischen Körper gewichen zu sein.

Als sie nebeneinander auf der Bank saßen, wusste Marie nicht, wie sie beginnen sollte.

»Simon ... es war doch klar, dass wir uns irgendwann scheiden lassen würden. Wir sind seit fast zwei Jahren getrennt.«

Er schwieg und sah hinunter auf seine Schuhspitzen.

»Also, von mir aus kannst du das Auto haben«, versuchte sie es mit einem Scherz und stieß ihm den Ellenbogen in die Rippen.

»Es geht mir nicht um das Auto.«

»Ich weiß.« Sie seufzte. »Aber wir können doch nicht ewig in diesem Zustand verharren. Getrennt lebend, bloß auf dem Papier noch verheiratet. Wir müssen endlich einen Schlussstrich ziehen.«

»Müssen wir das?«

»Ja, müssen wir«, wiederholte sie mit Nachdruck. »Vorher können wir beide nicht neu anfangen.«

»Das ist es also?«, fragte er. »Du willst neu anfangen? Wird es ernst mit deinem Fotografen?«

»Mit Jost hat das nichts zu tun«, antwortete Marie und spürte in diesem Moment, dass das die Wahrheit war. Jost war es vollkommen gleichgültig, ob sie verheiratet war oder nicht.

Aus ihrer unverbindlichen Affäre würde auch dann nicht mehr werden, wenn sie geschieden wäre. Marie konnte nicht einmal sagen, ob diese Erkenntnis ihr wehtat oder nicht. »Aber Nina wird bestimmt nichts dagegen haben, wenn du endlich ein freier Mann bist«, lenkte sie ab.

»Wir sind nicht mehr zusammen.«

»Oh. Das tut mir leid.«

Er zuckte mit den Achseln. »Mir nicht.«

»Hm.« Marie wusste nicht, was sie dazu sagen sollte. Simon hatte diverse Freundinnen gehabt, seit sie nicht mehr zusammen waren, aber keine von ihnen war länger als ein paar Wochen geblieben. »Wie auch immer, auf jeden Fall ist es für alle Beteiligten das Beste, wenn wir klare Verhältnisse schaffen.«

Simon betrachtete sie lange von der Seite. »Und dazu müssen wir uns scheiden lassen?«

»Natürlich.«

»Ich finde, es gäbe noch eine andere Lösung.«

Verständnislos sah sie ihn an. »Was meinst du?«

Simon atmete tief durch, dann griff er nach ihrer Hand. »Du könntest zu mir zurückkommen. Und mir verzeihen.«

28.

Hamburg-Barmbek, Juni 1943

Was mache ich hier eigentlich, fragte sich Klara, als sie die Treppen zum Dachgeschoss hinaufstieg. Sie wusste es selber nicht. Schließlich hatte er sie gefesselt und in seiner Wohnung festgehalten. Nun, aus seiner Sicht hatte er dazu ja auch allen Grund gehabt. Und letzten Endes hatte er sie gehen lassen. Sie konnte ihm nicht böse sein. Er tat ihr leid. Ja, sie war für eine Stunde eine Gefangene in seiner Wohnung gewesen, doch *er* war das nun schon seit über drei Jahren. Ein Gefangener.

Entschlossen klopfte Klara an seine Tür.

»Was machst du hier?«, fragte Jal leise, kaum dass er ihr geöffnet hatte. Trotz der dicken Brillengläser konnte sie die Furcht in seinen Augen sehen. Sein Blick huschte zwischen ihr und dem Treppenabsatz hin und her, als fürchtete er, seine unfreiwillige Mitwisserin habe es sich anders überlegt. Als würde jeden Moment die Gestapo auftauchen, um ihn mitzunehmen.

»Ich bin allein.« Sie hatte ihn mit dieser Aussage lediglich beruhigen wollen, doch während sie es aussprach, erkannte sie die tiefere Wahrheit dahinter. Den Grund, weshalb sie in diesem Moment vor seiner Tür stand. Sie war nicht einfach nur allein. Sondern einsam. Manchmal glaubte sie, die Stille in der

Wohnung, die doch einmal mit so viel Leben erfüllt gewesen war, nicht mehr ertragen zu können.

Fast täglich schrieb sie an Fritz, lange Briefe, in denen sie ihm sagte, wie sehr sie ihn vermisste. Alle ein bis zwei Wochen kam eine kurze Nachricht von ihm zurück, die nicht viel mehr als Belanglosigkeiten enthielt, doch das machte ihr nichts aus. Fritz war kein Mann der Worte, das hatte sie immer gewusst. Sie war froh über jedes Lebenszeichen von ihm.

Früher, in Jork, war sie manchmal weit in die Apfelfelder hineingelaufen, hatte sich auf die warme Erde gelegt, die vorbeiziehenden Wolken beobachtet und es genossen, allein zu sein. Stunden konnte sie in dieser selbst gewählten Isolation verbringen, doch das war eben etwas ganz anderes gewesen. Immer hatte sie gewusst, dass liebevolle Gesellschaft nur einen kurzen Fußweg entfernt war.

»Möchtest du reinkommen?« Die Frage riss Klara aus ihren Erinnerungen, und sie sah Jal irritiert an, der jetzt seine Wohnungstür ein wenig weiter geöffnet hatte.

»Wozu?«, fragte sie.

Der Anflug eines Lächelns huschte über sein Gesicht. »Auf einen Becher Muckefuck?«

Klara zögerte, warf einen Blick über die Schulter und trat ein.

Schweigend saßen sie einander gegenüber, Jal musterte Klara unverhohlen.

»Du bist nicht wie viele andere Frauen«, sagte er schließlich. »Du bist mutig.«

»Oder sehr naiv.« Klara musste plötzlich an jene Nacht des Schützenfests denken und verkrampfte sich. Was tat sie hier, allein in der Wohnung mit einem Fremden? Jal hatte die Veränderung bemerkt, die in ihr vorging. Er schüttelte den Kopf und hob beschwichtigend die Hände.

»Hab keine Angst.« Fast flehend blickte er sie an. »Es ist so lange her, dass ich mit einem anderen Menschen am Tisch gesessen habe. Bitte bleib.«

Klara, die sich unwillkürlich halb erhoben hatte, setzte sich wieder hin.

»Danke.« Er sagte es aus tiefstem Herzen. Verlegen führte Klara den Becher zum Mund und trank einen Schluck des entsetzlich dünnen Ersatzkaffees.

»Puh. Der ist ja scheußlich.« Sie schüttelte sich.

»Vollkommen ungenießbar«, bestätigte Jal und stellte seine Tasse ab. Klara lachte, um gleich darauf wieder ernst zu werden.

»Dieser verdammte Krieg«, sagte sie erschöpft, und Jal nickte.

»Ja. Verdammter Krieg.«

Sie ging nun regelmäßig hinauf, und manchmal fragte sie sich, was Fritz wohl davon halten würde, dass sie oft stundenlang mit einem anderen Mann in dessen Küche saß. Sie taten nichts Verbotenes, aber manchmal, wenn sie in eine andere Richtung schaute, spürte sie Jals Blick auf sich ruhen. Trotzdem ging sie auch am nächsten Abend wieder zu ihm. Entfloh der Leere in ihrer Wohnung und den Gedanken an Paul und Fritz, die sie abends, wenn sie allein in ihrem Bett lag, in den Wahnsinn zu treiben drohten.

Die Einsamkeit, die sie beide empfanden, und die quälende Ungewissheit machten Jal und Klara zu Verbündeten.

29.

Hamburg-Barmbek, 27. Juli 1943

Seit drei Tagen regnete es mehr Bomben auf die Stadt als jemals zuvor, die Operation Gomorrha war der größte Luftangriff der Alliierten auf Hamburg und der Versuch, das deutsche Volk endgültig zu demoralisieren.

Beim Klang der Sirene fuhr Klara hoch und sah sich verwirrt um. Sie hatte von Fritz geträumt, wieder einmal. Er war auf sie zugelaufen, hatte die Hände nach ihr ausgestreckt und immerzu ihren Namen gerufen. Aber aus irgendeinem Grund war er nicht näher gekommen, sosehr er sich auch abmühte. Und sie selbst hatte einfach dagestanden. Sie wollte ihm entgegenrennen, ihm helfen, aber ihre Beine gehorchten ihr nicht. Klara versuchte, den Albtraum abzuschütteln und schaute sich nach Paul um. Eisige Angst schloss sich um ihr Herz: Die Bettseite neben ihr war leer. Sie stürmte zum Kinderbettchen, aber auch hier war er nicht.

»Paul!«, rief sie panisch, als ihr Bewusstsein sich endlich vollständig aus der Traumwelt löste und sie begriff, dass er bei ihren Eltern und in Sicherheit war.

»Los, los, alle in den Keller«, hörte sie im nächsten Moment die schrille Stimme der Blockwartin draußen im Treppenhaus, während irgendwo schon die ersten Bomben detonierten. Doch

Klara brauchte noch eine Minute, um sich von dem Schock zu erholen. Das Herz raste in ihrer Brust. Als sie schließlich mit ihrem Koffer aus der Wohnung stolperte, war das Treppenhaus menschenleer. Unwillkürlich wanderte ihr Blick hinauf in Richtung Dachgeschoss, sie erwartete automatisch, dort gleich die gekrümmte, am Stock gehende Gestalt auftauchen zu sehen. Wieder bebte die Erde, sie konnte nicht warten.

Als sie unten ankam, war der Luftschutzkeller bereits verschlossen. Klara hämmerte dagegen.

»Aufmachen!«

Frau Tümmels öffnete die Tür und zog sie hinein. »Wo bleiben Sie denn?«

»Entschuldigung. Ich habe so fest geschlafen …«

Der Blick der Blockwartin sprach Bände. *Wie können Sie in dieser Situation schlafen? Ihre Nerven möchte ich haben!*

Suchend schaute Klara sich nach einem freien Platz in dem engen Keller um. Frau Bergmann aus dem Erdgeschoss und ihre vier Kinder – der Mann war Klaras Wissens nach Offizier bei der Handelsmarine und ständig auf See – rückten schließlich auf ihrer Holzbank zusammen, sodass sich Klara auf die äußerste Ecke kauern konnte. Alle Anwesenden sahen bleich und müde aus. Wie Gespenster. Draußen donnerte und krachte es mittlerweile ohne Unterlass.

Wo war Jal? Noch einmal ließ sie den Blick schweifen, aber er war nicht da.

Ein Gefühl der Unruhe stieg in Klara auf. Natürlich kam es schon mal vor, dass der eine oder andere Nachbar nicht mit im Bunker saß, weil er bei Freunden oder Verwandten war. Aber Jal hatte weder das eine noch das andere. Seine einzige Freundin, wenn man es so nennen konnte, war sie selbst.

Wieder krachte es ohrenbetäubend. Eine Bombe musste ganz in der Nähe detoniert sein. Mit schreckgeweiteten Augen starrten die Menschen im Keller vor sich hin, einige beteten, die Kinder weinten leise. Klara kaute nervös auf ihrer Unterlippe herum. Wo war Jal?

»Mein Gott, mein Gott, wann hört das endlich auf? Wann hört das auf?«, murmelte Frau Bergmann neben Klara und drückte ihre Jüngste an sich.

Wenigstens ist Paul nicht hier, dachte Klara, wenigstens um ihn muss ich mir keine Sorgen machen. Aber Jal ... Sie wollte nicht nachfragen. Wollte die Aufmerksamkeit ihrer Nachbarn nicht auf den fehlenden Robert Wiechert lenken.

Die Stadt war ein Flammenmeer.

So sieht die Hölle aus, dachte Jal und schaute hinaus in das rot glühende Inferno. In den vom dichten Rauch pechschwarzen Himmel, aus dem noch immer die Bomben auf Hamburg herunterhagelten. Die Stadt verbrannte, und Jal konnte sich nicht vorstellen, dass irgendjemand diese Feuersbrunst überleben würde.

Er war nicht in den Keller gegangen.

Auch wenn die Nazis ihn und seinesgleichen für Ungeziefer hielten, so würde er sich doch nicht wie eine Ratte in einem Loch verkriechen, um auf den Tod zu warten. Er würde ihm aufrecht entgegentreten. Das Haus erzitterte unter seinen Füßen.

Jal griff nach seinem Geigenkasten, öffnete ihn und holte das Instrument hervor. Strich vorsichtig über die so lange unberührten Saiten. Er stimmte sie behutsam, klemmte sie sich dann unters Kinn und setzte den Bogen an. Die ersten Noten des ungarischen Tanzes von Brahms erklangen, zunächst unsicher, holprig. So lange hatte er nicht mehr gespielt, dass ihm von der ungewohnten Bewegung die Schulter schmerzte. Doch allmählich gewann er seine Sicherheit zurück, die Finger seiner linken Hand flogen über den Geigenhals, der Bogen tanzte beinahe schwerelos.

Während er spielte, hielt Jal den Blick zum Fenster hinaus gerichtet, über das brennende Hamburg. Er stellte sich vor, dass er am Lagerfeuer stand, umgeben von seiner Familie, die zu seinem Lied tanzte. Mano, Mihaela, Pola, Lulu, Mala, Stevo, Pepe und all die anderen. Er konnte ihr Lachen hören.

Klara hatte jedes Zeitempfinden verloren, als am Morgen endlich Entwarnung gegeben wurde. Mit schmerzendem Körper stolperte sie aus dem Keller und die Treppe hinauf. Sie wollte gar nicht wissen, was die Bombardierungen dieser Nacht angerichtet hatten. So schlimm war es noch nie gewesen.

Erst später sollte sie erfahren, dass in dem Feuersturm dreißigtausend Menschen ums Leben gekommen waren.

Klara konnte kaum glauben, dass sie überlebt hatte. Die Einschläge waren so nah gewesen. Dennoch war ihr Haus verschont geblieben. Wieder einmal.

Die Bewohner verschwanden in ihren Wohnungen. Als es still wurde, öffnete Klara vorsichtig ihre Tür. Sie fürchtete sich davor, zu schlafen und von Bomben zu träumen. Sie schlich die Treppe zum Dachgeschoss hinauf. Lauschte.

Hinter der Tür mit dem Namensschild Robert Wiechert erklang Geigenmusik. Sie klopfte, und die Melodie verstummte. Sie klopfte erneut. Dreimal kurz, dreimal lang. Das war ihr Zeichen. Sekunden später stand er vor ihr, vorsichtshalber mit

Brille und Hut, die er sogleich abnahm, als er erkannte, dass die Luft rein war.

Klara starrte ihn an. Er wirkte ... verändert. Hatte er wirklich dieselbe Nacht durchlebt wie sie? Eine Nacht voller Todesangst? Klara war sich sicher, dass jede einzelne Detonation, jede Erschütterung, jeder verdammte Einschlag sich für ewig in ihr Gesicht gegraben hatte. Sie brauchte keinen Spiegel, um zu wissen, dass sie grau und ausgelaugt aussah und viel älter als die einundzwanzig Jahre, die sie war.

Jals Augen hingegen glänzten. Mit einer jungenhaften Geste strich er sich über den geschorenen Kopf und – lächelte sie an.

»Hallo!«, sagte er.

»Hallo? *Hallo?*«, gab sie ungläubig und mit sich überschlagender Stimme zurück.

»Psst!« Er legte einen Finger auf die Lippen und zog sie rasch in die Wohnung.

»Wo warst du denn?«, flüsterte sie unterdrückt. »Warum warst du nicht im Keller?«

Er zuckte mit den Schultern. »Ich konnte irgendwie nicht.«

»Du *konntest* nicht? Bist du wahnsinnig?«

»Nein, bloß schwachsinnig.« Er grinste, und sie starrte ihn so ungläubig an, dass er entschuldigend die Hände hob. »Das sollte ein Witz sein.«

»Wie kannst du jetzt Witze machen?« Sie hörte selbst, dass sie eher erschöpft als empört klang. Was war nur in ihn gefahren? »Ich dachte, die Welt geht unter. Und ich habe mich ständig gefragt, wo du steckst.«

In seine Augen trat ein Ausdruck, den sie nicht recht zu deuten wusste. »Hast du dir Sorgen gemacht?«

»Was denkst du denn? Ich habe einen Ehemann und einen

Bruder an der Front! Mein kleiner Sohn ist auf der anderen Seite der Elbe. In meinem Leben gibt es genug Männer, um die ich mir Sorgen machen muss.« Sie war immer lauter geworden und funkelte ihn an. »Wenn die Sirenen Alarm geben, dann komm gefälligst in den Keller!«

»Schon gut. Es tut mir leid.«

Sie atmete tief durch. »Ist ja auch egal. Du lebst. Das wollte ich nur wissen.« Sie wandte sich ab, um die Wohnung zu verlassen, doch er hielt sie zurück.

»Ja, ich lebe«, sagte er. »Komm mit.« Er griff nach ihrer Hand und zog sie ins Wohnzimmer vor das Fenster.

Beim Anblick des zerstörten Hamburgs schossen ihr die Tränen in die Augen. Ein pechschwarzer Himmel hing über einer schwelenden Trümmerlandschaft. »O mein Gott«, flüsterte sie. »Mein Gott, es ist alles zerstört.«

»Aber wir leben. Das ist alles, was zählt«, sagte er. »Wir leben.«

»Ja, wir leben.« Sie sah zu ihm auf. Er nahm ihr Gesicht in beide Hände und küsste sie mit einer Leidenschaft, die ihr den Atem raubte.

Als Klara erwachte, wusste sie im ersten Moment nicht, wo sie sich befand. Es wunderte sie, dass sich ihr Bett so hart, die Decke so kratzig anfühlte und Fritz, in dessen Armen sie lag, ganz anders roch als sonst. Träge schlug sie die Augen auf – und war dann mit einem Schlag hellwach.

Das fremde Wohnzimmer, der fremde Mann, der sie umschlungen hielt. Klara presste sich die Hand vor den Mund, um nicht aufzuschreien. *Was hatte sie getan?* Bilder der letzten Nacht tauchten vor ihrem inneren Auge auf, und sie spürte, wie sich ihr Magen zusammenzog. Der goldene Ehering an ihrer rechten Hand schien plötzlich glühend heiß zu werden, und sie musste dem Impuls widerstehen, ihn sich vom Finger zu reißen. Wie hatte das bloß passieren können? Sie war doch verheiratet. Sie liebte Fritz! Und dennoch hatte sie zugelassen, dass Jal sie geküsst hatte. Nein, sie hatte es nicht nur zugelassen, sie hatte seinen Kuss erwidert, hatte sich an ihn gedrängt, ihn mit ihren Armen umschlungen. Sie hatten miteinander geschlafen. Tränen traten ihr in die Augen. Wie hatte sie ihre Liebe so verraten können?

Jal lag neben ihr und atmete ganz ruhig. Im Schlaf sah er verletzlich aus und viel jünger, als er war. Ein schmerzlicher Zug lag um seinen Mund, als wäre er sich selbst im Traum all dessen bewusst, was er verloren hatte. Klara betrachtete ihn. Seine Trauer tat ihr weh. Ihr war nicht klar gewesen, wie nah er ihr in den letzten Wochen gekommen war.

Klaras Blick fiel auf die Wanduhr, und ein neuerlicher Schreck durchfuhr sie. Es war Viertel nach elf. Das konnte doch nicht möglich sein! Verwirrt blickte sie zum Fenster, hinter dem noch finstere Nacht herrschte. Erst bei näherem Hinsehen erkannte Klara, dass der Himmel noch immer von dem dichten, schwarzen Rauch verdunkelt wurde, den die zahllosen Brände verursacht hatten.

Sie griff nach Jals Arm, der quer über ihrem Bauch lag, und rollte sich vorsichtig unter ihm weg, stand lautlos auf und suchte ihre verstreut herumliegenden Kleidungsstücke zusammen. Die Schamesröte stieg ihr ins Gesicht, während sie daran dachte, wie sie einander die Klamotten heruntergerissen hatten, hastig und voller Ungeduld. Wie sie gemeinsam auf den Wohnzimmerboden gesunken waren …

Klara schüttelte heftig den Kopf, um die Gedanken zu vertreiben.

Sie musste sich beeilen. Ihr Dienst bei der Hochbahn hatte längst begonnen. Andererseits war fraglich, ob das Hamburger Verkehrsnetz nach den nächtlichen Angriffen überhaupt noch existierte. Sicher versank die Stadt im Chaos, und niemand würde ihrer Verspätung große Beachtung schenken.

Klara erschauderte. Sie konnten vermutlich froh sein, wenn überhaupt jemand überlebt hatte und zur Arbeit erschien.

Jal gab einen verschlafenen Laut von sich, und Klara verließ eilig die Wohnung.

30.

Gemeinde Jork im Alten Land, April 2019

Es war so still im Zimmer, dass Marie das Knistern der Holzscheite im Kamin hören konnte. Unbehaglich spähte sie zu Herrn Hansen herüber, der, die Fingerspitzen aneinandergelegt, vor sich hin starrte. Er bemerkte ihren Blick, räusperte sich, erhob sich mit einem Ruck und verließ das Zimmer durch die zweiflügelige Glastür, die in den das Haus umschließenden Garten führte.

Betreten sah Marie ihm hinterher.

»Vermutlich verstehen Sie nun, warum mein Mann nicht allzu begeistert von der Idee war, unsere Vergangenheit ans Licht zu zerren«, sagte Klara Hansen, und Marie nickte. In ihr herrschte ein Gefühlschaos, von dem sie wusste, dass sie es schleunigst in den Griff bekommen musste.

Reiß dich zusammen, und sei so professionell, wie du immer vorgibst zu sein, ermahnte sie sich selbst. Es geht hier nicht um dich und Simon. Du bist Journalistin. Sie atmete tief durch und wandte sich an Klara Hansen.

»Sollen wir eine Pause einlegen?«

Ihr Gegenüber schüttelte den Kopf. »Nein, machen wir weiter.«

»Und Ihr Mann?«

»Der geht jetzt Holz hacken.«

»Holz hacken?«, echote Marie ungläubig, denn sie konnte sich beim besten Willen nicht vorstellen, dass Fritz Hansen mit seinen von der Gicht gekrümmten Fingern die Axt schwang.

»Ja. Das braucht er jetzt.«

»Gut.« Marie griff wieder nach ihrem Notizblock und musste sich beherrschen, ihr Gegenüber nicht allzu kühl zu mustern. Sie fand die Reaktion der alten Frau ziemlich herzlos. »Dann machen wir weiter.«

31.

Hamburg, 28. Juli 1943

Der Betrieb der Hochbahn war tatsächlich bis auf Weiteres eingestellt, erfuhr Klara von Frau Schmidt, als sie sich pflichtschuldig bei ihr zum Dienst meldete.

»Es gibt genug anderes zu tun in der Stadt, das sehen Sie ja. Helfen Sie beim Aufräumen! Machen Sie sich irgendwie nützlich.«

Aber Klara dachte gar nicht daran, sich nützlich zu machen. Sie wollte nur weg aus Hamburg. Hinaus ins Alte Land. Zu ihrem Sohn. Ihrer Familie. Sie wollte diese schreckliche Nacht vergessen. Die Bombenangriffe ... und auch das, was sie getan hatte. Nicht genug damit, dass sie ihr Versprechen an Fritz gebrochen hatte, ihm treu zu sein in guten wie in schlechten Tagen. Nein, sie hatte ihn betrogen, während er weit weg an der Front kämpfte und täglich sein Leben riskierte. In den schwärzesten aller Tage, so schrecklich, wie sie es sich zum Zeitpunkt ihrer Hochzeit niemals hätte ausmalen können, hatte sie ihn und ihre Liebe verraten. Sie wollte jetzt nicht darüber nachdenken. Sie wollte zu Paul.

Zurück in ihrer Wohnung raffte sie hastig das Notwendigste zusammen, stopfte alles in einen Koffer und trat ins Treppenhaus. Sorgfältig verschloss sie die Tür, als sie hinter sich ein

Geräusch vernahm und erstarrte. Das Klacken des Gehstocks auf der steinernen Treppe kannte sie nur allzu gut.

Hatte er auf sie gewartet? Hinter seiner Tür gestanden und gelauscht, bis er ein Geräusch aus dem Stockwerk unter sich vernahm?

Langsam drehte Klara sich um, und da stand er. Auf dem oberen Treppenabsatz, eine Hand aufs Geländer gelegt, die andere auf seinem Stock. Den Rücken tief gebeugt, die Augen hinter den dicken Brillengläsern verborgen, von denen sie wusste, dass er durch sie kaum etwas sehen konnte, humpelte er unendlich langsam auf sie zu.

»Guten Tag, Herr Wiechert«, sagte sie schnell und griff nach ihrem Koffer.

»Frau Hansen.« Er hob eine zitternde Hand und tippte damit gegen die Krempe seines Huts.

Sie wollte ihn nicht ansehen, nicht mit ihm sprechen. Der Gedanke an die Nacht mit ihm, an ihre Körper, die sich verzweifelt umschlangen, verursachte ihr Übelkeit. Doch sie verharrte wie eingefroren, den Griff ihres Koffers so fest umklammernd, dass die Knöchel ihrer Hand weiß hervortraten. Es fühlte sich an, als ob sie Jal im Stich ließe, wenn sie jetzt ging. Der Gedanke verwirrte sie. Sie schuldete ihm doch nichts! Ihrem Mann war sie verpflichtet, und ihrem Sohn. Jal würde allein klarkommen müssen. Sie straffte die Schultern.

»Ich fahre ins Alte Land. Zu meinem Sohn«, sagte sie. »Wahrscheinlich werde ich eine Weile wegbleiben, sodass Sie Ihre Einkäufe in Zukunft leider wieder selber erledigen müssen.«

»Meine Einkäufe?« Er warf einen Blick über die Schulter, vergewisserte sich, dass niemand sie hörte oder sah, und schob sich mit einer schnellen Bewegung die Brille auf die Nasenspitze.

Über den Rand hinweg sah er Klara durchdringend an. »Das ist kein Problem«, sagte er leise. »Ich schaffe es schon alleine.«

Sie hatte das Gefühl, dass er nicht nur vom Einkaufen sprach. »Grüßen Sie Paul von mir.«

»Das mache ich.« Sie drängte sich an ihm vorbei. »Entschuldigung, ich muss jetzt los. Alles Gute.«

»Danke. Passen Sie auf sich auf.«

Sie konnte seinen Blick im Rücken spüren, als sie die Treppe hinunterging. Wider besseres Wissen drehte sie sich noch einmal zu ihm um. »Es tut mir leid«, flüsterte sie.

»Ja«, gab er zurück. »Mir auch.«

Die Fahrt ins Alte Land glich einer Odyssee. Wegen des lahmgelegten Verkehrsnetzes blieb Klara nichts anderes übrig, als zu Fuß von Barmbek bis zur Elbe zu gehen, und das, obwohl sie nicht wusste, ob der Fährbetrieb nach Cranz nicht möglicherweise ebenfalls eingestellt worden war. Er war es nicht.

Am frühen Abend erreichte Klara, verschwitzt und mit schmerzenden Füßen, ihr Elternhaus und klingelte voller Ungeduld. Zu ihrer Überraschung war es Ilse, die öffnete.

»Was machst du denn hier?« Erst beim zweiten Hinsehen erkannte sie die Tränenspuren auf dem Gesicht ihrer Freundin, die geschwollenen Lider und rot umrandeten Augen. Ihr war, als griffe eine kalte Hand nach ihrem Herzen, doch sie schüttelte sie ab.

Es gab tausend Erklärungen dafür, warum Ilse hier bei Klaras Eltern war und geweint hatte. Immerhin war der Landahl-Hof für sie seit frühester Kindheit eine Art zweites Zuhause gewesen. Und im Gegensatz zu Klara hatte es Ilse nie in die Großstadt gezogen. Sie wohnte noch immer bei ihren Eltern.

Klara ertappte sich bei der Hoffnung, dass Ilse hier Trost suchte, weil ihr irgendetwas Schreckliches geschehen war, das nichts mit Klaras Familie zu tun hatte, und schämte sich sofort für diesen Gedanken. In diesem Moment trat Elisabeth in die große Diele und machte ihren stummen Wunsch zunichte.

»Wer ist es denn, Ilse?« Ihre Stimme klang schwach und nasal. Erst jetzt erkannte sie ihre jüngste Tochter – und brach im nächsten Moment in Tränen aus.

Klara fühlte sich, als hätte jemand einen Kübel Eiswasser über ihr ausgekippt. »Ist was mit Paul?«, fragte sie voller Panik, und als niemand antwortete, packte sie Ilse unsanft an den Schultern und schüttelte sie. »Sag schon! Geht es ihm gut?«

»Ja, ihm geht's gut«, antwortete Ilse mit belegter Stimme. »Komm doch erst mal rein.«

»Aber … was ist denn passiert?« Sie stand wie angewurzelt im Türrahmen, unfähig, auch nur einen Schritt zu tun. Warum sagten sie denn nichts? Gleichzeitig fürchtete Klara nichts mehr, als dass eine der beiden Frauen ausreichend lange die Fassung zurückgewann, um ihr mitzuteilen, was los war.

Ihre Mutter sah völlig gebrochen aus. Genau wie Ilse. Ihre beste Freundin, die kurz nach dem Schützenfest begonnen hatte, mit Willi auszugehen. Die einen schmalen silbernen Verlobungsring am Finger trug, den Klaras Bruder ihr an dem Tag geschenkt hatte, als er in den Krieg gezogen war.

»Willi«, sagte Ilse erstickt, »er ist in Russland gefallen.«

Wie erstarrt lag Klara in dieser Nacht in ihrem alten Kinderzimmer, die Arme schützend um ihren Sohn gelegt, der ruhig und gleichmäßig atmete.

Nach der Nachricht von Willis Tod war sie wie ferngesteuert

gewesen. Hatte sich den Brief des Lazarettarztes zeigen lassen, der nach einem Brustschuss um das Leben ihres Bruders gekämpft und verloren hatte.

Sie hatte Essen zubereitet, denn Hannah, die mit rot geweinten Augen am Küchentisch saß, war dazu im Moment nicht in der Lage.

Die stumme Trauer ihres Vaters schnitt Klara ins Herz, während das beständige Weinen von Elisabeth und Ilse an ihren Nerven zerrte. Sie selbst hatte noch keine einzige Träne vergossen, und der Schmerz in ihrem Inneren wollte sie schier zerreißen.

Es konnte nicht sein. Immer wieder erschien Willis lachendes Gesicht vor ihrem inneren Auge, und sie stöhnte unterdrückt auf.

Paul regte sich im Schlaf, und sie küsste ihn sachte auf die Stirn. »Schon gut, Liebling. Schlaf weiter.«

Sie hatten Willi in die Brust geschossen, und es hatte keine Rettung mehr für ihn gegeben. Wer tat so etwas? Er war doch noch so jung gewesen! So lebenslustig. Verlobt mit Klaras bester Freundin. Nie wieder würde er ihr am Tisch gegenübersitzen und dumme Witze reißen. Nie wieder.

Eine Woche lang blieb Klara in ihrem Elternhaus, organisierte den Haushalt, versuchte, ihre untröstlichen Eltern und Ilse zu stützen, verbrachte so viel Zeit wie nur möglich mit Paul, doch schließlich hielt sie es nicht mehr aus.

Jeder Winkel, jedes Möbelstück erinnerte sie an ihren toten Bruder, und irgendwann hatte sie das Gefühl, es keinen Moment länger ertragen zu können. Als daher aus Hamburg die erlösende Nachricht kam, dass die Alliierten ihre Bombardierungen fürs Erste eingestellt zu haben schienen, beschloss Klara, nach Hause zurückzukehren.

»Aber warum?«, fragte Elisabeth immer wieder. »Wir müssen doch jetzt mehr zusammenhalten denn je. Und Paul freut sich so, wenn du da bist.«

Der Abschied von ihrem Sohn fiel Klara furchtbar schwer, dennoch dachte sie nicht eine Sekunde daran, ihn mitzunehmen. Wer wusste, was die Alliierten sich als Nächstes ausdenken würden?

»Ich muss zurück«, sagte Klara ohne weitere Erklärung. Was hätte sie auch sagen können? Dass sie die verweinten Gesichter ihrer Familie nicht mehr sehen konnte? Dass sie glaubte, verrückt werden zu müssen in diesem Haus der Trauer?

»Aber unter diesen Umständen wird man dich doch bestimmt vom Reichsarbeitsdienst befreien«, beharrte ihre Mutter. »Oder du könntest dich versetzen lassen.«

»Das habe ich doch schon versucht«, beendete Klara das Gespräch und beugte sich zu Paul hinunter. Sie drückte ihn lange an sich.

»Du passt gut auf deine Omi und deinen Opa auf, ja? Versprichst du mir das?«

Der Junge nickte ernsthaft, und sie umarmte ihn erneut. Mehr denn je erinnerte er sie an seinen Vater. Fritz, der irgendwo im Osten kämpfte. Den eine Kugel genau so leicht auslöschen könnte wie Willi. Während sie selbst … Sie konnte den Gedanken nicht zu Ende denken, ohne dass es ihr den Magen umdrehte.

Rasch erhob sie sich, verabschiedete sich von ihren Eltern und Ilse und verließ das Haus, ohne sich noch einmal umzudrehen.

32.

Als Klara am selben Nachmittag ermattet die Treppen zu ihrer Wohnung hochstieg, öffnete sich im Erdgeschoss eine Tür, und Frau Bergmann blickte heraus.

»Heil Hitler, Frau Hansen, da sind Sie ja wieder.« Sie lehnte sich an den Türrahmen, offensichtlich in der Stimmung für ein Schwätzchen. »Was haben wir für ein Glück gehabt, nicht wahr?«

»Glück?«, wiederholte Klara und sah sie verständnislos an.

»Dass das Haus noch steht. Es ist beinahe ein Wunder.«

»Ach so, das meinen Sie. Ja, da haben Sie wohl recht.« Klara nickte zustimmend.

Bei ihrem Aufbruch aus dem Alten Land hatte sie daran keinen einzigen Gedanken verschwendet. Nicht einmal, als sie durch das verwüstete Hamburg gelaufen war. Sie war sich einfach sicher gewesen, dass ihr Zuhause auf sie wartete. Sie spürte ein hysterisches Lachen in sich aufsteigen. Als ob man sich in diesen Zeiten über irgendetwas sicher hätte sein können. Sie war schließlich auch davon überzeugt gewesen, dass Willi unversehrt aus dem Krieg heimkehren würde. Und Fritz ...

Sicherheit war eine Illusion.

»So viele sind ausgebombt«, erzählte Frau Bergmann mit einem beinahe sensationslüsternen Unterton, »und Hammerbrook haben sie gleich komplett eingemauert. Wegen der Seuchengefahr, wissen Sie? All die Leichen! Es stinkt nach Verwesung, und die Ratten ...«

»Entschuldigen Sie, ich bin sehr müde«, würgte Klara sie ab und versuchte, den Gedanken an die Leiche ihres Bruders beiseitezuschieben. Wie sie verweste in irgendeinem Massengrab in Russland.

»Ja, nun, aber sagen Sie das nächste Mal jemandem Bescheid, wenn Sie einfach so verschwinden«, rief ihr die Nachbarin beleidigt hinterher, »man macht sich schließlich Sorgen.«

Klara antwortete nicht, sondern beeilte sich, in ihre Wohnung zu kommen. Bevor sie eintrat, meinte sie, ein Geräusch aus dem Dachgeschoss zu vernehmen. Das Klappen einer Tür? Doch vielleicht bildete sie sich das nur ein.

In den folgenden Nächten blieb es ruhig. Es gab keine weiteren Bombenangriffe, und die Bewohner Hamburgs schliefen tief und fest, zu Tode erschöpft.

Bis auf Klara.

Sie starrte an die Decke, gequält von ihren Gedanken, und wartete auf die erlösenden Tränen, die noch immer nicht kommen wollten.

Sie hoffte inständig auf eine Nachricht von Fritz, doch von ihm hatte sie schon seit Wochen nichts mehr gehört.

Klara realisierte kaum, dass sie eines Nachts aus dem Bett aufstand und sich anzog. Wie sie die Treppen zum Dachgeschoss hinaufschlich und sachte, nur mit einem Fingernagel, gegen die Tür von Jals Wohnung klopfte.

Was machst du denn da, Klara, fragte sie sich selbst. Kehr sofort um, du bist ja völlig verrückt.

Er würde sie sowieso nicht hören, es war schließlich nur ein sanftes Kratzen gegen das Holz gewesen. Kopfschüttelnd machte sie auf dem Absatz kehrt.

Beinahe lautlos bewegte sich die Klinke hinter ihr, und sie wandte sich um. Jal öffnete die Tür, erst einen Spaltbreit, dann weiter.

Sie trat ein, und sie standen einander in der kleinen Diele gegenüber.

»Ich sollte nicht hier sein.« Klara schüttelte den Kopf. »Es tut mir leid.«

Jal nahm die Brille ab und musterte sie forschend. »Was ist passiert?«, fragte er.

»Nichts«, fauchte sie ihn unvermittelt an. Woher kam nur diese plötzliche Wut in ihr? Sie funkelte Jal an und hätte sich am liebsten auf ihn gestürzt und ihm das Gesicht zerkratzt – als ob es seine Schuld wäre. Seine Verantwortung, dass ihr Bruder nicht mehr lebte. »Nichts ist passiert!«

»Okay«, sagte Jal, griff nach ihrer Hand und zog sie ins Wohnzimmer, »es wäre vielleicht gut, wenn du nicht ganz so laut sprichst. Möchtest du was zu trinken?«

»Spiel bloß nicht den Verführer!«

»Du glaubst, dass ich dich mit einem Becher Muckefuck verführen will?« Er grinste, wurde aber sofort wieder ernst, als er ihren Gesichtsausdruck bemerkte. »Entschuldige. Ich sage lieber gar nichts mehr.«

»Ja, das wird das Beste sein.«

Er nickte und sah sie jetzt nur an. Sie stand mitten im Raum, sich plötzlich auf merkwürdige Weise ihrer Hände und Arme bewusst, die kraftlos an ihrem Körper herunterhingen.

»Ich muss mich hinsetzen«, sagte sie tonlos und ließ sich auf das verschlissene Sofa fallen. Er nahm neben ihr Platz, ohne ihr zu nahe zu kommen, wie sie dankbar registrierte.

»Jemand aus deiner Familie.« Es war mehr eine Feststellung

als eine Frage. Sie fuhr zu ihm herum und fand ihren Schmerz in seinen Augen gespiegelt.

Natürlich, dachte sie, er weiß, wie es sich anfühlt.

Er streckte eine Hand aus, berührte sanft ihr Haar und zog sie an sich.

Nein, dachte sie, nicht noch einmal. Es ist falsch. Aber ihr Körper gehorchte ihr nicht mehr und sank einfach in seine Arme.

Danach kamen endlich die Tränen, auf die Klara seit einer Woche gewartet hatte. So unvermittelt brachen sie aus ihr heraus, dass es ihr den Atem nahm. Sie verkroch sich in Jals Armen wie ein kleines Kind, Schutz suchend und schluchzend.

Irgendwann richtete sie sich auf und griff nach ihren Kleidern, die zerknüllt auf dem Fußboden lagen. Ihr war, als hätte sie stundenlang geweint; sie fühlte sich vollkommen leer. Ausgelaugt und zerschlagen. Nicht einmal Schuld empfand sie in diesem Moment.

Jal setzte sich auf und sah ihr beim Anziehen zu, sagte aber nichts. Sie war ihm dankbar dafür. Es gab nichts zu besprechen.

Zu guter Letzt wandte sie sich ihm zu und strich mit der Hand leicht über seine von einem dunklen Bartschatten überzogene Wange.

»Danke«, sagte sie. Dann stand sie auf, verließ auf leisen Sohlen die Wohnung und schwor sich, nie mehr wiederzukommen.

33.

Gemeinde Jork im Alten Land, April 2019

»Sie sind ja äußerst begehrt«, wurde Marie von Frau Martins begrüßt, als sie am frühen Abend in die Pension zurückkehrte.

»Hmm?«, machte Marie zerstreut, denn sie war mit ihren Gedanken immer noch bei dem letzten Gespräch im Hause Hansen. »Kann ich bitte meinen Schlüssel haben?«

»Selbstverständlich.« Die Wirtin reichte ihr das Gewünschte. »Aber wie ich schon sagte: Sie haben Herrenbesuch. Schon wieder.«

»Herrenbesuch?«

Frau Martins nickte und deutete in Richtung der kleinen Sitzecke neben der Rezeption, wo mit dem Rücken zu ihr ein Mann in Jeans und Lederjacke saß. Er wandte sich zu ihr um, und Marie riss überrascht die Augen auf.

»Jost? Was machst du denn hier?«

Rasch erhob er sich und kam auf sie zu. »Ich freu mich auch, dich zu sehen.« Er zog sie an sich und gab ihr einen langen Kuss auf den Mund. Überrumpelt ließ Marie es geschehen. Normalerweise nahm er in der Öffentlichkeit nicht einmal ihre Hand.

Sie hörte die Pensionswirtin einen missbilligenden Laut ausstoßen und begriff verspätet, dass Josts stürmische Begrüßung allein für Frau Martins bestimmt war. Trotz seiner fünfzig Jahre provozierte Jost, wo er konnte, und die brave Wirtin war natürlich ein gefundenes Fressen für ihn.

»Schon gut.« Halb belustigt, halb verärgert machte sich Marie von ihm los. »Nun sag schon, warum bist du hier?«

»Na, um zu arbeiten. Hast du deine Mailbox nicht abgehört?«

»Noch nicht«, gab sie zu.

»Die Bildredaktion hat mich angerufen. Ich soll die Fotos zu deinem Artikel schießen.«

»*Jetzt?*«

»Natürlich nicht jetzt. Aber ich dachte, ich verbinde das Angenehme mit dem Nützlichen und leiste dir bei deinem kleinen Kurzurlaub ein bisschen Gesellschaft.« Er grinste breit.

»Ich mache keinen Urlaub«, versetzte sie. »Ich bin hier, um zu arbeiten.«

»Aber essen musst du doch trotzdem. Und schlafen.« Er legte den Kopf schief und grinste sie so spitzbübisch an, dass sie wider Willen lächeln musste.

»Übernachtet der Herr also auch hier?«, fragte Frau Martins, und Marie nahm erstaunt zur Kenntnis, wie unverblümt die Wirtin die Gespräche ihrer Gäste belauschte.

»Jawohl, das tut er«, antwortete Jost an ihrer Stelle.

»Das kostet dann aber extra. Frau Engelmann hat lediglich ein Einzelzimmer gebucht.«

»Selbstverständlich.«

»He, einen Moment mal«, ging Marie dazwischen, als die beiden sich handelseinig zunickten, »du kannst gar nicht bei mir schlafen. Es ist wirklich nur ein Einzelzimmer. Mit einem Einzelbett. Da passen wir nicht zusammen rein.« Jost wandte sich ihr zu, und sie erkannte schon an dem Funkeln in seinen

Augen, was er als Nächstes sagen würde. »Verkneif's dir«, sagte sie scharf, und er hob abwehrend die Hände.

»Schon gut. Warum hast du denn so schlechte Laune?«

»Ich habe keine schlechte Laune«, sagte sie und merkte im selben Moment, dass sie log. Sie war tatsächlich angespannt. Es lag an dem Interview oder vielmehr an ihrem Unvermögen, professionelle Distanz zu wahren. Stattdessen ließ sie sich in die Geschichte hineinsaugen. Das ganze Drama um Simons Seitensprung wurde dabei wieder hochgespült und verdarb ihr die Stimmung. Und vielleicht war sie auch enttäuscht, dass es sie wohl doch nicht zu geben schien, die lebenslange, große Liebe. Sie atmete tief durch, schob die trüben Gedanken beiseite und lächelte Jost an. »Ich habe keine schlechte Laune«, wiederholte sie. »Ich lege nur Wert auf einen ungestörten Nachtschlaf, das ist alles.«

»Kein Problem. Dann nehme ich einfach ein eigenes Zimmer.« Er wandte sich an Frau Martins, doch die schüttelte bedauernd den Kopf.

»Tut mir leid. Gestern Abend ist zwar ein Zimmer frei geworden, aber das habe ich gleich weitervermietet.« Sie warf Marie einen bedeutungsschwangeren Blick zu. »An Ihren Mann.«

»Dein Mann ist hier?«, fragte Jost.

»Mein Mann ist noch hier?«, fragte Marie entgeistert.

Frau Martins nickte, und man konnte ihr ansehen, dass die Situation ihr ein diebisches Vergnügen bereitete.

»Und Sie haben ihm ein Zimmer vermietet? Hier?« Maries Wut trat so offen zutage, dass ihr Gegenüber ein wenig entschuldigend die Schultern hob.

»Nun ja.«

»Und warum, wenn ich fragen darf? Gestern Nacht haben Sie ihn noch für einen Triebtäter gehalten.«

»Ja, aber Sie haben mir glaubhaft versichert, dass er keiner ist.«

»Und deshalb müssen Sie ihn gleich hier einquartieren?« Marie spürte selbst, dass sie sich albern benahm. Immerhin war dies eine Pension.

»Jetzt hören Sie mal, das hier ist schließlich eine Pension«, sagte Frau Martins prompt.

»Natürlich. Sie haben recht. Entschuldigung.« Marie versuchte, ihre Gedanken zu ordnen. Simon war also immer noch hier. Was wollte er denn bloß? Sie hatte ihm gestern ziemlich deutlich zu verstehen gegeben, dass sie ihm nicht verzeihen würde. Auch nicht nach der langen Zeit, die inzwischen verstrichen war. Bloß war er offensichtlich nicht bereit aufzugeben.

Ihr Blick fiel auf Jost, der von ihr zu Frau Martins und dann wieder zurückschaute. In seinen Augen blitzte es auf. »Was?«, fragte er in gespielter Empörung. »Du bist verheiratet? Warum hast du mir das nicht gesagt?«

Die Wirtin schnappte hörbar nach Luft, und Marie schlug Jost auf den Oberarm.

»Jetzt hör schon auf mit dem Quatsch.«

»Okay, ich hör auf«, sagte er friedfertig. »Wenn allerdings dein Mann hier ist, fahre ich wohl lieber zurück und komme morgen für den Job wieder.«

Sie wollte gerade nicken, als sie hinter sich auf der Treppe, die ins obere Stockwerk führte, Schritte hörte. Sie wandte sich um und sah Simon die Stufen herunterkommen. Als er sie entdeckte, fuhr er sich mit einer verlegenen Geste durch das lockige Haar.

»Hallo«, sagte er.

Maries Herzschlag beschleunigte sich. Er war ihr nicht gleichgültig, es berührte sie, dass er so um sie kämpfte. Doch es hatte keinen Zweck. Selbst wenn sie es gewollt hätte, sie konnte ihm nicht verzeihen. Und wenn sie das zu einem nachtragenden, engherzigen Menschen machte, dann war es eben so. Sie konnte nicht aus ihrer Haut, und Simon musste endlich begreifen, dass es vorbei war.

»Nein«, sagte Marie deshalb an Jost gewandt, »das ist kein Problem. Du kannst ruhig hierbleiben.«

Eingezwängt zwischen der Wand und Josts Körper, lag Marie in dieser Nacht im Bett und starrte an die Decke.

Es war ein scheußlicher Abend gewesen.

Sie hatte mit Jost in dem kleinen Speisezimmer der Pension Wiener Schnitzel gegessen und so getan, als würde sie sich bestens amüsieren. Die Blicke von Simon, der am anderen Ende des Raums allein am Tisch saß, bohrten sich dabei in ihren Rücken. Nie würde sie den Ausdruck in seinen Augen vergessen, als Jost und sie gemeinsam nach oben in ihr Zimmer gingen.

Marie versuchte erfolglos, eine etwas bequemere Haltung zu finden. Sie würde kein Auge zutun, diese Pritsche war für zwei Personen einfach zu schmal. Aber natürlich lag es nicht nur an dem engen Bett, dass sie keinen Schlaf fand. Marie fühlte sich schuldig, weil sie Simon derart hatte auflaufen lassen. Schließlich waren sie Freunde, und so ging man mit einem Freund einfach nicht um. Aber warum musste er auch hier auftauchen und sich in ihrer Pension einnisten? Dazu hatte er kein Recht! Dieses Recht hatte er verspielt, als er sie betrogen hatte. Marie war ihm keine Rechenschaft mehr schuldig. Sie hatte sich von ihm getrennt, würde sich scheiden lassen und konnte schlafen, mit wem sie wollte. Nur dass sie heute gar nicht mit Jost geschlafen hatte. Sie warf einen Blick auf den gleichmäßig atmenden Mann neben sich. Simons Anwesenheit hatte ihr die Lust darauf gründlich verdorben. Simon lag nur ein paar Zimmer von ihnen beiden entfernt, und Marie fühlte sich schon beinahe wie die Ehebrecherin, zu der die sensationslüsterne Frau Martins sie bereits gestempelt hatte.

Aber nicht ich bin hier die Ehebrecherin, dachte Marie und drehte sich entschlossen zu Jost um. Sie küsste ihn auf den Mund, er grunzte verschlafen und öffnete die Augen. Sie lächelte.

»Ich kann nicht schlafen«, sagte sie.

»Ich auch nicht«, antwortete er und zog sie an sich.

34.

Hamburg-Barmbek, 10. August 1943

Klara hielt das Versprechen, das sie sich selbst nach dieser erneuten Nacht mit Jal gegeben hatte. Zwar stieg sie auch in der folgenden Woche ins Dachgeschoss hinauf – allerdings nur, um seine Lebensmittelmarken abzuholen und die Einkäufe zu erledigen. Jal akzeptierte die neu aufgestellten Verhaltensregeln, doch an seinen Augen konnte sie ablesen, dass er sie vermisste. Auch ihr fehlte er, mehr, als sie gedacht hätte. Nicht so sehr wie Fritz, das nicht; dennoch war er für sie mehr geworden als ein Freund, eine bloße Stütze in der Einsamkeit. Die Gefühle, die sie für ihn hegte, erschreckten sie. Trotzdem würde sie sich nie wieder dazu hinreißen lassen, ihnen zu folgen. Obwohl sie keine Ahnung hatte, wie sie Fritz jemals wieder unter die Augen treten sollte, wusste sie, dass sie ihn nicht noch weiter demütigen würde, indem sie freundschaftlichen Kontakt mit ihrem Liebhaber pflegte. Als ob sich damit irgendetwas hätte wiedergutmachen lassen.

Bei ihrer Rückkehr vom Einkaufen an diesem Nachmittag – wieder einmal hatte sie ewig angestanden und dann nur noch ein wenig Brot, Margarine und Magermilchpulver ergattert – traf sie vor dem Hauseingang auf eine etwa dreißigjährige Frau, die ihre vier quengelnden Kinder um sich geschart hatte und nahe der Verzweiflung immer wieder auf einen der Klingelknöpfe drückte.

Sie wirkte so erschöpft, als hätte sie seit Tagen nicht geschlafen. An der steinernen Hauswand lehnten mehrere Gepäckstücke.

Klara bahnte sich einen Weg durch die Schar. »Kann ich Ihnen weiterhelfen? Zu wem möchten Sie denn?« Sie zog ihren Schlüssel hervor und schloss auf.

»Wir möchten zu meinem Onkel. Zu Robert Wiechert.« Erneut drückte die Frau auf den Klingelknopf, während Klara meinte, ihr würde trotz der Hitze das Blut in den Adern gefrieren. »Wir sind ausgebombt. In der letzten Nacht der Angriffe. Wir besitzen nichts mehr außer den Sachen in diesen zwei Koffern.«

Das jüngste Kind, ein ungefähr drei Jahre altes Mädchen mit braunen Locken, fing bei diesen Worten an zu weinen. Die Mutter hob es hoch und strich ihm tröstend über die Wange.

»Aber wir leben noch. Uns ist nichts passiert«, sprach sie beruhigend auf ihre Tochter ein. »Das ist das Wichtigste, und dafür müssen wir dankbar sein.« Sie wandte sich wieder an Klara, die noch immer mühsam um ihre Fassung rang. »Die ersten Tage konnten wir bei Freunden unterkommen, aber die haben selber fünf Kinder. Kennen Sie meinen Onkel?«

»Herrn Wiechert?«, fragte Klara, um Zeit zu schinden. Plötzlich wurde ihr bewusst, was für ein Glück Jal gehabt hatte, dass nicht schon viel früher jemand aufgetaucht war, der den wahren Robert Wiechert kannte. Dass es drei Jahre gedauert hatte. Aber nun waren sie hier. »Ja, der wohnt in der Wohnung über mir.«

»Dann stimmt wenigstens die Adresse noch«, sagte die Frau erleichtert. »Aber natürlich, da steht ja auch sein Name. Wir hatten lange keinen Kontakt mehr, wissen Sie? Er hat sich mit meiner Mutter nicht besonders gut verstanden. Sie war seine Schwester. Na ja, außerdem wohnen wir ...«, sie schluckte, »ich meine, wir wohnten am anderen Ende der Stadt. Und mit den vier Kindern hatte ich genug zu tun. Es ist mir auch wirklich unangenehm, ihn jetzt plötzlich um Hilfe zu bitten, aber was soll ich machen? Mein Mann steht im Osten an der Front.« Eine Träne rollte über ihre Wange, und sie wischte sie mit einer schnellen Handbewegung weg.

Klara räusperte sich. »Ja«, sagte sie leise. »Meiner auch.«

»Entschuldigen Sie, ich habe mich noch gar nicht vorgestellt. Ich heiße Lieselotte. Lieselotte Vogt. Und das sind Klaus, Hans, Jürgen und Ingrid.«

»Ich bin Klara Hansen.«

»Er wird uns doch bei sich aufnehmen?« Voller Hoffnung sah die Frau sie an. »Oder was glauben Sie?«

»Ich? Ach so, ja, sicher. Das wird er bestimmt, es ist nur so ...« Fieberhaft suchte Klara nach der rettenden Idee. »Ich fürchte, Herr Wiechert ist verreist.«

»Verreist?« Die andere starrte sie so fassungslos an, dass Klara Zweifel an der Glaubwürdigkeit ihrer Ausrede kamen, doch jetzt war es zu spät, deshalb nickte sie bekräftigend.

»Wer verreist denn in diesen Zeiten? Und wohin?«

»Das hat er mir nicht gesagt.« Bedauernd hob sie die Schultern. »Tut mir leid.«

»Aber wo sollen wir denn hin?«

Ratlos ließ Klara den Blick über die Familie schweifen, als sie bemerkte, dass sich vom anderen Ende der Straße her Frau

Bergmann näherte. Die hatte ihr gerade noch gefehlt. Wahrscheinlich würde sie beteuern, dass *sie* es ja wohl wüsste, wenn jemand aus dem Haus verreist wäre.

»Am besten kommen Sie erst mal mit zu mir«, sagte Klara und stieß die Haustür auf. »Dann sehen wir weiter.« Sie scheuchte die Schar vor sich her, warf einen Blick zurück zu Frau Bergmann. Diese hob den Arm, wohl um ihr zu bedeuten, auf sie zu warten. Mit Nachdruck schloss Klara die Tür. »Ich wohne im dritten Stock.«

Quälend langsam setzte sich der Trupp in Bewegung, und Klara atmete erleichtert auf, als sie endlich oben angekommen waren.

»Wir wollen Ihnen nicht zur Last fallen«, sagte Frau Vogt.

»Aber nein. Das ist wirklich kein Problem.« Sie ließ sie eintreten und deutete in Richtung Wohnzimmer. »Bitte setzen Sie sich. Möchten Sie etwas trinken? Ach du liebe Zeit!« Klara schlug sich vor die Stirn, etwas übertrieben, wie sie im selben Moment erkannte. »Ich habe etwas vergessen«, sagte sie hastig, während sie ihre Einkaufstasche auf dem Stuhl im Flur abstellte, »aber machen Sie es sich doch derweil bequem. Ich bin gleich wieder da. Wasser ist in der Küche.«

»Vielen Dank. Können wir irgendwie helfen?«

»Nein, nein, nicht nötig«, rief Klara und schloss die Tür hinter sich. Ganz wohl war ihr nicht dabei, diese Fremden ganz allein in ihrer Wohnung zu lassen, aber für derlei Zweifel war im Moment keine Zeit. Ihre Gedanken rasten.

Eilig stieg sie ins Dachgeschoss hinauf und klopfte an Jals Tür. Die Sekunden, bis er öffnete, zogen sich zu einer Ewigkeit.

Er lächelte bei ihrem Anblick.

»Du musst weg. Sofort«, flüsterte sie.

Sein Lächeln verschwand. »Was? Wieso?«

»Verwandte von Robert Wiechert. Sie sind ausgebombt und suchen Unterschlupf.«

»*Die* haben also bei mir geklingelt«, begriff er, und von einer Sekunde zur nächsten wich alle Farbe aus seinem Gesicht.

»Genau. Das waren sie.« Klara drängte sich an ihm vorbei in die Diele und riss die Kommodenschublade auf, von der sie wusste, dass er darin sein Geld und die Lebensmittelmarken aufbewahrte. Sie griff danach und lief weiter in die Küche. »Sie sind unten bei mir in der Wohnung. Eine Frau. Ich glaube, sie hat gesagt, dass sie seine Nichte ist. Und sie hat vier Kinder bei sich.« Klara raffte die kargen Lebensmittelvorräte zusammen und verstaute sie in einer Tasche. »Ich habe ihr gesagt, dass du verreist bist. Also, dass Herr Wiechert verreist ist. Aber sie sehen nicht so aus, als hätten sie einen anderen Platz, wo sie hinkönnen. Sie werden warten. Deshalb musst du weg.« Sie wandte sich zu ihm um. Er war leichenblass. »Steh nicht einfach so rum. Pack ein paar Sachen und dann nichts wie weg.«

»Aber wo soll ich denn hin?«

Sie hielt inne. Das war eine berechtigte Frage.

»Fürs Erste auf den Trockenspeicher«, sagte sie entschlossen, ging an ihm vorbei ins Wohnzimmer und griff sich seine Geige.

Im Schlafzimmer stopfte sie wahllos ein paar Kleidungsstücke zu den Lebensmitteln in die Tasche. Drückte ihm alles in die Arme und hielt ihm die ausgestreckte Hand entgegen: »Gib mir deinen Schlüssel!«

»Wozu?«

»Den gebe ich der Frau. Dann kann sie mit den Kindern hier einziehen. Und du …«, sie zögerte, gab sich einen Ruck, »du kommst zu mir.«

Der Trockenspeicher war nicht gerade ein ideales Versteck, aber wenigstens gab es im hinteren Teil einen hölzernen Verschlag, unter den Jal sich kauern konnte. So würde er nicht jedem, der auf die Idee kam, ausgerechnet jetzt seine Wäsche aufhängen zu wollen, sofort schutzlos gegenüberstehen. Dennoch war Klara bewusst, dass sie ihn so schnell wie möglich aus dieser Lage befreien musste.

Eilig lief sie die Treppen hinunter in den dritten Stock und verbarg dabei den Schlüssel in der Tasche ihres Kleides.

»So, da bin ich wieder.« Sie betrat das Wohnzimmer. Da jede Sitzgelegenheit belegt war, blieb sie stehen.

Frau Vogt und ihre vier Kinder sahen Hilfe suchend zu ihr auf, ihre Wassergläser fest umklammernd. Klara spürte plötzlich brennenden Durst und holte sich ebenfalls etwas zu trinken.

»Sie sind also Herrn Wiecherts Nichte?«

Frau Vogt nickte. »Er ist der Bruder meiner verstorbenen Mutter.«

»Ich verstehe. Ähm, ohne Ihnen zu nahe treten zu wollen, können Sie das beweisen?«

»Beweisen?« Die Frau blickte sie fassungslos an, und Klara hob die Schultern.

»Na ja, vielleicht haben Sie ein gemeinsames Foto oder …«

»Haben Sie mir denn nicht zugehört?«, fragte Frau Vogt, und ihre bisher so sanfte Stimme klang schrill. »Wir sind ausgebombt. Wir konnten gerade so eben unser nacktes Leben retten. Glauben Sie, dass ich in dem Moment, als das Haus über uns zusammenbrach, an Fotoalben gedacht habe?«

»Nein, natürlich nicht. Das verstehe ich. Und ich hab es auch gar nicht so gemeint.« Klara hob beschwichtigend die Hände, doch ihr Gegenüber war schon aufgesprungen.

»Klaus, Hans, Jürgen, Ingrid«, rief sie und klang dabei wie ein Feldwebel, »wir gehen.«

Klara spürte einen leisen Unwillen in sich aufsteigen. Natürlich hatte sie Mitleid mit der Familie, aber tat sie nicht alles, um ihr zu helfen?

»Ich entschuldige mich«, zwang Klara sich zu sagen, »das war sehr unbedacht von mir.«

Die Frau hielt mitten in der Bewegung inne und musterte sie abwartend.

»Es ist so, ich habe einen Schlüssel zu Herrn Wiecherts Wohnung. Für Notfälle. Er ist ja ein alter Mann, und man weiß nie. Manchmal gehe ich für ihn einkaufen und …« Du plapperst zu viel, rief sie sich selbst zur Ordnung, damit machst du dich nur verdächtig. »Also, ich gehe davon aus, dass er nichts dagegen hat, wenn ich Sie und die Kinder in seine Wohnung lasse.«

Wenige Minuten später war die Familie in die Dachgeschosswohnung übergesiedelt, und Klara legte den Schlüssel in Frau Vogts ausgestreckte Hand. Sie fühlte sich schrecklich dabei. Als würde sie Jal seine Zuflucht entreißen, den einzigen Ort, an dem er sich in den letzten Jahren einigermaßen sicher hatte fühlen können.

Aber welche andere Wahl hätte sie gehabt?

»Danke sehr«, sagte Frau Vogt. »Ich danke Ihnen für Ihr Vertrauen. Und bitte glauben Sie mir, dass ich wirklich die Nichte von Robert Wiechert bin.«

»Natürlich. Ich glaube Ihnen.«

»Ich hoffe sehr, dass mein Onkel bald zurückkommt. Hat er Ihnen gegenüber denn gar nicht erwähnt, wie lange er fort sein wird?«

Klara schüttelte den Kopf. »Es tut mir leid, nein.«

»Nun ja. Allzu lange wird er ja sicher nicht wegbleiben. Dann also, Heil Hitler!« Sie hob den rechten Arm zum Gruß.

»Ja. Leben Sie sich gut ein«, antwortete Klara perplex. Wenn sie selbst das Dach überm Kopf und sämtlichen Besitz verloren hätte, wäre sie nicht auf die Idee gekommen, ausgerechnet dem Mann Heil zu wünschen, der für ihr aller Unglück verantwortlich war. Obwohl sie es nicht laut ausgesprochen hatte, biss Klara sich unwillkürlich auf die Lippe.

Die Tür fiel zu, und Klara warf einen Blick in Richtung des Trockenspeichers, wo Jal sicher gerade tausend Tode starb. Doch es war zu gefährlich. Noch konnte sie ihn nicht erlösen.

Endlos zogen sich die Stunden. Erst nach Mitternacht wagte Klara sich hinauf auf den Speicher.

»Jal«, wisperte sie, »ich bin es.«

Sie fand ihn zusammengekrümmt unter dem Bretterverschlag, wo sie ihn verlassen hatte. Seine Augen lagen in tiefen Höhlen, und seine Lippen waren rau und aufgesprungen.

Verdammt, dachte Klara, er war den ganzen Tag hier oben in dieser Bruthitze, ohne Wasser. Er muss halb verdurstet sein. Daran hatte sie nicht gedacht.

Sie streckte ihm die Hand entgegen und half ihm auf.

Er stöhnte, und sie legte warnend einen Finger auf die Lippen.

Seinen Arm um ihre Schulter gelegt, führte sie Jal aus dem Speicher und die Treppe hinunter. Als sie endlich die Wohnungstür hinter ihnen beiden schließen konnte, atmete sie erleichtert aus. Noch in der Diele knickten ihm die Beine weg, und er setzte sich mitten auf den Fußboden.

»Wasser«, sagte er mit rauer Stimme.

Sie brachte ihm ein großes Glas, und er trank gierig. Allmählich bekam sein Gesicht wieder Farbe.

»Danke.«

»Schon gut.« Sie half ihm auf die Füße, und er verzog das Gesicht.

»Ich stinke, das ist ja nicht auszuhalten. Darf ich mich bei dir waschen?«

Sie nickte.

»Wo ist denn das Badezimmer?«

Erst in diesem Moment wurde Klara bewusst, dass er noch nie in ihrer Wohnung gewesen war.

Er verschwand hinter der Tür, auf die sie gedeutet hatte, und sie griff nach seinen wenigen Habseligkeiten, die auf dem Boden verstreut herumlagen. Verstaute die Lebensmittel im Kühlschrank, konnte sich aber nicht dazu überwinden, Jals Kleidung neben die von Fritz in den Schrank zu hängen. Unschlüssig hielt sie einen seiner Pullover in den Händen, als er mit freiem Oberkörper aus dem Bad zurückkam. Sein verschwitztes Hemd hielt er in der Hand. Wenigstens wusste sie jetzt, wohin mit dem Kleidungsstück. Sie wandte den Blick ab und reichte es ihm.

»Hier.«

»Danke.« Er zog es sich über den Kopf, schaute sie wieder an. Hilflos. Ratlos. »Tja. Hier sind wir nun.«

Sie nickte. »Ja. Hier sind wir.«

35.

In dieser Nacht machte Klara kein Auge zu, während Jal neben ihr, kaum dass er sich hingelegt hatte, in einen tiefen, erschöpften Schlaf gefallen war.

Es wäre ihr lieber gewesen, er hätte auf dem Sofa geschlafen, aber dann war sie sich albern vorgekommen. Das Sofa war winzig, er hätte darauf nur zusammengerollt Platz gefunden, und nach dem Tag unter dem Bretterverschlag sehnte er sich sicher danach, sich auf einer weichen Matratze auszustrecken.

Zudem hatte Klara mit Jal weit Verwerflicheres getan, als neben ihm in einem Bett zu liegen. Dennoch kam es ihr wie eine Entweihung des Ehebetts vor, das sie mit Fritz geteilt hatte.

Schön, dass du dir um ein Möbelstück Gedanken machst, verspottete sie sich selber. Als hättest du im Moment keine anderen Probleme. Du hast einen Staatsfeind in der Wohnung!

Das hier war etwas anderes, als hin und wieder für Jal einkaufen zu gehen. Früher hätte sie jederzeit behaupten können, über seine wahre Identität nichts gewusst zu haben. Die anderen Leute im Haus waren ja auch darauf hereingefallen. Sie hatte nachbarschaftliche Hilfe geleistet, das war alles.

Jetzt sah die Sache anders aus. Bei dem Gedanken, was passieren würde, wenn die Polizei Jal bei ihr entdeckte, wurde ihr übel. Sie hatte Gerüchte von Menschen gehört, die Juden bei sich versteckt hatten und erwischt worden waren. Angeblich wurden diese Leute abgeholt und kamen nicht wieder. Dass es ein Zigeuner war und kein Jude, den sie versteckte, verbesserte ihre Lage sicher nicht. Die einen wurden von den Nazis ebenso gehasst wie die anderen. Bei dem Gedanken, man könnte sie wegbringen, erschien sofort Pauls Gesicht vor ihrem inneren Auge, und Panik stieg in ihr auf. Was sollte aus ihm werden, wenn man seine Mutter fortbrachte? Er brauchte sie.

Klara spähte hinüber zu dem schlafenden Mann an ihrer Seite. Auch er war der Sohn einer Mutter.

Irgendwann musste sie doch eingeschlafen sein, denn sie erwachte, als ihr jemand sanft übers Haar streichelte. Klara öffnete die Augen und sah Jals Gesicht dicht vor ihrem.

Draußen war es dunkel, es musste früh am Morgen sein.

»Du hast mir das Leben gerettet«, flüsterte Jal. »Danke.« Er nahm ihre Hand und küsste sie.

»Schon gut.« Sie entzog sich ihm. »Jeder hätte das Gleiche getan.«

»Da irrst du dich aber gewaltig. *Niemand* hätte das getan. Sie schauen alle weg. Du hingegen hast mir geholfen. Du bist eine mutige Frau.« Er versuchte, sie an sich zu ziehen, doch sie schüttelte den Kopf.

»Lass das. Ich möchte das nicht.«

»Bitte«, flüsterte er in ihr Ohr, »nur noch dieses eine Mal. Zum Abschied.«

Ihr Körper verkrampfte sich. »Wieso Abschied?«

»Du glaubst doch wohl nicht, dass ich hier in deiner Wohnung bleibe? Das ist viel zu gefährlich.«

»Aber wo willst du denn hin?«

Er zuckte mit den Schultern. »Irgendwohin. Mal sehen.«

»Du bist ja nicht bei Trost. Weißt du, wie es da draußen ist? Alles liegt in Schutt und Asche! Tausende sind ohne Wohnung.«

»Na bitte. Dann werde ich gar nicht auffallen.« Er beugte sich über sie. »Mach dir keine Sorgen. Ich komme schon zurecht.«

Mit beiden Händen schob sie ihn von sich. »Und was ist, wenn sie dich kontrollieren? Du wirkst nicht besonders arisch.«

»Nein, das wohl nicht. Zum Glück.« Er lachte leise, und sie schlug ihm auf den Oberarm.

»Das ist überhaupt nicht komisch. Sie werden dich in ein Lager stecken. So wie deine Familie.« Ein Schatten fiel über sein Gesicht, und sie bereute es, dass sie ihn daran erinnert hatte. Aber er musste endlich den Ernst der Lage verstehen!

»Wenn sie mich hier bei dir entdecken, dann landest du auch in so einem Lager«, sagte er heftig. »Willst du das?«

Sie zuckte zusammen und schüttelte den Kopf.

»Eben. Und ich will das auch nicht.« Er nahm ihr Gesicht in seine Hände. »Ich will nur noch einmal mit dir zusammen sein.«

Eine Träne rollte über ihre Wange. Sanft strich er sie mit dem Daumen weg.

Nachher saß sie im Bett, hatte die Decke schützend um sich geschlungen und beobachtete Jal dabei, wie er seine wenigen Habseligkeiten zusammensuchte. Nun hatte sie Fritz also ein drittes Mal betrogen. Aber das war nicht der einzige Grund, weshalb sie sich schrecklich fühlte. Sie würde Jal nie wiedersehen.

Er wollte seine Verkleidung als alter Mann so lange wie möglich aufrechterhalten, und so verwandelte er sich vor ihren Augen wieder in den gebrechlichen Greis, als den sie ihn kennengelernt hatte. Seine Brille hielt er in der Hand, als er sich ihr zuwandte. Einen Moment lang stand er einfach da und sah sie an, als wollte er ihren Anblick für ewig in sich aufnehmen.

Klaras Augen brannten.

»Würdest du mir noch einen letzten Gefallen tun?«, fragte er. »Kannst du im Treppenhaus nachschauen, ob die Luft rein ist?«

»Natürlich.«

Schnell zog sie sich an und huschte auf leisen Sohlen hinaus ins Treppenhaus, in dem es um diese Uhrzeit, es war gerade sechs, noch still war. Dennoch ging Klara jedes einzelne Stockwerk ab und lauschte an den Türen nach einem Geräusch, doch die Bewohner des Hauses schliefen tief und fest.

Wenigstens ist Sommer, sagte sie sich, während sie in ihre Wohnung zurückkehrte. Er wird nicht auf der Stelle erfrieren. Ein schwacher Trost.

Bereit zum Aufbruch stand Jal mit erwartungsvollem Gesicht in der Diele.

»Alles ruhig«, sagte sie, und er nickte zufrieden.

»Sehr gut. Dann gehe ich jetzt. Danke für alles.«

»Warte.« Sie marschierte an ihm vorbei ins Wohnzimmer und holte seinen Geigenkasten. »Die hättest du fast vergessen.«

Er blickte hinab auf das Instrument, und ein Schatten fiel über seine Augen, dann schüttelte er nachdrücklich den Kopf.

»Zu unhandlich. Sie wäre mir nur im Weg«, sagte er. »Behalt sie.«

»Aber du liebst doch deine Geige.«

Er lächelte. »Da hast du recht. Und dich liebe ich auch. Ich will nicht, dass euch was passiert.« Er küsste sie flüchtig auf die Lippen, dann öffnete er die Tür, beugte den Rücken und humpelte hinaus.

Ich liebe dich auch, dachte Klara, und die Erkenntnis traf sie unvorbereitet. Ihr Herz krampfte sich zusammen.

Als Jal den Treppenabsatz erreicht hatte, die Stufen hinunterstieg und aus ihrem Blickfeld entschwand, stürzte sie ihm hinterher. Sie dachte nicht darüber nach, was sie tat und welche Konsequenzen es haben würde. Sie wusste nur, dass sie ihn nicht gehen lassen durfte. Sie konnte es nicht.

Im zweiten Stock hatte sie Jal eingeholt und packte ihn am Arm. Zerrte daran.

»Was machst du? Lass los«, wisperte er und warf einen besorgten Blick auf die ihnen gegenüberliegende Wohnungstür.

»Nein.« Sie schüttelte den Kopf und verstärkte ihren Griff.

»Bist du wahnsinnig geworden? Du sollst loslassen.«

»Nein!« Sie zog ihn hinter sich her.

Er fluchte unterdrückt, wagte aber aus Angst, zu viel Lärm zu machen, keine Gegenwehr.

Als die Tür hinter ihnen ins Schloss fiel, griff er nach ihrer Schulter und drehte sie grob zu sich herum.

»Was zum Teufel?« Der Ausdruck in ihren Augen ließ ihn verstummen. Sie schüttelte den Kopf.

»Du gehst da nicht raus. Ich will nicht, dass du stirbst.«

»Aber ich sterbe doch nicht.«

»Red doch nicht so einen Blödsinn!« Sie funkelte ihn an. »Natürlich stirbst du, wenn du einfach so ohne einen Plan von hier verschwindest. Die Gestapo wird dich schnappen. Oder die verdammten Bomber kommen zurück, und du kannst nirgendwohin.«

»Aber es gibt keine Alternative«, beharrte er.

»Natürlich gibt es die. Du bleibst hier. Jedenfalls so lange, bis uns eine Lösung einfällt. Keine Widerrede!«

»Keine Widerrede?« Beinahe amüsiert musterte er sie. »Ich entscheide immer noch selber, was ich tue.«

»Du hast selber gesagt, dass alle wegschauen. Dass niemand hilft. Tja, du hast unrecht gehabt. Ich helfe dir.«

»Und riskierst dabei dein Leben? Denk doch mal an deinen Sohn.«

»Es vergeht kaum eine Minute am Tag, in der ich nicht an ihn denke«, versetzte sie. Langsam wurde sie wütend. »Er wächst in einer schrecklichen Welt auf. Überall gibt es nur Tod und Hass und Bomben, und ich kann ihn nicht davor schützen. Ich kann so wenig tun, um seine Welt besser zu machen. Aber das hier *kann* ich tun. Ich kann verhindern, dass du da draußen in den sicheren Tod läufst. Wenn er mal älter ist und mich fragt ...«

»Verstehst du es denn nicht? Es ist sehr gut möglich, dass er dich dann nicht mehr fragen kann.«

Klara schluckte. Natürlich verstand sie. Und es gab einen Teil in ihr, der nichts lieber wollte, als mit alldem nichts zu tun zu haben. Der sich in der Wohnung verkriechen und einfach abwarten wollte, bis dieser schreckliche Krieg endlich vorbei war. Doch so funktionierte das nicht. Sie würde sich nie wieder selbst in die Augen sehen können.

»Keiner von uns weiß, ob er den nächsten Tag noch erlebt. Es kann auch eine Bombe direkt aufs Haus fallen.«

»Aber muss man das Schicksal noch zusätzlich herausfordern?«

»Wir dürfen uns eben nicht erwischen lassen.« Nachdenklich betrachtete sie ihn. »Du brauchst ein Versteck. Wo du hinkannst, falls irgendwer vorbeikommt.« Sie zog ihn in die Küche, deutete auf die halbhohe Tür in der Wand, die zu der etwa vier Quadratmeter großen Abseite führte. »Vorräte gibt es ja sowieso keine mehr«, sagte Klara mit Galgenhumor und präsentierte Jal den kleinen Raum. Wenig überzeugt schüttelte er den Kopf.

»Eine Tür in der Wand? So dämlich, das zu übersehen, ist nicht mal die Gestapo.«

»Von denen habe ich auch nicht gesprochen«, gab Klara zurück. »Das ist eher für den Fall, dass Frau Bergmann sich mal wieder eine Tasse Mehl ausborgen will.« Sie spähte in die Kammer hinein. »Allerdings könnten wir eine zweite Wand einziehen. Mit einem Hohlraum dahinter. Wenn wir das einigermaßen geschickt anstellen, merkt man es nicht.« Sie nickte vor sich hin. »Ja, so machen wir's. Ich gehe mal hoch auf den Trockenspeicher. Vielleicht finde ich ein paar Bretter, die wir benutzen können.«

Sie stieg die Stufen zum Dachgeschoss hinauf und ignorierte die ungute Ahnung, dass die Entscheidung, die sie soeben gefällt hatte, ihr Leben möglicherweise für immer verändern würde.

36.

Hamburg-Barmbek, 15. August 1943

Einige Tage lang ging alles gut.

Obwohl er ständig betonte, dass es sich bei seinem Aufenthalt nicht um eine Dauerlösung handeln konnte, zimmerte Jal mit viel Geschick eine zweite Rückwand für die Abseite und verschwand dahinter, wenn jemand an Klaras Tür klopfte. Was nicht allzu oft der Fall war.

Meistens war es tatsächlich Frau Bergmann mit irgendeinem Anliegen oder aber Lieselotte Vogt, die offensichtlich Anschluss suchte.

Manchmal dachte Klara, dass die Frau wirklich hartnäckig war. Wenn sie selber auch nur ein einziges Mal so brüsk abgeschmettert worden wäre, wie es Lieselotte bei Klara regelmäßig passierte, hätte sie sich nicht noch einmal um Kontakt bemüht.

Der Küchenschrank war mal wieder leer, und obwohl Klara einen anstrengenden Tag hinter sich hatte, denn die Hochbahn hatte den Betrieb inzwischen wieder aufgenommen, blieb ihr nichts anderes übrig, als zu versuchen, ein paar Lebensmittel zu ergattern. Ihre Zuversicht hielt sich allerdings sehr in Grenzen. Normalerweise herrschte in den Regalen um diese Uhrzeit bereits gähnende Leere.

Sie ging ins Wohnzimmer, wo Jal am Fenster stand und hinausstarrte. Dichte schwarze Haare bedeckten seinen Kopf, den er seit einer Woche nicht mehr geschoren hatte. Er konnte die Wohnung sowieso nicht verlassen, zu groß war die Gefahr, dass einer der Nachbarn ihn sah. Oder Frau Vogt – seine *Nichte*.

Wie ein Panther im Käfig sieht er aus, dachte Klara, als er sich zu ihr umwandte.

»Ich gehe einkaufen«, sagte sie.

»Schön«, sagte er. »Ein Schnitzel wäre wunderbar. Und zum Nachtisch Schokoladenpudding.«

»Mach keine Witze darüber. Ich bin zu hungrig.« Sie griff nach der abgewetzten Brieftasche, in der sie die Lebensmittelkarten aufbewahrte, und prüfte den Inhalt. Für die beiden kommenden Wochen waren noch genug Marken übrig. Danach konnte sie für sie beide zum Amt gehen. Es war eine Erleichterung, dass eine Vollmacht ausreichen würde und Jal nicht selbst in Erscheinung treten musste. Es genügte, wenn sie seinen Ausweis vorlegte. Beziehungsweise den von Robert Wiechert.

In diesem Moment klopfte es laut an der Tür.

»Das ist sicher wieder Frau Bergmann«, seufzte Klara. »Die gibt wohl nie auf. Bin gespannt, was sie sich dieses Mal *ausleihen* will.« Mit den Fingern malte sie Anführungszeichen in die Luft.

Jal grinste pflichtschuldig, doch wie immer, wenn jemand vor der Tür stand, war er in Alarmbereitschaft. Auch jetzt hastete er bereits in Richtung Küche.

Nachdem sie das Schaben der Holzwand über den Steinboden gehört hatte und sicher sein konnte, dass Jal in seinem Versteck saß, setzte Klara ein freundlich-distanziertes Lächeln auf und öffnete die Tür.

Es war nicht Frau Bergmann.

»Heil Hitler«, grüßte der junge Mann in Polizeiuniform. Neben ihm stand Frau Vogt. Klara spürte, wie ihr die Knie weich wurden.

»Guten Tag«, sagte sie. »Ich meine, Heil Hitler. Was kann ich für Sie tun?«

»Wissen Sie, wo sich Herr Robert Wiechert aufhält?«, fragte der Polizist. Eigentlich sah er gar nicht so unsympathisch aus. Ein wenig erinnerte er Klara an ihren Bruder. Bedauernd schüttelte sie den Kopf.

»Nein, das weiß ich leider nicht.« Sie warf Frau Vogt einen Seitenblick zu. »Das habe ich ja auch schon Frau Vogt gesagt. Er hat mich lediglich darüber informiert, dass er verreisen wollte.«

»Und er hat nicht gesagt, wohin oder wie lange?«

»Nein. Wir hatten keinen sehr engen Kontakt. Ich bin nur hin und wieder für ihn einkaufen gegangen. Ist er denn immer noch nicht wieder zurück?«, wandte sie sich an Lieselotte, nicht sicher, ob es eine gute Idee war, mehr zu sagen als unbedingt notwendig. Andererseits wollte sie auch nicht zu wortkarg erscheinen.

»Sonst wären wir wohl nicht hier«, entgegnete Frau Vogt scharf, und Klara biss sich auf die Lippen.

»Stimmt. Ja, das ist schon ein bisschen seltsam. Er war schließlich nicht mehr allzu gut zu Fuß.« Sie wandte sich wieder dem Polizisten zu, bemerkte seinen wohlwollenden Blick, der auf ihr ruhte, und entspannte sich ein wenig. Sie gefiel ihm offensichtlich, was ihr in der momentanen Situation nur nützen konnte.

»Wissen Sie, was ich wirklich seltsam finde?«, fragte Frau Vogt schrill und wedelte mit irgendetwas vor Klaras Gesicht herum. »Dass mein Onkel angeblich verreist ist, ohne seinen Ausweis mitzunehmen.«

Jetzt erkannte Klara, mit was sie da herumfuchtelte, und ihr Herz setzte einen Schlag aus. Vor einer Minute hatte sie noch daran gedacht. Meine Güte, wie hatten sie bloß so dumm sein können, den Ausweis in der Wohnung zurückzulassen? Es war schlimm genug, dass sie ohne ihn nicht an die Lebensmittelmarken für Jal herankam. Doch dass Robert Wiechert eine Reise ohne seine Papiere angetreten haben sollte, machte die Sache nun auch nach außen hin höchst verdächtig. Ihr Mund fühlte sich plötzlich staubtrocken an.

»Er hat seinen Pass nicht bei sich?«, fragte Klara langsam und wollte nach dem Ausweis greifen, doch Frau Vogt zog ihn mit einer schnellen Bewegung zurück. »Schon gut, ich wollte ihn Ihnen nicht wegnehmen. Das ist ja wirklich sehr merkwürdig.«

»Sie haben dafür also auch keine Erklärung?«, erkundigte sich der Polizist, von dem sie, wie ihr jetzt klar wurde, noch immer nicht den Namen kannte.

»Ich? Nein, natürlich nicht. Wie schon gesagt, er hat mir nur erzählt, dass er verreisen will. Da auf der Treppe war das, und ich war gerade auf dem Weg zum Trockenspeicher.« Ein paar Details konnten nicht schaden, um ihre Geschichte zu untermauern. »Es war nur ein kurzes Gespräch im Vorbeigehen.«

»Soso.« Der Polizist sah jetzt nicht mehr ganz so freundlich aus wie vorher, und Frau Vogt wirkte regelrecht feindselig. Klara wünschte insgeheim, sie wäre in den letzten Tagen weniger abweisend zur ihr gewesen.

Ich habe nichts zu verbergen, ich habe rein gar nichts zu verbergen, sagte sie sich, während sie fieberhaft nach einer Möglichkeit suchte, ihrem Gegenüber genau das zu beweisen.

»Es tut mir wirklich leid, dass ich Ihnen nicht weiterhelfen kann, aber falls Sie noch weitere Fragen haben« – sie hörte ihr eigenes Blut in den Adern rauschen, als sie einladend die Wohnungstür noch ein Stück weiter öffnete – »müssen Sie doch nicht im Flur herumstehen. Kommen Sie bitte herein. Darf ich Ihnen etwas zu trinken anbieten? Es müsste noch ein Rest Ersatzkaffee da sein.«

Das Herz klopfte ihr bis zum Hals.

Der Polizist musterte sie noch einen Augenblick lang. Dann sagte er zu ihrer großen Erleichterung: »Das ist wirklich sehr freundlich von Ihnen, aber ich denke, es gibt keine weiteren Fragen. Falls Ihnen noch irgendetwas einfällt, sagen Sie uns bitte Bescheid.«

»Selbstverständlich.«

»Mit jedem Tag, den Herr Wiechert länger von zu Hause fortbleibt, sinkt die Wahrscheinlichkeit, dass er tatsächlich nur verreist ist«, erklärte der Polizist jetzt gewichtig. »Wir fürchten, er könnte das Opfer eines Verbrechens geworden sein.«

Frau Vogt gab einen erstickten Laut von sich, und Klara musste sich nicht um einen betroffenen Gesichtsausdruck bemühen. Sie klammerte sich am Türrahmen fest und nickte bestürzt.

»Ich verstehe«, sagte sie mit belegter Stimme. »Das wäre allerdings furchtbar.«

»Vielleicht taucht er ja doch noch auf. Vielen Dank jedenfalls für Ihre Zeit. Heil Hitler!« Er riss den Arm hoch.

»Heil Hitler.« Klara schloss die Tür und lehnte sich dann mit dem Rücken dagegen. Mit einem Mal brach ihr der Schweiß aus allen Poren, und ihre Beine zitterten so heftig, dass sie buchstäblich unter ihr nachgaben. Sie sank auf den Dielenfußboden.

Warum hatte sie nie darüber nachgedacht? Es war ihr nicht einmal in den Sinn gekommen.

Wo *war* Robert Wiechert? Wie hatte Jal so einfach seinen Platz einnehmen können?

Eine ganze Weile hockte sie da, unfähig, sich zu bewegen, während die Gedanken in ihrem Kopf durcheinanderwirbelten. Dann richtete sie sich mühsam auf und ging langsam, mit schweren Schritten, in die Küche. Öffnete die kleine Tür zu dem Verschlag und kniete davor nieder. Auf den ersten Blick konnte man tatsächlich nichts erkennen. Erst, als sich nun die Rückwand bewegte, sich auf sie zuschob und Jals besorgtes Gesicht dahinter zum Vorschein kam, offenbarte die Kammer ihr Geheimnis.

»Das hat aber lange gedauert«, sagte er und krabbelte aus seinem Versteck. Befestigte die Holzplatte wieder sorgfältig an ihrem Platz und wandte sich zu ihr um. »Wer war denn das?«

»Jal«, sagte sie, und der Ton ihrer Stimme ließ ihn aufhorchen.

»Ja?«

»Wo ist Robert Wiechert?« Sie beobachtete ihn aufmerksam, bemerkte den kurzen Schreck, den ihm ihre Frage einjagte. Sie holte tief Luft. »Hast du ihn ... umgebracht?«

37.

Hamburger Hafen, 17. Mai 1940

Zehn Tage waren vergangen, seit er den Lagerplatz in Harburg verlassen hatte.

Zehn Tage, in denen er nichts von seiner Familie gehört hatte.

Während er sich in einer Nische zwischen zwei Häusern hinter einem Container ausstreckte, den Kopf auf seinen Geigenkasten gebettet, fragte er sich, wie es ihnen wohl ging. Vor allem seinem Bruder und dessen Frau, Mano und Mihaela. Hoffentlich hatte er sie durch seine Flucht nicht in zusätzliche Schwierigkeiten gebracht.

Es war stockfinstere Nacht, Jal fror und verfluchte sich innerlich dafür, bei seinem überstürzten Aufbruch keine Decke mitgenommen zu haben. Aber das Übernachten hier am Hamburger Hafen konnte sowieso keine Dauerlösung sein. Er bekam kaum ein Auge zu, lebte in der ständigen Furcht, von der Polizei aufgegriffen zu werden. Obdachlose waren nicht gerne gesehen, und sobald die Beamten seine Ausweispapiere kontrollierten, war er verloren. Jede Nacht unter freiem Himmel war ein Risiko. Aber wo sollte er hin?

Trotz Kälte und Angst musste er eingeschlafen sein, denn das Geräusch der Sirene ließ ihn hochfahren. Sein Herz pochte wie verrückt, obwohl er sich gleich darauf damit beruhigte, dass es nur ein weiterer Probealarm war, wie sie in Hamburg seit Kriegsbeginn regelmäßig durchgeführt wurden. Die Häuser rings um ihn her erwachten zum Leben, Menschen verließen ihre Wohnungen und eilten in die zu Luftschutzräumen umgebauten Keller, Luftschutzwarte schrien Kommandos und trieben zur Eile an.

Gerade als er sich zurück auf seine unbequeme Schlafstätte sinken lassen wollte – das Risiko, in einem der umliegenden Luftschutzbunker Zuflucht zu suchen, konnte er nicht eingehen –, nahm Jal eine Bewegung wahr. Er lugte aus seinem Versteck und sah einen alten Mann am Stock die Straße herunterhumpeln.

Was macht der denn hier, dachte Jal, um diese Zeit und mutterseelenallein?

Die Bewegungen des alten Mannes wirkten unsicher, mit hochgezogenen Schultern spähte er zum Himmel empor und strebte dann, so schnell seine lahmen Beine es ihm möglich machten, dem nächsten Häuserblock entgegen. Im Gegensatz zu Jal war er offensichtlich entschlossen, als treuer Reichsbürger den Anordnungen des Regimes Folge zu leisten und sich beim Klang der Sirenen unverzüglich im nächsten Bunker einzufinden.

Jal streckte sich aus und schloss die Augen. Der an- und abschwellende Signalton zerrte wie üblich an seinen Nerven, doch heute war da noch ein anderes Geräusch. Er lauschte. Das Brummen wurde lauter, schien näher zu kommen, und als er sich ungläubig aufrichtete, sah er die Flugzeuge am Himmel.

Ein schrilles Pfeifen erfüllte die Luft, und Jal drückte sich enger in seine Nische, den Geigenkasten fest an sich gepresst. Im nächsten Moment erschütterte eine Explosion in unmittelbarer Nähe die Erde. Er spürte die Druckwelle und die Hitze. Ein schmerzhaftes Fiepen gellte durch seinen Kopf, und er presste stöhnend die Hände auf die Ohren, rollte sich zusammen.

Nun werde ich also doch keine Kinder haben, dachte er nüchtern, die Flucht war völlig umsonst.

Verglichen mit dem, was noch kommen sollte, war dieses erste Bombardement der Royal Air Force auf Hamburg ein vergleichsweise kleiner Angriff, doch Jal, schutzlos unter freiem Himmel, kam es vor, als würde die Welt untergehen. Er wusste nicht, wie lange er dort gekauert hatte, bis keine Detonationen mehr zu spüren, keine Flugzeuge mehr zu hören waren. Es mochten Stunden gewesen sein oder nur wenige Minuten. Mit steifen Beinen erhob er sich und wankte auf die Straße. Noch immer hatte er dieses Pfeifen in den Ohren, gleichzeitig fühlte sich sein Kopf an, als wäre er dick in Watte verpackt, sodass die Geräusche seiner Umgebung nur eigenartig gedämpft zu ihm durchdrangen.

Sein Blick fiel auf den Häuserblock, dessen Eingang der alte Mann angesteuert hatte.

Da war kein Eingang mehr. Und auch kein Häuserblock. Nur ein riesiger Haufen Steine, der die Bewohner in ihrem Luftschutzkeller unter sich begraben hatte und aus dem jetzt hier und da Flammen hervorzüngelten und dichter Rauch aufstieg.

Aus den umliegenden Häusern eilten Menschen herbei. Instinktiv wollte Jal davonlaufen, bis ihm einfiel, dass sich in dieser Situation, nach dem ersten Luftangriff auf Hamburg, dem ersten Beweis dafür, dass der Krieg die Heimat nicht verschonte, wohl niemand um einen flüchtigen Zigeuner scheren würde.

Da sah er eine Bewegung. Genau an der Stelle, wo der alte Mann gestanden und versucht hatte, in das Haus zu gelangen. Es war ihm nicht geglückt. Vielleicht war er hingefallen. Eine seiner Hände, den Gehstock noch immer fest umklammernd, ragte aus einem Haufen Schutt und bewegte den Stock schwach hin und her.

Ohne nachzudenken, stürzte Jal darauf zu, griff nach dem ersten Stein und ließ ihn mit einem unterdrückten Aufschrei zu Boden fallen. Um seine Hände vor der glühenden Hitze zu schützen, umwickelte er sie mit seiner Jacke, bevor er den Körper des Mannes freischaufelte.

Mit merkwürdig verrenkten Gliedern lag dieser schließlich vor ihm, aus einer riesigen Platzwunde am Kopf sickerte Blut über sein Gesicht.

Sein Kopf ist kaputt, aber die Brille noch heil, stellte Jal verwundert fest, während er neben dem Alten auf die Knie sank und ihm in die angstvoll aufgerissenen Augen schaute.

Der Mann bewegte seinen Mund, wollte etwas sagen. Oder vielleicht sagte er tatsächlich etwas, Jal war sich nicht sicher. Noch immer summten seine Ohren vom Nachhall der Explosionen.

»Es ist gut, ganz ruhig«, erwiderte er und griff nach der Hand des Alten. »Hilfe ist unterwegs.« Doch ein weiterer Blick in das Gesicht des Mannes machte deutlich, dass jede Hilfe zu spät kommen würde. Die Augen hinter den dicken Brillengläsern starrten blicklos ins Leere.

»Ist er tot?«

»Was?« Verwirrt sah Jal hoch. Ein untersetzter Mann mittleren Alters blickte auf ihn hinab. »Ja. Er ist tot.«

»Eine Schande.« Der Mann schüttelte den Kopf. »Kommen

Sie, helfen Sie uns, den Eingang freizulegen. Da drin sind Leute.«

Jetzt hörte auch Jal die gedämpften Schreie. Sie schienen aus dem Inneren der Erde zu kommen.

»Ja. Einen Moment.« Er fühlte sich außerstande, jemals wieder aufzustehen. Der Anblick der zerschmetterten Leiche hatte ihn aller Energie beraubt.

»Ein Verwandter von Ihnen?« Der Blick des Mannes fiel auf Jals Hand, die noch immer die des Toten umklammert hielt. Er wollte sie gerade zurückziehen und das Missverständnis aufklären, da wandte der Mann sich schon ab. »Tut mir leid«, murmelte er im Gehen. »Eine Schande. Wäre wohl besser zu Hause geblieben heute Nacht.«

Jal nickte. »Zu Hause«, wiederholte er leise.

Das Herz wummerte ihm hart von innen gegen den Brustkorb, als er mit schnellem Griff die Manteltaschen des alten Mannes überprüfte, seine Brieftasche und ein Schlüsselbund daraus hervorzog. Verstohlen sah er sich um, doch niemand schien ihn zu beobachten.

Dennoch, hier konnte er nicht bleiben, er saß quasi auf dem Präsentierteller. Mit wackeligen Knien erhob er sich, hastete zurück zu seinem Versteck und verstaute seine Beute in der dort zurückgelassenen Tasche. Er kauerte sich nieder und zog aus seiner Jacke seinen Ausweis hervor.

Noch so eine Schikane der Regierung. Sie alle hatten bei der extra eingerichteten Zigeunerdienststelle antreten und sich registrieren lassen müssen. Auf der linken Seite des Sonderausweises, den er in den Händen hielt, prangten unter seinem Bild und dem Fingerabdruck unübersehbar die Buchstaben ZIG.

Das ist verrückt. Damit kommst du niemals durch, sagte er sich, während seine Hand über den Boden tastete und einen kleinen Stein aufnahm. Damit rubbelte er über den Ausweis, bis sein Geburtsjahr 1914 unkenntlich gemacht war. Genauso verfuhr er mit dem Foto, kratzte so lange darauf herum, bis nichts mehr darauf zu erkennen war als die Umrisse eines menschlichen Gesichts.

Kritisch betrachtete er sein Werk. Nein. So ging das nicht. Bis auf die ihm absichtlich zugefügten Schäden wirkte der Ausweis wie neu. Das würde auffallen.

Entschlossen legte Jal ihn auf den Boden und trat mit seinem Schuh darauf herum. Dann zerknüllte er das Amtspapier mit geradezu lustvoller Aggression und strich es wieder glatt. Das sah schon besser aus. Und würde die Deutschen in ihrer Meinung über die Zigeuner nur bestätigen, schließlich waren die alle schmutzig, faul und liederlich. Von schwachsinnig ganz zu schweigen.

Grimmig griff Jal nach Tasche und Geigenkasten und ging zurück zu dem Toten. Sah sich erneut um. Obwohl niemand in seine Richtung schaute, tat er so, als würde er nach einem Herzschlag suchen, während er den Zigeunerausweis in der Mantelinnentasche des Mannes verschwinden ließ. Er konnte nur hoffen, dass, wer immer die Leiche schließlich abtransportieren würde, es nicht der Mühe wert befände, die Angehörigen eines dreckigen Zigeuners ausfindig zu machen.

Es war ein gewagter Versuch, aber warum sollten die Repressalien, denen er und seinesgleichen seit Hitlers Machtübernahme ausgesetzt waren, und das Desinteresse der Bevölkerung daran nicht auch einmal zu etwas gut sein?

»Vielleicht retten Sie mir das Leben«, sagte er, während er

dem Mann vorsichtig die Brille von der Nase zog. Auch den Stock und die Armbanduhr des Fremden nahm er an sich. Dann schloss er dem Toten sanft die Augen und verweilte noch einen Augenblick kniend neben ihm, bevor er sich langsam aufrichtete. »Danke«, flüsterte er und ging mit schnellen Schritten davon.

38.

Den Weg nach Barmbek legte er zu Fuß zurück.

Als er vor der Adresse stand, die in dem Ausweis angegeben war, sah er an dem roten Backsteingebäude hoch. Der Name Wiechert stand neben der obersten Klingel, also hatte der alte Mann direkt unterm Dach gewohnt.

Mit zitternden Fingern schloss Jal die Haustür auf, betrat das stickige Treppenhaus und lauschte. Alles war still. So leise wie möglich stieg er die Stufen hinauf, bis in den vierten Stock. Erleichtert stellte er fest, dass es hier nur eine einzige Wohnungstür gab. Die zweite Tür ihr gegenüber besaß kein Schloss und führte auf den Trockenspeicher des Hauses.

Gerade wollte er die Wohnung aufschließen, als ein Gedanken ihn innehalten ließ.

Wieso war er sich eigentlich so sicher, dass der alte Mann allein lebte? Was, wenn seine Frau friedlich im Ehebett schlief? Oder, noch schlimmer, sorgenvoll im Bademantel am Küchentisch saß und auf die Rückkehr ihres Mannes wartete?

Eine Welle aus Furcht und Enttäuschung überschwemmte ihn. Was sollte er jetzt tun? Er konnte sich nicht dazu überwinden umzukehren. Nicht, nachdem er fast zwei Stunden durch die Nacht gelaufen war, in der Hoffnung auf ein Dach über dem Kopf. Auf ein Versteck.

Entschlossen umfasste er den Griff seines Geigenkastens fester und zog den Schlüssel hervor.

Er würde das Risiko eingehen.

Dass hinter der schäbig aussehenden Tür eine Großfamilie auf ihn wartete, erschien ihm unwahrscheinlich. Laut seinem Ausweis war Robert Wiechert über siebzig Jahre alt. Gewesen, korrigierte Jal sich in Gedanken und verscheuchte das Bild des Mannes mit den gebrochenen Augen aus seinem Kopf. Er war über siebzig gewesen. Wenn er Kinder gehabt hatte, waren die längst aus dem Haus. Und falls eine Frau auf ihn wartete, nun, mit der würde er schon fertigwerden.

Und wie?, fragte leise eine innere Stimme. Willst du sie vielleicht umbringen?

Das wollte er natürlich nicht. Er würde ihr vom Tod ihres Mannes berichten. Dass er bei ihm gewesen, seine Hand gehalten hatte. Und dass er ihr seine Uhr zurückbringen wollte, als Andenken.

Aber natürlich gab ihm das nicht das Recht, einfach in ihre Wohnung einzudringen. Deshalb pochte er zaghaft an die Tür. Dann noch einmal. Unwahrscheinlich, dass sie es hören würde, wenn sie tatsächlich schlief. Andererseits wollte er auch nicht das ganze Haus aufwecken. Noch einmal klopfte er, lauter diesmal.

Alles blieb still.

Er hatte keine andere Möglichkeit, als aufzusperren. Er würde ihr sagen, dass er mehrfach geklopft hatte. Wenn sie schrie, würde er sie zum Schweigen bringen. Er konnte sich zwar nicht vorstellen, eine Frau zu schlagen, doch sie war eine Deutsche. Sie sah genauso weg wie alle anderen.

Er drehte den Schlüssel im Schloss und betrat die Wohnung. Sein Blick wanderte durch die kleine Diele. Eine dunkelgraue Jacke hing am Garderobenhaken, darunter ein Paar Schuhe.

Männerschuhe. Im Schirmständer ein weiterer Gehstock, auf der Kommode an der Wand einige Briefe. Nichts, was auf die Anwesenheit einer Frau hindeutete.

Jal atmete aus – vor lauter Anspannung hatte er die Luft angehalten – und schloss die Tür hinter sich. Er ließ Tasche und Geigenkasten zu Boden gleiten und inspizierte den Rest der Wohnung.

Sie war nicht groß, zwei Zimmer, Küche und ein winziges Badezimmer. Eine Junggesellenbude. Was hatte er für ein Glück!

Beinahe hätte er bei diesem Gedanken gelacht. Auf der Flucht vor den Nazis, von seiner Familie getrennt – besonders viel Glück war ihm in letzter Zeit wirklich nicht beschert gewesen. Mit einem Mal überfiel ihn bleierne Müdigkeit. Kein Wunder, er war seit dem vorherigen Morgen auf den Beinen, und draußen dämmerte es bereits wieder.

Er wankte ins Schlafzimmer, ließ sich, wie er war, auf das Bett fallen und schlief sofort ein.

Als er am Nachmittag erwachte, nahm Jal ein heißes Bad und wusch seine verschwitzten Kleider anschließend in der Wanne. Dann durchsuchte er systematisch die ganze Wohnung.

Robert Wiechert war ein ordnungsliebender Mensch gewesen und hatte offenbar eine Vorliebe für Bücher gehabt. Jal konnte ihn förmlich vor sich sehen, wie er seine Tage lesend auf dem durchgesessenen Ledersessel am Wohnzimmerfenster verbracht hatte.

In der altmodischen Küche fand er einen halben Laib Brot, etwas trocken, aber nicht verschimmelt, dazu Margarine, Marmelade und sogar ein Stück Käse. Gierig machte er sich über die Vorräte her, zwang sich jedoch nach der zweiten Scheibe innezuhalten, obwohl sein Hunger noch lange nicht gestillt war. Auch so würden die Reserven nicht allzu lange reichen.

In der Kommodenschublade im Flur machte er einen Fund, der sein Herz schneller schlagen ließ. Ein Bündel Geldscheine lag darin, und darunter ein Heftchen mit Lebensmittelmarken für Normalverbraucher. Brot, Fett, Fleisch, Eier und Milch. Jals Magen zog sich zusammen, obwohl er gerade erst etwas gegessen hatte. Und dann wurde ihm mit einem Schlag bewusst, dass der Schatz in seinen Händen vollkommen wertlos für ihn war.

Die Wohnung, die ihm vor zwei Tagen noch wie eine rettende Insel im stürmischen Meer erschienen war, hatte sich in ein Gefängnis verwandelt. Hier saß er, im Dachgeschoss eines Wohnhauses, in dessen Treppenhaus – so schien es ihm jedenfalls, wenn er sein Ohr lauschend an die Tür drückte – den ganzen Tag rege Betriebsamkeit herrschte.

Er saß hier fest, denn viel zu groß war das Risiko, einem der Nachbarn auf dem Weg nach unten zu begegnen und sich ihren unangenehmen Fragen stellen zu müssen. Und die würden kommen, ganz sicher. Die Menschen waren misstrauisch, und sein Anblick würde sie sofort in Alarmbereitschaft versetzen.

Für einen Roma war seine Haut hell, doch das pechschwarze, gelockte Haar, die schräge Stellung der braunen Augen und die hohen Wangenknochen wiesen ihn schon auf die Entfernung als Zigeuner aus. Wenn so einer ihnen auf der Treppe entgegenkam, würde sicher eine dieser deutschen Hausfrauen sofort Zeter und Mordio schreien. Und selbst wenn nicht, so würde sie sich doch zumindest fragen, was *so einer* bei dem netten Herrn Wiechert verloren hatte.

Gestern hatte es an der Tür geklingelt, einmal, zweimal, dreimal. Reglos hatte Jal auf dem Sofa gesessen, und der Schweiß war ihm aus allen Poren gebrochen. Glücklicherweise hatte die Person schließlich aufgegeben. Aber wie lange würde das gut gehen? Er fühlte sich wie ein Tiger im Käfig; er vermisste seine Familie, doch das Schlimmste war der Hunger. Am Morgen hatte er die letzte Scheibe Brot mit einem Löffel Margarine gegessen, das war nun schon Stunden her, und sein Magen schmerzte. Wie so oft in den letzten beiden Tagen drehte Jal gedankenverloren das Heft mit den Lebensmittelkarten in den Händen hin und her. Es war zum Verrücktwerden. Er müsste noch nicht einmal Essen stehlen, wie er es seit Beginn seiner Flucht getan hatte. Er hatte Geld und Marken und würde trotzdem verhungern, wenn ihm nicht bald eine Lösung einfiel.

Weitere achtundvierzig Stunden später war er hungrig und verzweifelt genug, den Plan in die Tat umzusetzen, der ihm in den letzten Tagen im Kopf herumgespukt hatte.

Er rasierte sich die Haare ab. Zog die Klamotten aus dem Kleiderschrank an, schlabberige Hosen, Hemd und Strickjacke. Die dicke Brille, durch die er alles nur noch verschwommen wahrnahm, und den Hut.

Er verbot sich jeden Gedanken an die Möglichkeit, dass Robert Wiechert Freunde im Haus gehabt hatte, die ihn mit freudigem Hallo begrüßen, mit ihm ein Schwätzchen halten würden. Sein Deutsch war nicht schlecht, doch der Akzent würde ihn in einer längeren Unterhaltung verraten. Er konnte nur hoffen, dass der alte Mann ein einsames Dasein geführt hatte.

Jal krümmte die Schultern, beugte den Rücken und verließ, schwer auf den Gehstock gestützt, zum ersten Mal die Wohnung als Robert Wiechert.

39.

Hamburg-Barmbek, 26. August 1943

Auf dem Tisch zwischen ihnen stand ein Frühstück, das diese Bezeichnung nicht verdiente. Für jeden eine Scheibe Brot, etwas Butter und Marmelade, ein Becher Muckefuck. Klara versuchte schon jetzt mit dem Essen hauszuhalten, denn ab September würde sie keine Lebensmittelmarken für Jal mehr bekommen. Sein Ausweis und damit die einzige Möglichkeit, neue zu beschaffen, lag in der Dachgeschosswohnung. Noch immer ärgerte Klara sich über ihre eigene Dummheit. Zwar war die Polizei nicht erneut vor ihrer Tür aufgetaucht, doch Frau Vogt musterte sie jedes Mal misstrauisch, wenn sie ihr auf der Treppe begegnete.

Doch das viel akutere Problem wurde mit jedem vergehenden Tag tatsächlich die Frage ihrer Versorgung. Bald würden ihnen nur noch die Rationen von Klara zur Verfügung stehen. 2325 Gramm Brot, 218 Gramm Fett und 250 Gramm Fleisch in der Woche. Dazu verschwindend geringe Mengen an Marmelade, Eiern und Ersatzkaffee. Kaum genug für eine Person. Viel zu wenig für zwei.

Wie jedes Wochenende war Klara zu Paul ins Alte Land gefahren, sodass ein Apfel für jeden das karge Mahl ergänzte. Klara beobachtete Jal, wie er sein Brot mit der Butter bestrich und es dann in zwei Hälften teilte. Eine davon schob er zu ihr herüber. Sie schüttelte den Kopf.

»Nein, ist schon gut. Ich habe genug, wirklich.« Ihr Magen knurrte und strafte sie Lügen.

Jal grinste. »Keine Widerrede.«

Er hatte abgenommen. Als sie sich kennengelernt hatten, war er schlank und drahtig gewesen. Jetzt wirkte er hager, mit stark hervortretenden Wangenknochen und tief in den Höhlen liegenden Augen. Der Anblick des Brotes ließ ihr das Wasser im Mund zusammenlaufen, dennoch schob sie es von sich.

»Wirklich nicht. Du siehst einfach furchtbar aus.«

»Du dagegen bist wunderschön.« Er lächelte sie so strahlend an, dass sie unwillkürlich zurücklächelte.

»Danke«, sagte sie. »Auch wenn es eine unverschämte Lüge ist.« Sie wusste, dass sie ebenfalls einen erbärmlichen Anblick bot. Dünn und grau im Gesicht und erschöpft. »Nun iss schon. Heute kommt Frau Bergmann und holt den Mantel für ihre Jüngste ab. Dafür kriegen wir ein Pfund Brot.«

Weil Kleidung genau wie Lebensmittel durch die Reichskleiderkarte rationiert worden war, hatte Klara hin und wieder für Arbeitskollegen und Nachbarn Mäntel, Kleider und Hosen genäht. Speziell für die Kinder, die sich nicht um die Sparmaßnahmen der Regierung scherten und jedes Jahr aus ihrer Garderobe herauswuchsen. Klaras Fantasie bei der Beschaffung von Stoffen war grenzenlos. Kein alter Vorhang, kein Mehlsack war vor ihr sicher. Sie ribbelte selbst von Motten zerfressene Pullover auf und strickte daraus neue.

»Das ist wunderbar«, sagte Jal, »demnach kann ich mich ja dann satt essen.« Erneut wanderte der Teller mit dem Brot über die Tischplatte. Energisch schob Klara ihn von sich.

»Kommt überhaupt nicht infrage. Es gibt nur noch eine Sache, die mich in größere Schwierigkeiten bringen könnte, als einen Zigeuner bei mir in der Wohnung zu haben. Und das ist, die Leiche eines Zigeuners in meiner Wohnung zu haben. Also iss jetzt gefälligst das Brot auf.« Sie funkelte ihn an, und er musterte sie verblüfft, dann lachte er.

»Na schön, das möchte ich dir natürlich nicht zumuten. Obwohl ich mir sicher bin, dass den Nazis jeder tote Zigeuner lieber ist als ein lebendiger.«

Klara sah zu, wie er das Brot hinunterschlang, und urplötzlich überkam sie eine Welle von Übelkeit.

»Was ist los? Du bist kreidebleich.« Jal musterte sie besorgt. Statt einer Antwort sprang sie auf, presste eine Hand vor den Mund und stürzte ins Badezimmer.

Was für eine Verschwendung, dachte sie, während sie ihr dürftiges Frühstück erbrach und sich danach den Mund mit Wasser ausspülte. War das Brot etwa schon angeschimmelt gewesen? Sie würde ein ernstes Wort mit der Bäckersfrau reden müssen.

»Na, bist du jetzt froh, dass *du* das Brot gegessen hast?«, fragte sie mit Galgenhumor, als sie kurz darauf in die Küche zurückkehrte, aber Jal erwiderte ihr Lächeln nicht. Er starrte sie an.

»Das ist vollkommen unmöglich«, fertigte sie ihn brüsk ab, nachdem er seinen Verdacht geäußert hatte, und verließ die Küche. Was wusste denn schon ein Mann davon? Natürlich war sie *nicht* schwanger. Nicht mitten im Krieg, unter diesen Umständen. Schlafmangel, zu wenig Essen und zudem – ein panisches Lachen stieg in ihrer Kehle auf, während sie sich völlig unmotiviert an den Sofakissen zu schaffen machte – mit einem Ehemann ein paar tausend Kilometer entfernt an der Ostfront.

»Klara?« Jal war ihr ins Wohnzimmer gefolgt, und sie fuhr zu ihm herum.

»Lass mich in Ruhe!«

Das, sagte eine leise Stimme in ihrem Inneren, hättest du ihm vielleicht früher sagen sollen.

Es klopfte an der Tür.

»Das ist Frau Bergmann. Versteck dich«, befahl sie, und Jal verschwand in der Küche. Klara ließ das Kissen, das sie noch immer in Händen hielt, aufs Sofa fallen und atmete tief durch. Unwillkürlich legte sie sich eine Hand auf den Bauch und zuckte zusammen. Allein der Gedanke war absolut lächerlich. Und furchterregend.

Erneut klopfte es, dieses Mal energischer.

»Ja doch, ich komme schon.« Sie straffte die Schultern, griff nach dem bereitliegenden Mantel für die kleine Ida und ging zur Tür.

»Kaum zu glauben, dass das mal ein Mehlsack war«, sagte Frau Bergmann und drehte das Kleidungsstück bewundernd hin und her. »Das haben Sie wirklich wunderschön gemacht. Vielen Dank!«

»Gern geschehen.« Klara nickte und lächelte, aber in ihrem Inneren machte sich Misstrauen breit. Sicher, der Mantel war sehr hübsch geworden. Mit einem Sud aus gekochten Zwiebelschalen hatte sie dem Leinen eine warme gelbe Tönung verpasst, sodass die Herkunft des Stoffes auf den ersten Blick nicht mehr ersichtlich war. Doch Frau Bergmann neigte normalerweise nicht zu überschwänglicher Freundlichkeit. Wollte sie etwa den Preis drücken? Wahrscheinlich würde sie Klara gleich von ihren vier hungrigen Kindern berichten, die das Brot so nötig brauchten. Klara wappnete sich. Das war nicht ihr Problem. *Durfte* nicht ihr Problem sein. Sie brauchte das Brot. Für Jal und für sich.

Und für das Baby …? Sie drängte den Gedanken zurück.

»Wirklich ganz reizend. Ich werde Sie weiterempfehlen.«

»Danke schön.« Langsam wurde sie ungeduldig. »Wenn ich Sie dann bitten dürfte …?«

»Aber selbstverständlich.« Frau Bergmann lächelte sie an. »Könnte ich vielleicht kurz reinkommen?«

Natürlich. Im Treppenhaus, wo möglicherweise die anderen Nachbarn mithören würden, wollte sie nicht anfangen zu feilschen.

Beim nächsten Mal lasse ich mich im Voraus bezahlen, dachte Klara, nickte aber dennoch zustimmend.

»Natürlich.« Sie öffnete die Wohnungstür ein Stück weiter. Sofort schlug ihr Herz schneller, wie jedes Mal, wenn sie jemanden in die Wohnung bat. Aber sie konnte es sich nicht leisten, die Nachbarin zu brüskieren. Die Leute redeten.

Sie ging vorneweg ins Wohnzimmer. Die Küche war ihr zu gefährlich, außerdem würde sie sich dann möglicherweise noch genötigt fühlen, Frau Bergmann eine Tasse des kostbaren Ersatzkaffees anzubieten.

»Setzen Sie sich doch bitte«, sagte Frau Bergmann.

Klara war so überrumpelt, in ihrer eigenen Wohnung einen Platz angeboten zu bekommen, dass sie sich gehorsam auf dem Sofa niederließ. Die Nachbarin nahm ihr gegenüber auf dem Sessel Platz und zog aus ihrer Tasche das in Papier eingeschlagene Brot hervor. Behutsam legte sie es vor sich auf den Couchtisch.

»Fünfhundert Gramm. Wie abgemacht.«

»Danke«, sagte Klara perplex. Wozu hatte Frau Bergmann extra in die Wohnung gewollt, wenn nicht, um neu zu verhandeln? Klara griff nach dem Brot und konnte nicht widerstehen, kurz das Einwickelpapier auseinanderzuschlagen. Das Brot roch herrlich frisch und fühlte sich auch so an. »Vielen Dank«, wiederholte sie.

»Keine Ursache. Ich danke *Ihnen*.« Noch immer saß Frau Bergmann wie festgewachsen auf dem Sessel, die Hände über ihrer Tasche verschränkt. Sie legte den Kopf schief, sah Klara an und seufzte leise.

»Kann ich sonst noch etwas für Sie tun?« Etwas verunsichert legte Klara das Brot zurück auf den Tisch.

»Nein, es ist nur ... Ach, meine Liebe, ich dachte, vielleicht möchten Sie jemanden bei sich haben, wenn ...« Sie brach ab.

»Wenn was?«

»Die Postbotin war gerade da. Ich hoffe, Sie haben nichts dagegen ... Ich habe ihr angeboten, Ihre Post mit hinaufzunehmen, da ich ja sowieso auf dem Weg zu Ihnen war.« Umständlich begann sie wieder, in ihrer Tasche zu kramen.

Klara hob alarmiert den Kopf. »Ja?«

»Es ist diese Postkarte für Sie gekommen. Aus dem Lazarett.«

Klara sog scharf die Luft ein und starrte die andere aus weit aufgerissenen Augen an.

»O nein, nicht, was Sie denken«, sagte diese erschrocken. »Ich meine, nicht dass ich sie gelesen hätte ...« Sie wurde rot. »Also ... nicht absichtlich. Ich habe einfach versehentlich einen Blick darauf geworfen, wissen Sie. Nun ...«, endlich schien sie zu begreifen, dass es Klara in diesem Moment egal war, ob sie ihre Post gelesen hatte, »er ist nicht gefallen. Ihr Mann ist nicht tot. Aber er wurde verwundet.« Sie reichte Klara die Postkarte, und die griff danach wie in Trance.

Kriegslazarett 55 Bialystok, stand darauf.
Name: Friedrich Karl Hansen
Dienstgrad: Gefreiter
Art des Leidens: schwer verwundet, Verletzung rechter Oberarm und Ellenbogen mit Brüchen, Augenverletzung.

»Meine Liebe«, murmelte Frau Bergmann erneut und zog ein Taschentuch hervor. »Ich dachte, Sie sollten nicht alleine sein, wenn Sie es erfahren.«

Klaras Augen blieben trocken. Sie nickte wie betäubt. »Ja, das war sehr freundlich von Ihnen. Danke«, sagte sie, weil ihr nichts Besseres einfiel.

Stumm saßen die beiden Frauen einander gegenüber. Klaras Gedanken rasten. Fritz verletzt in einem Lazarett in Bialystok. Wo lag dieser gottverdammte Ort? Und warum war die Nachricht auf der Postkarte so kryptisch? Schwer verwundet, was sollte sie mit dieser Information anfangen? Sein rechter Arm war mehrfach gebrochen, darunter konnte sie sich immerhin etwas vorstellen. Aber wurde ein Knochenbruch denn in der Regel als schwere Verletzung bezeichnet? Vermutlich bezog sich diese Aussage auf die andere Verletzung. Seine Augen. Hatten sie ihm etwa in die Augen geschossen? Ihre Fantasie hatte das Bild heraufbeschworen, bevor sie es wegschieben konnte. Fritz, der blutend auf dem Boden lag, die Hände vors Gesicht geschlagen. Er schrie.

Heftig schüttelte Klara den Kopf.

Frau Bergmann musterte sie besorgt. »Alles in Ordnung?«

»Ja, schon gut.« Sie starrte auf die Postkarte. Hier war sie also, die Strafe für ihre Sünde. Während Fritz sein Leben an der Front riskierte, hatte sie ihn mit einem anderen Mann betrogen. Gott hatte sich nicht allzu viel Zeit gelassen, um ihr zu zeigen, dass ein Ehebruch nicht ungesühnt bleiben konnte. Eine Welle der Übelkeit überschwemmte sie, und zum zweiten Mal an diesem Tag presste sie sich die Hand auf den Mund.

»Kann ich etwas für Sie tun? Ein Glas Wasser vielleicht?«

Frau Bergmann hatte sich erhoben, war schon halb auf dem Weg in die Küche, als Klara sie aufhielt. »Nein, danke. Kein Wasser.« Der scharfe Ton ihrer Stimme ließ die Nachbarin mitten in der Bewegung innehalten. »Bitte«, Klara erhob sich ebenfalls und trat einen Schritt auf sie zu, »wenn es Ihnen nichts ausmacht, wäre ich jetzt gerne eine Weile für mich.«

»Selbstverständlich, meine Liebe.« Frau Bergmann nickte verständnisvoll.

Wenn sie mich noch einmal *Meine Liebe* nennt, fange ich an zu schreien, dachte Klara.

»Wenn Sie irgendetwas brauchen, wenn ich helfen kann, dann wissen Sie ja, wo Sie mich finden.«

Klara nickte und geleitete sie zur Tür.

»Wirklich, bitte haben Sie keine Scheu. Und ich bin überzeugt, dass es nicht so schlimm ist. Er wird schon wieder, Ihr Mann. Ein Armbruch ...« Sie biss sich auf die Unterlippe.

»Brüche«, korrigierte Klara mechanisch. »Aber das wird schon wieder.«

»Ganz bestimmt, meine Lie...«

Die Tür fiel krachend ins Schloss.

40.

Gemeinde Jork im Alten Land, April 2019

»Simon, was machst du noch hier?« Eher mitleidig als wütend sah Marie auf ihn hinunter.

»Willst du dich nicht zu mir setzen?« Mit einer einladenden Handbewegung deutete er auf den freien Stuhl ihm gegenüber. Auf dem Tisch vor ihm dampfte ein Cappuccino vor sich hin. Das Frühstück aus Croissants, Butter und Apfelmarmelade hatte er nicht angerührt.

»Nein.« Marie seufzte. »Ich will mich nicht zu dir setzen. Ich möchte wissen, warum du immer noch hier bist.«

»Ich warte.«

»Darauf, dass ich meine Meinung ändere?«

Er nickte.

»Das wird nicht passieren«, sagte sie. »Bitte versteh das doch endlich. Wir kommen nicht mehr zusammen. Es ist einfach zu viel passiert.«

»Aber liebst du mich denn nicht mehr?« Überrumpelt starrte sie ihn an. Mit diesem Frontalangriff hatte sie nicht gerechnet.

»Ich ...«, stammelte sie und schaute sich unwillkürlich in dem leeren Frühstücksraum um.

»Hier ist keiner. Du kannst ganz offen reden. Also? Liebst du mich?«

Marie öffnete erneut den Mund, um etwas zu erwidern.

»Ich liebe dich nämlich«, sagte Simon schnell, als ahnte er, dass ihm nicht gefallen würde, was sie ihm zu sagen hatte. »Ich liebe dich noch genauso wie vorher. Ob wir getrennt sind oder nicht.«

Ja, wollte sie am liebsten sagen, warum solltest du auch nicht? *Ich* habe dir ja auch nicht das Herz gebrochen. Aber sie wollte nicht mit ihm streiten. Sie setzte sich ihm gegenüber und griff instinktiv nach seiner Hand. In derselben Sekunde wünschte sie, es nicht getan zu haben. Sie wollte keine widersprüchlichen Signale aussenden.

»Es tut überhaupt nichts zur Sache, ob ich dich noch liebe«, erklärte sie. »Wie gesagt, es ist zu viel passiert. Ich kann nicht so tun, als wäre es nicht so.«

»Also liebst du mich noch.« Seine zweite Hand legte sich über ihre, die sie ihm gerade hatte entziehen wollen. Marie verdrehte die Augen.

»Du hörst mal wieder nur, was du hören willst.«

»Wenn du mich noch liebst, dann haben wir eine Chance. Die Liebe besiegt alles.«

»Das ist totaler Käse.« Abrupt zog sie die Hand weg. »Das behaupten vielleicht irgendwelche Drehbuchautoren. Oder die Bibel.«

»Ich behaupte das.«

»Ja, weil es dir in den Kram passt.« Sie beugte sich vor. »Fahr nach Hause, Simon. Nimm dir einen Anwalt und lass uns die Sache über die Bühne bringen. Bitte.«

Simon blinzelte und schaute sich suchend um.

»Wo ist eigentlich Jost?«

»Er duscht«, gab sie spitz zurück.

»Er scheint ein netter Kerl zu sein.«

»Ja, das ist er.« Marie verstand nicht, was Simon mit dem plötzlichen Themenwechsel bezweckte.

Er griff nach seinem Cappuccino und leerte ihn mit einem Zug. »Und, liebst du ihn?«

»Simon«, seufzte sie.

»Du brauchst gar nichts zu sagen. Du liebst ihn nicht. Das kann ein Blinder sehen. Und er dich übrigens auch nicht, was ich dir nicht sagen würde, wenn du ihn lieben würdest. Aber das ist ja nicht der Fall.«

Sie wollte antworten, doch er ließ sie nicht zu Wort kommen.

»Bestimmt mögt ihr euch. Vielleicht ist auch der Sex klasse. Nicht, dass ich mich mit diesem Gedanken näher befassen möchte. Die Vorstellung, wie meine Frau mit einem anderen schläft, ist für mich nur schwer zu ertragen.«

»Jetzt mach aber mal einen Punkt! Ich bin nicht mehr deine Frau.«

»Du *bist* meine Frau, natürlich bist du das. Daran ändert auch die Tatsache nichts, dass wir in unterschiedlichen Wohnungen wohnen.«

»Schön.« Marie verschränkte die Arme vor der Brust. »Es stört dich also, dass ich mein Ehegelübde breche. Dann kann es dir ja nur recht sein, wenn wir uns so schnell wie möglich scheiden lassen.«

»Es wäre mir recht, wenn du aufhören würdest, aus Rache an mir mit einem Typen zu schlafen, den du nicht liebst.«

»Ich schlafe nicht aus Rache ...« Sie unterbrach sich. »Du überschätzt die Rolle, die du in meinem Leben spielst, maßlos.«

»Und ich glaube, du unterschätzt sie.«

»Warum?« Sie zwang sich zu einem kleinen Lachen. »Weil der Bund der Ehe uns zusammenschweißt?«

»So ist es.« Simon stand auf, ging um den Tisch herum und ging neben Marie in die Hocke. Sein Gesicht war nah vor ihrem. »Marie«, er sah sie zärtlich an, »ist es nicht totaler Blödsinn, wenn wir mit anderen Menschen zusammen sind, obwohl wir miteinander glücklicher wären?«

»Ich wäre aber nicht glücklich mit dir.«

»Weil ich einen Fehler gemacht habe? Einen einzigen Fehler? *Das* verändert alles? Ich bin doch immer noch der Mensch, mit dem du mehr gelacht hast als mit irgendwem sonst.«

Marie spürte, wie ihre Unterlippe zu zittern begann, und biss von innen so hart darauf, dass sie Blut schmeckte.

»Außerdem hätten wir bestimmt ganz bezaubernde Kinder.«

»Ach? Auf einmal?«, rutschte es ihr heraus, obwohl sie wirklich nicht vorgehabt hatte, sich in eine Diskussion mit ihm verstricken zu lassen. Schon gar nicht zum Thema Kinder. Gemeinsame Kinder.

»Nicht *auf einmal*. Ich habe dir schon vor zwei Jahren gesagt, dass ich welche will. *In* zwei Jahren. Das ist jetzt.«

»Tja, nur dass es jetzt zu spät ist.« Ihre Stimme klang kühl, doch sie merkte, dass ihr die Tränen in die Augen stiegen. Schnell wandte sie den Blick ab, damit Simon sie nicht sah.

»Störe ich?«

Marie zuckte zusammen und blickte zu Jost hoch, der unbemerkt herangetreten war. Simon richtete sich auf und betrachtete Marie. Als sie nicht reagierte, zuckte er resigniert mit den Schultern.

»Nein«, sagte er, »du störst nicht.«

»Ist kein Problem«, sagte Jost, »ich kann auch später wiederkommen.«

Simon warf Marie einen bedeutungsschwangeren Blick zu und schüttelte den Kopf.

»Du störst gar nicht. Setz dich. Ich wollte sowieso gerade gehen.« Er streckte Jost die Hand entgegen, die dieser schüttelte. Marie beobachtete das Ganze unbehaglich.

»Nicht wegen mir, hoffe ich«, sagte Jost und ließ sich auf dem Stuhl neben Marie nieder.

»Nein. Mit dir hat es nichts zu tun.« Wieder ein Blick zu Marie. »Ich wünsche euch einen schönen Tag!«

»Wir müssen arbeiten«, betonte Marie, die ihre Fassung zurückgewonnen hatte. »Jost macht die Fotos zu meinem Artikel.«

»Über die alten Leute, die schon so lange verheiratet sind, ich weiß.« Simon nickte versonnen. »Ein ganzes Leben lang. Das war bestimmt nicht immer leicht.«

Marie grinste ironisch. »Du bist ja wirklich der Meister des Subtextes.«

»Ich mein ja nur. Also, dann tschüss. Ich muss zurück nach Hamburg. Mir einen Anwalt suchen.«

41.

Hamburg-Barmbek, 3. September 1943

Mit verschränkten Armen stand Jal im Türrahmen des Schlafzimmers und beobachtete Klara dabei, wie sie einige Kleidungsstücke in einen Koffer warf. Obwohl er kein Wort sagte, machte er sie nervös.

»Du brauchst da gar nicht so rumzustehen«, herrschte sie ihn an. Eigentlich sprach sie seit einer Woche in keinem anderen Tonfall mehr mit ihm, obwohl es ihr leidtat. Er konnte schließlich nichts dafür. Aber irgendwie eben doch. »Ich fahre zu Fritz, auch wenn du dagegen bist.« Nachdrücklich schloss sie die Schnallen des Koffers.

»Ich bin nicht dagegen. Wie könnte ich? Er ist dein Mann. Natürlich musst du jetzt bei ihm sein.«

Jetzt nimmst du es also plötzlich ernst, dass ich eine verheiratete Frau bin, hätte sie ihm am liebsten an den Kopf geschleudert, aber sie wusste, dass sie unfair war. Sie konnte ihm keinen Vorwurf machen. Alles, was zwischen ihnen geschehen war, war freiwillig passiert. Sie hatte es genauso gewollt wie er. Sie hatte zugelassen, dass sie sich in ihn verliebte. Sie war nicht stark genug gewesen. Die Bombennächte, die schreckliche Angst und der Tod ihres Bruders, all das war zu viel für sie gewesen. Sie hatte sich in den Nächten, in denen sie zusammen gewesen waren, an Jal geklammert, hatte bei ihm Halt gesucht wie eine Ertrinkende. So, wie er sich an ihr festgehalten hatte. Nur dass er eben nicht verheiratet war.

Jal trat an sie heran und streckte zögernd die Hand aus, als wollte er sie berühren, doch Klara wandte sich ab. Eine einzige Berührung konnte ausreichen, ihren mühsam aufgebauten Panzer der Selbstbeherrschung bersten zu lassen. Sie hatte nicht ein einziges Mal geweint, seit sie von Fritz' Verwundung erfahren hatte. Sie fürchtete, dass sie, wenn sie erst einmal anfing, nicht mehr würde aufhören können. Dass die Angst um ihn und ihre eigene schwere Schuld sie in einen Strudel hinabziehen und nicht mehr loslassen würden. Sie musste einen kühlen Kopf bewahren.

Es hatte sieben Tage gedauert, bis sie die Genehmigung für die Reise nach Polen erhalten hatte und ihrem Urlaubsantrag von der Hochbahn stattgegeben worden war. Diese relativ kurze Zeitspanne hatte sie lediglich der Tatsache zu verdanken, dass ihr in der zuständigen Behörde einer der wenigen Männer gegenübergesessen hatte, die nicht an der Front waren. Sie hatte sich bemüht, an seinem leeren Hemdsärmel vorbeizuschauen, und ihren ganzen Charme spielen lassen, um sich die Reiseerlaubnis zu verschaffen.

»Komm mit«, sagte sie und ging Jal voran in die Küche, wo sie den Schrank öffnete. Jede Nacht hatte sie an der Nähmaschine gesessen, um die Vorräte zusammenzuhamstern, die dort säuberlich aufgereiht standen. Die eingeweckten Äpfel, Kirschen und Birnen stammten vom Hof ihrer Eltern. »Das müsste eine Weile reichen«, sagte sie und rückte ein paar Gläser zurecht, »aber du solltest trotzdem haushalten.«

»Natürlich.« Er nickte. »Bitte hör auf, dir auch noch um

mich Sorgen zu machen. Ich komm schon zurecht.« Er verstummte und biss sich auf die Lippen.

Klara wusste, was in ihm vorging. Er kam eben nicht ohne sie zurecht. Er war ein Gefangener in dieser Wohnung, ohne Lebensmittelmarken und ohne Papiere. Wie musste er es hassen, so von ihr abhängig zu sein. Erneut ließ sie den Blick über die Vorräte schweifen. Hoffentlich war das genug.

Sie wandte sich Jal zu und streckte nun ihrerseits die Hand nach seiner aus. Er nahm sie, zog sie an die Lippen und küsste ihre Fingerspitzen. Sie ließ es zu.

»Pass auf dich auf«, sagte er leise, und sie nickte.

»Du auch.«

Klara hatte keine Ahnung, wie lange sie fortbleiben würde. Sie wusste nicht, wie es Fritz ging, und hatte in der letzten Woche kein einziges Mal weiter gedacht als bis zu diesem Tag. Dem Tag ihrer Abreise.

42.

Bialystok im besetzten Polen, 5. September 1943

Zu Tode erschöpft stieg Klara zwei Tage später in der seit 1939 von den Deutschen besetzten Stadt Bialystok aus dem Zug.

Es war eine mühsame Fahrt gewesen.

Von Hamburg ging es zunächst nach Warschau, wo sie die Nacht wegen wiederkehrender Fliegeralarme in einem Luftschutzbunker in der Nähe des Bahnhofs verbracht und kein Auge zugetan hatte.

Der Zug, den sie am nächsten Morgen in Richtung Bialystok nahm, hatte immer wieder für mehrere Stunden auf freier Strecke gehalten, einmal hatten sie alle aussteigen und sich vor Tieffliegern in einem angrenzenden Waldstück in Sicherheit bringen müssen. Hinter einem Baum kauernd hatte Klara sich gefragt, was sie tun würden, wenn die feindlichen Flugzeuge den Zug bombardierten und damit fahruntüchtig machten.

Aber das war zum Glück nicht passiert, und nun war sie endlich am Ziel.

Klara umfasste den Griff ihres Koffers fester und fragte sich zum Lazarett durch.

Ihre Fußsohlen brannten wie Feuer, als sie auf den breiten Sandweg einbog, der zu einem riesigen Schloss führte. Einen Augenblick lang blieb sie stehen und betrachtete staunend den prächtigen Bau, die steinernen Denkmale links und rechts der Auffahrt und die weitläufigen Parkanlagen.

Die trügerische Idylle wurde jäh zerstört, als sie sich dem Eingang des zum Lazarett umgebauten Gebäudes näherte und eintrat.

Das Stöhnen und Schreien der Verletzten war ohrenbetäubend, dicht an dicht lagen sie auf Feldbetten, Matratzen oder einfach auf dem Boden. Manche starrten blicklos vor sich hin, andere wälzten sich vor Schmerzen hin und her. Das Schlimmste war der süßlich-faulige Gestank nach Blut und Eiter, den auch der scharfe Arzneimittelgeruch nicht zu überdecken vermochte.

Klara zog ein Taschentuch hervor und presste es sich auf Mund und Nase. Sie musste ihren Beinen, die sich ganz automatisch zurück in Richtung Ausgang bewegten, bewusst befehlen, stehen zu bleiben.

Das also macht der Krieg aus unseren starken, deutschen Männern, dachte sie, und trotz der Hitze kroch ihr eine Gänsehaut die Wirbelsäule hoch. Einen Haufen Blut und Schmerz und Elend.

Der Mann, der zu ihren Füßen lag, umfasste plötzlich ihren Knöchel und stöhnte. »Wasser. Bitte. Wasser.«

Klara schaute auf ihn hinunter, sah die aufgesprungenen Lippen in seinem verfilzten Vollbart, die fiebrig glänzenden Augen. Er wirkte ausgemergelt und halb tot, dennoch war sein Griff erstaunlich fest. Sie beugte sich zu ihm hinunter.

»Ich rufe jemanden für Sie. Aber Sie müssen mich loslassen.«

Verständnislos starrte er sie an, sodass ihr nichts anderes übrig blieb, als seine Finger mit Gewalt einen nach dem anderen von ihrem Fußgelenk zu lösen. Dann trat sie hastig einen

Schritt zurück und sah sich suchend um. Eine junge Frau in Schwesterntracht trat aus einer der Türen, die von der Eingangshalle des Schlosses abgingen, und Klara eilte auf sie zu, darauf bedacht, nicht aus Versehen auf einen der Männer am Boden zu treten.

»Guten Tag. Hallo? Warten Sie bitte!« Es fiel ihr nicht leicht, die andere einzuholen, die schnellen Schrittes durch die Reihen der Verletzten marschierte, ohne nach links und rechts zu blicken. Klara erwischte sie gerade noch am Arm.

Die Schwester fuhr zu ihr herum. Sie war etwa so alt wie Klara, ihr Gesicht unter der weißen Haube glänzte vor Schweiß, und die blauen Augen waren dunkel unterschattet.

»Entschuldigen Sie«, Klara zog ihre Hand zurück, »es ist nur, da vorne braucht ein Mann dringend Wasser.« Sie zeigte in die Richtung, wo der Verwundete lag.

Ihr Gegenüber nickte matt. »Sie brauchen alle irgendwas«, sagte sie. »Aber ich habe nur zwei Hände. Doktor Schulze benötigt mich im OP. Sind Sie die neue Schwesternkraft? Dann melden Sie sich bei der Oberschwester, sie müsste …«

»Nein!« Klara schüttelte den Kopf. »Ich will zu meinem Mann. Er ist verwundet.«

Neben ihnen öffnete sich eine der Flügeltüren, und ein Mann im blutverschmierten Kittel trat heraus.

»Schwester Lisbeth, wo zum Teufel bleiben Sie?«, brüllte er, und Klaras Gegenüber zuckte zusammen.

»Komme schon!«, rief sie, ehe sie sich noch einmal an Klara wandte. »Gehen Sie zur Oberschwester. Und Wasser gibt es dort hinten.« Sie zeigte auf eine der Türen und eilte in den Operationssaal, aus dem jetzt Schreie wie die eines sterbenden Tieres erklangen.

Klara erschauderte und wandte sich ab. In ihrem Inneren stritten die Gefühle. Einerseits wollte sie sofort zu Fritz, andererseits hatte sie dem durstigen Soldaten ihr Versprechen gegeben.

So schnell sie konnte, holte sie Wasser aus dem Raum, den ihr Schwester Lisbeth gezeigt hatte. Unterwegs stellte sie ihren Koffer, den sie noch immer umklammert gehalten hatte, in eine Ecke und eilte zu dem Verletzten. Flößte ihm aus der zerbeulten Blechtasse, die neben dem Waschbecken gestanden hatte, Wasser ein.

Dankbar sah er zu ihr hoch und griff nach ihrer Hand. »Anni«, flüsterte er. »Meine Anni.«

»Nein, tut mir leid.« Sie schüttelte den Kopf, und in seinen Augen flackerte Panik. Er richtete sich halb auf, und sie musste sich beherrschen, nicht vor dem scharfen Schweißgeruch zurückzuweichen.

»Anni«, seine Stimme wurde drängender, »Anni!«

»Schscht, schon gut. Ich bin ja da. Ich bin hier. Anni ist hier.« Sie streckte die Hand aus und legte sie auf seine Wange, spürte seinen struppigen Bart unter den Fingerspitzen. »Schlaf jetzt, es ist alles gut. Ich bin da.«

Er sank zurück auf seine fleckige Matratze. »Anni«, murmelte er und schloss die Augen.

»Ja, ich bin da. Schlaf schön.«

»Sie sind also Anni?«, erkundigte sich eine weibliche Stimme, als Klara sich mühsam aufrichtete. Vor ihr stand eine resolut wirkende Frau um die fünfzig und musterte sie von oben bis unten. Das musste die Oberschwester sein.

»Nein.« Verlegen strich Klara sich eine Haarsträhne aus der Stirn. »Ich wollte ihn nur nicht aufregen.«

»Verstehe. Mein Name ist Schwester Irmtraud. Und wer sind Sie, wenn ich fragen darf?«

»Klara Hansen. Ich möchte zu meinem Mann.«

»Es wäre ja auch zu schön gewesen, wenn Sie eine zusätzliche Schwester wären.« Strafend blickte die Frau sie an. »Also gut. Hansen, sagten Sie?«

»Ja. Mein Mann ist Friedrich Hansen.« Klaras Magen verkrampfte sich, als sie den Schatten bemerkte, der für den Bruchteil einer Sekunde über das Gesicht ihres Gegenübers flog.

»Verstehe. Tja, es wurde Zeit, dass Sie kommen.«

Fritz lag in einem der hohen Räume im hinteren Teil des Schlosses. Hier gab es keine Matratzen auf dem Boden, sondern richtige Betten, die nebeneinander an den Wänden aufgereiht standen.

In diesem Zimmer schrie keiner der Verwundeten. Sie stöhnten nur leise und schmerzerfüllt und reagierten nicht auf das Eintreten von Klara und Schwester Irmtraud.

Die Oberschwester führte sie zu dem Bett ganz hinten, das direkt unter einem der riesigen Bogenfenster stand und in dem eine ausgezehrte Gestalt lag. Der rechte Arm war bis zur Schulter eingegipst, das Gesicht zur Hälfte unter einem dicken Augenverband verborgen. Der Mann trug einen Vollbart, das braune, lockige Haar war lang und klebte ihm verschwitzt an der Stirn. Sein Atem ging schnell und rasselnd.

Klara brauchte einen Moment, um in diesem Bild des Jammers ihren Ehemann zu erkennen, und schlug dann erschrocken die Hand vor den Mund.

»Was ist mit ihm?«

»Der Arm ist mehrfach gebrochen. Ein Granatsplitter hat den Ellenbogen zerschmettert, doch der Arzt konnte den Arm retten. Ein weiterer Splitter ist allerdings in die Schläfe eingedrungen. Wir können noch nicht sagen, inwieweit der Sehnerv in Mitleidenschaft gezogen wurde.«

Klara beugte sich über Fritz, strich ihm das nasse Haar aus der Stirn und entdeckte rote, unregelmäßige Flecken an seinem Hals.

»Aber er glüht ja vor Fieber. Und was ist das für ein Ausschlag?«

»Er hat das Fleckfieber«, erklärte Schwester Irmtraud mit so sanfter Stimme, dass Klara aufhorchte. Sie hatte keine Ahnung, um was für eine Krankheit es sich handelte, aber wenn diese barsche, überarbeitete Frau Mitleid zeigte, musste es ernst sein.

»Fleckfieber? Aber davon stand gar nichts auf der Postkarte.«

»Nein. Er ist erst vor ein paar Tagen daran erkrankt.«

Klara richtete sich auf. »Sie wollen mir sagen, dass er sich dieses Fieber *hier* geholt hat? Im Lazarett? Ich dachte, er liegt hier, um gesund zu werden. Und nicht noch kränker.«

»Bitte mäßigen Sie sich«, sagte die Oberschwester kühl, der Anflug von Mitgefühl war verschwunden. »Wir tun, was wir können.«

»Das scheint nicht viel zu sein«, gab Klara wütend zurück.

»Sie sehen doch, was hier los ist. Entschuldigen Sie mich. Ich habe noch andere Patienten.« Schwester Irmtraud machte auf dem Absatz kehrt.

»Warten Sie!« Als die Schwester keine Anstalten traf, ihrem Ruf zu folgen, schob Klara ein flehendes »Bitte« hinterher.

»Ja?«

»Wie gefährlich ist dieses Fieber? Ich meine, wird er …?« Sie ließ den Satz unvollendet in der Luft hängen. Es war zu schrecklich, zu unvorstellbar, um es auch nur auszusprechen.

»Nicht unbedingt«, kam die wenig Hoffnung machende Antwort zurück, »aber die Sterberate ist … relativ hoch.« Eilig verließ die Oberschwester das Zimmer.

Wie betäubt blinzelte Klara auf ihren Mann hinunter, der noch immer mühsam um jeden Atemzug rang. Die Todesrate war relativ hoch? Was bedeutete das? Zwanzig Prozent? Fünfzig? Neunzig?

Klara fühlte sich mit einem Mal so kraftlos, dass ihr fast die Beine weggeknickt wären. Ihr Leben mit Fritz zog an ihrem inneren Auge vorbei. Die gemeinsamen Sommer im Alten Land, ihre Spiele auf den Obstplantagen, das Schlittschuhlaufen auf der Elbe, die heimlichen Treffen im Schuppen. Der Tag ihrer Hochzeit, an dem sie sich und ihre Liebe für unverwundbar gehalten hatte. Pauls Geburt und ihr kurzes Glück als Familie. Fritz in Uniform, wie er ihr tapfer lächelnd zugewinkt hatte, während der Zug ihn laut ratternd fortbrachte. Sie hatte geweint und Paul an sich gedrückt, vor allem, weil sie Fritz vermissen würde. Und nicht, weil sie sich ernsthaft hätte vorstellen können, dass ihm etwas passieren könnte. Dass ihm das hier passieren könnte.

Vorsichtig griff sie nach Fritz' Hand, die sich rau und aufgesprungen anfühlte. Sie beugte sich zu ihm hinunter, brachte die Lippen dicht an sein Ohr.

»Fritz, ich bin hier. Ich bin bei dir. Jetzt wird alles gut, versprochen. Paul lässt dich grüßen. Er ist so ein großer Junge, du solltest ihn sehen. Du *wirst* ihn sehen«, korrigierte sie sich, »sehr bald. Darum musst du jetzt schnell gesund werden.« Sie wusste nicht, ob er sie verstand, ob er überhaupt bei Bewusstsein war. Ratlos ließ sie sich auf die Bettkante sinken. Was sollte sie jetzt tun? Sie hatte nicht die geringste Ahnung von Krankenpflege und war in ihrem Leben nur selten selber krank gewesen.

Wasser, dachte sie plötzlich, als sie einen Schweißtropfen über Fritz' Stirn rinnen und in seinem Augenverband verschwinden sah. Er braucht Wasser. Wahrscheinlich ist er genauso durstig wie der Soldat in der Halle. Aber er kann es nicht sagen, und niemand denkt daran, ihm zu trinken zu geben.

Eine unbändige und, wie sie wusste, unberechtigte Wut auf Schwester Irmtraud stieg in ihr hoch. Ja, vielleicht gaben sie ihr Bestes, aber wenn es nicht reichte, um Fritz am Leben zu erhalten, dann war das Beste eben nicht gut genug. Nur in einem stimmte Klara mit der Oberschwester überein. Es war höchste Zeit, dass sie hergekommen war.

»Ich bin gleich wieder da«, sagte sie zu Fritz, dann erhob sie sich, schob die Ärmel ihres zerknitterten und verschwitzten Kleides nach oben und ging los, um Wasser zu holen.

»Ich habe dir Wasser gebracht«, sagte sie, als sie zurückkam, und führte den randvollen Becher an seine Lippen, »es ist sehr wichtig, dass du viel trinkst, hörst du?« Sie kippte ein wenig davon in seinen halb geöffneten Mund, woraufhin er sich verschluckte und einen Hustenanfall bekam, bei dem es Klara angst und bange wurde. Voller Panik riss sie seinen Oberkörper hoch, während gurgelnde, halb erstickte Laute aus seiner Kehle drangen. Sie klopfte ihm auf den Rücken, um ihm das Abhusten der Flüssigkeit zu erleichtern, die sie ihm in ihrer Ahnungslosigkeit direkt in die Luftröhre geschüttet hatte.

Nach dem Anfall war Klara genauso schweißgebadet wie Fritz und ließ ihn behutsam in die Kissen zurücksinken. Ratlos starrte sie auf den Becher hinunter, zog schließlich ein Tuch aus ihrer Rocktasche und tauchte es in das Wasser. Benetzte Fritz' aufgesprungene Lippen und ließ vorsichtig einen Tropfen in seinen Mund laufen. Wie gebannt beobachtete sie seinen Kehlkopf und hätte vor Erleichterung beinahe laut aufgelacht, als er sich bewegte und Fritz das Wasser schluckte.

Unendlich langsam machte sie weiter, Tropfen für Tropfen. Allmählich verstand sie, warum die wenigen Schwestern und Ärzte mit der Pflege Hunderter Verletzter im Lazarett hoffnungslos überfordert waren.

»Aber jetzt bin *ich* da«, murmelte sie.

Die Dämmerung brach herein, und Klara überlegte gerade, wie sie es anstellen sollte, irgendetwas Essbares in Fritz hineinzubekommen, als jemand neben sie trat. Sie blickte auf und in das Gesicht von Schwester Lisbeth. Sie sah noch erschöpfter aus als am Mittag, aber sie lächelte freundlich.

»Sie sind also Klara. Er hat so viel von Ihnen gesprochen. Also, ich meine, bevor ...«

»Bevor er das Fleckfieber bekommen hat?«, vollendete Klara den Satz. »Das heißt, es ging ihm gut, als er hier eingetroffen ist?«

»Relativ gut, ja. Natürlich hatte er Schmerzen, aber die haben wir mit Morphium einigermaßen in den Griff gekriegt. Er hatte Angst um sein Augenlicht. Wir wissen noch nicht, inwieweit der Sehnerv verletzt wurde.«

»Ja, das habe ich gehört.« Darüber denke ich später nach, dachte Klara.

»Unter dem Fieber leidet er erst seit zwei Tagen. Viele Kranke hier im Lazarett haben es.« Lisbeth griff in die Tasche ihrer

Schürze und zog einen Umschlag heraus. »Ich glaube, er wusste sogar vor uns, was los war. Schwester Lisbeth, sagte er zu mir, ich glaube, mich hat es erwischt.«

»Er wollte immer Arzt werden«, sagte Klara. Als ihr bewusst wurde, dass sie in der Vergangenheit gesprochen hatte, korrigierte sie sich rasch. »Ich meine, er *will* Arzt werden. Wenn das alles vorbei ist ... der Krieg ... dann wird er die Schule fertig machen. Er wird Medizin studieren und Arzt werden.« Es sei denn, er stirbt, flüsterte eine unerbittliche Stimme in ihrem Inneren. Es sei denn, er stirbt oder erblindet.

»Das hat er mir auch erzählt. Jedenfalls hat er mir einen Brief an Sie diktiert, als er merkte, dass es schlimmer wird.« Sie reichte Klara das Kuvert. »Ich sollte ihn abschicken, falls er ...«

Klara riss den Brief an sich und verstaute ihn tief in ihrer Rocktasche. »Falls er stirbt.« Sie wandte den Blick ab. »Aber das wird er nicht.«

Die Nacht verbrachte Klara in einer kleinen Pension in der Nähe, die Schwester Lisbeth ihr empfohlen hatte. Eigentlich hatte sie nicht von Fritz' Seite weichen wollen, aber schließlich eingesehen, dass es in dem sowieso schon hoffnungslos überfüllten Lazarett, das zudem am frühen Abend noch weitere Zugänge von der Ostfront bekommen hatte, wirklich zu eng werden würde, wenn auch noch Besucher dort übernachten wollten. So hatte sie sich schweren Herzens über Fritz gebeugt, der noch immer nicht das Bewusstsein wiedererlangt hatte. Doch Klara bildete sich ein, dass zumindest sein blasses Gesicht ein bisschen weniger wächsern aussah.

»Wehe, du stirbst«, hatte sie ihm zugeflüstert, »ich komme morgen früh wieder. Bleib am Leben!«

Obwohl sie seit achtundvierzig Stunden nicht geschlafen hatte und ihr jeder einzelne Knochen im Leib wehtat, lag sie hellwach in dem schmalen Bett mit den muffig riechenden Bezügen. Sie verbot sich jeden Gedanken an Jal. Den Gefangenen in ihrer Wohnung, mit den täglich schwindenden Lebensmittelvorräten. Der bei Fliegeralarm keinen Schutz im Keller suchen durfte.

Sie wollte jetzt nicht an ihn denken. Schon die Sorge um Fritz war mehr, als sie ertragen konnte.

Obwohl ihr überanstrengter Körper protestierte, krabbelte sie aus dem Bett, kniete sich auf den nackten Steinboden und legte die gefalteten Hände auf die Decke. Dann senkte sie den Kopf. Es war eine Ewigkeit her, seit sie zum letzten Mal gebetet hatte, deshalb wusste sie nicht, wie sie beginnen sollte. Als Kind hatte sie von ihrer Mutter gelernt, sich vor dem Schlafengehen beim Herrgott zu bedanken für all das, was er ihr täglich schenkte. Und ihn erst danach mit ihren Wünschen zu behelligen.

Klara stiegen die Tränen in die Augen. Bedanken sollte sie sich? Wofür? Für den Krieg, der jetzt schon so lange andauerte? Der ihr den geliebten Bruder genommen und ihre Heimat zerstört hatte? Sollte sie sich dafür bedanken, dass Fritz halb tot im Lazarett lag?

Sie biss sich auf die Unterlippe. Solche Gedanken waren bestimmt nicht dazu angetan, Gott gnädig zu stimmen. Aber warum sollte er ihr überhaupt seine Gnade erweisen? Einer Ehebrecherin, die möglicherweise in diesem Moment die Frucht ihrer Untreue im Leib trug? Noch immer klammerte sie sich an die unwahrscheinliche Hoffnung, dass sie sich irrte. Dass das Ausbleiben ihrer Periode schlicht am Hunger lag. Dabei wusste sie tief in ihrem Inneren, dass die anderen Symptome schwerlich durch Hunger zu erklären waren. Die morgendliche Übelkeit, das Spannungsgefühl in den Brüsten. Doch daran konnte sie im Moment nicht denken.

»Lieber Gott«, flüsterte sie in die Stille, »bitte lass Fritz nicht wegen meiner Sünde sterben. Das hat er nicht verdient. Er ist ein guter Mensch, das weißt du. Lass ihn leben. Bitte.« Eine Weile starrte sie auf ihre gefalteten Hände, doch ihr fiel kein Argument ein, mit dem sie Gott hätte überzeugen können. »Amen«, sagte sie deshalb und kroch zurück ins Bett.

Als sie am nächsten Morgen erwachte, fiel ihr der Brief wieder ein, den Schwester Lisbeth ihr gegeben hatte. Sie beugte sich über den Bettrand und wühlte in ihren Kleidern, die sie gestern Abend achtlos hatte fallen lassen. Aus der Rocktasche zog sie schließlich den Umschlag hervor, öffnete ihn und musterte die mit zierlicher Handschrift eng beschriebenen Zeilen. Sie begann zu lesen.

Bialystok, den 1. September 1943

Liebste Klara,
wenn du das liest, bin ich nicht mehr da.

Sie hielt inne. Fritz war davon überzeugt gewesen, dass er nicht mehr leben würde, wenn sie diese Zeilen las. Für diesen Zweck hatte er sie der Schwester diktiert. Aber er war nicht tot. Rasch faltete sie den Zettel wieder zusammen. Sie würde ihn nicht lesen. Solange die Worte ungelesen waren, *musste* er am Leben bleiben. An diesem Gedanken würde sie sich festhalten. Sorgsam verstaute sie den Brief wieder in der Rocktasche.

43.

Bialystok im besetzten Polen, 8. September 1943

Zwei Tage später begann das Fieber zu sinken. Unermüdlich hatte Klara Fritz Stunde um Stunde Wasser eingeflößt, ihm mit nassen Lappen den Schweiß von der Stirn getupft und dabei beschwörend auf ihn eingeredet.

»Klara«, murmelte er am Nachmittag des dritten Tages, als sie gerade mit einem frischen Becher an sein Bett trat. Sie stieß einen leisen Schrei aus und stürzte zu ihm.

»Ja, Fritz, ich bin hier. Du bist wach!« Sie fühlte seine Stirn, die deutlich kühler waren. »Oh, es geht dir besser. Sag, dass es dir besser geht.«

Sein Mund inmitten des dichten Vollbarts verzog sich zu einem schiefen Grinsen. »Es geht mir besser«, sagte er folgsam und stöhnte gleich darauf schmerzerfüllt.

»Wo tut es weh?«

»Du sitzt auf meiner Hand. Auf meiner gesunden Hand.«

»Entschuldige.« Sie erhob sich schnell und kicherte. Es fühlte sich ungewohnt an, und sie merkte erst jetzt, dass sie schon seit langer Zeit keinen Grund mehr zum Lachen gehabt hatte. Nicht mehr seit Willis Tod.

Das Herz wurde ihr schwer. Was würde Fritz sagen, wenn er vom Tod seines Schwagers erfuhr? Sie waren gute Freunde gewesen. »Möchtest du was essen?«, fragte sie, doch Fritz war schon wieder eingeschlafen.

»Gehen Sie an die frische Luft«, sagte Schwester Irmtraud, nachdem sie Fritz' Stirn gefühlt und ihr bestätigt hatte, dass er sich auf dem Weg der Besserung befand. Klara schüttelte den Kopf.

»Ich bleibe lieber hier.«

»Das ist kein Vorschlag, meine Liebe, sondern eine Anweisung. Sie wirken, als würden Sie selber jeden Moment zusammenklappen, und das Letzte, was ich jetzt gebrauchen kann, ist ein weiterer Patient. Also los jetzt, raus mit Ihnen. Trinken Sie was, und machen Sie einen Spaziergang. Das wird Ihnen guttun. Ich will Sie erst sehen, wenn Sie wieder ein bisschen Farbe im Gesicht haben.«

»Na schön.« Klara erhob sich widerstrebend. »Ich bin gleich zurück.«

»Unterstehen Sie sich.«

»Schon gut.« Sie gab Fritz einen Kuss auf die Stirn und verließ zögernd das Krankenzimmer.

»Ach, Kindchen?«, rief ihr die Oberschwester hinterher, und sie wandte sich um.

»Ja?«

Das strenge Gesicht verzog sich zu der Andeutung eines Lächelns. »Das haben Sie gut gemacht.«

Tatsächlich fühlte sich Klara schlagartig besser, als sich das riesige Eingangsportal des Lazaretts hinter ihr schloss. Gierig sog sie die frische Luft in ihre Lungen, hielt das Gesicht in die warme Nachmittagssonne und streckte ihre verspannten Muskeln.

Nur ein kurzer Spaziergang, sagte sie sich. Ich bin gleich wieder da.

Sie lief die Auffahrt entlang, bog dann ab und spazierte ohne bestimmtes Ziel durch den Ort. Mit jedem Atemzug, mit jedem Schritt fühlte sie sich besser. Fritz würde leben. Egal, wie *relativ hoch* die Todesrate beim Fleckfieber auch sein mochte, sie hatten gewonnen. Fritz würde wieder gesund werden und mit ihr nach Hause kommen. Sie fühlte sich zu beschwingt, um darüber nachzudenken, was dann geschehen würde.

Sie gelangte erneut an eine Weggabelung und überlegte, ob sie noch ein Weilchen weiterwandern oder zurückgehen sollte, als sie eine Gruppe Menschen bemerkte, die sich aus einiger Entfernung auf sie zubewegte. Mit der Hand schirmte sie die Augen gegen das Sonnenlicht ab und blickte ihnen entgegen. Es mussten Hunderte sein. Was war das? Eine Art Umzug? Mitten im Krieg und hier im besetzten Polen?

Wie wahrhaft absurd dieser Gedanke war, erkannte sie beim Näherkommen der Kolonne. Es musste sich um einen Gefangenentransport handeln, denn die Menge wurde von Dutzenden bewaffneter Mitglieder der Wehrmacht flankiert, die in ihren schwarzen Uniformen und schweren Stiefeln einen erschreckenden Kontrast zu den Menschen bildeten, die sie die staubige Straße entlangtrieben. Männer, Frauen und Kinder in verdreckten Lumpen, viele von ihnen waren barfuß, und alle wirkten vollkommen entkräftet, während sie gesenkten Blickes an Klara vorbeischlurften. Doch so zerrissen und unzureichend ihre Bekleidung auch war, bei keinem fehlte der gelbe Judenstern.

Die Bewacher brüllten hin und wieder etwas auf Polnisch, wohl, um die Gefangenen zur Eile anzutreiben.

Klaras Hals wurde eng.

In diesem Moment geriet, nur wenige Meter von ihr entfernt, eine ältere Frau ins Straucheln und fiel der Länge nach in den Staub. Klara und der Soldat, der ihr am nächsten war, erreichten sie zeitgleich, doch als Klara niederknien wollte, um der Frau zu helfen, vertrat der Mann ihr den Weg. Ein Schwall polnischer Worte regnete auf Klara herab. Sie richtete sich auf. Ihr Blick fiel auf das schwarze SS-Abzeichen an seiner Armbinde.

»Ich verstehe Sie nicht«, sagte sie und bemühte sich, unerschrocken zu wirken, trotz seines drohenden Gesichtsausdrucks und der Waffe an seinem Gürtel.

Seine Miene veränderte sich, und er musterte Klara irritiert. Die Frau zu ihren Füßen stöhnte leise.

»Sie sind Deutsche?«, fragte der Mann überflüssigerweise, und Klara nickte.

»Allerdings.«

»Und was machen Sie hier?«

Sie musste sich auf die Lippen beißen, um ihn nicht anzufahren, dass ihn das einen Dreck anging. »Ich besuche meinen Mann«, antwortete sie stattdessen. »Er wurde an der Ostfront verwundet und liegt im Lazarett.«

»Dann gehen Sie dorthin zurück, und kümmern Sie sich um Ihre eigenen Angelegenheiten.«

»Das wollte ich gerade«, antwortete Klara gereizt. »Vielleicht darf ich noch kurz der Frau aufhelfen?«

»Das mache ich schon.« Er packte die am Boden Liegende grob am Arm und riss sie hoch. »Wstawaj kurwa! Wstawaj!«

Die Frau stöhnte vor Schmerz, warf Klara einen flehenden Blick zu und machte ein paar zögernde Schritte, bevor ihr erneut die Beine wegknickten. Gerade noch rechtzeitig gelang es Klara, sie aufzufangen.

Sie konnte jeden Knochen, jede Rippe im Körper der Frau spüren – sie wog nicht mehr als ein zehnjähriges Kind.

Der SS-Soldat trat zu ihnen.

Einer seiner Kollegen, die weiter den Zug vorantrieben, rief herüber: »Alles im Griff, Hermann?«

»Ja doch«, gab er wütend zurück und wandte sich mit zu schmalen Schlitzen verengten Augen an Klara. »Lass sie sofort los«, befahl er.

Klara spürte, dass die Frau ohne ihre stützenden Arme sofort wieder in den Staub sinken würde. »Wer sind diese Leute?«, fragte sie, anstatt seinem Befehl zu folgen.

»Ich habe gesagt, loslassen!« Er zog seine Pistole aus dem Halfter.

Ungläubig starrte Klara ihn an. Er würde doch nicht mitten auf der Straße eine deutsche Frau erschießen? Dennoch lockerte sie ihren Griff, und die Frau sackte zu Boden.

»Na also!« Er packte die Waffe wieder ein. »Und jetzt verschwinde, sonst werde ich verdammt ungemütlich. Kapiert?«

Klara verharrte reglos. »Entschuldigen Sie, ich wollte Sie bestimmt nicht bei Ihrer Arbeit behindern«, wechselte sie die Taktik.

»Schon gut. Gehen Sie jetzt!«

»Können Sie mir nicht bitte trotzdem sagen, wer diese Leute sind? Sind sie gefährlich?« Sie wies auf den Menschentrupp, der mittlerweile vollständig an ihnen vorbeigezogen war, und zog ein ängstliches Gesicht. Sah den SS-Mann von unten herauf an und biss sich dabei auf die Unterlippe.

Komm schon, du Mistkerl, dachte sie, rede!

»Sie haben nichts zu befürchten«, sagte er knapp. »Das sind Feinde des deutschen Volkes. Aufständische Juden. Wir bringen sie in ein Lager.«

Bei dem Wort zuckte Klara zusammen, und Jals Stimme hallte in ihrem Kopf wieder. *Sie haben Lager errichtet. Wer dort landet, kommt nicht mehr zurück.*

Sie starrte den angeblichen Volksfeinden hinterher. Keiner von ihnen wirkte, als könnte er auch nur einer Fliege etwas zuleide tun. Klara sah hinunter auf die Frau, die flach atmete und das Bewusstsein verloren zu haben schien.

Der SS-Soldat folgte ihrem Blick. »Ich kümmere mich darum.« Sein Tonfall duldete keine Widerrede. »Sie gehen zu Ihrem Mann ins Lazarett.«

Alles in Klara sträubte sich dagegen, die Jüdin am Boden im Stich zu lassen, doch der Mann fingerte schon wieder an seiner Waffe herum. Ihr blieb nichts anderes übrig, als zu nicken.

»Das mache ich. Vielleicht könnten Sie der Frau etwas zu trinken geben? Dann kommt sie sicher schnell wieder auf die Beine.«

»Sicher. Gehen Sie!«

Klara wandte sich um und schritt langsam den Weg zurück, den sie gekommen war. Ihre Füße fühlten sich bleischwer an, und ihre Schultermuskeln verkrampften, als sie den Blick des Mannes in ihrem Rücken spürte. Sie wagte nicht, sich noch einmal umzudrehen. Alle ihre Sinne waren geschärft. Wie ein Tier auf der Flucht, das jede Sekunde mit einem Angriff aus dem Hinterhalt rechnet, lief sie die Straße herunter. An der Weggabelung bog sie nach rechts ab, während der Gefangenenzug in der entgegengesetzten Richtung ihren Blicken entschwand.

Als der Schuss fiel, wenige Hundert Meter hinter ihr an der Stelle, wo sie eben noch mit dem Soldaten gestanden hatte, erkannte sie voller Entsetzen, dass sie genau darauf gewartet hatte. Dass sie gewusst hatte, was kommen würde. Ihr Magen reagierte so schnell und so heftig, dass sie es nicht einmal mehr bis zum Rinnstein schaffte. Sie erbrach sich, wo sie stand. Dann rannte sie los.

44.

Gemeinde Jork im Alten Land, April 2019

»War etwas nicht in Ordnung?« Vorwurfsvoll musterte Frau Martins Maries Teller mit der mittlerweile erkalteten Gemüselasagne. Sie hatte ihn nicht angerührt.

Entschuldigend blickte sie ihre Wirtin an. »Nein, alles bestens. Ich hatte nur keinen Appetit.«

»Wenn Sie beim Essen nicht arbeiten würden, ginge es vielleicht besser«, beschied sie ihr Gegenüber und deutete auf den geöffneten Laptop, der vor Marie auf dem Tisch stand. »Und in Gesellschaft isst es sich auch viel schöner. Wo sind sie denn hin, die beiden Herren?«

»Abgereist«, sagte Marie knapp. Sie hatte nicht die geringste Lust, über Jost oder Simon zu sprechen. Angesichts dessen, was Klara Hansen ihr heute erzählt hatte, kamen ihre persönlichen Probleme ihr geradezu lächerlich vor. Sie zwang sich, die Recherche über die Ereignisse im besetzten Polen 1943 fortzusetzen.

Nach Widerständen im jüdischen Getto von Bialystok hatte die SS kurz vor Klaras Ankunft in Polen beinahe sämtliche Bewohner entweder an Ort und Stelle liquidiert oder aber in Vernichtungslager deportiert. Für wenige Wochen blieb das sogenannte »Kleine Getto« mit den etwa 2000 noch verbliebenen Juden bestehen, die dann jedoch, an jenem 8. September, ebenfalls ins KZ abtransportiert wurden. Sie alle wurden dort umgebracht.

Marie schloss die Augen. All die Menschen, die Klara Hansen an jenem Tag auf der staubigen Straße von Bialystok an sich hatte vorbeiziehen sehen, waren ermordet worden. Erschossen in einem koordinierten Massenmord, dem die Nationalsozialisten den zynischen Tarnnamen »Aktion Erntefest« gegeben hatten. Die jüdische Frau, der Klara hatte helfen wollen, wäre demnach gar nicht zu retten gewesen.

Marie schloss langsam ihren Laptop. Ihr war speiübel. Natürlich wusste sie über das Dritte Reich Bescheid. Sie hatte schließlich Geschichte studiert, kannte die erschreckenden Zahlen und Fakten. Gerade deshalb hätte sie nie gedacht, dass das Interview mit einer Augenzeugin sie derart mitnehmen würde. Aber das tat es. Obwohl Klara Hansen während des Erzählens gefasst gewirkt hatte, beinahe nüchtern, hatte Marie gespürt, dass dies nur eine Schutzmaßnahme der alten Frau gewesen war, damit das Grauen sie nicht erneut überwältigte.

Wie wurde man solche Bilder wieder los? Vermutlich gar nicht. Vermutlich würde das Gesicht der toten Jüdin Klara Hansen begleiten bis an ihr Lebensende.

45.

Bialystok im besetzten Polen, 14. September 1943

Nachdem das Fieber überwunden war, erholte Fritz sich rasch. Eine knappe Woche später war er so weit transportfähig, dass ein Lazarettzug ihn gemeinsam mit anderen Verwundeten nach Deutschland zurückbringen konnte.

Klara fuhr als Begleitschwester mit. Um dafür die Genehmigung zu erhalten, hatte sie erbitterte Kämpfe mit Schwester Irmtraud ausgetragen, die behauptet hatte, Klara sei für diese Arbeit vollkommen ungeeignet.

»Unter meiner Pflege hat Fritz das Fleckfieber überwunden. Das er übrigens unter Ihrer Pflege erst bekommen hat«, erklärte Klara aufgebracht.

»Darum geht es nicht. In dem Zug fahren Hunderte von Soldaten mit. Es geht nicht an, dass sie die Privatkrankenschwester für Ihren Mann spielen. Die anderen Verwundeten brauchen Ihre Hilfe genauso. Und ich habe nicht beobachtet, dass Sie irgendein anderer Soldat jemals besonders interessiert hätte.«

Da hatte sie recht. So leicht es Klara fiel, Fritz zu pflegen, so schwer fiel es ihr, den anderen Kranken gegenüber auch nur ihren Ekel zu verbergen. Vor dem Gestank, den Körperflüssigkeiten, dem Eiter und Dreck.

Zuletzt hatte die Oberschwester dennoch nachgegeben, und Klara hatte den Lazarettzug begleitet. Drei Dinge wusste sie zu diesem Zeitpunkt sicher:

Fritz würde wieder gesund werden und sein Augenlicht behalten.

Jal musste so schnell wie möglich aus Deutschland fliehen.

Und sie war schwanger.

Zusammengekauert hockte Klara neben der Pritsche, auf der Fritz lag, und umklammerte seine Hand, während der Zug ruckelnd und schaukelnd durch die polnische Landschaft fuhr. Gerade einen halben Tag waren sie unterwegs, und ihr tat schon jeder Knochen weh. Die Männer ringsum stöhnten hin und wieder leise, aber über Fritz' Lippen kam kein Laut. Er musste doch Schmerzen haben. Seine Knochenbrüche waren noch nicht verheilt.

»Wie geht es dir? Brauchst du etwas?«, fragte sie alle paar Minuten, doch er schüttelte den Kopf.

»Erzähl mir von Paul«, forderte er sie schließlich mit schwacher Stimme auf.

»Du kannst dir nicht vorstellen, was für ein lieber, kleiner Kerl er ist. Er sieht genauso aus wie du und plappert in einem fort«, begann Klara. Im Lazarett hatte sie ihm natürlich schon häufig von ihrem Sohn berichtet. Meistens war Fritz nach den ersten paar Sätzen erschöpft eingeschlafen – aber dieses Mal war es anders. Er hing wie gebannt an ihren Lippen. »Ich habe ihn jedes Wochenende im Alten Land besucht. Und er ist so stolz, wenn er meinem Vater bei der Arbeit helfen darf.«

Fritz lächelte. »Und meine Eltern? Deine Eltern? Sind alle gesund?«

Klara nickte. Erst als er ihr fragend das Gesicht zuwandte, begriff sie, dass er sie wegen der Augenbinde gar nicht sehen konnte. »Ja, sie sind gesund.« Ihr Mund fühlte sich mit einem Mal an, als wäre er mit Watte gefüllt.

»Und Willi? Hast du von ihm gehört?« Da war sie. Die Frage, vor der sie sich am meisten gefürchtet hatte. Die unweigerlich irgendwann hatte kommen müssen. »Ist er immer noch in Frankreich?«

Sie schüttelte den Kopf.

»Klara?«

Sie öffnete den Mund, wollte ihm antworten. Ihm schonend beibringen, dass sein bester Freund aus Kindertagen schon lange nicht mehr in Frankreich stationiert gewesen war. Dass er im Osten gekämpft hatte, vielleicht nicht einmal allzu weit von Fritz entfernt. Und dass er gefallen war. Gefallen.

Doch sie brachte nur einen Laut hervor, der an ein gequältes Tier erinnerte. Und dann spürte sie seine tastende Hand an ihrer Schulter. Mit dem gesunden Arm zog er sie zu sich heran.

»Es tut mir so leid«, flüsterte er ihr ins Ohr. Klara vergrub das Gesicht an seinem Hals und weinte. Sie weinte um ihren Bruder und um die Jüdin, der sie nicht hatte helfen können. Sie weinte, weil Fritz verletzt worden war. Weil er Männer hatte erschießen müssen, um nicht selbst erschossen zu werden. Weil er nun hier lag, mit zerschlagenen Knochen und einer Augenbinde, und trotzdem noch die Kraft fand, sie zu halten. Sie zu trösten, obwohl sie seinen Trost nicht verdient hatte. Obwohl sie ihn vergessen hatte und ein Kind von einem anderen Mann erwartete. Und um diesen anderen Mann, um Jal, weinte sie auch.

Fast zwei Wochen lang war es ihr gelungen, Jal aus ihrem

Kopf zu verbannen. Ihn einfach wegzuschieben. Aber mit jeder ratternden Drehung der Räder, mit jeder Sekunde steuerte sie nun auf die unvermeidliche Konfrontation zu.

In ihrer Wohnung saß ein Zigeuner, und dass sie ein Kind von ihm erwartete, war nicht einmal das größte Problem. Die Gefahr, in der er, in der sie beide sich befanden, seit sie Jal bei sich aufgenommen hatte, war für sie nun nicht mehr abstrakt, sondern sehr real. Seit sie dem Gefangenenzug begegnet war. Seit der SS-Mann sie mit seiner Waffe bedroht hatte, nur weil sie einer Jüdin auf die Beine hatte helfen wollen. Seit er die Frau kaltblütig erschossen und nicht einmal damit gewartet hatte, bis Klara außer Hörweite war.

Jal hatte recht gehabt. Die Nazis führten einen Vernichtungsfeldzug gegen die sogenannten Staatsfeinde und kannten dabei keine Gnade. Sie würden Jal ohne zu zögern umbringen, wenn sie ihn entdeckten.

In Deutschland angekommen, wurden die meisten Verwundeten in ein Lazarett in Frankfurt eingeliefert, doch nach einer eher flüchtigen Untersuchung durch den mitgereisten Arzt hatte dieser Fritz für gesund erklärt und ihn nach Hause entlassen.

»Gesund? Machen Sie Witze?«, rutschte es Klara heraus.

Doktor Wille, der sich bereits dem nächsten Patienten zugewandt hatte, drehte sich zu ihr um und hob müde die Augenbrauen. »Verzeihung. Mir war nicht bewusst, dass Sie Medizin studiert haben.«

»Das habe ich auch nicht. Aber sehen Sie ihn sich doch an.«

»Er hat zwei Arme, zwei Beine und einen Kopf, und das ist mehr, als ich von den meisten Männern in diesem Zug behaupten kann«, versetzte der Arzt. »Der Augenverband kann in einer Woche entfernt werden.«

»Aber er ist noch viel zu schwach.«

»Lass nur, Klara, es geht mir schon ganz gut«, murmelte Fritz und stand mühsam von seiner Pritsche auf. Dabei zitterten seine Beine so stark, dass Klara ihn vor ihrem inneren Auge schon zu Boden gehen sah. Schnell packte sie seinen Arm und legte ihn sich um die Schulter, um ihn zu stützen. Vorwurfsvoll sah sie zu Doktor Wille hoch.

»Wie soll ich ihn in diesem Zustand mit dem Zug nach Hause schaffen?«

»Sie verwechseln mich, junge Frau. Ich arbeite nicht bei der Bahn. Ich bin Arzt. Und wenn ich mich recht entsinne, haben Sie doch vor unserer Abfahrt aus Bialystok beteuert, was für eine wunderbare und qualifizierte Krankenschwester Sie sind. Bitte sehr! Hier ist Ihr Patient. Was er braucht, sind Ruhe und nahrhaftes Essen. Das werden doch wohl sogar Sie zustande bringen.«

»Ruhe? In einem überfüllten Personenzug nach Hamburg?«, fragte Klara ungläubig. »Und was das Essen betrifft, so scheinen Sie schon ziemlich lange nicht mehr in Deutschland gewesen zu sein. Wenn Sie nämlich in letzter Zeit mal fünf Stunden um Lebensmittel angestanden hätten, um dann doch mit leeren Händen nach Hause zu gehen, dann würden Sie vermutlich anders reden.«

»Sie haben mein ganzes Mitgefühl«, gab der Arzt zurück. »Dass der Krieg mittlerweile die Heimatfront erreicht hat, bereitet mir schlaflose Nächte.« Seine Stimme triefte vor Sarkasmus. »Die Soldaten im Osten speisen natürlich jeden Abend wie die Fürsten.«

Klara öffnete den Mund für eine Erwiderung, doch er schnitt ihr das Wort ab. Seine vor Erschöpfung geröteten Augen blitzten vor Zorn. »Ich hatte angenommen, dass die Tage im Lazarett Ihnen eine Vorstellung davon gegeben haben, was Krieg wirklich bedeutet, aber da habe ich mich wohl getäuscht. Sie haben nicht die geringste Ahnung. Wahrscheinlich wollen Sie es einfach nicht wissen. *Niemand* will wissen, was die Männer auf dem Feld erleben. Dass sie Menschen töten und Ratten fressen. Dass ihnen die Zehen von den Füßen faulen.«

»Das reicht jetzt. Hören Sie auf«, sagte Fritz.

Der Arzt beachtete ihn gar nicht. »Und wir sollen sie gefälligst erst dann zurückschicken, wenn sie zumindest einigermaßen zusammengeflickt sind. Sie sollten sich an den Gedanken gewöhnen, junge Frau, dass der Endsieg seinen Preis hat.«

»Und Sie glauben, das wüsste ich nicht?«, fragte Klara, und ihre Stimme zitterte vor Wut. »Sie haben doch keine Ahnung, was mich der Krieg gekostet hat. Und dabei habe ich um den verdammten Endsieg ganz bestimmt nicht gebeten.«

Der Ausdruck im Gesicht ihres Gegenübers veränderte sich, eine Sekunde lang betrachtete er Klara schweigend.

»Nicht sehr patriotisch, was Sie da von sich geben. Was der Führer wohl dazu sagen würde?«

»Sie hat das nicht so gemeint. Komm, wir gehen«, drängte Fritz und tastete nach ihrer Hand. Sie entzog sich ihm.

»Ich habe es genau so gemeint, wie ich es sage.«

»Halt jetzt *sofort* den Mund«, zischte Fritz, und angesichts seines Tonfalls erstarrte sie. Plötzlich unsicher geworden, blickte sie zu dem Doktor auf, der sie noch immer undurchdringlich musterte. Der Schweiß brach ihr aus allen Poren. Dennoch brachte sie es nicht über sich, ihre Aussage zu widerrufen, ihn mit irgendeiner Floskel über Führer und Vaterland zu besänftigen. Trotzig biss sie sich auf die Lippen. Und dann sah sie, dass er nickte. Fast unmerklich.

»Nun verschwinden Sie endlich. Ich habe noch andere Patienten«, brummte er.

Erleichterung durchströmte Klara, und sie legte den Arm um Fritz' Taille. »Natürlich. Wir wollen Sie nicht aufhalten.«

»Seien Sie vorsichtig«, sagte der Arzt. Sie nickte dankbar.

»Das hätte auch schiefgehen können«, sagte Fritz vorwurfsvoll, während sie sich auf den mühsamen Weg in Richtung Bahnhof machten. »Du kannst so was nicht einfach dahinsagen, Klara, ohne zu wissen, wer dein Gegenüber ist. Wenn Wille ein Nazi wäre …«

»Kein Mensch, der noch einigermaßen bei Verstand ist und auch nur einen Fuß in ein Lazarett gesetzt hat, kann danach noch Nazi sein. Niemand kann uns hören«, fügte sie hinzu, weil Fritz bei ihren Worten noch eine Spur blasser geworden war.

»Wir sollten trotzdem nicht mitten auf der Straße darüber reden«, beharrte er. »Lass uns sprechen, wenn wir alleine sind. Zu Hause.«

Klara schluckte schwer. Das war ja das Problem. Dass sie dort nicht allein sein würden.

Im Zug nach Hamburg erzählte sie ihm von Jal.

Nicht von ihrer Beziehung, nicht von dem Kind, das sie erwartete. Natürlich würde sie ihm irgendwann die Wahrheit sagen müssen, aber nicht jetzt. Nicht hier. Er musste sich erst erholen.

Als Klara flüsternd ihren Bericht beendet hatte, war der letzte Rest Farbe aus Fritz' Wangen gewichen.

»Wenn sie ihn erwischt hätten, in unserer Wohnung«, sagte er kaum hörbar. »Wo ist er jetzt?«

»Noch immer dort«, antwortete sie. »Ich habe ihm Lebensmittel dagelassen, aber die sind vermutlich mittlerweile aufgebraucht.«

»Oh mein Gott«, murmelte Fritz, »oh mein Gott. Klara, du bist ja wahnsinnig.«

»Was hättest du denn an meiner Stelle getan?«, fragte sie mit mühsam unterdrücktem Zorn. Sie wollte nicht mit ihm streiten, er war verletzt und hatte Schlimmes durchgemacht. Aber verdammt, für sie war es auch nicht leicht gewesen.

»Pssst«, zischte er und machte sie damit noch wütender.

»Hör endlich auf, mir ständig den Mund zu verbieten«, sagte sie in normaler Lautstärke.

Fritz wandte besorgt den Kopf hin und her, als würde er sich nach gefährlichen Zuhörern umsehen.

»Du hättest ihn vielleicht draußen stehen lassen, aber so bin ich nicht«, sagte Klara gedämpft. »Ich konnte das nicht tun.«

Fritz streckte seine gesunde Hand aus und tastete nach ihrem Arm. Dann riss er sie so plötzlich und so fest an sich, dass ihr einen Moment die Luft wegblieb.

»He, was soll denn das?«

Er schlang ihr den Arm um den Hals und presste seinen Mund gegen ihr Ohr. »Du hältst mich für einen Feigling, weil ich dich nicht öffentlich über die Nazis herziehen lasse. Und weil ich entsetzt darüber bin, dass du einen Flüchtling in unserer Wohnung beherbergst.«

»Ich ...« Sie stemmte die Hände gegen seine Brust, wollte sich aufrichten, doch er hielt sie fest.

»Lass mich ausreden. Vielleicht hast du recht. Vielleicht bin ich ein Feigling. Aber immerhin lebe ich noch. Du hast keine Ahnung, wozu sie in der Lage sind. Wenn ich an der Front solche Reden geschwungen hätte wie du, dann wäre ich jetzt *tot*. Verstehst du das? Paul hätte keinen Vater mehr und du keinen Mann. Sie erschießen jeden, der nicht mit ihnen einer Meinung ist. Du kannst dir nicht vorstellen, zu welchen Grausamkeiten sie fähig sind.«

Klara schluchzte plötzlich auf, und Fritz lockerte seinen Griff.

»Schon gut«, murmelte er, »du kannst es ja nicht wissen.«

Klara liefen die Tränen über die Wangen, als sie sich zu ihm beugte und nun ihrerseits in Fritz' Ohr sprach. »Ich weiß es«, sagte sie, »ich hab es gesehen, in Bialystok. Sie haben eine Frau erschossen, eine Jüdin. Praktisch vor meinen Augen. Ich weiß, wozu sie fähig sind. Und wie kannst du allen Ernstes sagen, dass ich ihm nicht hätte helfen sollen? Gerade deshalb gab es keine andere Wahl.« Sie lehnte sich wieder in ihrem Sitz zurück. »Ich hatte keine Wahl«, wiederholte sie.

Schweigend saßen sie nebeneinander. Die Minuten vergingen, der Zug ratterte über die Schienen, und immer wieder schaute Klara zu Fritz hinüber. Wegen der Augenbinde hatte sie nicht die geringste Ahnung, was in ihm vorging. Sie hatte nicht mit seinem Widerspruch gerechnet. Und sie hatte keine Ahnung, was sie tun sollte, wenn er ihn aufrechterhielt. Wenn er darauf bestand, dass Jal die Wohnung verlassen musste. Sofort. Wieder sah sie ihn an. Er saß so reglos da, atmete so gleichmäßig. War er etwa eingeschlafen? Klara lehnte sich zu ihm hinüber.

»Ich fürchte, du hast recht«, sagte Fritz leise, »wir haben keine andere Wahl.«

46.

Hamburg-Barmbek, 15. September 1943

Als sie an diesem Abend vor ihrem Haus ankamen, waren sie beide zu Tode erschöpft. Fritz konnte sich kaum noch auf den Beinen halten und stützte sich schwer auf Klara, die seit Stunden von schwerer Übelkeit geplagt wurde und versuchte, sich das nicht anmerken zu lassen. Sie presste die Lippen fest zusammen, umschlang mit der einen Hand Fritz' Taille und mit der anderen den Koffer, der ihr von Sekunde zu Sekunde schwerer wurde.

Wieso habe ich das Gefühl, mich übergeben zu müssen, obwohl ich nichts gegessen habe, fragte sie sich mit einem Anflug von Galgenhumor, bereute den Gedanken aber sofort, als ihr die Magensäure die Speiseröhre hochstieg. Sie würgte, und Fritz wandte den Kopf in ihre Richtung.

»Alles in Ordnung?«

»Jaja, mir ist nur ein bisschen schlecht. Es ist der Hunger. Was ist mit dir?«, versuchte sie ihn von sich abzulenken. »Du musst doch auch hungrig sein.« Und in unserer Wohnung gibt es vermutlich nicht einen einzigen Krümel Essbares mehr, vollendete sie den Satz in Gedanken.

»Ach was, es geht schon«, antwortete Fritz, und sie wusste, dass er log.

»Komm, wir gehen erst mal hoch. Und dann sehe ich zu, dass ich irgendwo etwas zu essen auftreibe.« Sie gab sich betont zuversichtlich.

Fritz nickte zustimmend und rang sich ein Lächeln ab. »Das ist eine gute Idee.«

Was machen wir uns eigentlich vor, fragte sich Klara, während sie in ihrer Handtasche nach dem Hausschlüssel suchte und sich bemühte, trotz ihrer zitternden Finger das Schloss zu treffen. Es ist Abend, die Geschäfte haben längst geschlossen, und selbst wenn nicht, würden wir schon seit Stunden nur noch leere Regale antreffen.

Sie würden zu dritt da oben in der Wohnung sitzen und ihren Mägen beim Knurren zuhören. Ihr Mann, ihr Liebhaber und sie selbst.

»Was singst du denn da?«, fragte Fritz, der immer noch geduldig neben ihr stand. Sie hatte gar nicht bemerkt, dass sie begonnen hatte, vor sich hin zu summen, und als ihr nun klar wurde, dass es sich um ein altes Volkslied handelte, an das sie schon seit Jahren nicht mehr gedacht hatte, hätte sie beinahe gelacht.

Man zog das Los, wer braten sollte,
man zog das Los, wer braten sollte,
dass man der Hungersnot entgeh,
dass man der Hungersnot entgeh,
oh he, oh he,
hissen müssen wir Matrosen Segel in die Höh,
die Fregatte gleitet über See.

Ihr Unterbewusstsein hatte wirklich eine sehr spezielle Art von Humor.

»Ach nichts«, sie biss sich auf die Unterlippe und konzentrierte sich auf das Türschloss. Dann begannen sie den mühevollen Aufstieg in den dritten Stock.

»Frau Hansen, Herr Hansen! Heil Hitler! Da sind Sie ja wieder«, erklang die Stimme von Frau Bergmann, und Klara drehte sich resigniert zu ihr um. Hatte die Frau mit ihren vier Kindern nicht genug zu tun? Woher nahm sie die Zeit, hinter ihrer Wohnungstür zu warten und ihren Nachbarn aufzulauern? Dass sie rein zufällig genau in diesem Moment ins Treppenhaus getreten war, daran glaubte Klara nicht.

»Guten Abend, Frau Bergmann«, grüßte sie dennoch höflich, während der Blick ihres Gegenübers sich sensationslüstern an Fritz festsaugte, über seine Augenbinde und den eingegipsten Arm glitt.

»Ach, Sie tapferer Mann, Sie. Wie geht es Ihnen denn?« Ohne Scheu trat sie näher und legte ihm eine Hand auf die Schulter. Fritz nickte und lächelte verlegen an ihr vorbei. »Was sagen denn die Ärzte? Wird es wieder mit seinen Augen?«, wandte Frau Bergmann sich im Plauderton an Klara, die gereizt nickte.

»Ja, es wird wieder. Entschuldigen Sie uns bitte, wir haben eine lange Reise hinter uns.«

»Sicher, sicher.« Trotz ihrer Worte machte die Nachbarin nicht den Eindruck, als wäre sie gewillt, das Gespräch so schnell zu beenden. Sie wandte sich wieder Fritz zu. »Sie sollen wissen, Herr Hansen, dass Ihr Opfer nicht umsonst ist.« Sie sprach viel zu laut und viel zu deutlich.

»Es sind seine Augen, die verletzt sind. Er hört noch ausgezeichnet«, konnte Klara sich nicht verkneifen zu sagen.

Fritz grinste, während Frau Bergmann Klaras Bemerkung ignorierte.

»Wir Frauen hier im Reich sind Ihnen und Ihren Gefährten im Schützengraben unendlich dankbar für den Schutz vor dem Feind.«

Erneut spürte Klara, wie ihr die Galle hochkam. Was denn für ein Feind, hätte sie am liebsten gefragt. *Wir* sind doch diejenigen, die überall einmarschieren. Natürlich sagte sie nichts.

»Und der Führer«, fuhr Frau Bergmann fort, und ihre Augen nahmen einen verträumten Ausdruck an, »ist ebenfalls stolz auf Sie.« Erneut tätschelte sie Fritz die Schulter. »Tapferer Soldat.«

Klara unterdrückte mit Mühe ein Augenrollen, doch dann hatte sie plötzlich einen Einfall.

»Vielen Dank, Frau Bergmann. Das bedeutet uns sehr viel.« Sie lächelte so strahlend, wie sie es vermochte. »Und es ist mir wirklich unangenehm, Sie darum zu bitten, aber sehen Sie, mein Mann hat schließlich beinahe sein Leben gelassen. Für Ihre Sicherheit und die Ihrer Kinder ...«

Während Ihr eigener Mann bei der Handelsmarine und damit in Sicherheit ist, fügte sie in Gedanken hinzu, sprach es allerdings nicht aus.

»Ja?« Plötzlich misstrauisch sah die andere sie an.

»Es ist spät«, fuhr Klara fort, »wir haben eine lange Reise hinter uns und nichts mehr zu essen im Haus. Wären Sie wohl so freundlich, uns ein paar Scheiben Brot zu leihen oder was Sie sonst haben?«

»Ja ... nun.«

Klara konnte förmlich spüren, wie die Nachbarin innerlich von ihnen abrückte. So weit ging ihre Dankbarkeit dann wohl doch nicht. »Bitte«, verlegte sie sich aufs Betteln, weil schon wieder das alte Kinderlied in ihrem Kopf zu spielen begann.

*Es traf den Jüngsten, der gleich heulte,
es traf den Jüngsten, der gleich heulte,
und sein Gesicht war weiß wie Schnee,
und sein Gesicht war weiß wie Schnee.*

Nicht, dass sie tatsächlich befürchtete, sie würden sich gegenseitig zerfleischen, aber die erste Begegnung zwischen Fritz und Jal würde mit leeren Mägen noch um einiges unangenehmer werden.

»Nur damit wir was zum Abendessen haben. Gleich morgen früh gehe ich in den Laden, und Sie bekommen alles zurück. Oder ich nähe das nächste Kleid für Ihre Jüngste umsonst.«

»Sie könnte tatsächlich noch etwas zum Anziehen gebrauchen«, überlegte Frau Bergmann laut.

»Der Führer würde es sicher gutheißen, wenn Sie einem heimkehrenden Soldaten etwas zu essen geben.«

»Ja, sicher. Warten Sie einen Moment.«

Kurz darauf kehrte sie mit einer Papiertüte in der Hand zurück. Klara warf einen Blick hinein. Ein vertrocknet wirkender Viertellaib Brot und ein Stück Käse.

»Mehr habe ich nicht da«, sagte Frau Bergmann. »Wie Sie wissen, habe ich viele hungrige Mäuler zu …«

»Jaja, schon gut.« Für diese halb angegammelten Almosen war Klara nicht gewillt, sich auch noch eine Tirade darüber anzuhören, wie schwer die vierfache Mutter es hatte. »Trotzdem danke. Komm, Fritz.«

»Ich schaue dann morgen mit Ida vorbei, damit Sie ihre Maße nehmen können. Sie ist schon wieder größer geworden. Sie wachsen ja wie Unkraut, die Kinder. Und das in diesen Zeiten …«

»Frau Bergmann«, unterbrach Klara sie brüsk, »für vier Scheiben Brot und ein Stückchen Käse bekommen Sie kein Kleid.« Die Nachbarin schloss verärgert den Mund, sagte aber nichts. »Ich bringe Ihnen gleich morgen Mittag die gleiche Menge Brot und Käse zurück«, fuhr Klara fort, »und wenn Sie neue Kleidung für eins Ihrer Kinder bei mir bestellen wollen, dann werden wir uns sicher handelseinig. Guten Abend.«

»Heil Hitler«, sagte Frau Bergmann.

»Genau.«

Klara öffnete die Wohnungstür, zog Fritz mit sich hinein und schloss sie wieder. Aus Richtung des Wohnzimmers vernahm sie ein Geräusch, und Sekunden später stand Jal im Türrahmen und starrte sie aus weit aufgerissenen Augen an.

»Schon gut«, sagte Klara leise und hob beruhigend eine Hand. »Es ist schon gut.«

»Hallo?«, sagte Fritz und wandte den Kopf hierhin und dorthin, als könnte er den anderen Mann in seiner Wohnung verorten, wenn er nur genau genug hinhörte. »Ist er da?«, fragte er an Klara gewandt.

»Ja, er ist da.«

Jal sog hörbar die Luft ein, und Fritz wandte sich in seine Richtung. Machte einen vorsichtigen Schritt auf ihn zu.

»Haben Sie keine Angst. Meine Frau hat mir alles erzählt.«

Jal sah Klara an, die den Kopf schüttelte. Nicht alles, sagte ihre Miene. Ich habe ihm nicht alles erzählt. Nur einen Teil.

Fritz streckte seine Hand aus, und Klara bemerkte das leichte Zögern, bevor Jal sie ergriff.

»Jal Marinow«, stellte er sich vor.

»Fritz Hansen.«

»Wie geht es Ihren Augen?«

»Oh, danke. Der Arzt sagt, es wird wieder.«

»Gut. Das freut mich.«

Niemand wusste mehr, was er noch sagen sollte, und das Schweigen breitete sich zwischen ihnen aus wie eine klebrige Masse.

»Lasst uns ins Wohnzimmer gehen. Ich falle gleich um vor Hunger und Erschöpfung«, sagte Klara schließlich, fasste Fritz bei den Schultern und führte ihn ins Wohnzimmer. Eilig trat Jal einen Schritt zurück, um sie durchzulassen.

Im Wohnzimmer fiel ihr Blick auf das Sofa, wo eine zerknüllte Bettdecke und ein Kopfkissen lagen. Hier also hatte Jal sein Lager aufgeschlagen, nachdem sie Hamburg verlassen hatte. Das war eine gute Idee gewesen. Sie konnte sich nicht vorstellen, dass Fritz den Geruch eines anderen Mannes im Schlafzimmer nicht wahrgenommen hätte. Mit der Andeutung eines Lächelns nickte sie Jal zu. Im selben Moment stieß Fritz sich das Knie an dem flachen Couchtisch und stöhnte auf.

»Ah, verdammt!«

»Entschuldige.« Sie trat zu ihm und führte ihn um den Tisch herum. »Hier, setz dich. Jal, würdest du bitte …«

»Natürlich.« Der Angesprochene nickte und raffte sein Bettzeug zusammen.

Erneut wandte Fritz mit einem hilflosen Ausdruck den Kopf. »Würde er bitte … was?«

»Er hat seine Bettdecke weggenommen, damit wir uns hinsetzen können.«

»Ach so.« Vorsichtig ließ Fritz sich auf dem Sofa nieder. »Das Bettzeug muss tagsüber verschwinden. Was ist, wenn unangemeldeter Besuch vorbeikommt?«

Klara und Jal warfen sich einen Blick zu.

»Natürlich«, nickte Jal, »ich verstaue es morgens eigentlich immer im Schrank. Nur in den letzten Tagen ... ich war allein und ...« Er brach ab.

»Und Sie haben keinen Besuch erwartet, ich verstehe schon.« Fritz nickte.

Klara betrachtete Jal, der noch immer im Türrahmen stand. Er wirkte elend. Noch elender als Fritz, und das sollte etwas heißen. Seine Augen lagen in tiefen Höhlen, und der verfilzte Pullover schlackerte um seinen Körper. Selbst die Handgelenke, die aus den Ärmeln hervorragten, wirkten knochiger als noch vor zwei Wochen. Sie riss sich von seinem Anblick los und hob die Papiertüte von Frau Bergmann in die Höhe, die sie noch immer in der freien Hand hielt.

»Ich glaube, wir können jetzt alle etwas zu essen vertragen«, sagte Klara. »Wir haben Brot und Käse. Es ist nicht viel, aber besser als nichts. Ich hole uns Teller und etwas Wasser.« Sie machte Anstalten, in die Küche zu gehen, obwohl ihr der Gedanke, die beiden Männer allein in einem Raum zu lassen, nicht behagte.

»Es sind auch noch Vorräte da«, erklärte Jal, und sie wandte sich erstaunt zu ihm um. Wieder glitt ihr Blick über seinen ausgezehrten Körper, und er zuckte verlegen mit den Achseln. »Ich sollte doch haushalten.«

»Vor allem solltest du nicht verhungern«, sagte Klara heftig.

Angesichts ihres Tonfalls hob Fritz den Kopf, sagte aber nichts.

»Ja, ja, ich weiß. Schlimmer als ein Zigeuner in der Wohnung ist nur ein toter Zigeuner in der Wohnung.«

Klara machte auf dem Absatz kehrt und verschwand in der

Küche. Hier öffnete sie den Vorratsschrank und sog scharf die Luft ein. Von den haltbaren Lebensmitteln hatte Jal kaum etwas angerührt. Kein Wunder, dass er so mager war. Wie die Gefangenen auf der Straße von Bialystok, dachte sie plötzlich. Menschliche Skelette. Ein Schauer lief ihr über den Rücken, und sie schob die Erinnerung beiseite, griff nach einem der Einweckgläser und öffnete es. Auch wenn sie nicht begriff, weshalb Jal sich in den vergangenen Wochen halb zu Tode gehungert hatte, und sie damit ganz und gar nicht einverstanden war – immerhin bedeutete es, dass ihr Abendessen lange nicht so karg ausfallen würde wie befürchtet.

Schweigend saßen sie am Esstisch, Fritz und Klara auf der einen Seite, Jal ihnen gegenüber. Immer wieder blickte er sie fragend an, versuchte, lautlos mit ihr zu kommunizieren, deutete auf ihren Bauch und hob die Schultern.

Klara schüttelte ärgerlich den Kopf und legte Fritz eine weitere Scheibe Brot auf den Teller. Er mochte ja vielleicht nichts sehen, aber er war nicht vollkommen empfindungslos. Die angespannte Atmosphäre im Raum konnte ihm nicht entgehen. Oder etwa doch?

Sie musterte ihn von der Seite, wie er mit der gesunden Hand nach seinem Teller tastete, das Brot darauf fand und es langsam zum Mund führte. Ein Stück Käse, wieder ein Bissen Brot. Er kaute stoisch und schien mit seinen Gedanken ganz woanders zu sein.

»Also, ich bin todmüde«, sagte sie schließlich, um die Stille zu durchbrechen. »Und du bestimmt auch, oder?«

Keine Reaktion. Sie berührte Fritz an der Schulter. Er zuckte so heftig zusammen, dass sie schnell die Hand zurückzog.

»Entschuldige, ich wollte dich nicht erschrecken.«

»Nein, schon gut«, murmelte er und stand schwankend auf. »Ich glaube, ich werde mich hinlegen. Ich bin sehr müde.«

»Natürlich.« Klara sprang auf und wollte eben nach seinem Arm greifen, als sie zögerte. »Erschrick nicht, ich fass dich jetzt an.«

»Jaja.« Er nickte zerstreut und ließ sich von ihr aus der Küche führen. »Gute Nacht, Herr Marinow.«

»Gute Nacht«, sagte Jal. Im Hinausgehen bemerkte Klara, wie er den Kopf schwer in die Hände stützte.

Fritz war eingeschlafen, kaum dass sein Kopf das Kissen berührt hatte. Klara bemühte sich, kein Geräusch zu machen, während sie ihren Koffer auspackte und die Sachen im Schrank verstaute. Eigentlich war das eine so unnötig wie das andere. Fritz würde so schnell ganz sicher nicht aufwachen, und das Gepäck konnte ebenso gut bis morgen warten. Aber Klara wusste einfach nicht, was sie sonst tun sollte. Trotz der bleiernen Müdigkeit würde sie jetzt kein Auge zutun können, und zurück zu Jal ins Wohnzimmer zu gehen kam auch nicht infrage. Klara konnte sich nicht daran erinnern, sich jemals in einer verzweifelteren Lage befunden zu haben. Auch wenn Fritz Jals Anwesenheit in der Wohnung akzeptiert hatte, wie würde er darüber denken, wenn er erst die ganze Wahrheit kannte? Sie blickte hinunter auf ihren schlafenden Mann. Am letzten Tag im Lazarett hatte er sie gebeten, ihm den Vollbart abzunehmen, sodass jetzt nur ein Bartschatten auf seinem jungenhaften Gesicht lag. Er wirkte so verletzlich mit seinen Verbänden, es schnitt ihr ins Herz, ihn so zu sehen. In diesem Zustand konnte sie ihm einfach nicht die Wahrheit sagen. Sie würde ihm das Herz brechen, und ihm das anzutun, während er noch auf sie angewiesen war, um sicher über den Flur ins Badezimmer zu kommen, war ein Ding der Unmöglichkeit. Sie würde warten, bis seine Verbände abgenommen werden konnten. Und spätestens dann musste sie auch eine Lösung für Jal gefunden haben. Fritz hatte ein gutes Herz, aber Klara war sich dennoch sicher, dass er nicht mit dem Mann seine Wohnung teilen würde, von dem seine Frau ein Kind erwartete. Sie sah an sich herunter, spannte ihr Kleid über dem Bauch, der schon eine kleine Wölbung zeigte. Sie meinte sich zu erinnern, dass es bei Paul viel länger gedauert hatte, bis man etwas erkennen konnte. Bei dem Gedanken an Paul traten ihr die Tränen in die Augen. Sie vermisste ihn so sehr und hatte ihn über zwei Wochen lang nicht gesehen. Gleich morgen würde sie zu ihrer Vorgesetzten gehen und ihr sagen, dass sie nun nicht nur ein kleines Kind, sondern auch einen im Kampf für das Vaterland verwundeten Ehemann zu versorgen hatte und man deshalb ab sofort auf sie verzichten musste. Und dann würde sie gemeinsam mit Fritz zu ihren Eltern ins Alte Land fahren.

Sie hob den Kopf. Ja, das war es! Jal würde hier in der Wohnung bleiben. Einmal in der Woche würde Klara herkommen und ihm Lebensmittel bringen. Von denen sie nur hoffen konnte, dass er sie auch aß. Klara seufzte. Natürlich war es keine ideale Lösung, schon gar nicht für Jal, der in seiner erzwungenen Einzelhaft hier in der Wohnung vermutlich halb wahnsinnig werden würde. Aber irgendwie würde es schon gehen. Und in der Zwischenzeit würde sie sich überlegen, wie Jal Deutschland verlassen konnte. Wenn Fritz dann einigermaßen aufgepäppelt wäre, würde sie ihm möglichst schonend die Wahrheit beibringen. Wie immer, wenn sie an diesen Punkt ihrer Überlegungen kam, hielt Klara inne und schüttelte den

Kopf. Es war ihr unmöglich, sich auszumalen, wie sie Fritz eine solche Ungeheuerlichkeit gestehen sollte. Was musste er von ihr denken? Würde sie überhaupt die Gelegenheit haben, sich zu erklären? Und gab es so etwas wie eine Erklärung überhaupt für das, was sie getan hatte? Wie hatte all das bloß passieren können? Reichte es denn nicht, dass das Land seit vier Jahren in diesem schrecklichen Krieg war? Wie hatte sie nur schwanger werden können von einem anderen Mann? Wer tat so etwas?

Sie faltete den letzten Rock zusammen und hörte ein Knistern. Sie griff in die Tasche und zog den Umschlag hervor, an den sie in den letzten Tagen gar nicht mehr gedacht hatte. Ihr stockte der Atem, als sie daran dachte, was hätte sein können. Wenn alles anders gekommen wäre. Wenn das Fleckfieber ihn dahingerafft hätte. Dann hätte sie nichts mehr von Fritz als den Brief in ihren Händen.

Den Umschlag umklammernd, sank sie an Fritz' Seite vor dem Bett auf die Knie. Sie griff nach seiner Hand und zog sie an ihre Lippen.

»Es tut mir leid«, flüsterte sie, »es tut mir so leid.«

»Klara«, fragte er verschlafen, »was ist denn?«

»Nichts. Gar nichts.« Sie wischte sich die Tränen von den Wangen, die er sowieso nicht sehen konnte. »Schlaf weiter.«

Er richtete sich halb auf. »Weinst du?« Er streckte die Hand nach ihr aus. »Warum weinst du denn?«

»Vor Glück«, sagte sie. »Ich bin so froh, dass du lebst.« Sie griff erneut nach seiner Hand und küsste sie. »Ich liebe dich, Fritz! Ich liebe dich so sehr.«

»Ich weiß.« Er grinste verlegen, und zum ersten Mal war sie froh darüber, dass er die Liebeserklärung nicht erwiderte. Sie hätte es nicht ertragen.

47.

Hamburg-Barmbek, 16. September 1943

»Was machst du?«

Klara fuhr zusammen. Sie hatte gar nicht gehört, wie Fritz die Küche betreten hatte.

»Woher weißt du, dass ich hier bin?«, fragte sie verwundert.

Fritz streckte vorsichtig die Hände vor, ertastete die Kante des Küchentischs und ließ sich auf dem Stuhl ihr gegenüber nieder.

»Ich kann dich atmen hören. Was machst du?«

Sie blickte auf den Tisch vor sich, auf die uralte graue Strickjacke, die sie schon zur Hälfte aufgeribbelt hatte. Es war eine mühsame Arbeit. Die Wolle war morsch und von Motten zerfressen, doch geduldig knotete sie Faden an Faden und rollte das Ganze zu einem Knäuel zusammen.

»Ich trenne eine alte Jacke von mir auf, um Paul daraus einen Pullover zu stricken«, erklärte sie. »Für den Winter. Er ist so groß geworden.«

»Ich kann es kaum erwarten, ihn zu sehen. Wann fahren wir ins Alte Land?« Sein Tonfall klang drängend.

Klara schwieg.

»Du weißt doch jetzt, dass es ihm gut geht. Herrn Marinow.«

Ertappt zuckte sie zusammen und musterte Fritz forschend, doch sein Gesicht, soweit sie es mit der Augenbinde beurteilen konnte, zeigte kein Zeichen von Misstrauen. Nur Verständnis. Verständnis dafür, dass seine Frau zunächst nach dem Flüchtling in ihrer Wohnung hatte schauen müssen, bevor sie ihn zu seinem Sohn brachte, den er seit über einem Jahr nicht gesehen hatte. Klara überlief ein eiskalter Schauer. Er war so gutgläubig. Wie sollte sie ihm nur jemals die Wahrheit sagen? Sie legte eine Hand auf ihren Bauch. Sie wusste, wenn sie nicht schon Mutter gewesen wäre, dann hätte sie das Problem aus der Welt geschafft. Sie hatte davon gehört, dass es Menschen gab, die Frauen in ihrer Lage halfen. Die Abtreibungen vornahmen. Sie hatte kurz darüber nachgedacht. All ihre Probleme wären damit verschwunden. Fritz würde nie etwas erfahren müssen.

Doch sie konnte es nicht. Es war ihr Kind, so wie Paul ihr Kind war. Niemals hätte sie ihm nur ein Haar krümmen können, auch nicht, um ihre eigene Haut zu retten.

Klara streckte die Hand aus, griff nach der von Fritz, die auf dem Tisch lag.

»Ich muss heute bei der Arbeit vorbei«, sagte sie sanft, »und lasse mich freistellen. Das sollte unter den gegebenen Umständen kein Problem sein.« Sie war keinesfalls so überzeugt davon, wie sie tat. »Und dann fahren wir zu Paul.«

Fritz lächelte und drückte ihre Hand.

Am nächsten Tag betrachtete sich Klara ungläubig in dem schmalen Spiegel ihres Schlafzimmers. Sie drehte sich hin und her, aber es war nicht zu leugnen. Über Nacht war aus der leichten Wölbung ihres Unterleibs ein nicht mehr zu leugnender Babybauch geworden. Sie biss sich auf die Unterlippe. In zwei Stunden wollten sie die Fähre ins Alte Land nehmen. Der Zustand ihres kriegsversehrten Ehemanns hatte Frau Schmidt tatsächlich dazu gebracht, ihr bis auf Weiteres Urlaub zu gewähren. Klaras Mutter würde vermutlich nach einem einzigen Blick auf ihre Tochter Bescheid wissen. Und auch wenn das im Moment nicht ihr größtes Problem war, so spitzte es die Situation doch noch mehr zu. Aber die Fahrt nach Hause zu verschieben kam nicht infrage. Fritz wollte endlich seinen Sohn sehen, und auch Klara vermisste Paul so sehr, dass es wehtat.

Zudem wurde die Situation in der Wohnung immer unerträglicher. Seit sie und Fritz zurück waren, rührte sich Jal kaum noch von der Stelle. Er saß stundenlang auf dem Sessel im Wohnzimmer und bemühte sich, unsichtbar zu sein.

Schnell stieg Klara aus dem Rock, dessen Knöpfe sich trotz aller Bemühungen nicht mehr schließen ließen, und sah sich ratlos in ihrem Kleiderschrank um, als es an der Tür klopfte und gleich darauf die Klinke heruntergedrückt wurde.

»Ich ziehe mich gerade an«, rief sie.

Sie griff in den Schrank und zog ihr weitestes Kleid hervor. Dabei fiel ihr erneut ihr Spiegelbild ins Auge, und sie schüttelte den Kopf. Wo kam bloß dieser Bauch auf einmal her? Bei Paul war das anders gewesen. Sie würde es Fritz sagen müssen. So schnell wie möglich. Und vermutlich war es gut, wenn sie dabei nicht mit Jal in einer Wohnung waren.

»Ich bin es«, sagte Fritz und kam zur Tür herein.

»Ich bin gleich so weit.« Sie warf ihm einen flüchtigen Blick zu – und starrte ihn dann an.

Er starrte zurück.

Instinktiv versuchte Klara, ihren Bauch zu verbergen, indem sie das Kleid, das anzuziehen sie eben im Begriff gewesen war, schützend vor sich hielt. Aber es war zu spät.

»Die Augenbinde sollte doch erst nächste Woche abgenommen werden«, sagte sie hilflos.

»Ich wollte nicht, dass Paul mich so sieht. So blind. Und es geht schon wieder. Ich kann sehen.« Sein Blick war noch immer auf ihren Bauch gerichtet, und sie gab den unwürdigen Versuch, das Offensichtliche vor ihm zu verbergen, auf. Ihre Hand mit dem Kleid fiel kraftlos herunter.

»Was ist denn mit deinem Bauch?«, fragte Fritz. Er klang weder wütend noch schockiert. Nur zutiefst verwundert und eine Spur besorgt.

Klara biss sich auf die Unterlippe und wartete. Gab ihm Zeit, das Unbegreifliche zu begreifen. Er hob den Kopf und sah ihr in die Augen. Und er verstand.

»Fritz, ich …«, setzte sie an, doch er hob die Hand und brachte sie zum Schweigen.

»Nicht«, sagte er und schüttelte den Kopf. »Sag jetzt nichts.« Noch einmal glitt sein Blick hinunter zu ihrem Bauch, und sie konnte förmlich beobachten, wie sein Gehirn arbeitete. Dann wandte er sich um und ging hinaus.

»Fritz, warte. Bitte, warte.« Sie stürzte ihm hinterher in den Flur.

»Ich brauche frische Luft«, sagte er tonlos.

»Fritz …«

Er wandte sich zu ihr um. Dabei fiel sein Blick durch die geöffnete Wohnzimmertür. Jal saß auf seinem üblichen Platz im Sessel und schaute zu ihnen hoch.

»Du kannst doch so nicht hier rumlaufen«, sagte Fritz heftig.

Klara realisierte erst jetzt, dass sie bis auf die Unterwäsche nackt war.

»Zieh dir was an«, drängte Fritz, und sie nickte.

»Schon gut. Das mach ich.« Sie zögerte – es war eine schlechte Idee, die beiden Männer miteinander allein zu lassen, aber halb nackt danebenzustehen war vermutlich nicht besser. Sie hastete ins Schlafzimmer zurück, griff sich das Kleid, das sie fallen gelassen hatte, und zog es sich über den Kopf. Dann eilte sie zurück in den Flur.

Fritz stand vollkommen reglos, Jal zugewandt. Der war aufgestanden. Sein Ausdruck eine Mischung aus Schuldbewusstsein, Trotz und angespannter Erwartung. Als rechnete er damit, dass Fritz sich gleich auf ihn stürzen würde. Klara allerdings kannte ihren Mann besser. Und tatsächlich wandte Fritz nur den Blick ab. Fand ihren.

»Ach so«, sagte er langsam. »Er weiß wohl, wie du ohne Kleider aussiehst.«

Klara spürte, wie ihr das Blut ins Gesicht schoss. »Fritz«, versuchte sie es erneut.

»Ich brauche frische Luft«, wiederholte er und verließ die Wohnung.

Ein paar Sekunden stand Klara wie erstarrt. Dann stürzte Jal an ihr vorbei zur Tür, die eben hinter Fritz ins Schloss gefallen war. Er griff nach der Klinke, als wollte er sie aufreißen, besann sich dann eines Besseren, fuhr zu Klara herum.

»Du musst ihn aufhalten!«

Sie schüttelte den Kopf. Erst allmählich drang in ihr Bewusstsein, was gerade geschehen war. Fritz wusste Bescheid, und alles war schrecklich schiefgelaufen. Dabei hatte sie ihm die Wahrheit doch schonend beibringen wollen.

Mit einem langen Schritt war Jal bei ihr, packte sie an den Schultern. »Lauf ihm hinterher. Halt ihn auf.«

»Das hat keinen Sinn.« Sie schüttelte ihn ab. »Ich kenne Fritz. Man kann jetzt nicht mit ihm reden. Er muss alleine sein. Wahrscheinlich läuft er stundenlang durch die Stadt, um nachzudenken.«

»Durch die Stadt.« Jal schnaubte. »Er wird direkt zur Gestapo laufen, verdammt!«

Klara starrte ihn an.

»Verdammt«, wiederholte Jal, dann ging er eilig ins Wohnzimmer und zerrte Schuhe und Jacke unter dem Sofa hervor. Wie betäubt sah Klara ihm dabei zu, wie er sich anzog.

»Was machst du denn?«

Jal schaute sich im Wohnzimmer um, raffte die noch von der Nacht auf dem Sofa liegende Decke zusammen und trug sie ins Schlafzimmer, wo er sie unten im Kleiderschrank verstaute. Dann lief er in die Küche, ließ seinen Blick prüfend umherschweifen und wandte sich schließlich an Klara, die ihm verwirrt gefolgt war.

»Hör zu, du musst das Brett aus der Kammer holen und zurück auf den Trockenspeicher tragen. Schaffst du das?«

»Ja, natürlich, aber ...«

»Dann gehst du durch die ganze Wohnung und kontrollierst, ob ich irgendwelche Spuren hinterlassen habe.« Ihm fiel etwas ein, und er hastete ins Schlafzimmer zurück, holte seinen Geigenkasten unter dem Bett hervor. »Die nehme ich mit.«

Er blieb vor Klara stehen, die immer noch wie erstarrt verharrte, und griff nach ihrer Hand. »Hör zu, wenn sie keine Beweise finden, dann steht dein Wort gegen seins. Du hast nur eine einzige Möglichkeit: Sag ihnen, dass du eine Affäre mit einem anderen Mann hattest und von ihm schwanger bist. Dein Mann ist darüber wütend und hat sich deshalb diese

Geschichte ausgedacht. Hast du das verstanden? Du musst alles leugnen. Ich gehe jetzt.« Einen Moment wirkte er unschlüssig, dann nahm er ihr Gesicht in beide Hände und küsste sie auf den Mund. »Danke«, flüsterte er, »für alles.« Kurz legte er seine Hand auf ihren Bauch. »Es tut mir leid.«

Er wandte sich ab und marschierte zur Tür, als endlich wieder Leben in Klara kam. Sie rannte ihm nach und verstellte ihm den Weg.

»Bist du vollkommen verrückt geworden?«, fragte sie. »Du bleibst hier.«

»Und warte darauf, dass die Gestapo mich verhaftet?«

»Was redest du denn da? So was würde Fritz niemals tun.«

»Woher willst du das wissen?«

»Er ist mein Mann«, antwortete Klara.

»Eben. Er ist dein Mann. Und du kriegst ein Kind von einem anderen. Von einem dreckigen Zigeuner.«

»Sag so was nicht«, fuhr sie ihn an.

»Denkst du wirklich, dass er gerade etwas anderes über mich denkt als genau das? Wie naiv bist du?«

»Trotzdem«, beharrte Klara, »er wird dich nicht verraten. Niemals.«

»Ich habe mit seiner Frau geschlafen, während er an der Front verwundet wurde«, sagte Jal. »Ich kann es ihm nicht mal übel nehmen, dass er mich loswerden will. Ich würde genauso handeln.«

»Aber nicht Fritz.«

»Was ist er? Ein Heiliger?«

»Das nicht, aber … Er würde ja nicht nur dich anzeigen. Sondern mich dazu. Du hast es selber gesagt, sie würden mich auch mitnehmen. Und das würde Fritz nicht wollen.«

»Nein?« Jal musterte sie zweifelnd. Sein Blick glitt an ihr hinunter, blieb an ihrem Bauch hängen. »Und warum bist du dir da so sicher?«

»Weil er mich liebt.« Sie hatte es voller Überzeugung sagen wollen, als sie eine Bewegung spürte. In ihrem Bauch. Wie das Flattern eines Schmetterlings. Unwillkürlich legte sie die Hand auf die Stelle. Irrte sie sich? Konnte es sein, dass Fritz sie angesichts der Umstände nicht mehr liebte? Hasste er sie gar? So sehr, dass er sie mitsamt ihrem Liebhaber und dem unehelichen Kind in ihrem Bauch an die Gestapo verraten würde?

»Ich muss jetzt gehen«, sagte Jal.

Im selben Moment klingelte es an der Tür.

48.

Gemeinde Jork im Alten Land, April 2019

Dass sie die Finger in die lederne Armlehne des Sessels gekrallt hatte, registrierte Marie erst, als Klara Hansen unvermittelt in ihrer Erzählung innehielt und sich erhob.

»Ich brauche dringend noch eine Tasse Tee. Sie auch?«

Marie schüttelte den Kopf. »Nein, danke.«

»Wie Sie meinen. Ich bin gleich zurück.« Sie verschwand in Richtung Küche. Marie lehnte sich zurück, dehnte ihren verspannten Nacken und warf Fritz Hansen einen Blick zu. Er saß auf seinem Lesesessel, die Füße auf einen Hocker gebettet, den Kopf weit zurückgelehnt, und atmete tief und gleichmäßig. Marie betrachtete den schlafenden, alten Mann, die faltige Haut, das schlohweiße Haar, und versuchte, ihn sich als jungen Mann vorzustellen.

»Na, was denken Sie?«, fragte der Schlafende plötzlich, und Marie fuhr zusammen.

»Bitte?«, stammelte sie.

Fritz öffnete die Augen und richtete sich auf. »Habe ich meiner Frau und ihrem Liebhaber die Gestapo auf den Hals gehetzt?« Er sah sie aufmerksam an, und auf einmal glaubte Marie, in seinen Augen tatsächlich einen Teil des jungen Fritz erkennen zu können, konserviert in der bernsteinfarbenen Iris, die erstaunlich klar zwischen den kurzen weißen Wimpern hervorblitzte.

Sie schüttelte den Kopf. »Nein, das glaube ich nicht. Dann wären Sie wohl jetzt nicht hier.«

»Ich vermutlich schon«, entgegnete er. »Meine Frau allerdings nicht, da haben Sie recht. Die Nazis gingen ziemlich gnadenlos mit Menschen um, die sogenannte Volksfeinde versteckt hielten. Obwohl es sich rein gesetzlich nicht einmal um eine Straftat handelte. Wussten Sie das?«

»Nein«, sagte Marie.

»Nirgendwo stand, dass es verboten war, Juden oder – wie in diesem Fall – Zigeuner bei sich zu verstecken. Doch das Regime hatte so seine Tricks. Sie dichteten einem einfach eine andere Straftat an wie das Hören von Feindsendern zum Beispiel. Grund genug, um in ein Lager geschickt zu werden.«

»Sie sind also nicht zur Gestapo gegangen?«, brachte Marie ihn zurück auf die Frage, die ihr unter den Nägeln brannte.

»Wundert Sie das?«

Marie zögerte. Nein, hätte sie am liebsten gesagt, aber das hätte nicht der Wahrheit entsprochen. Denn sie wunderte sich tatsächlich. Auch wenn der Verrat von Klara und Jal an das Regime natürlich eine drastische Maßnahme gewesen wäre, eine verwerfliche Maßnahme, wenn man sie mit klarem Verstand träfe, hätte doch ein winziger Teil von Marie es verstanden. Es war, wie Jal gesagt hatte. Fritz hatte an der Front gestanden, war schwer verletzt worden, und dann kam er nach Hause und fand nicht nur heraus, dass seine Frau ihn betrogen hatte, sondern auch noch, dass sie schwanger war. Er musste doch außer sich gewesen sein vor Schmerz. Und vor Wut.

49.

Hamburg, 17. September 1943

Die Farben der Stadt erschienen ihm fremd. Vielleicht lag es an der Verletzung. An den Wochen, die er die Augenbinde hatte tragen müssen. Es kam ihm vor, als läge ein dunkler Schleier über der Welt.

Fritz stolperte vorwärts. Setzte einen Fuß vor den anderen, ohne zu wissen, wohin er ging. Er fror in seinem dünnen Hemd, obwohl es ein milder Spätsommertag war. Gleichzeitig standen ihm Schweißtropfen auf der Stirn, und ihm war übel. Sein Herz krampfte sich zusammen, jedes Mal, wenn er Klaras Anblick vor seinem inneren Auge heraufbeschwor.

Ein Anblick, so furchtbar ähnlich dem, der ihn zum glücklichsten Menschen der Welt gemacht hatte, damals, als sie mit Paul schwanger gewesen war. Sie waren gerade in ihre eigene Wohnung gezogen, und Klara hatte ihn aufgeregt ins Schlafzimmer gerufen. Nackt hatte sie vor dem Spiegel gestanden und fasziniert und stolz auf die Wölbung ihres Leibes geblickt, die so lange auf sich hatte warten lassen, dass Klara sich irgendwann gefragt hatte, ob sie überhaupt jemals schwanger aussehen würde. Ihre Augen hatten geleuchtet, und sie hatte ihn zu sich gewunken, hatte nach seinen Händen gegriffen und sie auf ihren Bauch gelegt.

Und heute? Das gleiche Schlafzimmer, der gleiche Bauch. Und doch war alles anders. Obwohl seine Welt zusammengebrochen war, hatte er doch auch registriert, wie schlecht Klara aussah. Ihr Körper so abgemagert, mit Armen und Beinen wie Streichhölzer. Die Haut spannte sich über ihrem Körper wie Pergamentpapier. Und das Schlimmste war ihr Blick gewesen. Erschrocken und voller Angst.

Fritz biss die Zähne zusammen und lief weiter. Er wollte kein Mitleid mit Klara haben. Wie schlecht konnte es ihr schon gegangen sein in ihrem Liebesnest mit diesem Marinow?

Die Schockstarre, in die er gefallen war, begann sich langsam aufzulösen. Hass stieg in ihm hoch.

Paul hatte sie einfach ins Alte Land zu den Großeltern abgeschoben, um sich ungestört ihren außerehelichen Aktivitäten hingeben zu können. Und um ihn, Fritz, hatte sie sich nicht einmal genug geschert, um eine Schwangerschaft zu verhindern. Was hatte sie sich wohl gedacht? Dass er nicht zurückkehrte? Dass er im Schützengraben verrecken und sie ungestraft mit ihrem Ehebruch davonkommen würde? Beinahe hätte sich ihr Wunsch erfüllt. Was die feindlichen Granaten nicht geschafft hatten, wäre um ein Haar durch das Fleckfieber erledigt worden. Was für ein Pech, dass er durchgekommen war. Mit Absicht verdrängte er die ohnehin verschwommenen Erinnerungen an die Tage, die Klara an seinem Krankenbett gesessen hatte, ohne von seiner Seite zu weichen. Wie sie seine Lippen mit Wasser benetzt und immer wieder beschwörend auf ihn eingeredet hatte. »Du darfst nicht sterben, Fritz. Du darfst nicht sterben. Ich liebe dich.«

Fritz lachte bitter. Die junge Frau, die ihm entgegenkam, starrte ihn erschrocken an und beschleunigte ihre Schritte. Er sah ihr nach und fragte sich, ob sie ebenfalls einen ahnungslosen Mann an der Front und einen heißblütigen Liebhaber in ihrem Bett hatte.

Ein Ruck ging durch seinen Körper. Er wusste jetzt, wohin er gehen, was er unternehmen würde.

Auch an dem mächtigen Stadthaus am Neuen Wall, in dem die Gestapo seit 1933 ihr Hauptquartier hatte, waren die Bombardierungen nicht spurlos vorbeigegangen. Die Walmdächer und das Kuppeldach waren zerstört, doch der Betrieb war nicht eingestellt worden.

Fritz näherte sich der mächtigen Eingangstür. Er war viele Kilometer gelaufen. Seine Füße schmerzten. Er legte die Hand auf die Klinke, spürte das kalte Metall unter seinen Fingern. Seine Kehle wurde trocken. Er wusste, dass er Jals Todesurteil unterschrieb, wenn er jetzt das Gebäude betrat. Er war lange genug im Osten gewesen, um zu wissen, was die Nazis mit ihren Feinden machten.

An der Front hatte er viele Männer sterben sehen. Feinde ebenso wie Freunde. Es war ihm nie egal gewesen. Er hatte sich nie daran gewöhnt. Doch Jal in den sicheren Tod zu schicken machte ihm nichts aus. Wieder blitzte das Bild des Mannes vor seinem innern Auge auf, der nackt auf seiner Frau lag, und Fritz umfasste die Klinke fester. Jal sollte sterben. Er hatte es nicht anders verdient.

Aber was war mit Klara? Sie hasste er auch, aber dennoch ... Sie war Pauls Mutter.

In diesem Moment öffnete sich die Tür von innen. Hart stieß das Metall gegen Fritz' Oberarm, und er taumelte rückwärts. Ein breitschultriger Mann in schwarzer Gestapouniform, der gerade dabei war, die rote Armbinde mit dem Hakenkreuz zurechtzurücken, prallte gegen Fritz.

»Was stehen Sie hier herum?«, blaffte er.

»Ich ...«, begann Fritz, worauf ihn der andere sofort wieder unterbrach.

»Ja?« Die hellblauen Augen, die Fritz durchbohrten, waren vollkommen kalt.

Ein Sadist, schoss es Fritz durch den Kopf. Diesem Mann machte es Spaß, andere Menschen zu quälen. Man konnte es ihm ansehen.

»Ich wollte gerade gehen«, sagte er schnell.

»Dann tun Sie das, und verschwenden Sie nicht meine Zeit«, bellte der andere.

Fritz wandte sich um und lief schnellen Schrittes den Neuen Wall hinunter. Das Herz hämmerte ihm in der Brust, als ihm bewusst wurde, was er um ein Haar getan hätte.

Klara konnte ihren eigenen Herzschlag hören, als sie zurück in die Diele trat. Jal hatte sich in seinen Verschlag geflüchtet. Ein sinnloses Unterfangen, wie sie beide wussten, wenn tatsächlich die Gestapo vor der Tür stände. Doch das würde nicht passieren. Fritz konnte das einfach nicht tun. Klara ging zur Tür, an der es gerade erneut klopfte. Mit Nachdruck zwar, dennoch stellte Klara es sich anders vor, wenn die Polizei eine Wohnung stürmte. Außerdem, wurde ihr in diesem Moment klar, hatte Fritz doch erst vor wenigen Minuten die Wohnung verlassen. Sie straffte die Schultern.

»Wer ist da?«, fragte sie durch die geschlossene Tür.

»Hier ist Frau Bergmann«, kam es von der anderen Seite. »Sie sind ja doch zu Hause. Ich wollte gerade wieder gehen.«

»Einen Moment bitte.« Wahllos griff Klara sich ein Kleidungsstück von der Garderobe und zog es über. Dann öffnete sie die Tür. »Guten Tag, Frau Bergmann, wie geht es Ihnen?«

»Nun ja, es ist nicht einfach, alleine mit vier Kindern zurechtzukommen«, begann Frau Bergmann ihre übliche Litanei. »Sie haben ja ein solches Glück, dass die Großeltern vom kleinen Paul so nah wohnen. Die anderen Kinder werden einfach irgendwohin geschickt, die Eltern wissen nicht einmal, wo sie landen. Es ist schrecklich. Das könnte ich niemals tun. Ich würde sterben.«

»Ich weiß.« Klara nickte.

»So müssen wir eben sehen, wie wir es schaffen. Es ist nicht leicht. Alle sind immer hungrig.« Sie musterte Klara. »Vielleicht hätten Sie ein wenig Milchpulver übrig? Ich habe Ihnen doch auch das Brot gegeben, als Ihr Mann wiedergekommen ist.«

»Das wir Ihnen am nächsten Tag zurückgegeben haben«, erinnerte Klara sie.

»Ja, nun, selbstverständlich. Ich dachte nur, man hilft sich unter Nachbarn. Wie geht es denn Ihrem lieben Mann?« An Klara vorbei linste sie in die Wohnung. Die machte einen Schritt zur Seite, um ihr die Sicht zu versperren.

»Viel besser, danke. Er ist gerade spazieren.«

»In seinem Zustand? Und habe ich Sie nicht eben miteinander sprechen hören?«

Klara spürte, wie ihr das Blut in den Kopf schoss. »Ich hatte das Radio an«, erklärte sie mit fester Stimme. »Warten Sie hier, ich sehe nach, ob ich was für Sie finde.« Sie eilte in die Küche und betete, dass Frau Bergmann nicht auf die Idee kommen würde, ihr zu folgen. Auf dem Weg zum Küchenschrank stieß sie einen Stuhl um, der krachend zu Boden fiel.

»Alles in Ordnung!«, rief sie Frau Bergmann zu, doch eigentlich galten ihre Worte Jal, dem mit Sicherheit gerade das Herz stehen geblieben war. Klara riss die Schranktür auf und griff nach einem Einweckglas mit Apfelmus. Eine Kostbarkeit aus dem Alten Land.

Als sie zurückkam, stand die Nachbarin bereits im Flur. »Hier, Frau Bergmann, das wird Ihren Kindern schmecken.«

»Aber das ist ja ...« Frau Bergmann griff nach dem Glas wie nach einer heiligen Reliquie und drückte es tatsächlich mit Tränen in den Augen gegen ihre Brust. »Apfelmus«, hauchte sie.

»Von den Apfelbäumen meiner Eltern«, erklärte Klara. »Guten Appetit.«

»Ich sage es ja, Sie haben wirklich großes Glück. Ihr Kind wird versorgt, und dann haben Sie auch noch Zugang zu solchen Schätzen.«

Klara legte der anderen eine Hand auf den Rücken und führte sie zur Tür. »Sie haben recht«, sagte sie und musste das hysterische Lachen unterdrücken, das ihr die Kehle hochstieg, »ich bin ein echter Glückspilz.«

Nachdem die Tür sich hinter der Nachbarin geschlossen hatte, setzte Klara sich mitten auf den Fußboden und wartete darauf, dass ihr Herzschlag sich beruhigte. Dann stand sie auf und befreite Jal aus seinem Versteck.

Aller Tatendrang, den er eben noch an den Tag gelegt hatte, war von ihm gewichen. Sein Gesicht war leichenblass, als er aus dem Verschlag kroch.

Klara dirigierte ihn auf einen Stuhl und holte ein weiteres Einweckglas hervor.

»Hier, iss was.« Sie bot ihm von den eingemachten Kirschen an. »Das wird dir guttun.«

»Was war das für ein Krach?«, fragte er tonlos. »Ich dachte, irgendwer nimmt die ganze Wohnung auseinander.«

»Ich bin gegen einen Stuhl gestoßen, das ist alles. Es war nur unsere Nachbarin. Du bist in Sicherheit.«

»Ja. Noch«, antwortete er.

Sie nahm ihm den Löffel ab, den sie ihm in die Hand gedrückt hatte, und drängte ihm mit sanfter Gewalt ein paar Kirschen auf.

»Ich bleibe hier«, sagte Jal nach einer Weile. »Du hast recht, eine Flucht ist sinnlos. Sie werden mich so oder so finden. Da warte ich doch lieber hier auf die Gestapo.«

»Die nicht kommen wird«, sagte Klara mit aller Überzeugung, die sie aufzubringen vermochte.

»Und selbst wenn, habe ich wenigstens noch einmal gut gegessen.« Jal versuchte sich an einem schiefen Grinsen und nahm ihr Glas und Löffel ab. Klara beobachtete ihn dabei, wie er verbissen die Kirschen in sich hineinschaufelte. Offenbar rechnete er damit, dass sie seine Henkersmahlzeit darstellten. Klara konnte nur beten, dass er sich irrte.

Es war später Nachmittag, als Fritz zurückkehrte.

Klara, die in ihrer Rastlosigkeit irgendwann begonnen hatte, die Wohnung zu putzen, schrubbte gerade die Holzdielen im Flur, als der Schlüssel sich im Schloss drehte und Fritz vor ihr stand. Sie sah zu ihm auf.

Natürlich, wurde ihr in diesem Moment klar, die Gestapo hätte gar nicht anklopfen müssen. Sie hätten einfach seinen Schlüssel benutzen können.

»Hallo«, sagte sie und richtete sich auf.

»Hallo«, sagte Fritz.

»Du willst ihn also hierbehalten? In unserer Wohnung?«

Sie standen sich in ihrem Schlafzimmer gegenüber, so weit voneinander entfernt wie nur möglich. Fritz sprach mit gedämpfter Stimme, damit Jal, der zusammengesunken auf seinem Sessel im Wohnzimmer hockte, nichts mitbekam.

»Wo soll er denn sonst hin?« Hilflos hob Klara die Schultern.

»Ehrlich gesagt, ist es mir ziemlich egal, wo dein Liebhaber hingeht. Das ist nicht mein Problem.«

»Er ist nicht mein Liebhaber.«

»Ach nein?« Fritz warf einen ironischen Blick auf ihren Bauch. »Dafür bist du aber ganz schön schwanger.«

Klara schlug die Augen nieder. »Ich meine, das klingt so, als hätten wir die ganze Zeit ... Aber ...«

»Ach so? Lass mich raten, es war nur ein einziges Mal?« Fritz' Stimme triefte vor Sarkasmus.

Klara hob den Blick und wollte schon nicken, entschied sich dann für die Wahrheit. »Dreimal«, gab sie zu.

Fritz sah aus, als müsste er sich gleich übergeben.

»Bitte, Fritz.« Sie sah ihn an, widerstand aber dem Impuls, auf ihn zuzugehen und seine Hände zu nehmen. »Es tut mir so schrecklich leid. Ich würde alles tun, damit du mir irgendwann verzeihen kannst.«

»Dann wirf ihn raus«, verlangte Fritz.

Klara schwieg. »Das kann ich nicht tun«, sagte sie schließlich. »Ich muss erst eine Möglichkeit finden, wie er aus Deutschland fliehen kann.«

»Ich könnte auch einfach zur Gestapo gehen«, sagte Fritz.

»Denen ist es vermutlich ziemlich egal, was du kannst und was nicht.«

»Das würdest du nie tun.« Klara schüttelte den Kopf. »Ich kenne dich.« Sie bemerkte das Flackern in seinem Blick, bevor er sich abwandte.

»Das dachte ich auch. Ich dachte, ich kenne dich.«

Klara traten die Tränen in die Augen. »Es tut mir leid«, wiederholte sie.

Fritz ließ sich auf der Bettkante nieder, legte die Hände auf seine Augen und musste einen Schmerzenslaut unterdrücken.

»Ich hol dir die Augentropfen«, sagte Klara sofort.

»Lass das!« Der scharfe Ton seiner Stimme ließ sie mitten in der Bewegung innehalten. »Na gut, Klara«, er klang plötzlich zu Tode erschöpft, »wie hast du dir das vorgestellt? Du bekommst deinen Bastard, von dem jeder wissen wird, dass er nicht von mir ist, und ich stehe vor aller Welt als gehörnter Ehemann da? Der in deiner Vorstellung wohl auch noch den liebenden Vater für den Balg spielen soll?«

Unwillkürlich legte Klara eine Hand auf ihren Bauch. Die Geste entging Fritz nicht. Er stand auf.

»Es ist ganz einfach, Klara. Er oder ich.«

»Ich kann ihn nicht einfach vor die Tür setzen, das wäre sein Tod, das weißt du doch.«

»Das sagtest du bereits.«

»Wie kannst du das also von mir verlangen? Jal versteckt sich schon seit Jahren. Er hat seine ganze Familie verloren. Er hat nur mich. Und du verlangst sein Blut als Beweis für meine Liebe zu dir?«

Fritz starrte sie reglos an. »Du entscheidest dich also für den Zigeuner und seinen Bastard?«

Klara zuckte unter seinen Worten zusammen.

»Dann habe ich hier nichts mehr verloren.« Er griff nach dem Koffer, der bereits gepackt für die Reise ins Alte Land bereitstand. »Ich fahre zu Paul. Jemand muss sich um ihn kümmern. Und du scheinst ja leider vergessen zu haben, dass es da schon ein Kind gibt, für das du verantwortlich bist.«

»Wie kannst du das sagen?«, fuhr Klara auf.

Fritz trat an sie heran, und in seinen Augen sah sie seinen Schmerz. Er wirkte jungenhaft und verletzlich, doch seine Worte waren kalt.

»Ich werde mit Paul zu meinen Eltern ziehen. Du wirst dich von uns fernhalten.«

Klara spürte, wie alle Kraft aus ihrem Körper wich. »Das kannst du nicht machen«, flüsterte sie, »du kannst mir doch nicht verbieten, meinen Sohn zu sehen.«

»Du wirst noch merken, dass ich das kann. Ich werde mich von dir scheiden lassen und das alleinige Sorgerecht beantragen. Unter den gegebenen Umständen gibt es wohl keinen Zweifel, dass ich es bekommen werde.« Er wandte sich zum Gehen. Im Türrahmen drehte er sich noch einmal zu Klara um, die fassungslos mitten im Raum stand. »So wie du verhält sich keine liebende Mutter«, sagte er, »so verhält sich eine Hure.«

Es war mitten in der Nacht, als leise die Klinke der Schlafzimmertür hinuntergedrückt wurde. Klara richtete sich im Bett auf. Ihr Kopf schmerzte vom Weinen. Jal trat herein. In der Hand hielt er ein Glas Wasser, das er ihr reichte. Sie trank.

»Danke«, sagte sie.

Er setzte sich neben sie auf die Bettkante, streckte die Hand aus und berührte ihre tränennasse Wange. »Klara«, flüsterte er, »meine arme, tapfere Klara. Was habe ich dir nur angetan?«

»Du hast mir gar nichts angetan.« Sie schob seine Hand weg. »Das habe ich ganz alleine geschafft.«

Er erwiderte nichts. Legte seinen Arm um ihre Schultern und zog sie an sich. Klara versteifte sich für einen Moment, wollte ihn von sich stoßen, doch ihr fehlte die Kraft dazu. Ihr Kopf sank an seine Brust.

»Wir müssen weg von hier«, flüsterte er in ihr Haar. »Weg aus diesem Land. Endlich alles hinter uns lassen und neu anfangen.«

Klara lauschte seinen Worten und erlaubte sich für einen Moment, seinen Traum zu teilen.

50.

Hamburg, 19. September 1943

Die nächsten Tage verbrachte sie wie in Trance. Als es an ihrer Tür klopfte, überschwemmte sie eine Woge der Hoffnung, während sie gleichzeitig die Panik in Jals Augen aufzüngeln sah, der ihr in der Küche gegenübersaß. Doch Klara ließ den Gedanken nicht zu, dass möglicherweise die Polizei vor ihrer Tür stehen mochte. Das war sicher Fritz, der es sich anders überlegt hatte. Er musste es sein. Sich an diese irrationale Hoffnung klammernd, stürzte sie in den Flur, noch bevor Jal ganz in der Speisekammer verschwunden war. Sie riss die Tür auf. Die Enttäuschung nahm ihr für einen Moment den Atem.

»Heil Hitler, Frau Hansen«, sagte Frau Bergmann.

»Heil Hitler«, antwortete sie und raffte unbewusst ihre weite Strickjacke vor dem Bauch zusammen.

»Ich hoffe, ich störe nicht, aber ...« Die Nachbarin brach ab und drehte sich zur Treppe um, von deren Fuß plötzlich ein Winseln laut wurde. Klara trat einen Schritt vor und spähte hinunter. Ein kleiner schwarzer Hund, abgemagert, mit flehenden dunklen Augen, sah zu ihnen hoch.

»Was ist denn das?«, fragte sie überrascht.

»Oh, das ist Fips. Geh wieder rein, Fips, ich komme ja gleich«, sagte sie zu dem Hund, der jetzt begann, mit seinen dünnen Beinchen die Stufen zum dritten Stock zu erklimmen. »Nein. Bleib unten. Aus!« Der Welpe ließ sich nicht beirren, sondern setzte seinen Weg fort, bis er sie erreicht hatte. Er drückte sich eng an Frau Bergmanns Bein und blickte sie von unten herauf traurig an. Frau Bergmann seufzte, bückte sich und nahm das Tier auf den Arm. »Entschuldigen Sie«, wandte sie sich wieder an Klara, »den Hund hat mein Mann aus Schweden mitgebracht.«

Einen Hund, dachte Klara ungläubig, während sie das Tier betrachtete, das seine weiche Schnauze in Frau Bergmanns Hals vergrub. Er war zugegebenermaßen niedlich, aber das Letzte, was eine Familie in diesen Zeiten brauchte, war ein weiteres Maul, das gefüttert werden wollte. Frau Bergmann schien ihre Gedanken zu erraten.

»Er ist als blinder Passagier mitgekommen«, erklärte sie, »seine Mutter hat sich wohl an Bord geschlichen und sich in einem der Laderäume hinter der Fracht versteckt, als das Schiff auslief. Sie hat dort vier Welpen geboren. Mein Mann hat sie erst beim Ausladen entdeckt. Alle sind gestorben, bis auf Fips.«

Sofort schossen Klara die Tränen in die Augen. »Das ist ja schrecklich.«

Frau Bergmann nickte und streichelte dem kleinen Hund den Kopf. »Ich weiß. Aber jetzt werden wir ihn aufpäppeln. Die Kinder sind ganz verrückt nach ihm.«

»Das kann ich mir vorstellen.« Klara nickte und wappnete sich für die unvermeidliche Frage nach weiteren Lebensmitteln. Doch sie wurde überrascht.

»Ja, wie gesagt, mein Mann ist seit gestern Abend wieder da. Er bleibt eine ganze Woche, bis er zurück aufs Schiff muss.«

»Das freut mich.«

»Ja.« Die andere lächelte ein wenig verlegen, als wollte sie sich dafür entschuldigen, dass ihr eigener Mann im Gegensatz zu dem von Klara gesund und munter nach Hause kam, um eine Woche Urlaub zu machen. »Jedenfalls ...«, sie begann in der großen Tasche zu wühlen, die sie über der Schulter trug, »hat er so einiges aus Schweden mitgebracht, und wir wollten uns bei Ihnen bedanken für die vielen Male, die Sie uns ausgeholfen haben.« Sie zog eine Blechdose hervor und reichte sie Klara, die perplex auf die Gabe hinuntersah. »Echter Kaffee«, erklärte Frau Bergmann nicht ohne Stolz. »So was Gutes haben Sie noch nie getrunken.«

»Das ist ja wirklich ...« Noch während Klara nach Worten suchte, winkte Frau Bergmann ab.

»Nicht der Rede wert, meine Liebe. Und hier ...« Sie zerrte einen Berg Stoff hervor. »Das ist die alte Uniform von meinem Mann. Er hat eine neue gekriegt. Die hier ist ziemlich hinüber, voller Löcher und Ölflecken, aber vielleicht können Sie ja noch was daraus machen. Eine Jacke für Ihren Paul zum Beispiel.« Der kleine Hund auf ihrem Arm begann zu winseln, deshalb drückte sie Klara eilig die Kleidungsstücke in den Arm. »So klingt er immer, wenn er mal muss.« Im selben Moment erleichterte Fips sich auf den Arm seines neuen Frauchens, was diese mit einem Aufschrei quittierte.

»Also nein, das darf doch nicht wahr sein!« Sie schnalzte mit der Zunge. »Ich gehe mal besser wieder runter.«

»Natürlich.« Klara nickte und glaubte noch immer zu träumen, während sie auf die Schätze in ihren Händen starrte. »Vielen Dank!«, rief sie endlich, als Frau Bergmann mit dem Hund schon fast ihrem Blick entschwunden war. Die Nachbarin drehte sich noch einmal zu ihr um.

»Gern geschehen. Und grüßen Sie bitte Ihren Mann von mir. Ich hoffe, es geht ihm besser?«

»Ja. Danke.« Sie schloss die Tür.

Der starke schwarze Kaffee dampfte in der Tasse, und Klara gab noch einen Löffel Zucker hinein – in den jetzigen Zeiten das pure Gold –, um den Genuss vollkommen zu machen. Dann legte sie beide Hände um die heiße Tasse, schloss die Augen und sog das kräftige Aroma ein. Sie nahm einen kleinen Schluck, spürte die belebende Wirkung des Getränks und stellte es auf dem Küchentisch ab. Warf Jal, der ihr gegenübersaß, einen Blick zu.

»Köstlich«, sagte er und trank ebenfalls.

Klara griff nach dem Nahttrenner, mit dem sie der Uniformhose von Herrn Bergmann zu Leibe rücken wollte.

»Es geschehen noch Zeichen und Wunder«, sagte sie kopfschüttelnd. »Manchmal dachte ich, Frau Bergmann wird uns mit ihrer ständigen Bettelei noch die Haare vom Kopf fressen – und jetzt plötzlich so was.«

»Wahrscheinlich freut sie sich einfach, weil ihr Mann wieder da ist«, sagte Jal, und Klara biss sich auf die Unterlippe. Ja, das war gut möglich. Sie stieß den Trenner in die Naht und zog daran, doch im selben Moment hielt sie inne. Sie hielt den Atem an und breitete das Kleidungsstück vor sich auf dem Küchentisch aus. Es sah wirklich arg mitgenommen aus, dreckig und zerlöchert, aber immerhin, es war eine Uniform. Die Uniform der deutschen Handelsmarine.

»Was ist los?« Jal sah sie fragend an.

Mit leuchtenden Augen hob sie den Blick.

»Es könnte funktionieren.« Seit sie ihm ihre Idee geschildert hatte, war Jal wie ausgewechselt. Er hatte sofort die Uniform von Herrn Bergmann anprobiert, die ihm, wenn man nicht so genau hinsah, recht gut passte. Auf den zweiten Blick waren die Hosenbeine eine Spur zu kurz, und die Uniformjacke wirkte etwas weit, aber das war nicht weiter schlimm. Im Gegenteil, er würde ein paar Vorräte darunter verstecken können, die er dringend benötigte.

Wenn ihr Plan aufging. Wenn es ihm gelang, unentdeckt an Bord des Handelsschiffes zu gelangen, das in einer Woche in See stechen würde. Wenn er sich in einem der Laderäume zwischen dem Frachtgut versteckt halten konnte, bis das Schiff im Hafen des neutralen Schwedens vor Anker ging. Klara dachte unwillkürlich an die vier toten Hunde, die den umgekehrten Weg genommen und dieses Abenteuer nicht überlebt hatten. Doch das hier war etwas anderes. Jal würde warme Kleidung mitnehmen und ein Mindestmaß an Lebensmitteln. Außerdem hatte der kleine Fips es auch geschafft.

Jal salutierte übermütig und schlug die Hacken zusammen. Er machte sich keinerlei Sorgen. Für ihn stand fest, dass alles klappen würde. Die Aussicht, wieder unterwegs zu sein und endlich seinem Gefängnis entfliehen zu können, schien ihn regelrecht zu berauschen. Er kniete sich vor sie und nahm ihr Gesicht in beide Hände. In seiner Begeisterung vergaß er sogar die Scheu, die sie sich im Umgang miteinander angewöhnt hatten.

»Schau nicht so besorgt, Klara. Del hat dafür gesorgt, dass diese Uniform in unsere Hände gelangt. O Del e Romen na omukhela.«

Auf ihren fragenden Blick hin übersetzte er lächelnd. »Das ist ein geflügeltes Wort bei uns und bedeutet: Gott wird die Roma nicht im Stich lassen.« Seine Miene verdüsterte sich für den Bruchteil einer Sekunde. »Es ist lange her, dass ich an die Wahrheit dieser Worte geglaubt habe. Aber sieh, wie er sich uns zeigt. Deine Nachbarin serviert uns die Lösung quasi auf dem Silbertablett.«

»Und mit einem starken Kaffee noch dazu.« Klara lächelte zaghaft.

»Del gibt mir eine Chance, endlich dieses Land zu verlassen, und durch dich hat er zu mir gesprochen.« Er richtete sich auf, zog Klara hoch und in seine Arme. »Alles wird gut, Klara. Ich werde sicher nach Schweden gelangen. Und sobald du kannst, besorgst du dir eine Schiffspassage.«

Sie wurde steif in seiner Umarmung. »Ich kann doch meinen Sohn nicht hierlassen.«

»Natürlich nicht«, sprach er weiter und streichelte ihr Haar. »Du nimmst ihn mit.«

»Aber sein Vater ist hier.«

Jal ließ sie los und tat einen Schritt zurück. »Sein Vater will ihn dir wegnehmen. Er wird dafür sorgen, dass du Paul nie wiedersiehst!«

Klara schüttelte heftig den Kopf. Jal ergriff ihre Hände und sah sie eindringlich an.

»Er kann das tun, und er *wird* es tun. Er muss ihnen nur die Wahrheit sagen. Und bis dahin sollte ich besser von hier verschwunden sein.« Sein Blick wanderte von ihren Augen hinunter zu ihrem sich wölbenden Leib und wieder hinauf. »Und ihr beide besser auch«, fügte er hinzu.

Klara ließ sich, plötzlich erschöpft, auf den Küchenstuhl fallen. Jal kniete sich neben sie und streichelte ihre Haare.

»Es tut mir so leid«, flüsterte er, »aber es ist die einzige Lösung, glaub mir. Ich weiß nicht, was sie mit dir machen werden. Oder mit unserer Tochter.« Er legte eine Hand auf ihren Bauch. »Was ist, wenn sie sie dir auch wegnehmen?«

Klara hob den Blick. »Warum sollten sie das tun?«

»Sie ist ein Zigeunermädchen.«

»Oder ein Junge.«

Jal schüttelte lächelnd den Kopf. »Ganz sicher ist es ein Mädchen. Und wir werden sie Felizitas nennen. Die Glückliche.«

Klara erlaubte sich nicht zu denken. In den nächsten Tagen konzentrierten sie sich völlig darauf, Jals Flucht vorzubereiten. Sofern man eine Flucht mit mindestens zehn Unbekannten überhaupt vorbereiten konnte. Sie hatten keine Ahnung, ob und wie der Frachter bewacht sein würde. Wie Jal unbemerkt zuerst auf das Schiff und dann in einen der Laderäume gelangen sollte.

Unter dem Vorwand, sich auch bei Herrn Bergmann persönlich für das großzügige Geschenk bedanken zu wollen, war Klara noch einmal hinunter zu den Nachbarn gegangen. Sofort wurde ihr eine weitere Tasse des herrlichen Kaffees angeboten, und sie saß plaudernd mit dem Ehepaar am Küchentisch, während die vier Kinder um sie herumwuselten und sich um den begehrtesten Platz, den auf dem Schoß des Vaters, balgten. Die kleine Ida konnte den Kampf schließlich für sich entscheiden und thronte seither wie eine Prinzessin auf den Knien von Herrn Bergmann, der seine Jüngste an sich drückte.

Verstohlen betrachtete Klara das Gesicht des jungen Mannes, das sich kaum verändert hatte, seit sie ihn vor über einem Jahr zum letzten Mal gesehen hatte. Er hatte weder an Gewicht verloren noch trug er diesen Ausdruck in den Augen, den sie bei all den Männern festgestellt hatte, die von der Front zurückgekehrt waren. Den Ausdruck, der ihr Fritz so fremd gemacht hatte. Und so unerreichbar. In der Zeit vor Ausbruch des Krieges hatte niemand die Frau eines Seemannes beneidet, die oft viele Monate am Stück auf die Rückkehr ihres Ehemannes warten musste. Auf sich allein gestellt mit den Kindern und den Sorgen des Alltags. Zudem wusste ja auch keiner, was die Matrosen in fremden Häfen so alles anstellten. »In jedem Hafen eine Braut«, hieß es in einem bekannten Seemannslied.

Aber jetzt in diesen Kriegszeiten war alles anders. *Alle* Frauen waren auf sich allein gestellt, und sie warteten auf ihre Männer, ohne zu wissen, ob sie je zurückkehren würden. Frau Bergmann, die Frau eines Seemanns bei der Handelsmarine, der in relativer Sicherheit Güter zwischen Deutschland und Schweden hin- und hertransportierte, war da plötzlich zu beneiden.

Klara biss sich auf die Unterlippe und widmete sich wieder dem Gespräch.

»In drei Tagen geht es zurück nach Schweden. Morgen beginnen wir mit dem Verladen der Fracht«, sagte Herr Bergmann. Ida schlang die Arme um seinen Hals.

»Nicht wieder weggehen, Papa«, bat sie, und er streichelte ihr über den Kopf.

»Es geht nicht anders, mein kleiner Schatz. Aber Papa kommt wieder.«

»Eben«, Frau Bergmann nickte heftig, »wir können so dankbar sein.« Sie warf Klara einen schnellen Seitenblick zu und verstummte. »Wie geht es Ihrem lieben Mann?«, wechselte sie das Thema.

»Danke, es geht immer besser. Er ist im Alten Land bei seinen Eltern. Und bei Paul.« Es fiel Klara schwer, ein Zittern in ihrer Stimme zu unterdrücken. »Ich kläre hier noch ein paar letzte Dinge wegen des Arbeitsdienstes und werde ihm dann dorthin folgen.«

Frau Bergmann nickte zustimmend. »Das ist gut. Er braucht Sie jetzt.«

Unvermittelt traten Klara die Tränen in die Augen. »Da haben Sie recht«, murmelte sie und starrte in ihren dampfenden Kaffee.

»Bitte grüßen Sie Ihren Mann von mir«, sagte Herr Bergmann. »Was denken Sie, wann er wieder k.v. geschrieben wird?«

Verständnislos sah Klara ihr Gegenüber an.

»Kriegsverwendungsfähig«, erläuterte der, und Klara wurde blass. Weshalb war ausgerechnet diesem Mann, der noch keinen einzigen Tag in diesem gottverdammten Krieg gekämpft hatte und der die Front mit all ihrem Grauen nur vom Hörensagen her kannte, dieser Ausdruck aus dem Kriegsjargon geläufig? Sie versuchte, sich zu fassen. Wahrscheinlich fragte sie sich das nur, um nicht über etwas viel Wichtigeres nachzudenken, über das sie dennoch um keinen Preis nachdenken wollte. Nachdem sie Fritz halb tot im Lazarett auf seinem Bett hatte liegen sehen, nachdem sie ihn am Arm durch halb Hamburg geführt hatte, weil er mit seiner Augenbinde blind und hilflos gewesen war, nach all den Schmerzen, die er durchlitten hatte – sollte es da tatsächlich jemandem einfallen, ihn erneut in diese Hölle zu schicken? Das war doch völlig abwegig, absurd, unmöglich! Fritz hatte bereits seine Schuldigkeit getan. Er hatte für das Vaterland gekämpft und die Beweglichkeit seines rechten Ellenbogengelenks dabei verloren. Dazu um ein Haar sein

Augenlicht. Und seine Frau. Das musste doch reichen. Sie konnten doch nicht allen Ernstes noch mehr von ihm fordern. Klara schaute auf und bemerkte, dass noch immer der Blick ihres Gegenübers auf ihr ruhte. Sie schluckte schwer, fand aber keine Worte.

»Nun, nun …« Herr Bergmann, seine Taktlosigkeit begreifend, machte eine beschwichtigende Handbewegung. »Zunächst steht ihm ja sicher noch ein längerer Genesungsurlaub zu, nicht wahr?«

Seine Frau nickte bekräftigend. »Eben. Und wer weiß, ob er überhaupt k.v. geschrieben wird. Seine Augen haben doch etwas abgekriegt, nicht wahr? Und wenn die Verwundung schwer genug ist …« Sie ließ den Satz im Raum stehen.

»Natürlich, ja«, bestätigte Herr Bergmann eilig, »wenn sein Augenlicht dauerhaft geschädigt ist …«

»Ist es nicht.« Klara schüttelte den Kopf. »Er kann sehen.«

»Oh. Aha.« Mehr sagte er nicht. Was sollte er auch sagen? Klara zur schnellen Genesung ihres Mannes beglückwünschen? Oder sein Mitgefühl bekunden, weil er nun wohl doch sehr bald zurück an die Front musste?

Zurück an die Front. Zurück an die Front.

Darüber konnte sie jetzt nicht nachdenken. Klara hatte für einen Moment vergessen, warum sie hier war. Jetzt hob sie den Kopf und lächelte tapfer.

»Herr Bergmann, würden Sie mir einen Gefallen tun?«

»Sicher.«

»Ich habe eine Schwäche für große Schiffe. Schon als ganz kleines Mädchen ging es mir so. Während alle meine Freundinnen mit Puppen gespielt haben, habe ich Boote aus Papier gefaltet und sie auf unserem Ententeich schwimmen lassen. Und ich habe stundenlang am Elbufer gesessen und die großen Schiffe bewundert.« Du plapperst zu viel, ermahnte sie sich selbst und kürzte ihre Rede ab. »Würden Sie mich einmal mit auf Ihr Schiff nehmen?«

Herr und Frau Bergmann wechselten einen Blick. Vielleicht fragten sie sich, wie Klara so herzlos sein konnte, jetzt an eine Schiffsbesichtigung zu denken. Andererseits waren sie wahrscheinlich froh, das unangenehme Thema hinter sich lassen zu können.

»Nun, den Gefallen würde ich Ihnen liebend gerne tun, Frau Hansen, doch wird es wohl leider nicht möglich sein. Wie schon gesagt, beginnen wir morgen mit dem Befrachten. Da herrscht ziemlich reges Treiben, und es wäre zu gefährlich, Sie mit an Bord zu nehmen.«

Das war eine ebenso gute wie schlechte Nachricht. Zwar würde Klara sich nicht auf dem Schiff umsehen können, doch je chaotischer die Zustände am Hafen, desto leichter würde Jal sich unbemerkt an Bord schleichen können.

»Ach, das ist ja sehr schade.« Klara lächelte bedauernd. »Aber da kann man wohl nichts machen.«

Das ist absoluter Wahnsinn, dachte Klara. Jal, glatt rasiert und in Uniform, hatte seinen Arm um ihre Schultern gelegt. Auf dem Kopf trug er eine dunkelblaue Mütze, die sie ihm gestrickt hatte. Das war zwar nicht die passende Kopfbedeckung für einen Matrosen, aber angesichts der kühlen Abendluft war das durchaus vertretbar. Sie waren noch gut fünf Minuten vom Hamburger Hafen entfernt, als Jal so plötzlich anhielt, dass Klara stolperte. Geschickt fing er sie auf und zog sie dicht an sich heran.

»Was machst du denn?« Sie wollte sich von ihm lösen, doch er hielt sie fest an sich gedrückt. Wie ein Ertrinkender, dachte sie, als er die Lippen ihrem Ohr näherte.

»Ab hier geh ich alleine weiter«, flüsterte er.

Sie schüttelte sofort den Kopf. »Nein, das tust du nicht.«

»Alleine bin ich unauffälliger. Du läufst nach Hause.« Sie spürte seine Hand auf ihrer Schulter. Sanft nahm er ihr die Umhängetasche ab, gefüllt mit sämtlichen Vorräten, die der Küchenschrank hergegeben hatte. Seine Umarmung lockerte sich nicht. »Ich werde es schaffen, Klara«, sagte er eindringlich. »Ich habe noch keine Ahnung, wie, aber ich werde an Bord dieses Schiffes gehen. Ich werde mich verstecken und schon bald in Schweden landen. Ich werde frei sein. Und dann kommst du nach, und wir werden zusammen frei sein.« Klaras Herz zog sich zusammen, als Jal den Kopf nach hinten bog und ihr in die Augen sah. »Sag, dass du nachkommst, dann kann ich es schaffen.«

Klara nickte.

»Sag es«, drängte Jal. Klara nahm sein Gesicht in beide Hände.

»Natürlich.« Sie strich ihm über die Wange, zögerte nur ganz kurz, dann küsste sie ihn auf den Mund. »Ich werde nachkommen. *Wir* werden nachkommen. Du schreibst mir eine Postkarte mit deiner Adresse, damit ich weiß, wo wir dich finden.«

Jal küsste sie erneut, dann ließ er sie los. »Auf Wiedersehen«, sagte er.

»Auf Wiedersehen«, antwortete Klara, und die Tränen, die sie bisher so mühsam zurückgehalten hatte, liefen ihr die Wangen hinunter.

Jal nahm ihre Hand, zog sie an die Lippen und küsste sie. Dann wandte er sich abrupt ab und ging mit schnellen Schritten davon. Klara sah ihm hinterher, bis er aus ihrem Blickfeld verschwunden war.

51.

Hamburg, Auf der Elbe, 26. September 1943

Der kühle Fahrtwind blies Klara ins Gesicht, zupfte an den roten Locken, die unter ihrer Mütze hervorquollen, und biss ihr in die geröteten Wangen. Sie hatte zwei Koffer zu ihren Füßen abgestellt, lehnte sich weit über die Reling und sah hinunter in das aufgewühlte Wasser der Elbe, das schäumend gegen den Bug des Schiffes brandete. Klara atmete tief durch, um die Übelkeit zu vertreiben, die wieder einmal in ihr aufzusteigen drohte, und verbot sich jeden Gedanken an ein Scheitern. Sie hatte nicht mehr nachgedacht, seit sie Jal am gestrigen Tag verabschiedet hatte. Sie war nach Hause gegangen. Sie hatte ihre Koffer unter dem Bett hervorgezogen, ihre Kleider aus dem Schrank geholt und sie sauber gefaltet hineingelegt. Ohne etwas zu essen, war sie ins Bett gegangen, am nächsten Morgen aufgestanden und zu den Landungsbrücken marschiert, um mit der Fähre ins Alte Land zu fahren.

Als sie den Anleger in Cranz erreichten, klopfte ihr Herz aufgeregt, wie immer, wenn sie das Alte Land betrat. Sie sehnte sich nach der Geborgenheit des Landahl-Hofes, nach ihren Eltern und am meisten nach ihrem kleinen Paul. Sie würde Fritz sehen. Alles würde in Ordnung kommen. Es musste einfach so sein.

Als sie sich von den anderen Passagieren aus dem Schiff spülen ließ, glaubte Klara, ihren Augen nicht zu trauen. Sie blieb stehen und starrte Fritz an, der, nur durch die Kette der Absperrung von ihr getrennt, am Ufer stand. Er hatte sie auch entdeckt, wandte den Blick ab, sah an ihr vorbei und wartete darauf, dass er gemeinsam mit den anderen Leuten das Schiff betreten konnte. Um damit zurück nach Hamburg zu fahren.

Klara ging die wenigen Schritte auf ihn zu und berührte ihn am Arm.

»Fritz.« Zuerst machte es den Anschein, als wollte er sie einfach ignorieren. Dann wandte er sich ihr doch zu.

»Hallo, Klara. Entschuldige mich.« Mit einer knappen Kopfbewegung deutete er in Richtung des Schiffsführers, der in diesem Moment die Kette löste und seine neuen Passagiere einsteigen ließ.

»Warte.« Ihre Hand, die eben nur zaghaft seinen Arm gestreift hatte, packte zu, ohne dass Klara ihr den bewussten Befehl dazu gegeben hatte. Es war wie ein Reflex gewesen, der sie dazu veranlasste, sich in den grauen Stoff seiner Uniformjacke zu verkrallen. Wieso trägt er das Ding, schoss es ihr durch den Kopf. Das macht doch alles überhaupt keinen Sinn.

»Lass mich los, Klara.« Seine Stimme war sanft, und der Ausdruck in seinen Augen brach ihr das Herz. »Ich muss weiter.«

»Aber wohin denn?« Ihr eigener Tonfall klang schrill, fast panisch.

»Ich muss meinen Zug erreichen.«

»Was denn für einen Zug?«

»Den Zug, der mich zurück nach Polen bringt«, erklärte er und löste sanft ihre Finger, einen nach dem anderen, von seinem Arm. »Leb wohl, Klara.«

Wie betäubt sah sie ihm hinterher, wie er dem Schiffsführer sein Ticket reichte und die Fähre bestieg. Schnell wurde er durch die Nachdrängenden verdeckt. Klara bückte sich nach ihren Koffern und folgte Fritz zurück aufs Schiff.

Nachdem sie abgelegt hatten, machte Klara sich auf die Suche nach ihm und fand ihn am Bug der Fähre. Er hatte den Blick auf die alte Heimat gerichtet und bemerkte Klara erst, als sie sich neben ihn stellte.

»Was machst du denn hier?« Es klang nicht überrascht. Oder wütend. Nur erschöpft.

Klara hob die Schultern. Was machte sie hier? Sie wusste es selbst nicht. Das alles lief völlig anders als geplant. Wenn sie überhaupt so etwas wie einen Plan gehabt hatte. Es war eher eine vage Vorstellung, eine Hoffnung gewesen, Fritz im Hause seiner Eltern anzutreffen. Ein wenig besänftigt von dem Wiedersehen mit Paul und durch die Tage, die inzwischen vergangen waren. Obwohl die Vorstellung, Fritz könnte ihr nach allem, was gewesen war, verzeihen, geradezu lächerlich war, hatte sie doch daran geglaubt. Sie hatte darauf vertraut, dass die alte Heimat und die Zeit ihr helfen würden, ihr Ziel zu erreichen. Und wenn sie jeden Tag wieder vor seiner Tür hätte stehen müssen, irgendwann hätte er ihr verziehen. Ihr verzeihen müssen. Die Möglichkeit, dass er gar nicht da sein würde, hatte sie nie in Erwägung gezogen.

»Bei welchem Arzt warst du?«, fragte Klara und weckte Fritz damit für eine Sekunde aus seinem tranceähnlichen Zustand. Diese Frage hatte er vermutlich als letzte erwartet. »Es ist auch egal«, fuhr sie fort, ohne seine Antwort abzuwarten, »der Mann ist ein Stümper. Ein Blinder kann sehen, dass du nicht k.v. bist.

Entschuldige meine Wortwahl.« Ihr Blick flog zu der rot leuchtenden Narbe an seiner Schläfe. Dort, wo der Granatsplitter getroffen und seinen Sehnerv verletzt, wenn auch nicht zerstört hatte. »Dir stehen mehrere Wochen Genesungsurlaub zu. Ganz davon abgesehen, dass du mit deinem Arm vermutlich sowieso keinen Schuss mehr abfeuern kannst. In diesem Zustand bist du nichts als Kanonenfutter.« Sie biss sich auf die Lippen und befahl sich zu schweigen. Doch plötzlich sah sie den Ausdruck in seinen Augen. Einen Moment lang schwiegen sie beide, dann wandte Klara den Blick ab. Klammerte sich an der Reling fest, bis die Knöchel ihrer Handgelenke weiß hervortraten, und nickte langsam. »Du warst gar nicht beim Arzt«, stellte sie fest, »du hast dich freiwillig zurückgemeldet.«

Fritz zuckte mit den Schultern, und Klara spürte eine unbändige Wut in sich aufsteigen.

»Und warum der Umweg über die Front?«, fragte sie und funkelte ihn an. »Warum schießt du dir nicht einfach eine Kugel in den Kopf, wenn du so dringend sterben möchtest?«

»Ich will nicht, dass Paul der Sohn eines feigen Selbstmörders ist. Er soll stolz auf mich sein können, wenn er alt genug ist, um es zu verstehen. Es reicht schon, dass ...« Fritz brach ab, und Klara nickte.

»Es reicht schon, dass seine Mutter eine Zigeunerhure ist«, vollendete sie seinen Satz. Er wich ihrem Blick aus, und ihr Zorn verschwand so schnell, wie er gekommen war. Sie legte eine Hand auf seinen Arm, nahm wahr, wie er vor ihr zurückzuckte. »Ich fürchte, die Generation unserer Kinder wird nicht viel Grund haben, stolz auf uns zu sein«, sagte sie leise. »Weder darauf, was wir getan haben, noch darauf, was wir nicht getan haben. Das Einzige, was wir für Paul tun können, ist, für ihn da zu sein. Bitte geh nicht. Wenn du nicht für mich bleibst, dann verstehe ich das natürlich. Aber bleib für Paul.«

»Ich kann nicht.« Sie konnte ihn kaum verstehen, so leise kamen die Worte über seine Lippen.

»Warum denn nicht?«

Er sah sie an. Hilflos. Sie konnte die Gedanken und Gefühle sehen, die in seinem Inneren tobten und für die er keine Worte fand. Wie so oft. Aber sie verstand ihn. Und auch wenn es anmaßend war und in ihrer Situation vollkommen unpassend, sprach sie es aus: »Du weißt nicht, wie du ohne mich leben sollst. Darum willst du sterben.«

Ein Zucken lief über Fritz' Gesicht, ein plötzlicher Ausdruck von Feindseligkeit, ja Hass erschien auf seinem Gesicht, und Klara erschrak. Doch dann nickte er. Klara traten die Tränen in die Augen.

»Du musst nicht ohne mich leben«, sagte sie, »du musst mir verzeihen.« Er blickte sie verständnislos an. »Ich weiß auch nicht, wie das gehen soll«, gab sie zu, »aber es ist die einzige Möglichkeit. Ja, ich habe dich betrogen. Ich bekomme ein Kind von Jal. Und ich habe keine Ahnung, wie du mir jemals verzeihen kannst. Aber es muss irgendwie gehen, bitte. Versuch es wenigstens. Du hast doch nichts zu verlieren, wenn die einzige Alternative ist, dich von einer russischen Granate zerfetzen zu lassen.« Sie wählte absichtlich drastische Worte, um ihn zu erreichen, ihn aufzuwecken. Klara griff nach seinen Händen, die eiskalt waren. »Wenn es nicht klappt, dann kannst du immer noch zurück an die Front. Aber vielleicht werden wir auch wieder glücklich. Das könnte doch sein.« Zweifelnd sah er sie an. »Es könnte sein«, wiederholte sie mit Nachdruck.

52.

Gemeinde Jork im Alten Land, April 2019

»Ich möchte Ihnen noch etwas zeigen.«

Marie beobachtete, wie Frau Hansen sich aus ihrem Sessel erhob und schmerzerfüllt das Gesicht verzog, als sie das linke Bein belastete.

»Kann ich Ihnen helfen?« Marie erhob sich halb, hielt aber in der Bewegung inne, als Frau Hansen abwinkte.

»Bleiben Sie sitzen. Ich bin gleich zurück. Na ja, gleich ist wohl ein dehnbarer Begriff.« Sie lächelte und humpelte im Zeitlupentempo hinaus.

Marie fühlte sich unbehaglich und musste sich förmlich zwingen, Herrn Hansens Blick zu suchen. Er lächelte sanft.

»Sie haben doch nach dem Geheimnis einer langen Ehe gefragt«, sagte er, »nun haben Sie Ihre Antwort. Das ganze Geheimnis ist, sich nicht scheiden zu lassen. Was immer auch passiert.«

»Und, sind Sie wieder glücklich geworden?«, fragte Marie.

Er nickte.

»Und Sie haben ihr verziehen?«

Ein Lächeln erschien auf dem Gesicht des alten Mannes und legte seine Haut in tausend Falten. Er wiegte den Kopf. »Es müsste jetzt jeden Moment so weit sein.«

»Also haben Sie ihr nicht verziehen?«

»Ich habe mich dafür entschieden, sie trotzdem zu lieben. Sie und ihre Tochter, die meine Tochter ist, so wie Paul mein Sohn ist. Sie sind jung, Frau Engelmann, Sie glauben vielleicht, dass die Liebe Schicksal ist. Dass sie uns trifft wie ein Blitz und wir machtlos sind. Und mit dem Verliebtsein ist es wohl auch so. Deshalb hat meine Frau sich in diesen Mann verliebt. Aber jemanden zu lieben, *nachdem* die Schmetterlinge davongeflogen sind, das ist eine Entscheidung, die man selber trifft. Nicht mehr und nicht weniger.« Herr Hansen erhob sich aus seinem Sessel. »Bitte entschuldigen Sie mich. Meine Frau kommt gleich zurück.« Er knöpfte seine Strickjacke zu und trat wieder hinaus in den Garten.

Gerade als die Tür sich hinter ihm geschlossen hatte, kehrte Frau Hansen zurück. Durch die Glasscheibe beobachtete sie ihren Mann dabei, wie er seine Pantoffeln gegen ein Paar Gartenschuhe tauschte und dann zwischen den Rosensträuchern verschwand. »Ich habe mir schon gedacht, dass er hierfür nicht bleiben würde.« Sie reichte Marie eine uralte, vergilbte Postkarte, adressiert an Klara Hansen und abgestempelt in Stockholm am 10. Oktober 1943. Die weiße Rückseite war leer, lediglich neben die Adresse hatte jemand wenige Zeilen in einer schnörkellosen Männerhandschrift geschrieben.

»*Liebe Klara*«,

las Marie,

»*es geht mir gut, ich bin frei. Dass du nicht folgen kannst, verstehe ich. Ich danke dir für alles, was du für mich getan hast. Bitte achte auf unser gemeinsames Glück, das uns für immer verbinden wird. In Liebe, Jal.«*

»Er hat es also geschafft.« Frau Hansen nickte, und ihre Augen strahlten plötzlich voller Wärme.

Ich kann verstehen, dass ihr Mann das nicht sehen wollte, dachte Marie. Laut sagte sie: »Und Sie haben einander geschrieben?«

Klara schüttelte den Kopf. »Das hier ist alles. Er hat mir keine Adresse gegeben, unter der er zu erreichen gewesen wäre.«

»Aber ...«

»Woher wusste er, dass ich nicht nach Schweden kommen würde?«, vollendete Frau Hansen Maries Frage. »Keine Ahnung. Er hat es wohl schon gewusst, als wir uns voneinander verabschiedet haben. Damals am Hafen. Dabei dachte ich wirklich, ich hätte ihn überzeugt. Ich dachte, dass er die Hoffnung auf ein Leben mit mir braucht, um die Überfahrt zu überstehen. So wie er gesagt hatte. Aber er kannte mich besser. Er wusste, dass ich log. Und vielleicht habe ich mich auch zu wichtig genommen.« Sie lächelte vor sich hin. »Jal brauchte nicht die Aussicht auf ein Leben mit mir. Nur auf ein Leben in Freiheit.«

»Und Sie haben nie wieder von ihm gehört?«

Klara schüttelte den Kopf. »Nie wieder. Meine Tochter kennt natürlich die ganze Geschichte. Und sie hat viele Nachforschungen angestellt, um ihren Vater zu finden.«

»Das war sicher nicht leicht für ... Ihren Mann.«

»Aber auch nicht das Schwerste, was er in seinem Leben durchmachen musste. Fritz liebt Felizitas wie eine eigene Tochter. Die beiden haben eine Verbindung, um die ich sie manchmal fast beneidet hätte. Wenn ich nicht gleichzeitig überglücklich darüber gewesen wäre.«

Marie nickte verstehend und drehte die Postkarte zwischen den Fingern hin und her. »Wäre es in Ordnung, wenn ich das hier mit meinem Handy fotografiere?«

»Natürlich.« Frau Hansen lächelte. Sie beobachtete Marie dabei, wie sie ihr Telefon hervorkramte. »Ich wette, Sie würden auch gerne den Brief sehen, den Fritz mir damals aus dem Lazarett geschrieben hat?«

Marie blickte auf. »Wäre das möglich?«

Frau Hansen schüttelte bedauernd den Kopf. »Ich habe ihn bis heute nicht geöffnet. Nennen Sie mich abergläubisch, aber die Worte waren sein Vermächtnis an mich. Fritz glaubte, er wäre tot, wenn ich sie lese.«

»Ich verstehe.«

»Der Umschlag liegt ganz unten in meiner Schmuckschatulle. Als so eine Art Lebensversicherung.« Sie lachte leise. »Bis jetzt funktioniert sie ganz gut.«

»Eine Frage habe ich noch«, sagte Marie, nachdem sie ihre Notizen zusammengesammelt und in die Tasche mit ihrem Laptop gepackt hatte. »Warum haben Sie nie jemandem von der ganzen Sache erzählt?«

»Aber das habe ich doch. Meinen Kindern.«

»Ich meinte eher der Öffentlichkeit. Immerhin waren Sie doch so etwas wie eine Heldin.«

»Stille Helden. So hat man Leute wie mich später genannt. Aber in der Nachkriegszeit wollte man nichts von uns wissen. Wir erinnerten die Menschen, die weggesehen haben, an ihre Schuld. Und zeigten auf, dass es sehr wohl möglich war zu helfen. Aber ich will mich gar nicht besser machen, als ich bin. Das Leben hat mir Jal direkt vor die Nase gesetzt. Für mich *gab* es keine Möglichkeit wegzusehen. Das hätte nämlich erfordert, dass ich mich aktiv dazu entschließe, jemanden zum Tode zu verurteilen. Das ist was ganz anderes, als zu verdrängen, dass irgendwo da draußen etwas Unrechtes geschieht.«

53.

Gemeinde Jork im Alten Land, Mai 2019

Die Trauergemeinde war überschaubar. Doch auch wenn sich ausnahmslos jeder Bewohner des Alten Lands in der Kirche gedrängt hätte – Fritz hätte sie nicht wahrgenommen. Er bemerkte niemanden. Nicht die gebeugten weißhaarigen Köpfe der wenigen Bekannten, die noch da waren, nicht seine Kinder und Enkel, die sich auf den unbequemen Holzbänken um ihn geschart hatten. Er spürte nicht die Hand seiner Tochter Felizitas, die sich in seine legte, sie tröstend drückte. Er verstand nicht die Worte, die sein Sohn Paul für seine Mutter sprach, stockend und immer wieder um Fassung ringend. Er roch nicht den betäubend schweren Duft der roten Rosen und hörte nicht die Musik.

Fritz sah nur den Sarg aus dunkler Eiche. Er versuchte sich vorzustellen, dass seine Klara darin lag, auf dem glänzenden Satin, in ihrem Kostüm aus graublauem Samt. Sie hatte es, wie alle ihre Kleider, selbst geschneidert und war stolz darauf gewesen, dass ihr das Stück auch nach fast drei Jahrzehnten noch passte wie angegossen.

Es lag jenseits seiner Vorstellungskraft. Eine Welt ohne Klara lag jenseits seiner Vorstellungskraft.

Seit Tagen wuselten alle um ihn herum. Und sagten, wie gut

es doch sei, dass es so viel zu bedenken und zu erledigen gab. Weil man dann nicht zum Nachdenken kam. Sie wollten auch ihn dazu animieren, etwas zu tun. Eine Traueranzeige zu entwerfen, Blumenschmuck auszuwählen und Lieder für den Gottesdienst. Aber Fritz hatte sich geweigert. Er hatte in dem Sessel Platz genommen, in Klaras, nicht in seinem, und darauf gewartet, dass sein schmerzendes Herz aufhörte zu schlagen.

Doch den Gefallen hatte es ihm nicht getan. Und deshalb saß er jetzt hier und musste sich verabschieden. Ohne eine Idee, wie er ohne sie weiterleben sollte. Er war Mediziner und wusste, dass er noch immer unter Schock stand. Sie hatte friedlich in ihrem Sessel geschlafen, und er hatte zuerst geglaubt, sie würde sich einen Scherz erlauben, als sie nicht auf ihn reagierte. Ja, er hätte geschworen, dass sie jeden Moment, mit noch geschlossenen Augen, sagen würde: Natürlich lebe ich noch. So wie *er* es so viele Male getan hatte. Aber da lebte sie schon nicht mehr. Sie war lautlos gegangen. Und ohne ihn.

Die Trauerfeier rauschte an Fritz vorüber wie die Menschenreihe, die ihm danach ihr Beileid bekundete. Nur hin und wieder nahm er ein Gesicht wahr. Die junge Journalistin war da, sie trug ein schmales schwarzes Kleid und drückte ihm stumm die Hand, verzichtete auf jedes Wort. Er registrierte den schmalen goldenen Reif an ihrem Ringfinger, den sie bei ihrem Interview noch nicht getragen hatte. Da war er ganz sicher. Ob sie ihn bei der Arbeit abnahm? Warum sollte sie das tun? Der Mann an ihrer Seite, im schwarzen Anzug, mit blonden Locken, machte einen sympathischen Eindruck. Er legte den Arm um ihre Schultern, als sie davongingen. An seiner Hand blitzte das Pendant zu ihrem Ring.

In dem von seinen Kindern ausgewählten Café saß er vor

einem Stück Butterkuchen und einer kalten Tasse Filterkaffee, bis der letzte Trauergast gegangen war. Fritz wehrte sich hartnäckig gegen Felizitas' Versuch, ihn nach Hause zu begleiten, sodass diese schließlich aufgab und versprach, ihn morgen anzurufen. Er spürte ihren Kuss auf seiner Wange und drückte kurz ihre Hand. Dann machte er sich auf den Weg zurück zu Klaras Grab.

Die ausgehobene Grube war bereits zugeschüttet. Die Kränze und Blumensträuße mit ihren Trauerschleifen lagen auf der frischen Erde. Fritz zog einen Umschlag aus seiner Jackentasche und las die Beschriftung. Für Klara Hansen. Die geschwungene Handschrift der jungen Krankenschwester, der er vor so vielen Jahren den Brief diktiert hatte. Mit zitternden Fingern klemmte er ihn zwischen die weißen Rosen des Kranzes, auf deren Schleife sein Name stand. Sonst nichts. Er lächelte traurig. Er war kein Mensch vieler Worte.

»Ich hoffe, du bist nicht enttäuscht, wenn du ihn liest«, murmelte er, »bis bald.«

54.

Hamburg, Zeitgeist-Verlag, zwei Wochen später

Frank saß an seinem Schreibtisch, wie immer halb verborgen hinter Stapeln von Unterlagen und alten Ausgaben des *Zeitgeist*, als Marie nach kurzem Klopfen eintrat.

Frank warf ihr über den Rand seiner Brille einen Blick zu und vertiefte sich dann wieder in den Ausdruck, den er in der Hand hielt. Den Ausdruck *ihres* Artikels, wie sie feststellte. Marie ärgerte sich über sich selbst, weil ihr Herz prompt ein wenig schneller schlug. Sie bemühte sich um einen gleichmütigen Gesichtsausdruck, während sie darauf wartete, dass Frank seine Lektüre beendete.

»Was für eine Geschichte«, sagte er in neutralem Tonfall und ließ den Artikel sinken.

»Nicht wahr?« Ihre Mundwinkel zogen sich nach oben, ohne dass sie etwas dagegen unternehmen konnte. Frank konnte noch so sehr den harten Hund spielen, Marie wusste, dass ihre Geschichte gut war. Richtig gut.

Kopfschüttelnd sah Frank sie an. »Das ist doch nicht zu glauben. So was schaffst auch nur du. Wir machen eine Sonderausgabe zum Thema Zweiter Weltkrieg, und du gräbst eine Liebesgeschichte aus.«

Maries Lächeln verrutschte. Frank musterte sie ungerührt.

»Kann es bei dir vielleicht auch mal *nicht* um die ganz großen Gefühle gehen?«

Marie spürte, wie ihr das Blut in den Kopf schoss. Das konnte doch nicht sein! Wenn er jetzt wieder ihre Vergangenheit bei der *Sonja* ins Spiel brachte, dann … Sie wusste nicht, was sie dann tun würde, konnte sich aber vorstellen, Dinge zu sagen, die sie im Nachhinein bereuen würde. Sie holte tief Luft und entschied sich im letzten Moment für eine andere Taktik.

»Nein«, antwortete sie mit fester Stimme, »kann es nicht. Wenn ich bloß nackte Fakten zusammentragen wollte, wäre ich Nachrichtensprecherin geworden. Ich bin aber Journalistin. Und erkläre mir bitte, wie eine solche Geschichte ohne Emotionen erzählt werden soll.«

»Das soll sie nicht«, gab Frank zurück und ließ die zusammengetackerten Papiere auf seinen Schreibtisch fallen. »Die Frage ist nur, ob eine solche Geschichte etwas im *Zeitgeist* zu suchen hat.«

»Natürlich hat sie das«, platzte Marie heraus. Das konnte er einfach nicht machen.

Frank betrachtete sie ungerührt, dann nickte er. Seine Mundwinkel zuckten. »Da hast du recht. Gute Arbeit.«

Der Umschwung kam so überraschend, dass Marie ganz vergaß, sich zu bedanken.

»Ich hab dich unterschätzt«, setzte Frank noch einen drauf. »Vielleicht bist du bald reif für deine erste Titelstory.«

Marie grinste. »Mal sehen, ob ich es einrichten kann.« Sie fühlte sich, als würde sie aus dem Raum schweben.

Frank rief sie zurück, bevor sich die Tür ganz hinter ihr geschlossen hatte. »Marie, sag mal, dieser alte Mann«, er deutete auf ihren Artikel, »wie geht es ihm denn jetzt?«

Marie blickte ihn überrascht an, und er machte eine unwirsche Handbewegung. »Na ja, wenn du auch so eine Gefühlssoße schreibst.«

Marie lächelte. »Danke, Frank. Das ist das schönste Kompliment, das du mir machen konntest.«

»Genau das habe ich befürchtet«, brummte er. »Also?«

Maries Lächeln verschwand. »Fritz Hansen ist letzte Woche verstorben. Ich habe es eben erst erfahren, deshalb steht noch nichts davon im Artikel.«

»Er ist gestorben? Aber woran denn?«

Marie hob die Schultern, und Frank hielt ihr abwehrend die offene Handfläche entgegen. »Sag jetzt bloß nicht, an gebrochenem Herzen.«

»Das hast du gesagt«, entgegnete sie und wandte sich zum Gehen. »Er ist genau zwei Wochen nach Klara gestorben. Länger konnten sie es wohl nicht ohne einander aushalten.«

Marie trat aus dem Verlagsgebäude und sog die frische Luft in ihre Lunge. Endlich Wochenende. Zum Ausruhen würde sie allerdings nicht kommen, denn sie würde morgen in ihr neues, altes Zuhause bei Simon einziehen. Sie wollten einen Neuanfang versuchen. Sie berührte den Ehering, den sie seit Kurzem wieder trug, und dachte an den Moment zurück, an dem Simon ihn ihr wieder angesteckt hatte. Es war vollkommen undramatisch gewesen ... und doch irgendwie romantisch. Sie war zu ihm in die Wohnung gefahren, nachdem sie aus dem Alten Land zurückgekehrt war.

»Ich weiß immer noch nicht, wie ich dir verzeihen soll«, hatte sie gesagt, als er die Tür öffnete, »aber ich will es wenigstens versuchen.«

Ungläubig hatte er sie angestarrt. »Heißt das, du liebst mich noch?«

»Das heißt es wohl.« Auf der ausgestreckten Hand hatte sie ihm ihren Ring hingehalten. Er hatte danach gegriffen, so eilig, als fürchtete er, sie könne es sich plötzlich anders überlegen, und ihn ihr an den Finger gesteckt. Ein wenig verlegen hatten sie einander gegenübergestanden.

»Willst du reinkommen?«, hatte Simon gefragt, und Marie hatte genickt.

Sie blickte hinauf in den strahlend blauen Himmel und dachte an Klara und Fritz und das Geheimnis ihrer langen Ehe.

»Dich habe ich ja ewig nicht mehr gesehen«, erklang eine Stimme hinter ihr und riss sie aus ihren Gedanken.

Marie drehte sich um und entdeckte Jost, der sie angrinste und sich mit einer verlegenen Geste durch die Haare fuhr.

»Stimmt«, sagte sie. »Wie geht es dir?«

»Gut. Hör zu, ich weiß, ich habe mich lange nicht gemeldet, und das war wahrscheinlich ziemlich schäbig von mir …«

»Das ist kein Problem«, entgegnete sie. »Ich habe gehört, dass du im Urlaub warst.«

»Nicht wirklich. Das war eine ganz spontane Sache. Ein Werbeshooting auf Hawaii. Denen ist der Fotograf abgesprungen. Mein Kumpel macht da die Produktionsleitung, und er hat mich gefragt …«

»… ob du nicht das Angenehme mit dem Nützlichen verbinden willst«, vollendete sie seinen Satz und beobachtete, wie sein Ausdruck sich veränderte. Er wirkte wie ein Schuljunge, der bei etwas Verbotenem erwischt worden war. Sie konnte sich schon denken, warum. Hawaii, Sonne, Strand und hübsche Models.

Merkwürdigerweise berührte es sie nicht sonderlich. »Und Frank hatte nichts dagegen?«, erkundigte sie sich.

»Irgendeinen Vorteil muss es ja haben, als Freelancer zu arbeiten.«

»Da hast du recht.« Sie nickte zustimmend und wandte sich zum Gehen. »Also dann, ich wünsch dir ein angenehmes Wochenende.«

»Moment. Warte doch mal.« Er schloss zu ihr auf und griff nach ihrer Hand. Sie blieb stehen.

»Was ist denn?«

Er musterte sie irritiert. »Irgendwie bist du anders.«

Marie konnte sich ein Lächeln nicht verkneifen. Da hatte er den Nagel auf den Kopf getroffen.

»Bist du sauer? Weil ich nicht angerufen habe?«, fragte Jost. »Irgendwie ... machst du nicht den Eindruck.«

»Das liegt daran, dass ich nicht sauer bin.«

»Nein?«

»Nein.« Sie schüttelte den Kopf.

»Da bin ich aber froh.« Er legte den Kopf schief und lächelte sie an. Seine Augen funkelten verschmitzt. »Hast du denn was Schönes vor am Wochenende?«

»Ja«, sagte sie und zog sanft die Hand aus seiner. »Ja, das habe ich.«

55.

Bialystok, den 1. September 1943

Liebste Klara,
wenn Du das liest, bin ich nicht mehr da. Es tut mir leid, dass ich das Versprechen gebrochen habe, das ich Dir damals in der Scheune gegeben habe. Wir wollten doch zusammen sterben, Hand in Hand. Ich werde niemals vergessen, wie Du an jenem Tag ausgesehen hast und wie Du mich angeschaut hast.

Meine Klara, die Du mich so liebst, wie traurig muss es für Dich sein, mich nicht mehr bei Dir zu haben.

Ich bin kein Mann der großen Worte, das weißt Du. Aber ich liebe Dich auch, Klara. Warum habe ich Dir das nie gesagt? Ich weiß es nicht. Ich weiß nicht, warum ich es Dir nicht an jedem Tag, in jeder Stunde, die wir miteinander hatten, gesagt habe. Ich hoffe, dass Du es trotzdem wusstest. Und ich hoffe, dass Du nicht zu traurig sein wirst, ein Wunsch, der, wie ich fürchte, nicht in Erfüllung gehen wird. Du bist so lebendig, und Du fühlst so intensiv. Aber Du bist auch stark, Klara. Viel stärker als ich. Und Du hast unseren Paul. Ich sage nicht, dass Du gut auf ihn aufpassen sollst. Ich weiß einfach, dass Du das tust. Dich mit unserem Sohn zu sehen ist so schön, dass es schmerzt.

Du und Paul, ihr wart das Beste. Ihr wart mein Leben.

Nicht dass ich die Wahl hätte, aber die wenigen Jahre mit Dir waren mehr wert als hundert Jahre Leben ohne Dich.

Ich verlasse Dich und beende meinen Brief – und bin doch immer, jetzt und für die Ewigkeit,
Dein Fritz

Nachwort

Die Personen in dieser Geschichte sind frei erfunden.

Während des Hitler-Regimes gab es geschätzt bis zu fünfzehntausend Menschen in Deutschland, denen es gelang, sich der Verfolgung durch die Nazis auf die eine oder andere Art zu entziehen. Möglich war dies nur durch die Unterstützung sogenannter »stiller Helden«. Knapp dreitausend dieser Helferinnen und Helfer wurden in Deutschland namentlich bekannt. Bei der Unterbringung eines Untergetauchten waren jedoch oft zehn und mehr Helfer nacheinander beteiligt. Ein großer Teil von ihnen ist der Öffentlichkeit unbekannt geblieben.

Jillian Cantor

»Jillian Cantor hat mich von der ersten bis zur letzten Seite in ihren Bann gezogen.«
Jerusalem Post

978-3-453-42238-4

978-3-453-42341-1

Leseproben unter **www.heyne.de**

HEYNE‹

Susanne Rubin

Die Frau des Kaffeehändlers

Das Erbe einer Familiendynastie.
Das Schicksal dreier Generationen.
Eine ergreifende Liebesgeschichte.

978-3-453-42313-8

Leseprobe unter **www.heyne.de**

HEYNE ‹